晚清風雲

第三卷

甲午祭壇 上

果遲◎著

李鴻章屈膝春帆樓

目錄

序 走向世界的挫折

本書以三個獨立的篇章，描寫了同一歷史時空中的三個人物：郭嵩燾、左宗棠、李鴻章。他們都以鎮壓太平天國起家，是所謂「同光中興」的功臣，這以後，為富國強兵，大辦洋務，三人又是這一亙古未有事業的中堅，以大致相同的經歷開頭，卻以不同的功業、不同的命運結束。

道咸時代，大清朝國無寧日，愛新覺羅氏已是日薄西山，但歷史老人卻要玩一個惡作劇，讓這個垂死的王朝，有一個迴光返照的過程——關鍵時刻，湘淮軍應運而生，曾、胡、左、李等人，像光芒四射的流星，劃破歷史的夜空，他們是林則徐、魏源一脈相承的、頭腦清醒的知識份子，安內攘外，傾畢生之力，從而創造了歷史的奇蹟，這就是「同光中興」。從郭嵩燾出使英法，左宗棠成功地收復新疆，到李鴻章屈膝春帆樓，大約十餘年的跨度，就是本書的歷史背景。

首卷《英倫涅槃》以郭嵩燾為主角，重點放在他的兩年使英生涯。所謂洋務，不外乎兩途，一為強兵富國，一為和輯列強（外交），郭嵩燾的事業在後者。本書開頭以遊記的形式，敘述郭氏出使途中的見聞，接著寫他到達倫敦後的外事活動，以一個受儒家傳統教育的、封建士大夫的視角，以個人的親歷親見，比照國內的情形，終於得出「洋人民風政教優於中國」的結論，這個結論，超出了同時代士大夫的認知範圍和道德底線，也超出了他們的容忍程度，郭嵩燾最終未能完成自己的使命，其實是以言論獲罪，是守舊派與洋務派鬥爭的犧牲。

第二卷《西省戰紀》寫左宗棠那氣壯山河的西征。結構採用歷史小說不多見的群像展覽式，以倒述開頭，矛盾凸出，事件集中，圍繞左宗棠的西征，圍繞他這一個，和他身邊的這一群，有機地展開故事，有民族矛盾，有異族情愛，悲歡離合，跌宕坎坷。尤其是對左宗棠這個極其複雜的、充滿矛盾的歷史人物的描寫，既有他縱橫捭闔、大刀闊斧的軍旅生涯，又有他鮮為人知的個人私生活；既有對他維護國家統一、不屈不撓的戰鬥精神濃墨重彩的謳歌，又有對他的血腥手段的無情揭露。文章最後，以「瞎幫閒」為隱喻，指出左宗棠的成功，雖然維護了國家版圖的完整，但於奄奄一息的大清王朝，只不過打了最後一劑強心針，暫時的勝利，最終改變不了歷史巨輪的走向，左宗棠內心的矛盾和痛苦，是這個歷史時期知識份子集體的迷惘。

末卷《甲午祭壇》寫李鴻章和中華民族最可悲的一頁歷史——甲午海戰。比較上面二人，李鴻章在中國歷史舞臺上活動時間較長，且毀譽不一。但無可否認，作為曾國藩的衣缽傳人，他算是洋務派中最有成就者。為創辦北洋水師，使中國能躋身於世界強國行列，篳路藍縷，慘澹經營。本書就以北洋水師的起始為開頭，以水師的覆滅為終結，按歷史的時間順序，層層鋪述，有慈禧置個人私欲於國家利益、民族利益之上的大揭祕，也有日本人修心練膽、亡我中華的野心大寫真。北洋水師的興與亡，雖是李鴻章的人生之旅、榮辱浮沉的大賭博，但春帆樓的屈膝，卻不應看作他個人的恥辱，而是整個朝廷（包括主戰派）都應該負責的，「戴張冠、代桃僵」之說，寄託了作者對李氏失敗的同情。

全書展示給我們的，雖是三個歷史人物的命運，卻也是國人的命運。悲劇，悲劇，還是悲劇！

他們是引領潮流的先行者，卻因後繼乏人而成為孤獨的前驅。按他們的設想，中國從此就應該走向世界，但是，這努力卻遭遇嚴重的挫折，所謂的「同光中興」，終成為光榮的夢想。

此時的世界，民主已是主流，中國卻沒能融入到主流中去，仍由極少數人在掌握民族的命運。雖有魏源的「師夷長技以制夷」的正確口號，雖有曾、左、李等人的身體力行，但所謂的洋務，說到底只是師其皮毛而失其骨架，三人中，以有出國經歷的郭嵩燾認識最深，也以他跌得最慘。

克羅齊說：所有的歷史都是當代史。這個老克，真是一針見血呵！

引子

清同治十一年（一八七二）二月初四日，大清帝國的東南保障——太子太傅一等毅勇侯武英殿大學士兩江總督曾國藩薨於金陵城，訃聞之日，當時的《申報》特撰出社評，題目便是「九重失柱石之臣，三省傾斗山之望」。

其實，以曾國藩的地位和影響，他的死豈止「九重」和「三省」震動，這是足以動搖全域的大事。所以，當以江寧將軍出銜馳奏的「六百里加緊」塘報遞到京師，報告了他的死訊後，「兩宮震悼，輟朝三日」，詔命恭親王奕訢偕御前大臣、軍機處共商後事，內閣奉旨擬謚。所有這些，都特別隆重，最後，皇帝特許加恩，「贈太傅、謚文正」。

「文正」為特謚，恩出例外。有清一代，僅有六個漢人獲此殊榮。

然而，有心人注意的不是曾國藩身後的哀榮——這其實是有例可循、意料得到的事，他們關心的是另一個大題目——眼下割據東南半壁的太平軍雖已消滅，縱橫中原的捻軍也已根除，雖陝甘不靖，新疆未復，但有左宗棠坐鎮蘭州，平定西北、收復新疆也不是一件難事。

說起來，真正令人難安枕席的還是萬里海疆的安全，眼下列強環伺，船堅炮利，要商要戰，國無寧日，這是自鴉片戰爭以來最重要的頭等大事。自魏源的「師夷之長技以制夷」提出後，曾國藩以蓋世勳名，開近代風氣之先，摩頂放踵，通夷人之情，考西洋之法，欲以洋務強兵富國。可惜今天洋務才開了個頭，首創者便志決身殲。這在明眼人看來，既是曾國藩個人的不幸，也是國家社稷的損失。

眼下兩江總督衙門的大堂暫時做了曾國藩的靈堂，聚集了兩江政要及曾國藩生前故舊，眾人舉哀之餘，所想所議的便都是這麼一件大事：曾文正公的遺志，誰可繼承？

曾國藩生前門生故吏遍天下，各省督撫提鎮，很少不是他的學生和部屬，如今，昔日提攜擢拔自己的恩師逝世了，誰不痛心，誰不盡快做出表示？一時之間，弔喪的專差絡繹於途，輓聯祭幛之多，如山如海，從靈堂，一直掛到了東西轅門兩側，其中有一幅從保定直隸總督府送來的輓聯最引人注目，像是要回答人們心中的疑問：

師事近三十年，薪燼火傳，築室忝為門生長；
威名震九萬里，安內攘外，曠代難逢天下才。

門下士李鴻章

此聯上聯用春秋時，子貢築室獨為孔子守孝六年的典故，將自己與曾國藩門下一般的門生故吏區別開來，儼然以衣缽傳人自命，有曾之後捨我其誰之意；下聯則是為國家惜人才，隱隱然佔著了宰相的身分。

此聯一經掛出，立刻吸引了眾人的目光。大家都明白，在曾國藩眾多的門生故吏中，李鴻章的確可以居首——李鴻章的父親李文安和曾國藩是會試同年，李文安在京供職時，李鴻章一度以「年家子」身分向曾國藩請教八股精義，是名副其實的入室弟子。這以後，曾國藩辦湘軍，圍剿太平軍，李鴻章又輾轉追隨老師左右，後來且是在老師的提攜下，一帆風順，名位日顯、聲望日隆，並自創淮軍，成為無論地位和聲望，僅次於曾國藩的人物。

「薪燼火傳」。李鴻章今日向世人坦言：他欲做曾國藩的傳人。

的確，他一直這麼想也一直是這麼做的。這以前，曾國藩、左宗棠和他李鴻章是憑藉華爾、戈登等洋人，靠洋槍洋炮才創下這不世功勳的，所以，他李鴻章對創辦洋務回應最早，體會最深，且身體力行，成績最出色。

還在任江蘇巡撫時，他即奏請創辦了上海外國語言文字學館，這以後又和曾國藩一道創辦江南機器製造局；還力排眾議，選派大批學生留洋；待後來，更是開礦山、修鐵路、設輪船招商局、南北洋電報局；而厥功最偉的是籌辦海防、建水師學堂、培養新式海軍人才，購鐵甲艦、魚雷艇，修軍港、船塢，建炮台、軍備庫，統籌沿海防務，一心要做到船堅炮利，使中國富強……

> 丈夫隻手把吳鉤，意氣高於百尺樓，
> 一萬年來誰著史，三千里外欲封侯。

這是他二十一歲那年隨父進京時的述志之作，少年李鴻章可曾料到自己的前途是一條鮮花著錦之路，也是一條荊棘叢生之路？自己將為此落下譽滿天下、謗亦隨之的結局？

第一章 「墨經從戎」

中法戰起

清光緒九年（一八八三）六月。這真是一個蝦荒蟹亂的兵戈之年，尚是初伏，就熱得不行。上海虹口公和祥碼頭至廣肇公所的大馬路上，原本是極繁華熱鬧的街市，此時因天氣太熱，至上午十點後便顯得有些蕭條了，頭上那一盆火似的驕陽烤得人頭皮發麻眼發花，地上熱浪滾滾、暑氣蒸人，行人多避走兩邊的樹蔭及店堂的屋簷下，除了鈴聲叮叮噹的馬車、人力車，馬路中間極少行人，連一向拼死拼活叫喊的小販、乞丐也多躲到弄堂口或石庫門洞邊，享受穿堂風的涼爽滋潤去了，馬路中間空蕩蕩的，只有近年才出現的報童不辭辛勞，此刻猶抱一摞摞散發著油墨香的報紙，閃在路口滿頭大汗地向行人兜售。那叫喊聲特別誇張，聲嘶力竭，令行人不時駐足圍觀，也引得臨街的茶樓酒館裡的客人推窗觀望。

「賣報賣報！《申報》《滬報》《時報》，還有洋文的《字林西報》，看法蘭西戰艦鼓浪東來，看李中堂奉旨巡海！」

多事之秋，危機四伏呵！去年朝鮮發生了政變——以國王生父大院君李罡應為首的保守派，唆使士兵譁變，反對王妃閔氏為首的閔氏家族，亂兵還焚日本使館、殺死日本僑民。日本天皇派兵前去問罪，幸虧中國事先獲得消息，北洋派出三千慶軍趕赴仁川，統領吳長慶採用袁世凱之謀，誘擒李罡應，迅速平定了暴亂，才使日本人無所藉口。

東鄰的事尚未完結，法國人又在越南打起來了。為此，朝廷不得不下詔，令因母喪丁憂在籍的李鴻章迅速回任北洋籌備戰守——今天的報紙，載的就是這事。

小百姓關心柴米油鹽往往超過國家大事——法國兵艦要來，說不定便要攻打上海，一旦港口被封鎖，物資運不進來，那米麵油鹽豈不要斷了供應？

「快走快走，公和泰米價怕又往上躥了！」這是布衣短褐赤腳草鞋的路人在喊叫。

「不急不急，只要李中堂出山，天下就太平了。李中堂百戰勳名，所向無敵，就憑了他老人家這塊牌子也足以嚇退洋人！」茶樓上的清客，見識又高了一層。

好像為了印證茶客們的猜測似的，十點半左右，大街的西頭突然出現了大隊手持大刀和背毛瑟槍的兵丁，他們成兩路縱隊從大街兩邊穿過，直達黃浦江邊，然後三步一崗五步一哨地拉開距離，背向大街開始警戒，這中間另有大隊佩三横槓臂章的印度巡捕，他們把住各通衢道口開始設卡攔阻行人。

接著，手持大令巡街的道標都司領一隊馬隊從那邊過來了，這是一隊雄赳赳氣昂昂的道標兵，一個個虎視眈眈地注視著兩邊的百姓。在公共租界出現大隊武裝華兵是不多見的事，官方事先顯然有過交涉，這不能不引起人們的猜疑：「好威風啊，接欽差啦！」

「還有洋人捧場啊！」

「去年兩江總督左宗棠巡視吳淞口要塞也沒這麼氣派！」

「嘿嘿，此人只怕比左爵相來頭還要大一些！」

「誰？」

「誰，李中堂唄，他老人家不是已到滬多時了嗎？」

果然，就在第三撥巡街道標兵走過，人們隱約望見從街西頭走過來一溜官轎，約幾十頂，打頭的是一頂平頂的、用藍布幔子遮護的四人小轎，抬轎的兵勇穿著白色無胸號背褡子，前後左右沒有儀仗執事、旗羅傘蓋，沒有誇耀主人功名爵祿、勳名職銜的高腳牌，更沒有鼓樂，冷冷清清，透出一股冷峻肅殺之氣，讓人好費猜疑。

更奇怪的是左右護兵及扶著轎槓的中軍雖也全副武裝，穿的卻是素服，連頭上的紅纓子也摘了，換了一根白綾子在打漂漂。過了這頂四人小轎，才是一色的綠呢頂八抬大轎，他們顯然是來送行的上海地方文武官員。

「咦，走頭的難道是李中堂？」

「怎麼像出殯似的，親兵護衛都穿孝呢？」

「這還不明白，李中堂還熱孝在身，照理是只能在家守靈。眼下雖奉旨出山，移孝作忠，可怎麼能不顧禮法去擺街抖威風呢？」茶客們的議論有典謨有訓誥，

「眼下中法大戰在即，人家這是效法老師曾文正公的故事，金革毋避，墨絰從戎！」

果然，待轎子走近，人們看見，小轎門簾掀起，李鴻章端坐轎中，一身重孝，目光呆滯，面帶戚容，分明一個「哀毀骨立、風吹即倒」的孝子模樣。

轎子到了公和祥碼頭，下到接官亭，此時接官亭已臨時搭起了一長溜天篷，直接到躉船上。只見北洋公署幕僚薛福成、馬建忠、于式枚、羅豐祿等文官，丁汝昌、葉志超等武將及李經方、李經述等李氏子侄早已等候在碼頭上，他們全是一身素服，李鴻章剛下轎，眾人馬上圍上來請安，緊隨其後的上海道劉瑞芬、織布局總辦盛宣懷、輪船招商局總辦唐廷樞等一齊擁上來要與中堂話別，李鴻章一見，僅回身向送行的拱了拱手，道聲「各位請回」，便繞開前面一幫子人直往躉船。

下到江邊，只見狹窄的黃浦江上已擺滿了上飄各國旗幟的輪船，緊靠公和祥碼頭的是北洋水師「康濟號」練船，眼下艙門大開，船上官佐皆在甲板上雁陣兩行為中堂站班。李鴻章再次轉身拱手讓堅持送上躉船的官員留步，然後在長子經方次子經述左右攙扶下跨上「康濟號」左舷甲板。隨著一聲長長的汽笛，岸上也響起了送行官員一片祝誦聲：「中堂一帆風順！」

「康濟號」第三次拉響汽笛後便啟動了，隨著艦尾白色水花翻起，緩緩掉頭駛向吳淞口。

李鴻章今年六十二歲了，與五短身材、面團團如滿月的左宗棠不同，他生得長身鶴立，面目清癯，尤其是花甲過後，鬢邊白髮、頦下銀鬚，面飄然如玉樹臨風，人謂此為「仙鶴」之姿。此刻「仙鶴」高昂著頭，對列隊鵠立在甲板上的官佐僅點點頭，便旁若無人地緩緩走向後艄，憑欄向漸行漸遠的大上海眺望——在烈日的照耀下，十里洋場熱氣蒸騰，高樓大廈鱗次櫛比，遠遠望去，像用巨石壘起一道道逶迤起伏的城牆，城牆上飄著旌旗，排列著劍戟。

上海，二十一年前是他李鴻章的發跡之地，在這裡，他以赫赫威名、煌煌戰績，使自己由一名不見於經傳的書生，成為一個雄圖霸舉、舉世矚目的人物，今天，時局孔艱，他又在眾人注目下，由這裡再度出山，去迎接更大的機遇與挑戰……

康濟號

滔滔黃海，遠接天際。「康濟號」，正加足馬力劈波斬浪朝北急駛……

一覺醒來的李鴻章披衣漫步在甲板上，縱情地眺望著大海。天公造物，煞是怪異——前天還碧波蕩漾、宛如平湖的大海，一覺醒來卻黃湯滾滾，濁浪翻騰，而代替蒸人暑氣的是一絲絲北風，拂衣而過，涼意沁人心脾。

不是才一覺的工夫麼？東海與黃海差異竟如此之大，才一千三百噸、航速不過九海浬的「康濟號」航行在這洪濤巨浪之間，有如一匹羸馬艱難地跋涉在沙漠戈壁中。

然而，大海不比沙漠，水性隨勢而流，漂浮不定，看似柔媚卻不時掀起排空濁浪，潛伏著殺機……

由此，他不由想到「雲譎波詭」一詞，再進一層，又想到人們常用的比喻：官場——宦海。今天，他這個宦海弄潮兒奉旨奪情復出，雖有「奉旨」二字打頭，但於一個標榜「孝行第一」的孔聖門徒，父母之喪未能盡禮，究竟是臨危受命移孝作忠還是貪戀祿位不惜羽毛呢？

然而，他卻實在是有說不出的苦衷——自他丁憂出缺，朝廷派張樹聲署理直隸總督兼北洋大臣。張樹聲雖為淮系舊人，自己一手提拔上來的，竟然也生鵲巢鳩佔之心，為迎合輿論，竟與京師那一班主戰派桴鼓相應，甚至上疏奏調清流幹將張佩綸幫辦北洋軍務。

這不是成心假戲真做，為擴充羽翼而拉攏方方面面的人物嗎？當御史楊崇伊把這消息寫信告訴他時，李鴻章不由在心裡冷笑了。

張佩綸少年科第，玉堂金馬中人，一向自視甚高，怎在乎一赳赳武夫的薦引呢？何況張父印塘是李鴻章舊友，張佩綸和他這個「老世叔」政見儘管不同，私交卻是不薄，哪怕就在李鴻章居喪期間，二人也不斷魚傳尺素、驛寄梅花，此番的「墨絰從戎」便是在張佩綸一再奏請下促成的。真是大丈夫不可一日無權啊！

想到此，他真想開懷大笑，道行淺薄的張樹聲，張綱看不清三尺深的水，燒香竟然拜錯了廟！

「大人，前面快到渤海口了，水師的艦船已結隊來迎了呢！」李鴻章正倚欄回想聯翩，丁汝昌從艦橋上下來，匆匆走到他身後向他稟報。

他從容回頭望了丁汝昌一眼，又順著他的手勢往左前方看去，只見沿大陸一線，島嶼星羅棋布，有幾個比島更小的黑點成直線漂浮在海中間，如隱在雲霧中的星星，渺彌相望，若隱若現。

他接過丁汝昌手中的單筒望遠鏡細看——前面果然來了一長溜艦船，為首一艘船頭高高翹起，看那輪廓真有些像前年從英國購回的「揚威號」巡洋艦，他不由笑著點了點頭。

四年前，日本從英國沙木大造船廠購得一艘千噸級巡洋艦，號「扶桑」，駛回日本後，引起朝野轟動。次年，海軍中將西鄉從道率「扶桑號」訪華，拜訪了李鴻章，交談中西鄉從道得意之色溢於言表。

李鴻章將詳情奏聞朝廷，朝廷這才對海防有了緊迫感，「揚威」與「超勇」就是在這時從英國購進的，這是一對姊妹船，排水量與「康濟號」差不多，都是一千三百噸，馬力卻比「康濟」大了三倍——「康濟」馬力才七百五十匹，「揚威」、「超勇」卻都是二千四百匹，航速達十五海浬。這以前北洋只幾艘馬尾船廠造的木殼炮船，幾個大的海浪也能掀翻它，直到「揚威」、「超勇」駛回，北洋才算擁有具有遠航能力的巡洋艦。

上午九時，南下相迎的水師各艦終於在山東成山角海面與「康濟號」相遇。「揚威」、「超勇」為首，「威遠」、「泰安」、「鎮海」、「操江」四艘炮艦及「鎮東」、「鎮西」、「鎮南」、「鎮北」、「鎮邊」、「鎮中」六艘炮艇成一字縱隊迎上來，各艦艇上將弁一齊在甲板列隊，遠遠向著立在「康濟」艦橋上的李鴻章打千請安，各艦一齊放響了禮炮，一時之間，硝煙四起，霹靂山崩，李鴻章雖一身素服，但在眾幕僚簇擁下，仍遠遠地向將弁們微笑著揮手致意……

「康濟」駛過後，艦隊立刻變換隊形，由一字縱隊一分為二，跟在「康濟」後邊轉過成山角，由東向西緩緩向水師的第一大軍港威海進發……

威鎮海疆

應該說渤海灣地勢，渾然天成——自大陸綫艮維左轉，三千里河山斜伸入海，將中國北部與日本隔開，是為朝鮮，這是一道天然屏障。接下來山東半島與遼東半島如兩條巨臂，控扼渤海灣，兩大半島最近距離不過兩百多里，這又是第二道屏障，京津就如在巨臂的拱衛中。

前明時代，倭寇猖獗，為保衛京師，明廷曾下令於威海、天津兩地設衛所，煙台便因戚繼光建烽火台而得名。

兩年前，李鴻章和他的幕僚們及洋顧問參照前明史料，通過測量、繪圖、篩選後確認，如果在威海、旅順擺上一支新式水師，則如給兩臂配上了兩把利劍，進可馳騁黃海、西朝鮮灣，退可在渤海灣周旋，神京當無恙矣！謀定而發，乃奏明朝廷，在威海和旅順建北洋水師總埠，在旅順設水師提督行轅，在威海劉公島上設提督公署。

今天，他先去看威海。

短短四天行程，從東海到黃海，不但海水變色，氣候也似乎由夏而秋——眼下的威海港灣陽光明媚，海風涼爽宜人。

「康濟號」進入港內停泊後，李鴻章走出官艙，立刻被眼前熱火朝天的施工場面吸引住了。首先映入眼簾的是水師提督衙門，它座落在劉公島半山腰上。以前這一帶只一小小漁村，數十戶人家在山下結茅而居，十分簡陋；山上榛莽叢生、山石掩沒，一片荒涼，有幸的是它被李鴻章選中，做了北洋水師的基地。

自威海建港後，劉公島一下熱鬧起來，島上大道縱橫，人來人往，金碧輝煌的水師提督衙門巍然聳立，在它的周圍幾乎拓平了半邊山，依次而建的是水師營房、學堂、發電廠、倉庫、電報局、修械所、醫院及外籍雇員娛樂場。這些建築先後開工，目前都在建設中，但見屋架林立，吆喝之聲此起彼伏，很是壯觀。

在這一片公房下面，有很長一溜木屋，這是一條買賣街，房屋雖簡陋，但從剃頭擔子縫紉店到酒樓妓院應有盡有。

水師提督衙門已快竣工，出碼頭沿石階拾級而上，先是一個大草坪，有點將台、守望樓及兩座小炮樓，衙署基宇宏開，分前後三進、東西花廳、左右廂房；紅牆碧瓦，很是氣派。

站在前面草坪放眼四顧，島內風光盡收眼底。李鴻章在眾幕僚簇擁下，用望遠鏡仔細觀察著一切，臉上不由泛起了滿意的微笑，他喚著丁汝昌的字說：「禹廷，威海衛為你的建牙開府之地，也是水師根本所在，如何萬無一失、固若金湯，你們可要考慮周全！」

一句話開了個頭，丁汝昌乃從腋下夾著的羊皮護書中取出一張圖。此圖出自德國步兵工程師漢納根之手，為威海衛防禦總圖，島內碼頭、海堤及各工廨眾人皆看在眼中，唯兵力部署、火力分布不清楚，此圖則標識分明，一看全知。

丁汝昌將圖展開在草地上，向眾人講述威海防務——因是前明衛所，故也稱「威海衛」，它在煙台與成山角之間，其海灣成一箕形——依山有兩臂向東北斜伸入海，如半月形，而在口外橫有兩島，若泥丸塞海，即劉公島和日島。為保衛港灣，眼下已依地形構築了南北幫兩組永久性炮台，共配有大炮數十門，炮口一律伸向外海，火力強弱、遠近搭配得當，可組成一面密集的火網，而且，測量員又參照地形地物測準了距離，敵人若從海上來犯，無論是艦艇列陣而攻還是用步兵登陸，只要在有效射程之內，都能準確無誤地命中目標，使之葬身海底。

眾幕僚聽了丁汝昌的介紹，一個個無不點頭稱讚。

不想在旁邊看熱鬧的，有一記名守備，叫孫無忌，為人行事與名字吻合，說話不看場合，愛和人頂牛，夥伴們於是給他排了個渾名叫「老鴰嘴」。

「老鴰嘴」因一直未補上實缺，被丁汝昌派到工程處，在提督衙門工地當監工。他對威海防務一無所知，今天見這麼多人來到他的工地，面對海灣指指點點，因都穿著便服，「老鴰嘴」不認得中堂，便當一般場合也擠進來看熱鬧，當眾人說好時，竟突然插話說：「炮口皆向著大海，萬一敵人從背後進攻呢？」

眾人一下怔住了，丁汝昌深覺掃興，乃瞪他一眼，斥道：「你是何人，竟敢插嘴，滾！」

一聲斷喝，嚇得此人屁滾尿流而退。李鴻章也覺掃興，忙解嘲說：「此說不無道理，不過此人不知威海既為總埠，能不水陸依倚、前防後護？眼下榮成至煙台一線，為張朗齋中丞的嵩武軍防區，那可是一支百戰之師喲！」

張朗齋即山東巡撫張曜，他所率嵩武軍是左宗棠征西的主力，為百戰奇勳的戰將。用這支部隊守護後路，自是無虞。回到船上，李鴻章興致很高，丁汝昌看在眼中，提議道：「提督衙門竣工在即，老師何不留一匾額以資紀念？」

李鴻章欣然相諾，走至案前，提筆揮毫寫下四個大字：威震海疆。

與湘陰若何

看過威海看旅順。旅順的工地也熱火朝天，李鴻章十分滿意。回到船上特將丁汝昌留下，指陳方略，面授機宜，因無外人，乃坦陳心腹。

「禹廷，我們眼下是家大業大了！」李鴻章盤腿坐在銅床上，背靠枕頭雙目微閉面帶微笑，很是躊躇滿志怡然自得。

「是！水師有今天，乃老師嘔心瀝血之結果！」丁汝昌的恭維不露痕跡。

「這個嘛，說句粗話叫寡婦養崽，全靠眾人！」

李鴻章說罷哈哈大笑，將丁汝昌拉到身邊坐下，深有感歎地說：「同治初年，曾文正公讓徐壽父子試造『黃鵠號』，此為大清自造輪船之始。其時萬里海疆無防，是我們淮甸子弟篳路藍縷，白手起家，才有今天的局面。眼下北洋，閩江水師不能比，南洋粵海更不能比，這可是本錢！」

李鴻章最後於「本錢」二字加重了語氣，門生丁汝昌自然心領神會，師生二人都有些陶醉……

同治元年，李秀成攻上海，滬紳錢鼎銘趕赴曾國藩大營，效申包胥秦庭一哭，始有李鴻章組軍援滬，此為淮軍之發軔。賴洋人洋槍洋炮之功，淮軍打出了威風，才月餘，李鴻章即由一記名道直升江蘇巡撫。

李鴻章由此對洋人的堅船利炮有了切身體驗。這以後老師曾國藩持盈保泰，急流勇退，處處讓淮軍佔先，淮軍成為天下勁旅，但督撫擁兵自重，兵為將有，餉由自籌，朝廷政令不能暢通，於以異族入主中原的愛新覺羅氏有礙，李鴻章有時想到兔死狗烹，不由毛骨悚然。

又是老師曾國藩一言解惑：淮軍利閣下安；淮軍鈍閣下危——短短十二個字，交與門生一個總訣：處此形勢，要麼韜光養晦，不做出頭檩子；要麼便樹大根深，讓人奈何不得。老師已選中前者，終於以「千古完人」而終；自己既已走了險棋，自應以雄圖霸舉而彪炳史冊……

沉默少許，李鴻章突然問道：「禹廷，你隨我幾十年，經歷不少，我想考考你！」

丁汝昌以為是問時事，乃說：「老師是問對法之軍事？」

老師不屑地一笑說：「法蘭西？關我鳥事？他們在越南打，距北洋遠著呢？我是想問問你——鄙人一生功業，與湘陰若何？」

「湘陰」自然指的是左宗棠，眼下載譽東歸，晉二等恪靖侯，這比李鴻章的一等肅毅伯要高一層；後又奉旨入值軍機，這等於享有宰相的名與實，這又比李鴻章僅有大學士的虛銜強；左宗棠一向對洋人強硬，輿論一直揚左抑李，這又是讓李鴻章氣餒的。眼下老師欲與左宗棠比本錢，丁汝昌心中躊躇，口裡卻說：「湘陰怎能比得上您！」

「何以見得？」

丁汝昌說：「湘陰以乙榜起家，居然也封侯拜相，區區一舉人，怎及您兩榜及第、金殿傳臚風光？所以，他入閣便遲了您好幾年，後來算是皇上賞了臉；另外，您這文華殿大學士為首輔，遠勝他那東閣；再說，他眼下出督兩江，兩江權重，可直督位尊……」

「俗了俗了，我又未讓你舉高腳牌！」李鴻章不讓他說完，頭連連在枕上擺道，「我不看表面文章！」

「這個——」丁汝昌不由語塞。

李鴻章嘲笑道：「你是鄉里人看戲，只重行頭不重功夫，唱做念打才是關鍵，何謂手眼身法步，何謂千斤韻白四兩皮，你全一竅不通！」

「門生還未弄通題意。」丁汝昌紅著臉自辯，「才說做官，怎麼又唱戲？」

李鴻章笑道：「戲臺小天地，天地大戲臺。我所謂本錢，便是指實力、人才、地盤及個人聲望之謂也？」

經如此一點撥，丁汝昌豁然開朗，忙說：「那湘陰無法望您項背！」

接下來他滔滔不絕，如數家珍，「第一，論手下才俊，湘陰以同鄉之地利，卻招不走曾文正身後的帳下文武，反而統統為您網羅，聽說他從新疆返京，除了衛士無一人追隨，出督兩江，只得重組幕府；第二，麾下戰將，除了劉錦棠和張曜，餘皆碌碌，但劉錦棠是曾文正公舊將，張曜屬淮軍系列，與主帥之淵源又豈能與您手下劉省三（銘傳）、潘琴軒（鼎新）及我輩比？再說地盤，此公起家於閩浙，後又出督陝甘，眼下又去兩江，從東南到西北再又東南，居無定所，哪能比您在北洋幾十年，勢如藩封，一省官員無不唯您馬首是瞻，這是他想也想不到的！」

「哈哈！」李鴻章坐直身子，指著丁汝昌說，「總算沾了邊——王壬秋（闓運）論他們湖南人物，謂胡詠芝能用人不能識人；左季高能識人不能容人；只有曾文正既能識人又能容人，此言真是不刊之論。左季高東征西討幾十年，帳下僅楊昌濬碩果僅存。如此刻薄寡恩之人，能不自歎帳下凋零？」

李鴻章說到這裡，一雙眼上下打量丁汝昌，丁汝昌明白老師的未盡之言——自己一個長毛降將，賴老師超擢拔識，一步一個臺階，眼下銜為武職正一品，職為實缺水師提督。想到這一層不由感激涕零，紅著臉說：「老師是有福大家享，有光大家沾，不像左湘陰，孤家寡人一個。」

李鴻章擺擺手說：「這還不算，他不及我的還不在這！」

丁汝昌一怔：「還有什麼？」

李鴻章伸個懶腰，趿著鞋，在艙房踱了一圈，洋洋自得地說：「他真正不如我的是洋務！」

丁汝昌說：「是啊，門生怎麼就丟了一大頭呢！湘陰在蘭州也辦了個機器局，可哪能比江南機器局？辦了個蘭州織呢局，又哪能比上海織布局？」

李鴻章又連連擺手說：「洋務之道，不外兩途，一為強兵富國，一為外交。眼下列強環伺，外交糾紛層出不窮，辦外交和輯列強，湘陰名望遠不及我。所以，凡發生交涉，要談判，洋人往往點名要我，這可是湘陰無可奈何的。」

中法大戰在即，諭旨命李鴻章速赴戎機，丁汝昌很想就此請纓，不料老師「指陳方略」盡扯些閒事。但畢竟追隨了二十餘年，他摸清了老師路數，此時細細品味，竟也悟出了一些不可言傳的東西……

第二章 胸有成竹

監軍

法國人終於大打出手了——大批法軍及艦船開到後，在越南開始了瘋狂的報復，黑旗軍不支，連連敗退。法軍在攻佔了越南北部的戰略要地北寧、太原、興化後，將戰火漸漸引向中越邊境……

面對如此嚴峻的形勢，中樞以恭親王為首的軍機一致主和，為此遭到「清流」的猛烈抨擊。新正剛過，翰林院編修盛昱對中樞提起彈劾，謂「樞臣無狀，蒙蔽諉卸」。慈禧太后一怒之下，罷斥以恭親王為首的全班軍機大臣，另命禮親王世鐸、慶郡王奕劻重組軍機，並向臣下公開宣布：「誰主和便罷誰的官！」

其時李鴻章正在主和——他回到天津後，通過海關稅務司德璀琳與法國水師提督福祿諾談判，且議出了一個《李福草約》，除承認法國對越南的佔領外，還同意增開商埠、中國從越南撤軍。

此舉引起輿論大譁，翰林院編修梁鼎芬上疏，謂「李鴻章有六可殺之罪」。消息傳到天津，北洋上下無不吃驚，都為李中堂捏一把汗。

就在這時，太常寺卿吳大澂奉旨來到了天津。

吳大澂是江蘇吳縣人，同治六年丁卯科進士，受時風啟沃，書生出身的吳大澂也喜談兵，此番中法大戰，身為「清流」幹將的他與南皮人張之洞、豐潤人張佩綸都極力主戰，慈禧太后乃將張之洞派往廣東，將張佩綸派到福建，而吳大澂則被派到天津，名義是幫辦軍務——這在明眼人看來很有些「監軍」的意味。

「中法大戰在即，中堂以三朝老臣，墨絰從戎，足為我輩典範。晚生此番是來聽差遣的。」

吳大澂見面一句便點明了主題，話雖委婉，卻有幾分迫促之意。

李鴻章仍一身重孝，面上不少哀毀之容，臉拉得長長的，喚著吳大澂的字說：「清卿太抬舉了，其實，普法一戰，法蘭西元氣大傷，在越南不過虛張聲勢而已，朝廷未雨綢繆，南皮督粵、豐潤鎮閩，這舉措已十分得力了，若再動用北洋，豈不是隨珠彈雀，反讓外人輕看！」

這話冠冕堂皇，風雨不透，吳大澂碰了軟釘子不甘心，又說：「當然，中堂宏猷遠略，洞察千里，非我輩能揣測，不過，據報，法國人乃有備而來，勢在必得，可不能小覷了他們，另外，越南屏藩中國，數修職貢，可不能將他們拱手送人！」

一聽「拱手送人」四字，李鴻章臉上的肉抖了幾下——這分明是指《李福草約》中對法佔越南的承認，可他立刻又鎮定下來，微笑道：「清卿，外間流言蜚語可信不得，我辦外交多年，尚無將國土拱手送人之事。再說，清卿站得高看得遠，可知越南與朝鮮，孰重孰輕？」

吳大澂不知李鴻章何以突然提到朝鮮，不由一怔，說：「這——當然，朝鮮為東北屏障，而東北乃大清發祥之地，且是太祖高皇帝陵寢所在地，自然比越南重要得多！」

「這就對了。」李鴻章輕輕吁了一口氣，微睨雙目，冷冷地斜視著吳大澂說：「越南之患在肢體，朝鮮有事，可就危及腹心了！」

吳大澂聞言吃了一驚，說：「眼下朝鮮不是相安無事嗎？」

李鴻章冷笑道：「嘿嘿清卿，大臣謀國，貴在見微知著，洞察千里。朝鮮雖與大清接壤，卻與日本一衣帶水，日本自維新以來，國力已勝往昔十倍，眼下參贊政事者，伊藤博文、西鄉從道等皆不世之才，他們早盯上了朝鮮，朝鮮自前年壬午政變後，政局一直動盪不安，倭人又於一邊眈眈虎視，之所以遲遲引而不發者，有北洋在焉，你說置此情形之下，北洋兵力還能扯動嗎？」

吳大澂一向自負辯才，朝堂上面折廷爭，同僚無不甘拜下風，萬不料今天開口便碰壁，明知李鴻章拿個沒影的事來搪塞，卻也無法駁他，想到奉旨而來，豈能就此甘休，乃反反覆覆，促李鴻章出兵南下。可李鴻章一說三搖頭，吳大澂以青年後進，無奈這三朝老臣何，臉上紅一陣白一陣、唇焦舌敝，無功而退。

這裡吳大澂一走，長子李經方馬上閃了進來。

經方不是他親生——同治元年已是江蘇巡撫的他年過四十尚無子嗣，乃過繼六弟昭慶之子經方為嗣，同治二年，原配病故，乃續娶太湖趙氏，趙夫人為嘉慶丙辰科狀元趙文楷之孫女，能詩能文能畫，宜室宜家宜子——一連為他生下四子：經述、經遠、經邁、經進，他仍將經方留在身邊讀書，稱「大公子」，去年鄉試，經方與堂兄——李瀚章之長子經畬一同中舉，李鴻章乃將經方留在幕府讀書。

眼下中法開戰，法國為不損害英國利益，宣布不進攻吳淞口以北地區，所以，北洋防區可保無虞，但他擔心輪船招商局的輪船——懸掛著大清黃龍旗在沿海航行，難保不受法艦攻擊。為此，他採納唐廷樞的建議，將數十艘輪船暫時賣與美國的旗昌公司，戰後再原價贖回，這是一件大事，不能完全交付他人。

為此，李經方奉父命留在上海監督唐廷樞處理此事，今天，經方回津覆命，正好聽到父親和吳大澂的爭論，經方在滬時，風聲正緊，報界紛紛報導中法戰事的同時，對李鴻章坐鎮天津按兵不動進行了抨擊，《申報》並全文照登了梁鼎芬彈劾李鴻章的奏疏——謂伊有「六可殺」之罪，看得李經方心中怦怦然，眼下他見面先諫道：「爹，這個姓吳的乃銜命而來，可不能等閒視之！」

李鴻章朝兒子笑道：「是嗎？是我怠慢了他？」

經方憂心忡忡地說：「年初中樞改組，言路復趨囂張，慈聖有旨，誰主和便罷誰的官——」話未說完即被父親的冷笑打斷，李鴻章用考問的語氣問道：「老佛爺的懿旨，你真信嗎？」

經方說：「天語煌煌，難道也有假？」

李鴻章微閉雙目，頭仰在靠背上，一副胸有成竹的樣子緩緩道：「年初中樞重組，恭王爺被攆下臺，此乃冰凍三尺，非一日之寒，說他主和，那不過是欲加之罪。其實，慈聖豈好戰哉！退一萬步說，今年十月初十乃慈聖五十大壽之期，好日子就這麼讓法蘭西攪了，她能有心思打？」

經方一下醒悟，卻仍問：「那，南皮督粵、豐潤鎮閩又作何解釋？」

李鴻章不以為然地說：「這，這就是慈聖的高明之處，叫請君入甕——你們不是主戰嗎？那就讓你去戰，打不贏有你好看的，其實南皮和豐潤都是一介書生，銀樣蠟槍頭，中看不中用的！」

父親是政壇老手，見微知著，吹糠見米，經方知自己瞎操心，乃丟開這頭談那頭——他把唐廷樞賣船的事細細講述了一遍，李鴻章不由連連點頭，但又問：「我囑咐你六叔的事，可照辦了？」

「六叔」即經方生父昭慶，是李氏兄弟留在老家照看家業的大總管。眼下合肥李氏已成江南巨室，在江浙及合肥有大片田產和實業，中法大戰在即，上海物價騰飛，市民忙著儲存米麵，李鴻章事先曾交代昭慶，讓他趁糧價上揚，速把積穀運往上海拋售，這些天他一直在望消息。這裡經方見問，忙誇耀自己生父說：「六叔全照您的吩咐做了。他得知怡和公司從緬甸、暹羅調集大批洋米運滬的消息，乃趕在英國人前頭大量拋出積穀，眼下早空倉了！」

李鴻章不由笑了。人一高興，未免忘形，一句合肥方言便帶了出來：「賊娘的老六真行！」

甲申政變

不料南邊的局勢卻越來越糟。

「南皮督粵」算是差強人意，張之洞出督兩廣後，籌兵備餉，使兩廣的防務較前大有起色；「豐潤鎮閩」卻出了個大笑話——張佩綸到福州後，仍像在京師一樣高談闊論，卻不認真籌備戰守，好似胸中已藏甲兵百萬，不管夷兵如何猖獗，他都可傳檄而定一般，篤定得很。

這終於給法國人以可乘之機，七月初三日，法國遠東艦隊突襲福建馬尾，毫無防備的閩江水師一敗塗地，被擊沉七艦；法艦又炮轟馬尾船廠，可憐自左宗棠創辦福州船政局，二十年來耗費白銀達三千萬兩，這一頓炮火，全部化為灰燼。

至此，朝廷不得不正式對法宣戰，並派左宗棠為督辦福建軍務欽差大臣。為解臺灣之圍，左宗棠乃急電奏調北洋水師南下，會合南洋水師抗擊法艦。在朝旨嚴厲催促下，李鴻章不得不派丁汝昌率「揚威」、「超勇」南下增援，卻又叮囑丁汝昌以各種藉口暫緩師期，靜觀待變。

這天，他正在書房和幕僚于式枚、羅豐祿等人閒談。據說馬尾喪師，當局者顢頇無能的笑話很多：先是允許法艦多艘「避颱風」進入馬尾港——按國際法，來訪艦隻不得超過兩艘，停留不能過三天，否則即視為開戰。

可福建當局閩浙總督何璟、船政大臣何如璋、閩撫張兆棟、欽差大臣張佩綸竟對接二連三開進港的法艦以鼓樂相迎。颱風過後，法艦隊司令孤拔打來戰表，約明日開戰，因用的是法文，當局無一人能識「蠻書」，至傍晚才明白，乃連夜裝水裝煤發放炮彈，並派人交涉要求推遲一天交火，孤拔可不管這些，天明即開仗，炮火連天，當局慌了手腳，何璟躲在佛堂求佛祖保佑，張佩綸則隻身出逃，連靴子也跑掉了一隻。

為此，閩人嘲笑這四人，道是「兩張沒主張，兩何沒奈何。」上海的報紙更刊出一首小令，道：「兩個是畫眉張敞，兩個是傅粉何郎……」

北洋幕府中人談及此事，感歎中不無幸災樂禍。不料就在這時，材官李桂進來，送來一份由東京駐日公使徐承祖拍來的急電——東鄰朝鮮又鬧出了「甲申政變」。

「什麼，朝鮮有事，袁世凱怎麼沒有報告，倒是東京先有消息？」李鴻章一驚，從匟上拂衣而起，說完之後才想起——漢城與東京之間早已架通了電報線，而漢城至天津間的電報線尚在架設中，文報靠仁川至大沽的郵船，郵船怎比電訊？於是手一揮：「念，快念念！」

于式枚把已譯出的電文接在手，匆匆念了起來：徐承祖來電：本日上午日本外相井上馨緊急約見，並提出強烈抗議，據井上云，幾天前漢城出現了亂黨，國王乃召日本公使竹添進一郎帶兵保衛王宮，而中國駐軍統領袁世凱卻指揮慶軍包圍王宮，向日軍開槍，且又一次焚燒日本使館、殺害日本僑民。

「莫名其妙！」李鴻章一邊踱步一邊說，「朝鮮為我屬國，袁世凱為我派駐漢城的監國，國王有事豈有不召袁世凱而召倭人之理！」

「看來是倭人賊喊捉賊。」于式枚先下了斷語，其餘的各抒己見，就在這時京師總理衙門也來電查詢了——東京已通知駐華公使榎本武揚，也就此事提出抗議，李鴻章一時急得如熱鍋上的螞蟻。

幾天後，袁世凱的書面報告始到天津。

據他說，朝鮮國王懦弱，閔妃及其家族驕橫跋扈，早激起朝臣不滿，朝士中有金玉均一派人，早年留學日本，對明治維新十分傾慕，乃暗組開化黨，在日本人策劃下，密謀發動政變。十月十七日這天，是漢城新建郵政大樓落成之日，國王令左右輔政大臣閔台鎬、趙寧夏出面，邀請各國公使赴宴以示慶賀，袁世凱自然在被邀之列。不料金玉均、朴詠孝等開化黨人於宴會四周埋伏甲兵，宴會一開始，甲兵突出，將閔台鎬、趙寧夏及另外幾個閔妃的親屬當場殺死，隨即又夥同日軍闖進王宮，逼國王宣布脫離中國。

袁世凱察覺出氣氛不對，乃悄悄從後門溜了出來，回到慶軍營地，國王掌璽大臣沈舜澤即逃來告變，並帶來了玉璽。袁世凱乃以國王名義草詔號召國人勤王，又給日使竹添進一郎寫信，責其插手朝鮮內亂，同時帶三營慶軍進城平亂。這一來形勢立刻出現逆轉，金玉均和日使竹添再次自焚使館，乘亂逃到了日本——李鴻章至此總算明白了真相。

倭人將有事於朝鮮，此話是不幸而言中了。

兩年前，朝鮮即鬧出一個「壬午政變」——也是燒了日本人的使館，逼走了日本公使，明眼人看得出，日本自明治維新後，國力增強，對大陸躍躍欲試，所謂政變，絕非空穴來風。

李鴻章鑒於朝鮮與東北為鄰，地位重要，故提出「防倭勝於防法，朝鮮重於越南」的觀點，當時執政的恭親王深然其說。

不想此話說過不久，朝鮮果然接連出大事。朝鮮的防務由北洋負責，既然出事，北洋水師自然可不再南下了，但日韓關係驟然緊張，日本人絕不會善罷甘休，有可能與法國人南北呼應，大動干戈，然則北洋又豈能置身局外？

黃昏將近，他尚在書房中徘徊。

據報，日本已派出一個龐大的使團，日前已到達天津，正副使為大名鼎鼎的維新派領袖、參議兼宮內卿伊藤博文和陸軍大將西鄉從道。

另有消息說，伊藤博文一行從長崎出發時，先到上海，與滯留在滬的法國公使巴德諾相互拜訪，密談竟日。

為此滬上報紙紛紛猜測說，倭人與法國有密約。總理衙門也認定日本使團此番來意不善，便以對朝鮮事變三不知為由，奏請命李鴻章就在天津與日使談判，毋使倭人進京，以免另生枝節。

李鴻章明白，總理衙門這是有意把這個刺頭推給自己，既然諭旨已下，無由推諉，決定以接風洗塵的名義，請伊藤博文和西鄉從道赴宴，於席間先行試探日使來意。於是，他派出記名道羅豐祿去了日領事館。

眼下他一邊踱步一邊等候羅豐祿的消息。

快掌燈了，才見一臉沮喪的羅豐祿回來，于式枚和李經方也跟著進來。天氣奇冷，羅豐祿和兩名隨員坐在馬車裡，從紫竹林日本領事館回來，身子似乎都凍僵了，臉上也似乎能刮下一層冰淩花。

李鴻章一見他們進來，趕緊讓坐在火盆邊，又示意戈什哈端上兩杯熱茶，待他們緩過氣後乃問：「那伊藤可願前來赴會？」

羅豐祿搖搖頭說：「別提了，晚生一行趕到領事館，只有領事原敬接待了我們，伊藤和西鄉都不肯露面，據原敬說，正使不能見客，更不便來拜會中堂！」

李鴻章眼前這個屬吏好像是伊藤博文，竟質問道：「為什麼？就算他是路過天津，我也該一盡地主之誼呀！」

于式枚也說：「不是說他們一向推崇中華文化和禮儀麼，怎麼連一些起碼的人情世故也不懂？」

羅豐祿說：「晚生正是這麼說的，說伊藤大人初次來津，我們中堂久慕風範，西鄉大人更是老朋友，此番宴請既是新交也是敘舊，理應枉駕屈尊！」

李鴻章點點頭又問：「他們怎麼說？」

羅豐祿歎了一口氣說：「原敬進去不知說了什麼，出來後代伊藤致謝，但又說伊藤大人奉天皇陛下之詔命，出使上國，不比尋常，根據國際慣例，使臣要在晉謁了出使國元首、當面遞交了國書之後身分才被確認。眼下身分未確，不便和您相見。」

「賊娘的，真是世亂奴欺主，時衰鬼弄人！」一邊的李經方罵了一句說，「那他在上海怎麼又可和法國人往來呢？他算什麼東西，才吃了幾天豬肉，動不動便搬國際法！」

「吃豬肉」是流傳於日本的笑話。原來這以前日本人多不吃豬肉，一些留學歸來的人在外國學會了吃豬肉，不明維新為何物的人以為吃豬肉便是維新，也跟著吃豬肉，然後自我標榜謂已成維新人物。

于式枚說：「伊藤這是在擺譜，他明白我們專注南征，無暇北顧，便有意這樣自抬身價。倭人器小易盈，來意不善！」

一句話說得李鴻章心裡沉甸甸的，只得據實上奏朝廷。

不料幾天之後，形勢大變——南邊傳來特大喜訊，我軍在鎮南關、諒山大敗法軍！

度遼將軍章

鎮南關、諒山大捷，無異平地一聲春雷，天地間都感到震顫了——古曆正月十一日，京津地區還是冰天雪地的隆冬，廣西的中越邊界已是春暖花開的豔陽天了。

這一天，已全面掌握敵情、備足了力量的廣東提督馮子材、督辦蘇元春聯手向法軍發起反攻，終於在鎮南關下大敗法軍，法軍總司令尼格里受了重傷，不得不丟下千餘具屍體南逃，我軍一鼓作氣，乘勝追擊，又於諒山再次大敗法軍，轉而兵分兩路，南下收復谷松和屯梅等戰略要地，準備大舉進攻北寧和山西，將法國人逐出紅河三角洲……

這個消息像長了翅膀，立即傳遍了全世界，巴黎更是一片譁然——主戰的茹費理內閣宣布總辭，茹費理本人在經過貢高德廣場時，差點被憤怒的群眾推到塞納河中。

中國的情形恰恰相反。

「南邊重創法夷」的消息由天津電報局披露後，天津城立刻轟動了。正月十一過三天便是元宵，這一天元宵花燈特別熱鬧，十五這天，各坊間及四鄉的龍燈、獅子、高蹺、旱龍船一齊擁向北門外的大校場，在那裡會合後分兩路入城，沿途各大小衙門、店鋪紛紛紅燈高掛，鳴鞭放炮以慶昇平。一連鬧了三天，熱鬧祥和的氣氛把北洋大臣衙門上空的陰雲沖散了。

此時，伊藤博文率領的使團已到達京師，並於第三天正式晉謁了年輕的皇帝，當面遞交國書。

由津至京，先後僅幾天時間，日本使團感覺到了中國的冷暖炎涼——因為南邊的大捷，總理衙門官員的腰桿子一下硬了許多，他們正式照會日使，謂本擬奏調李中堂進京與之會談，只因李中堂年邁，身體欠佳，不宜奔波，中日會談的地點仍以天津為宜。

按說這也合乎「公法」或「慣例」。兩國會談，不一定要在京城，中俄伊犁問題會談便在黑海之濱的里瓦幾亞；中英馬嘉理事件會談便在山東煙台；中法越南問題會談是北京、天津、上海、巴黎都談過。眼下日使來了，國書已遞了，身分也確認了，伊藤再提不出不去天津的理由，只好率團重回天津。

次日，日本領事館照會李鴻章，商討會談的具體日期和位址，並提出首先要驗看各自的全權證書。

「哼！」李鴻章仰坐在太師椅上，冷笑著對前來請示的羅豐祿說，「昔我往矣，楊柳依依；今我來斯，雨雪霏霏——今日反其事矣。伊藤不是中國通嗎？我的接風酒他不賞臉，今日該嘗嘗閉門羹！」

他吩咐回覆日領事，謂身體欠佳，暫緩會談，成心將伊藤晾在一邊。

羅豐祿說：「中堂莫非要集中精力對付法國人？」

「不，大錯而特錯了！」李鴻章伸了個懶腰，異常輕鬆地說：「法國人那邊大事可了了。不賠款、不割地，保全了體面，更欲何為？」

「那——伊藤——」

「哦，」李鴻章笑了笑，耐心解釋道：「小日本不過東洋蝦夷，以前對我中華亦步亦趨，自維新後，居然侵臺灣滅琉球，窺伺朝鮮，伊藤博文在國際政壇人物中，算個什麼，此番居然不賣我的面子，我也要還以顏色！」

一晃又過去了好幾天。

二月二日為中和節，京津地區謂之「龍抬頭」，天津老龍頭附近的龍王廟有廟會，遊人不少。這天下午，老龍頭對面法租界邊上一座十分雅致的小茶樓上，臨街小軒坐了一個年過花甲的老人和一個眉清目秀的青年人，身邊站了好幾個健僕。茶樓的跑堂認得這個青年是天津第一人李中堂的長子經方，卻不識他陪同的客人，其實，此人乃李鴻章闊別數載的老友、平江才子李元度。

當年曾國藩帳下，數李元度時乖運蹇，做官做事兩無成，鄉居數年不甘寂寞，特北上訪友，被李鴻章強留署中，詩酒話當年——李元度失徽州，才子不知兵，險些讓曾國藩重演揮淚斬馬謖的悲劇，李鴻章為救元度，不惜和老師當面頂撞，幾至出走。談起這一段往事，能不令人擊節長歌而浮一大白？

李元度生性喜熱鬧，又是初次到津，這以前聽人說起天津，自闢為通商口岸後，租界洋房林立，鋪面鱗次櫛比，就像到了外國，尤其是全國第一條鐵路——唐山至大沽線已全面開工，所以一到天津便嚷著要去看聞名遐邇的鐵路、火車。

李鴻章此時心境雖好，但對法對日的和談皆由他一人操辦，無暇陪同，乃令兒子「陪老世叔走走」。

他們沿白河、南運河進入租界，逶迤來至老龍頭，看了正在興建的車站。雖未能看到火車，但總算看到了鐵路，看到了從唐山胥各莊運來的國內首創用機器開採來的煤堆。李經方是個紈絝子，三分鋼全安在嘴上，以為李元度不過一鄉巴佬，所以一談起父親這些年辦洋務的成就便滔滔不絕。

「老世叔」，李經方操京片子用憤憤不平的語調說，「我爹這些年辦洋務，是在人家謾罵中過來的，就說修這鐵路吧，京城那一班老夫子動不動便以鏟墓拆廬、蹂田堙井、擾民害稼為詞，說鐵路開通是奪升斗小民的生計，甚至列舉出十大不宜。其實有什麼不宜呢？眼下天津市面上全是開平礦採的煤，洋煤早擠跑了，若是鐵路通了，煤運到大沽後再起海運，沿海各大埠頭的洋煤便也站不住腳了，那班老夫子平日也說要從洋人手中奪回利權，一旦修起鐵路，奪回利權有希望了，他們卻跳出來唱反調，還說火車震動先帝陵寢，這大帽子壓下來，弄得火車不能開，只能用馬拖帶，真是天大的笑話！」

這些話李元度從李鴻章嘴裡是聽不到的，已是山野草民的他並不能忘情現實，於是試探地問道：「此番中法大戰，輿論似也不利令尊？」

經方連連點頭說：「沒錯，罵我爹昏憒糊塗、畏懼怯戰，甚至罵他喪心病狂，可他老人家不願申辯，真是笑罵由人笑罵，洋務我自為之。」

李元度說：「令尊大人這些年歷盡艱辛遭人誤會還是值得，天下惟庸人無咎無譽。像你的老世叔，老死鄉間誰也不把你放在心上，個中滋味又如何？可惜此番不能去威海、旅順一遊，不然也可一飽眼福。」

這一說自然又引發了經方的談興，於是又滔滔不絕地談起北洋的海防：眼下威海、旅順兩大總埠第一期工程已完工，鐵甲巨艦「定海號」和「鎮海號」不日將駛回國，此兩艦為亞洲之最，上面光大炮便各有二十八門之多，主炮口徑達三十公分半，一顆炮彈重一百多斤，前甲板寬敞如演武廳，馬力有六千匹，一個鐘頭可走十四海浬半。

「十四海浬半合多少華里您知道嗎？約合四五十里呢！」李經方一口氣報出了「定」、「鎮」兩艦許多能耐，聽得李元度目瞪口呆——看來真是今非昔比了。

「先生，你別吹了，這東西就跟你們李中堂的洋務一樣，只一個花架子，徒有其名而絕無實際！」

李經方正侃侃而談，背後忽然傳來一片腳步聲和說話聲，原來是又有人登樓進雅間了，發話的便是他們。李經方吃了一驚，心想這租界真沒王法，居然有人公開譏諷時政，想發作又不便。

這時，這一行人已在他們身後坐下了。雅座之間只隔一道矮小的木屏風，彼此都看得清清楚楚。這時只聽另一個大嗓門的人附和道：「是嘛，你們大清國今天處處受人擺布，事事受人輕侮，唯一例外的怕只有文物古董，你先生若再弄出些假古董來，那便什麼東西全糟蹋完了！」

此話很有些眼空無物的味道，尤其針對李經方剛才的吹嘘更具諷刺。氣血方剛的李經方頓時火起，要與之理論，但被李元度的眼色制止住了。

原來李元度對這議論有了興趣，尤其是說話人雖操一口純正的京片子卻又不像大清子民，忙抬頭去看對面，只見屏風那邊的座位上，已昂昂坐著兩個人，左首一人年約四十，瘦高個子，白淨斯文，身著青色和服，蓄西式頭，八字鬍；右首一人是矮胖子，也是四十上下年紀，連鬢鬍，大眼睛，很是粗獷不羈，也是一身和服，卻是玄色，——他們顯是結伴逛街的東洋人，站在他們面前的還有兩個蓄長辮子的中國人，一個長衫破舊，但舉止還算斯文，手上托一個小布包，像是個進典當鋪的窮秀才；另一個是短打扮，樣子鄙吝不堪，分明是混食津門的混混兒。

李元度一眼望見窮秀才手中那布包，猛然記起剛才在老龍頭火車站旁邊見過這人，當時他在擺地攤，小布袱子攤開，上面就放了一顆玉印。李元度見他一副窮極斯濫的樣子，也不想多看他，幸虧沒多看——此人一雙眼骨碌碌地瞅著過路人，誰要多看他或那顆玉印一眼，他立刻扯人搭盤，李元度身後便有人被拉住了，且已尾隨到茶樓上來了。

果然，這兩個「東瀛客」剛落座，茶博士剛沖上茶，那個窮秀才便將那個布包兒往桌上一放，打開來，指著那斑斑駁駁的玉印說：「這明明是一方漢印，上面有『度遼將軍章』五字，有行家說過印文是秦漢人的筆意，你們不買便罷，卻要說是假的，假在哪裡，非說出來不可，不然可要賠我名聲！」

混混兒也於一邊幫腔道：「是嘛，俗話說，貨無識者不賣，我哥看你倆是中國通，像個識貨人才搭盤，你們倭人最愛中華文物，像這上了一兩千年的玉印，拿去獻與天皇，還不得個進寶狀元？」

矮胖子一聽不由火了，瞪了混混兒一眼說：「拿去哄你們的李中堂吧，天皇陛下可不稀罕！」

瘦高個卻不發火，只微笑說：「足下莫非硬要人說破麼？」

窮秀才和混混兒仗著是本地人，欺對方是外人，雖說得中國話，未見得能識中國古玩，於是擺出一副盛氣凌人的架勢，氣咻咻地說：「你說你說，假在哪裡，說錯了我讓你們下不了這樓！」

瘦高個子冷笑著，用手指輕蔑地將桌上那印一撥拉說：「此印外表斑斑駁駁，極似出土之物；印文五字：度遼將軍章，按漢代制度，皇帝之印為璽，列侯、丞相、太尉及前後左右將軍之印為章，所以這印文款式也沒錯，文字為懸鐘體小篆，也還有些古意，足見治印之人還是入了門的！」那邊買主在侃侃而談，這邊李元度看得認真聽得仔細，李經方只好陪在一邊屏聲靜氣地聽起來。只聽瘦高個話鋒一轉，又說：「不過，此印有幾處破綻……」

窮秀才忙問：「什麼破綻？」

瘦高個笑道：「足下何苦？」

窮秀才不知趣，又連連逼問說：「此印已由行家鑒定過，都說不假，你能說出它什麼破綻？」

瘦高個從容地說：「只說較為明顯的一處吧——按印章之印字，從爪從卩，意即用手所執之節，節即明證，本為佩飾之物，至秦漢之後，印章才為鈐記之用，兩漢拜度遼將軍的先有范明有，後有吳棠、皇甫規、橋玄，皆兩千石以上大員，此印若真是將軍印則嫌小、不夠氣派，且應是朱文而非白文，另外——」

瘦高個說到這裡，用食指摩挲著印背的龜紐似還想說什麼，但矜持片刻又忍住不說了，反以較誠懇的口氣說：「當然，治印之人並非成心作假，僅僅是好古而仿古，就如臨古帖一般，足下以為然否？」

儘管瘦高個最後一句為窮秀才留了面子，可窮秀才卻不識進退，仍把臉一沉，衝著兩個倭人怒沖沖地說：「胡說，我這方印是從薊北一所古墓中挖出來的，你憑什麼編派它？你們倭人詩書畫印全是剽竊我們中華的，有什麼臉在這裡賣嘴皮子，有本事你也拿一件像樣的古物出來，讓我們也見識見識！」

混混兒一旁紮腳捋手幫腔道：「哥，和他磨嘴皮子幹什麼？這印已被他作賤了，非讓他們出三百兩銀子買下不可！」

口中說著，冷不防便衝上來揪瘦高個，不想他剛剛出手，那「五爪金龍」尚未伸到瘦高個前胸，只見矮胖子突然把手一伸，便從容而敏捷地捉住了混混兒的手腕，像只是輕輕地握了握，然後不屑地一丟說：「足下有話好講，何必動手動腳？」

這一握一丟只一瞬間，瘦高個和那窮秀才似未留意，這邊的李元度卻發現混混兒臉色大變，人慢慢地往下蹲，嘴巴張開半天也發不出聲音。

李元度雖是個文人，平日操觚染翰之餘也常練幾下拳腳功夫的，雖打不得人卻可強筋健骨。因此，他在一邊居然看出了一些門道——那矮胖子輕輕一握，竟有很深的內功，不動聲色便一下制住了那個混混兒，混混兒不叫喚，僅僅是光棍不認打而已。李元度不由歎道：「唉，自作其孽，不可救矣！」

這一聲長歎，一下驚動了那邊買賣雙方，窮秀才一眼望見李經方，一下怔住了，說：「李公子！」

那混混兒也認出了李經方，忙歪歪身子請安說：「李大公子，您老人家也上這啦！」又向兩個日本人說：「倭奴別唬人，看我們李中堂的大少爺在座，你敢不敢把剛才的話再說說？」

兩個日本人先是一怔，忙一齊側轉身子望了這邊一眼，相互遞了個眼色，矮胖子大聲說：「算了，足下剛才說得好，我們日本人的詩書畫印全是剽竊了你們的，不過此話說過了頭，不是剽竊而是模仿，且已自成一體，不會弄贗品騙人！」

說著，他從懷中掏出一卷白色倭緞往桌上一放，說：「本是拿這個東西去趕龍王廟會，想以畫會友的，不想遇上了二位，也罷，就讓你們看看，這東西雖不是古董，卻有些意思，也讓各位品評品評！」

李經方見兩個日本人對自己居然不理不睬，不由有氣，但一見說有東西讓品評，也有了興趣，叉手一邊，冷眼旁觀。

這裡矮胖子匆匆把這一卷倭緞攤開，原來是一副尚未裝裱的錦繪畫，畫上左邊是一片大海，波浪滔天，好幾艘高揚著大炮的軍艦冒著濃濃的黑煙，劈波斬浪而來，右邊卻是一座中國官場慣見的紅木匟，上面鋪著狼皮褥子，擺一隻高高的繡花枕頭，一個身穿四爪團龍袍子、頭戴珊瑚頂子、肥頭大耳、保養得極好的中國官員正躺在上面呼呼鼾睡，畫邊題了四個漢字，道是：北京夢枕。

李經方一下怔住了，不知是什麼意思；李元度雖看出了一些門道，卻不言語。那邊矮胖子說話了，他雖仍面對秀才，聲音卻十分洪亮地說：「足下看這畫，可有些意思？」

窮秀才毫無心緒地描了一眼，不屑地說：「這有什麼了不起，這麼一幅畫，卻題了句不通的款兒，真是歪批三國！」

瘦高個笑問道：「依足下的，該題個什麼款才合適？」

窮秀才說：「這不是畫了洋鬼子來叩關麼？可我們的王爺卻在鼾睡，這分明是說，不管世道如何凶險，我大清自有高臥隆中的諸葛，安居平五路，不怕你們蝦夷平地波瀾，翻了天去！」

兩個日本人相視一笑，瘦高個說：「不錯，足下果然識見不凡，支那人都如足下，則前途無量！」

李經方聽此人盛氣凌人，不由連連冷笑。矮胖子瞅見，乃踱過來，打一拱手道：「李公子，失敬了，這種場合，請恕唐突！」

李經方手一擺說：「罷了罷了！」

矮胖子說：「遇此二人糾纏不清，我們不得不如此，大公子發笑，莫非另有高見？」

經方矜持地說：「我不過笑你們倭人以管窺天、以蠡測海，自己器小易盈，反諷刺他人胸無大志，如此而已！」

矮胖子詭祕地一笑說：「怎見得我們小器！」

李元度也冷笑道：「你們不就一幅畫麼？有什麼不明白呢？無非說當今天下，列強環伺，我大清朝廷卻高枕臥夢，茫然無覺。其實，貴國才維新幾年呢？居然便如此目空一切，小覷我大清！我且問你，大清若果如此顢頇不省，何來此番大敗法蘭西？依老朽看，此畫作者是盲人摸象，不知首尾！」

這時，跟著李經方的幾個北洋軍漢見矮胖子態度倨傲，便叉開手慢慢踱上來了。瘦高個子看在眼中，乃走過來，向李元度和李經方拱手道：「好一個器小易盈，只此四字，足見李大公子家學淵源，不同流俗。剛才這位秀才說貨無識者不賣，大公子既已識得此畫，不如就送與大公子做個紀念，並寄語令尊，要居安思危，常將『器小易盈』四字捫心自問才好！」

說著，他果真將絹畫捲起，捧在手中，躬身一揖，遞了過來，李經方只得接了。瘦高個又連連拱手道：「後會有期！」

說完和矮胖子攜手下樓。李元度見狀，不由陷入沉思……

談判

李鴻章終於和伊藤博文相見了。

像前來挑戰的武士跳上了擂台，和擂主走著場子，相互通報姓名且各自打量對手一般——在北洋公署的鎮海樓門口，站在那裡迎接日本使團的李鴻章笑盈盈地注視著伊藤博文。這是兩個聞名已久的政治家初次相會，不用翻譯介紹，他們各自憑直覺便認出了對方。

李鴻章足足打量了對手約一分鐘。

伊藤博文才四十出頭的樣子，高個子長臉，膚色白皙，兩道濃眉，一雙鳳眼，鬢邊已出現參差白髮，舉止穩健有力而不失溫文爾雅，與跟在身後身材矮小、眉目凶狠、一望而知是個武人的西鄉從道不同，若不是穿著一身黑色燕尾服和打著潔白的領結，李鴻章一定會認作自己的同僚——那種久經中華文化薰陶、允執厥中，恂恂如也的儒臣。

伊藤博文也遠遠地就開始打量李鴻章：外貌跟傳聞差不多，但給人印象最深的是那一雙微睨雙目，透露出一種過人的精明，與一個陌生的對手見面，竟毫不拘謹，談吐是那麼輕鬆、瀟灑，這是只有廣見世面、功底深厚的外交家才有的那種風度。只可惜臉上的肌肉有些鬆弛，淚囊浮大，給人強打精神、底氣不足的感覺……

很明顯，李鴻章決心馬上會見這個伊藤，確實與那幅「北京夢枕」有關。

幾年前，駐日公使黎庶昌曾寫信向他提出過警告，據黎庶昌說，日本近年由於國力增強，不少人野心勃勃，主張向大陸擴張，視朝鮮為他們的跳板，進而攻向中國。大學者福澤諭吉便是其中之一，他曾畫過一張「支那帝國分割圖」，上面標示列強在中國的勢力範圍，並預言中國遲早將像波蘭那樣被瓜分。

福澤諭吉的外甥今泉秀太郎則另繪有一幅更形象的畫，福澤諭吉為其題為「北京夢枕」，此畫諷刺中國當局不顧當今世界弱肉強食、列強虎視眈眈的局面，兀自高枕臥夢，據說此畫被多次複製，在日本軍政界流傳，並一度傳到朝鮮，為此更激起日本主戰派對中國的野心……

李鴻章當時很氣憤，也很想看看這幅畫，今天，他果然看到了。

據李元度描述的兩個倭人，矮胖子似是幾年前率艦來訪的西鄉從道，而另一人則應是伊藤博文。看來對方是有意送畫，畫中人慈眉善目、笑靨團團有些像醇親王，而修長身材、飄逸的神態卻又與他李鴻章相似，他一見立刻被激怒了。

「哼，怪我讓他吃了閉門羹，竟想挑釁，談就談唄，看他有何話說，大清就被列強分割，恐怕也輪不到你蝦夷分一杯羹！」說著吩咐羅豐祿，約日使次日相見。

眼下略事寒暄，李鴻章將客人讓入大廳。

這是一間坐北朝南的房子，擺有一張大長桌，東西兩邊各有一排木椅子，李鴻章步入大廳坐了東邊，把日本使團讓到了西邊。伊藤猶豫了一下，乃示意面有慍色的西鄉從道勉強就坐。

中國方面，除了李鴻章和翻譯外，還有曾赴朝鮮調查此次事件的吳大澂和續昌及北洋幕僚；日方則除了正副使和翻譯鄭永邦外，還有從京師趕來的駐華公使榎本武揚。

客套過後，雙方一開始便各露機鋒，互不相讓。

交鋒是從各自驗看對方的全權證書開始的，李鴻章亮出的是上蓋「皇帝之寶」、時間為大清光緒十一年字樣的錦緞面敕書，上面有「全權處理中日邦交各項事宜」的文字。日方出示的證書無論從形式或內容看都和中方的差不多，僅上面玉璽為「天皇之印」，年號為「大日本明治十八年」。

伊藤說：「以中堂的地位，證書上有全權字樣自不待言，上次吳大人、續大人使韓，我井上大人之所以不便會面就因全權不足之故，不想二位誤會了！」

這是指年前吳、續二人去朝鮮調查事。

當時日本也派了外相井上馨來辦交涉，吳大澂於是派人馳書日使，要求會見。不想井上馨卻以天皇訓詞中沒有會見他國使臣為由拒絕見面，且說中國使者身分不明，是否奉有全權不得而知，見面無益。

那天，井上馨正和朝鮮參政金宏集會談，朝鮮為我屬國，軍事與外交皆無權自主，豈有撇開宗主國私下會談之理。吳大澂和續昌得知消息，乃排闥直入，使朝日會談不歡而散，為此天皇才改派伊藤來中國。

眼下伊藤先提舊事，這既是對於上次井上馨的拒絕的解釋，又是較為含蓄地捧李抑吳。

吳大澂自然不高興，馬上駁斥；這邊西鄉從道自然要反駁，於是正使尚未提出中心議題，兩邊的副使先就朝鮮的地位唇槍舌劍地爭了起來……

這時，證書已驗看完畢，李鴻章見雙方已爭得不可開交，心想，自從六年前總理衙門放任朝鮮與列國簽約，且讓各國在漢城開設使館，這宗主權已丟棄於無形，眼下再爭無益，於是說：「我看此事應毋庸議，反正朝鮮國王仍承認為我屬國，至今仍上表稱臣，不如一如琉球問題，來日再議！」

伊藤博文馬上表示贊成。

接下來切入正題：他們此行為兩件事，一為過去的事——袁世凱指揮三營慶軍，首先向保衛王宮的日軍開槍，又縱兵搶劫了日僑、凌辱了日本婦女，還縱火焚燒了日本使館，這是無視國際公法、有意挑釁的行為，中國朝廷理應懲凶賠款；二為現在的事——日本駐朝鮮才一百多人，乃根據上年日韓條約規定，為保衛使館而來，中國卻駐兵一千五百名，十倍於日本，故常常恃勢欺壓日本兵，這不公平，要麼日本照數增兵，要麼中國撤兵，免使滋事。

伊藤博文說過大概內容，馬上交出一份節略——日本使團此行的使命，盡在其中。

聽了伊藤博文的發言，看了他的節略，李鴻章不動聲色，僅將中日文本的節略交與一邊的吳大澂。

照日本人的說法，朝鮮此次內亂責任全在中國一方，西鄉從道在一邊更是虎著臉強調說：「向大日本帝國的軍人開槍，污辱我國旗，焚我使館，此為宣戰表示，我國民必嚴陣以待。」

見日方如此黑白顛倒，吳大澂和續昌又忍不住了，他二人是去過朝鮮，了解了真相的人，於是先後用同樣嚴厲的口吻予日使以駁斥，責日使做賊喊捉賊，有悖邦交。

針尖對麥芒，互不相讓。

西鄉從道和榎本武揚都是中國通，華語流利，一急起來，便直接用華語接言。

大廳氣氛緊張，只李鴻章端坐不動，微笑觀戰。伊藤見此情形，一邊向副使及隨員使眼色，一邊轉變話題說：「剛才議的多是事變經過，依鄙人看，事有本末，我們不妨正本清源！」

李鴻章點頭說：「不錯，事有本末，物有始終，正不知各位何以喋喋不休，棄因而論果！」

眾人一下呆住了。

李鴻章乃向伊藤點點頭，做出「請」的表示，伊藤博文於是談起了朝鮮事變的起因，特別強調竹添公使帶兵入宮是奉有國王手諭，並當場拿出了那張上有國王親筆書寫的「日使入衛」四字的敕書，欲以此證明竹添入宮為合法，袁世凱為非法。

「啊，原來還有此說？」一直聽到這裡，李鴻章才恍然大悟似的點頭，說：「若真是這樣，貴使此行是必要的，袁世凱也確須依法嚴懲！」

西鄉從道和榎本武揚一怔，尚未反應過來，伊藤卻感到被戲弄了，乃說：「難道這不是事實？」

李鴻章忽然把臉一頓，冷笑道：「聽說伊藤大人在貴國歷任要職，熟諳政務；又曾遊學歐美，精研公法，請問：竹添身為公使，僅憑一紙四字文書，印鑒全無，就能作為帶兵入宮之憑證麼？且連駐在國主管外務的衙門也不照會一聲，這能說得過去？」

此言一出，全場肅然，老辣的伊藤博文也一下怔住了。

李鴻章接著又慢條斯理地說：「伊藤大人手上有所謂國王手諭，可鄙人手中，也有好幾張文字，不知亦可作為憑證否？」

說著，十分從容地望日使笑了笑，食指向身邊隨員羅豐祿一勾，羅豐祿立即從羊皮護書中取出一疊文稿，雙手遞了過來，伊藤博文只好接著。

這疊文稿中，有朝鮮國王詔命國民勤王的詔書；有事後向袁世凱泣訴日使仗劍威迫的記述；還有洪英植等逆臣被捕就戮前的口供，上面印鑒俱全，指模也清清楚楚，都指竹添公使為主謀。

伊藤博文不由頭上冒汗了。他沒料到李鴻章一下能拋出這麼多證據，原以為他忙於應付法國人，是無暇顧及這些的，這麼多資料不要說一一作答，就是認真地讀一遍也須待時日，於是只好提議暫時休會，容明日再議。

李鴻章看透了伊藤博文的心思，表示贊同。

第二天上午約九點鐘，伊藤博文一行乘坐四輛馬車又如約而至，李鴻章偕兩位副使及數名隨員已迎候在那裡。

因已是第二次；客人們顯得很熟悉，進門直奔鎮海樓，李鴻章仍像昨天一樣在大門口迎接。伊藤博文和李鴻章客氣了兩句，當主人正要伸手肅客、在前引路時，客人便先進了大廳，也不待主人謙讓，一行人穩穩地佔據了東邊一排椅子，當李鴻章等跟進來時，客人們已一排站在東邊椅子邊上了。

李鴻章把這一切都看在眼中，心想，深諳中華文化的日使連中國習慣以東邊為尊這一點也掌握到了，居然也斤斤計較，要平起平坐，越加加深了「倭人器小易盈」這一看法，想起孟子的「以大事小」之說，也就泰然處之。

第二次會談氣氛仍不和諧。伊藤博文一開始就表示，昨天中堂提交的證據資料已認真研究過了，中堂所辯，無非三條，第一即「日使入衛」四字是矯詔；其次是竹添公使帶兵入宮未通知外務衙門；再次就是中國軍隊並未首先開槍，是日軍開第一槍。至於國王的敘述、罪犯的口供，則不值一駁——國王懦弱，人云亦云，眼下已被袁世凱控制，當然只能順著袁的意思說；至於罪犯的口供，重刑之下，何求不得？所以，他只就中堂看似有理的三條反駁。

第一，「日使入衛」四字，確係國王手書，因情況緊急，掌管玉璽的大臣已逃，故未能用印，此事可與國王面質；至於竹添帶兵入宮，雖未通知外務衙門，這是在緊急情形之下，再說一國之中，君命為重，國王既有手諭，自然可不通過外務衙門；最後說到誰開第一槍，這可是誰也拿不出證據的事，但將情斷理，就事論事，袁世凱手中有一千五百兵，竹添手中僅一百五十衛士，他就是吃了豹子膽，也不敢向十倍於已的貴國士兵先開火的。

經過一夜的推敲，伊藤博文果然又變得「詞嚴義正」了，但吳大澂、續昌哪裡肯依。他們除了對伊藤博文前兩條進行反駁外，對第三條竟也亮出了證據——原來袁世凱調兵去保衛國王時，遭日軍抵抗，為此他曾再次派翻譯持文書找日軍交涉，這個翻譯手執白布，邊走邊揮舞白布，高叫不要開槍，但對方突然排槍齊射，將來人打倒，那血染的、被子彈洞穿的白布又被擺到了桌上——事實證明，這個下令開槍的竹添公使豈止吃了豹子膽？

這一番爭論無休無止，十分激烈。

第二天也依然各執一詞，針鋒相對，看看又快要唇焦舌敝了。

李鴻章很少作聲，這種費唾沫耗精力、勞而無功的事他是不做的，只正襟危坐，望著舌戰的雙方，心中卻已暗暗打定了主意。又爭過一輪之後，伊藤博文有些失望地說：「此次奉使，我天皇陛下一再叮囑，所議兩事，無論過去的事或現在的事，都極重要，務必辦妥。不料在此辯來辯去，竟一事無成，叫我們如何回去覆命？」

李鴻章看出伊藤博文情緒沮喪，乃關心似地問道：「事情總要分清責任才可定議，我們也是不得已也。但不知在伊藤大人心中，以何事為先？」

這口氣之和緩，已不似是敵對的雙方了。伊藤博文忙說：「現在中日兩國都留兵在朝鮮，同在一城，武人不知禮儀，易生誤會。所以，為保朝鮮安寧，自然以撤兵為第一要著，不過——責任的事，仍不能不議！」

李鴻章仔細琢磨這話，其實是只剩下一個「撤兵」的要求，於是也放緩口氣說：「若只有撤兵一節，只要日本不再派兵，本大臣願奏明我皇上，似有可商量之餘地。」

伊藤博文馬上點頭回應，並加重語氣說：「中國願從朝鮮撤回所有駐軍，這可是中堂說的！」

李鴻章點點頭說：「大清在漢城駐有慶軍三營約一千五百餘人，此乃應國王之請，保護屬國，但為了敦睦中日邦交，同意同時盡撤，這可是看在伊藤大人和西鄉大人的面子上啊！」

伊藤博文連連拱手說：「承情之至！」但沉吟片刻，又故作猶疑地搖搖頭，說：「得了，朝鮮與大清不但陸路相通，且仁川與山東，隔海相望，才數百里路程，我們可遠多了，貴國要出兵，還不朝發夕至？」

李鴻章想了想說：「好吧，萬一朝鮮有事，敝國須出兵時，事先跟你們打個招呼好了！」

這一下雙方才算是打破了僵局，並同意次日再擬具體細節。

送走日使，回到上房，李鴻章尚未更衣，吳大澂和續昌便跟了進來。他們顯得十分激動，一坐下吳大澂便說：「中堂怎麼就同意撤軍呢？」

李鴻章白了吳大澂一眼沒好氣的說：「三營慶軍駐在那裡，一年光糧餉便十幾萬，再說也常滋事，我早想自己撤了！」

吳大澂說：「保護屬國何惜十幾萬銀子，遽爾撤兵，一旦有事，緩不濟急，豈不要誤大事？」

續昌也於一邊說袁世凱的兵撤不得。

李鴻章不耐煩地說：「屬國之事不要提了。既是屬國，軍事與外交權歸宗主，總理衙門在光緒初年何以放任朝鮮與列國訂交？眼下重提屬國，底氣不足，此事老夫籌謀已久，二位毋須多慮！」

這口氣，自是不把二位副使放在眼中，吳大澂不由有氣，立刻下座雙手一拱說：「既然中堂作主，奏聞朝廷時，晚生就不具名了！」

續昌也跟著起身說：「中堂就單銜上奏吧！」

望著二人甩手而去，李鴻章不由冷笑——他本就不打算拉他二人聯銜的，可待他讓于式枚草疏時，于式枚也認為不該讓這個步，他說：「這不是同意朝鮮由中日共管嗎？」

李鴻章沉吟半晌說：「共管有什麼不好？據我所知，眼下北有俄羅斯、南有英吉利，都對朝鮮虎視眈眈，為抗英俄，拉日本做幫手未始不好；再說要保朝鮮，唯一的辦法是充實實力，能否如我所願，就看北洋水師了！」

李鴻章此說，分明是忍辱負重，以退為進。于式枚明白他的本意，也就不再作聲了……

「鴻門宴」

伊藤博文這邊則又是另一種情形——幾天的談判毫無進展，他在一開始便明白，好運氣失之交臂了。法蘭西遠東艦隊能一舉擊潰閩江水師，陸軍在中越邊境卻是如此窩囊，變幻莫測的國際風雲啊！眼下自己沒有強大的武力做後盾，單憑三寸不爛之舌去向與強國法蘭西打成平手的鄰國做外交訛詐，其結果是可以想像的。

伊藤是一個實在人，明知無望的目標絕不去做那非份之想。所以，當李鴻章口氣略一鬆動他馬上回應。

不料一回到領事館，副使西鄉從道竟對迎在門口的領事原敬氣咻咻地搖著頭說：「完了，辛苦一趟，勞而無功！」

伊藤在車上即發現西鄉不滿，忙說：「西鄉君，我看這一趟值！」

西鄉從道不理睬他，僅輕蔑地「哼」了一聲，便回到了自己的臥室。

伊藤博文一怔，隨即跟了進來，只見西鄉從道正虎著臉在喘粗氣。他只好從容解釋道：「此番談判，我們不但迫使李鴻章從朝鮮撤出十倍於我們的兵力，且逼他承諾中國有事於朝鮮時，必先知會我方，這實際上是答應中日共管朝鮮事務，只此兩條，我們也應知足了！」

西鄉從道冷笑一聲，道：「這有什麼，這以前支那人容許朝鮮與我們訂約，容許公使帶兵自衛，便已承認大日本在朝鮮享有特權了！」

伊藤說：「眼下用條約的形式正式固定下來有何不好？更何況我們此行，摸清了對手的虛實，我覺得這是最大的收穫！」

西鄉從道抬頭瞇著眼問道：「什麼虛實？」

伊藤博文微笑著，侃侃言道：「歐美的報紙不是稱李鴻章為東方俾斯麥嗎？俾斯麥出任普魯士和德意志兩國首相，短短幾年統一德國，前些年又一舉擊敗法蘭西，使德國一躍而成為可與英俄分庭抗禮的強國，論起來，俾斯麥厥功偉矣！這以前聽人講李鴻章和他的洋務，又聽人比他為東方俾斯麥，早就想見識見識他，如今看來，名與實相去多多——和這個老大帝國當權者強不了多少，色厲內荏、外強中乾，而且，我看他經理事務過多，力不從心，思維紛亂，毫無方寸。對付這種人，我有十足把握戰勝他！」

西鄉從道卻仍不以為然。

西鄉從道為日本倒幕三巨頭之一的西鄉隆盛的胞弟，出生在尚武成風的薩摩島（鹿兒島），西鄉隆盛最早提出「征韓論」，主張向大陸擴張，西鄉從道便是這一主張的忠實執行者。

十年前為臺灣土人殺害琉球船民一案，西鄉從道率兵攻台，終於獲五十萬兩白銀的補償而歸，老虎咬叫驢，一下試大了膽子，此番更是躍躍欲試，不料開議才三天伊藤便妥協下來了，眼下他聽伊藤博文說得娓娓動聽，乃冷笑著說：「我是個軍人，只講實際，講戰果——十年前我憑幾條破船，也獲得五十萬兩白銀的賠款，今天呢，一文不名！」

伊藤博文說：「我們不能只望著眼前，要有耐心，要看到將來！我們不是諷刺他們在高枕臥夢嗎？我可斷定，別看他們眼下擺出銳意革新的樣子，不出兩年又會去睡覺的！」

西鄉從道冷笑道：「好吧，我等著！」

伊藤博文不慍不嗔，口氣卻十分自信：「對付這個老大帝國，需要的是水磨功夫。你不是愛看《三國》嗎？周瑜畢命須三氣，孟獲歸心要七擒——請永遠記住這句話！」

儘管西鄉從道心中不懌，但作為副使，他也無法改變局面——伊藤博文終於和李鴻章達成妥協，並立即電奏天皇，且獲得了批准，數天後簽約。

之後，李鴻章設宴款待日使。

宴會地點在北洋公署大廳，除了日本使團，英、俄、法、德等國駐津領事都應邀參加。北洋方面，除了李鴻章和他的重要幕僚，還有因公來津的水師將領丁汝昌、方伯謙、林永升及記名提督馬玉昆等人，場面較為壯觀。

幾天的劍拔弩張、針鋒相對的相互指責，又變成握手言和、談笑風生的聚會，李鴻章和伊藤博文都很高興，似乎都忘記了前幾天的不愉快。席間頻頻祝酒，齊逞口才，說不盡道不完的美好辭彙。但雙方的副使都緊繃著臉，顯得十分矜持，尤其是西鄉從道，別人舉杯他不舉杯，別人祝酒他不祝酒，待李鴻章第三次舉杯欲祝中日邦交永遠和睦時，他忽地虎著臉站起來，說：「各位，如此盛會，豈能無歌？不才願放歌一曲，為各位助興！」

李鴻章不意西鄉從道有此一說，稍稍一怔，隨即朗聲應道：「東洋歌舞，久負盛名，西鄉大人有此雅興，我等想必將大開眼界！」

西鄉從道乃將手中酒杯一舉，邊舞邊歌道：「生在扶桑兮，日出之國；來此支那兮，日沒之邦。怒海狂濤兮，漫漫無際。蕩我胸懷兮，壯志難酬。踏破長城兮，馳騁燕趙。螣蛇乘霧兮，飲馬長江。」

此歌一畢，座中中國人一齊變色，吳大澂、續昌及丁汝昌等更是氣憤不已。吳大澂乃憤而起立應道：「如此狂歌，豈能無和！」

說著，不待李鴻章點頭，也手之舞之吟道：「讚我炎黃兮，子孫繁衍。崑崙為脊兮，長河為帶。物華天寶兮，文明古國。屹立東方兮，四夷賓服。笑彼蚍蜉兮，欲撼大樹。」

吳大澂歌畢，這邊水師參將鄧世昌仍覺不解氣。心想，小日本學西洋才幾天，居然敢來挑戰，乃推箸而起歌道：「鸚鵡學舌兮，沐猴而冠。夜郎自大兮，七里稱王。陰溝濁浪兮，泥鰍為祟。黃鵠銜羽兮，燕雀翩翩。一朝發憤兮，乘風萬里。長浮東海兮，直縛長鯨。」

鄧世昌的歌聲高吭，雄渾有力。一曲歌罷，眾人齊聲喝采。

西鄉從道本想借歌吟一逞豪氣，從氣勢上壓倒北洋群英，不想這邊應者連連，比蚍蜉、鸚鵡、猴子、泥鰍，將他們損得也有十分了，乃冷笑道：「詩詞歌賦，逞一時口舌之能，乃文人雕蟲小技，大日本帝國武士，原本不屑此道！」

丁汝昌聽了，乃應聲問道：「聽西鄉大人之言，莫非還想在此較競技之戲？」

西鄉從道一聽正中下懷，忙走下座來。他穿著和服赴宴，此時，竟把袖子一捋，向眾人拱手道：「哪位朋友願來一試？」

丁汝昌明白日本武士盛行柔術，乃吸收中國的摔跤技法，摻入日本武術而成。交手時，可用摔、壓、絞、反關節等動作，將對手擊倒而獲勝。西鄉從道從一個下層武士直做到陸軍大將，必嫻此技，要挫敗他，可不能大意。

他想，北洋內部，無論陸師和水師，在訓練時都有一門拳術課，並聘有好些著名的拳師為教習，但教的多是中國的拳擊和摔跤，規矩和套路與柔術不合。起眼一瞧，下首的方伯謙、林永升等水師將領及馬玉昆、姜桂題等陸軍戰將都是南拳高手。心想，狗日的島夷欺我中國無人，竟於席間挑戰，我們豈能畏懼，只要交手，散打不按套路，他來他的柔術，我打我的南拳，只要摔倒了對手，挫了他的威風便是勝利。

這時，吳大澂等文官也一邊攛掇，丁汝昌於是向水師參將林永升使了個眼色，林永升早窩了一肚子火，在丁汝昌暗示下，乃將身上的冠服一扔，走下座來，與西鄉從道照個面，客氣兩句，然後交手。

其實，西鄉從道既是柔道的好手，同時也熟悉中國的拳擊和摔跤，二人交手，你來我往，十幾個回合後，林永升求勝心切，頻頻發起進攻，西鄉從道卻不慌不忙地應付，當林永升迎面一掌擊向西鄉從道的面門時，被西鄉從道巧妙地一下閃開，卻順勢靠上來，一把挽住了林永升左肩，腳一勾，一個枯樹盤根，竟一下將林永升摔倒在地。

這一來，席上的西洋人和日本人都喝采不迭。北洋將士一個個都氣憤不已，陸師記名提督馬玉昆馬上跳下座來。

馬玉昆生得高大魁梧，堂上一站，鐵塔一般，他一心要挽回面子，為林永升報仇，因見西鄉從道個子矮小，有些小覷他，交手後連連進招，不想去得太猛，反被西鄉從道看出破綻，幾個回合後，竟又被西鄉從道摔翻在地。

日本人連勝兩局，不由情緒高漲，榎本武楊與原敬大聲說話，意為大和武士不可戰勝，而靜坐一邊不動聲色的伊藤博文臉上也綻開了笑臉……

李鴻章一直在冷冷地注視這場面，看到西鄉從道得意洋洋、不可一世的樣子，心中很氣憤。他明白，西鄉從道代表日本好戰的一派人，對此番他和伊藤博文達成的妥協十分不滿，西鄉從道不過藉此示威洩憤而已，不想手下人求勝心切，接連被他摔倒，他好惱火，就在這時，忽聽背後有人連連大聲乾咳，回頭一看，只見老家人李杜正立在身後，一副躍躍欲試的神態，他立刻有了主意，乃大聲對李杜說：「你莫非也想去湊熱鬧？」

李杜乃拱手道：「大人，林、馬二位習的是南拳，不適應這種打法，若換小人去，包能取勝！」

這邊西鄉從道正洋洋得意，聽李杜這麼一說，不由招手道：「來來來，既出大言，想必有本領，鄙人正想領教！」

李鴻章笑著搖手道：「沒事沒事，此人乃家中老奴，下賤之輩，西鄉大人贏了他沒份量，若有個閃失，豈不辱沒了大人聲名？還是算西鄉大人無人能敵吧！」

西鄉從道一聽這話，不由煽起無名怒火，且正在興頭上，哪裡肯依，乃上來拉李杜，執意要比。

李杜望一望李鴻章，李鴻章點頭應允，眼中充滿了鼓勵，口中卻叮囑不許放肆。這更加激怒了西鄉從道，待李杜一上場，他便擺出架勢，頻頻揮拳向李杜進攻。

不想李杜卻左右閃避，並不出手，眾人不明就裡，一齊為西鄉從道喝起采來，只李鴻章坐著紋絲不動，正所謂「坐山觀虎鬥」。

此時，西鄉從道在眾人慫恿下，有些忘乎所以了，竟丟開柔術以靜制動、後發制人的特點，大打出手，前後左右，連連發起進攻，打了二十幾個回合，仍無勝負。他憋足勁連發三拳，直攻李杜上三路，被李杜閃身躲過後，竟用盡全身力氣揮起一拳，照定李杜前胸一記衝錘，不想李杜再次身子一側，順勢一個牽帶，西鄉從道只覺一股強勁的風向他捲來，他急忙斂神想穩住，但來不及了，竟被李杜一下倒拔蔥舉起，幾個旋轉後一扔，竟被扔到左邊貴賓席、天津海關稅務司德國人德璀琳的桌上，桌上陳列的美酒佳肴及碗碟被砸個粉碎。

西鄉從道雖一個鯉魚打挺立了起來，可掩不住一身狼藉——武士形象掃地無存。

這一下，席上的客人一齊叫起好來，且比前兩次更加轟動。李鴻章忙叱喝李杜道：「不懂事的奴才，怎麼這麼沒分寸？還不快下去！」

李杜面帶微笑，抱拳向四周客人致歉，然後從容下場。

原來這李杜是李鴻章一個遠房堂弟，早年隨李鴻章從軍，因大字不識，乃留在身邊使喚。他是個文盲，舞文弄墨的事不行便習武，軍中教武術的拳師不少，他耳濡目染，見多識廣，曾拜崆峒派拳師蘇十二為師，又集各家所長，相容並蓄，自成一家，在淮軍比武擂臺賽中，曾連得幾次頭名，為此，李鴻章用他為貼身保鏢，今天，他在一旁冷眼旁觀，已窺破了西鄉從道虛勢，早已心癢難熬，李鴻章知其意，乃故意激怒西鄉從道，然後讓李杜上場，終於獲勝。

此刻，他從容走下座來，親自上前扶住西鄉從道，說：「西鄉大人，失禮了，失禮了！」

伊藤博文也舉酒上來，說：「中日兩國乃一衣帶水的鄰邦，今日之會，乃敘友情訂交誼之會，可不是鴻門宴啊！」

李鴻章聽出伊藤博文自我解嘲之意，乃笑著附和說：「對，對，中日兩國，同處亞洲，同種同文，應該和衷共濟，攜手共進，不要讓他人看我們的笑話啊！」

說著，他親自把盞，為西鄉從道滿上一盅，舉起酒杯，欲與之碰杯。

西鄉從道卻推開酒杯，虎著臉硬梆梆地說：「中堂大人，明治七年（同治十三年），鄙人與貴國沈葆楨大人有約——十年後再見。不想十年後的今天，我大日本帝國武士仍不能暢行其志，鄙人仍不得不再次和你說一句：十年後再見！」

說著，他也不管滿堂的人都怔在那裡，頭一揚，獨自一人離席走了……

第三章 名園之夢

太上皇

污水四濺的天街上，行駛著一輛華麗的後檔轎車，醇親王爺坐在車廂內，搴簾仰望著鉛灰色的蒼穹，長長地歎了一口氣：這年月，天難測，君威更不可測。

常年的二月花朝，北京城已春意盎然，陽光和煦，冰雪消融，護城河邊的垂柳已吐出了嫩芽，連威嚴肅穆的紫禁城也感覺到了絲絲春意，今年卻仍春寒不盡，生氣全無。往日轎車行駛在大街上，留下一串節奏分明的鈴聲，那是他作為當今皇帝的本生父、近支親王進宮去給聖母慈禧皇太后請安或賀喜什麼的，但凡這類事，一定是和福晉一道去，福晉口稱是進宮給親姐姐、慈禧皇太后請安，其實是藉此機會見一見皇上——自己的親兒子，因為這時皇帝一定陪侍在側。

像對二兒子一樣，拉在懷中，撫摸他的頭或身子，在額頭上親吻一番那是不行的，咫尺天顏，君臣有別，如一道山隔斷了親情。但既是親生兒子，多見一眼也是一種滿足，回來後，福晉一定要叨念好些日子，不是說皇上長高了，老成多了，就是說又瘦了白了，有時興奮有時憂，這在別人眼中，真是載去了一車的愛心，載回了一路的榮耀。

但自去冬至今春，天時不順，人事不和，慈禧皇太后很少有好臉色看了。

去年萬壽節，是慈禧皇太后的五十大壽，雖然半年前就加緊籌備，但南邊中法戰事風聲一日緊似一日，上自垂簾聽政的皇太后，下至草民百姓，無一不是惶惶然，以至對即將來臨的重大喜慶日子也顯得並不重要或不去關心了。加之天公也不作美，秋冬交接之際，淫雨霏霏，九月底，京師各城門及街口準備的彩牌樓、紅燈籠以及金色的大「壽」字匾額全被無情風雨弄得濕淋淋、灰不溜秋的，彩花金紙全脫落了，露出了白森森的竹木骨架。

醇親王爺看到了這一切，不由在心底嘀咕：這是怎麼搞的，不全白忙了？

是的，不但是慶典的籌備白忙了，想起來，自己這大半年起早貪黑的政務操勞也沒好回報——大概就因為這屢戰屢敗的戰事，後來就在宮中淒淒惶惶為太后慶壽時又傳來了朝鮮政變的消息。

總之，年前那一段日子，召見時慈禧皇太后都不給他好臉色看，甚至當著中樞各大臣掃他的面子，他不由想，我這究竟是為了什麼呢？他本可不操這一份心的，只因軍機大換班，禮親王世鐸為首，慶親王奕劻、戶部尚書閻敬銘、刑部尚書張之萬及工部侍郎孫毓汶重組軍機處，新班子仍是五個人，但明眼人一下看出中樞新不如舊——除了一個閻敬銘是有名的「鐵算盤」，其餘幾人則皆庸庸碌碌，無所作為。如刑部尚書張之萬，此人為張之洞堂兄，但科名早得多，他是道光二十七年丁未科的狀元，那一科是響榜，李鴻章、沈桂芬、沈葆楨、郭嵩燾等一大批有建樹的人都中在那一屆，唯獨這個狀元卻毫無作為，就在當刑部尚書後，也只一頭鑽進金石書畫的考據中，政務全推給司員部吏敷衍，就這麼個人，不知怎麼讓慈禧選中，進入政府。慈禧太后自己大概也發現了這一點，過了不久，又另下一道懿旨，命軍機處遇有緊急事件，會同醇親王商辦。

——就這麼一道諭旨，將醇親王爺過了十年的寧靜生活打破了。

按理，醇王為皇帝本生父，不便干政，不然就會有「太上皇」之嫌，所以，十年前那個夜晚傳出同治皇帝駕崩的消息，慈安和慈禧兩位皇太后一道懿旨將他才滿三歲的兒子載湉立為皇帝後，父子抱頭痛哭，福晉更是痛不欲生——她深知自己親姐姐的脾氣，兒子此去日子難熬。但君命難違，作為愛新覺羅氏的子孫，將永固皇基看得比自己的親情更重要。於是，他勸住福晉，將親生兒子抱進皇宮了。從此以後，子尊父卑，關係顛倒了，為避嫌疑，他杜絕了與外界的交往，更視政務為鴆毒，絕不沾手。

十年悠閒自在的王府生活，醇王爺過早地發福了。他正要安享晚年，不料就因慈禧皇太后那一道懿旨又將他推到了前臺。

他不記得當時是怎麼想的，但有兩條使他無法推脫，一是皇帝尚未親政，政柄還牢牢握在慈禧皇太后手中，這才是真正的「太上皇」；二來也是國事蜩螗，以他這身分不容置身事外；加之慈禧懿旨是「會同商辦」，不算正式入值，所以他只好勉為其難了。

當時他想，皇帝已經十五歲了，過兩年後便要親政了，到時自己就不退別人也會要勸退了。不料接手之後，「緊急事件」接連不斷，越南之爭之後又出現朝鮮之爭，都牽涉藩籬不保的大事，中樞幾個都不熟個中細節，拿不出主意，少不得天天派人來請他，弄得他往來宮中疲於奔命。

新正一過，好容易傳來鎮南關大捷的消息，接著，對法對日都和協下來了，可為一個「和」字，又大起波瀾。

本來對法之戰，海上敗了陸上卻大勝了，和談是法國人與英國人提出來的，但條約簽下來，卻依然依照《李福草約》，把對越南的宗主權丟掉了；對日之和，袁世凱更是成功地挫敗了倭人圖謀、穩佔上風，可李鴻章和伊藤博文議下來，卻是中日共管，宗主權丟了一半，加之這以前李鴻章對抗朝命、按兵不動，輿論對他更是不能容忍，一時白簡盈庭——指名彈劾李鴻章的奏章達四十七件之多。

這天，吳大澂將李、伊會談，李鴻章主動讓步的細節奏報到京，軍機大臣們認為事關重大，立刻將醇王請了來。

在左宗棠和李鴻章這兩個中興名臣中，醇王私下曾揚左抑李。左宗棠收復新疆，光復祖業，這本是極符合愛新覺羅氏心思的。左宗棠雖也辦洋務，但對洋人態度強硬，「清流」因此看好左宗棠。醇王此番取代恭王議政，很想取得言路上的支持，所以一聽此番對法對日議和「不敗而敗」，不由火了，說：「此事應毋庸議，既然打了勝仗，為什麼還要簽這種喪權辱國之約？這條約不能批准，且要嚴詔切責李鴻章重議！」

說著，便連連數落李鴻章，話語中還重提往事，甚至責備李鴻章擁寇自重不顧大局，五個軍機大臣見醇王態度如此堅決，也就諾諾連聲，不表異議。這時，有小蘇拉前來傳旨「叫起」。

慈禧太后垂簾聽政大多在乾清宮東暖閣子裡，皇帝坐前頭龍椅上，後面隔一道珠簾才是慈禧。醇王領頭進到外間，末班軍機大臣孫毓汶上前打起簾子，眾人魚貫而入，成兩排跪下請安，然後談起政事。慈禧先開口說：「怎麼搞的呢，李鴻章南安越南，北撫朝鮮，差事辦得十分漂亮，怎麼總有人說三道四呢？」

眾人一聽這口氣，便知開先的計畫大錯而特錯了，一時俯伏在地，不敢作聲。顢頇的醇王卻仍回奏道：「臣等認為，吳大澂所揭示之和談細節，李鴻章確實舉止失措，行為乖張，總總怕把事情弄僵了弄大了，怕不好收拾！」

話還未說盡，慈禧太后卻冷笑著打斷了他：「李鴻章素來辦事穩重，老成謀國。此番南邊打得不可開交，北邊朝鮮又鬧亂子，也虧他回翔壇坫，南安北撫，我正準備要予獎敘呢！」

醇王不意慈禧口氣如此平穩，如此寬容，忙用眼來掃身邊的禮王，禮王早看出剛才所議絕不合上頭之意，所以猶豫著不作聲，這裡慈禧太后卻又用質詢的語氣說：「年初日使伊藤博文來華，原是指名要晉謁皇帝，要與總理衙門辦交涉的，可總理衙門一推六二五，把個刺兒頭讓李鴻章摟著，可他和下來了，你們又要議處他，我看都是為國盡忠，總要和衷共濟才好！」

這一番質問下來，醇王卻真有些受不了了。他是個忠厚人，不會轉彎子見風使舵，更不懂事緩則圓的道理。往常恭王當政，這樣的釘子不是沒碰過，馬上先叩頭請罪，並說：「是，是，總是皇太后站得高、看得遠，能體恤老臣。」

幾句奉承話使上頭轉嗔為喜，然後又扯幾件上頭高興的事，回過頭再議正題。可醇王不會這一套，他一急，話來得更陡，竟說：「朝鮮防務一向由北洋兼管，此番再次發生政變，個中細節，確只能唯李鴻章是問，故上次伊藤來朝，臣等奏請由李鴻章負責談判，也是順理成章的事，絕無推諉之意。詎料李鴻章竟貿然允准撤軍，且同意中日共管，朝廷若批准這個條約，臣真不知外面會傳出什麼不中聽的話來！」

這話本身已是「不中聽」了，因為這分明是與慈禧針鋒相對，且有藉輿論來壓制之意，慈禧立刻火了，竟大聲說：「外人要說什麼我清楚，清流那班人一個個銀樣蠟槍頭，未用他時，吹得天花亂墜，可派出去呢？什麼『兩個是畫眉張敞，兩個是傅粉何郎』，還不虧了個李鴻章，不然連北洋水師也貼上去了！我問你們，今後辦大事是依我的，還是專看外人眼色行事！」

眾人一見慈禧變了臉色，不由慌了。禮王一邊悄悄拉醇王衣角，一邊連連叩頭，說：「國之大政，自然是該唯太后、皇上之旨意是從！」

醇王只好也跟著叩頭，於是，兩個條約全都批准了，又議了一些其他事，慈禧命眾臣跪安退出，卻又讓醇王留了下來。

「老七，你今天是怎麼搞的？」眾人退出後，空蕩蕩的東暖閣子裡只剩下三個人：因奏對不稱旨的醇親王、御座上聽政的皇帝以及簾子後面威不可測的慈禧太后。不過，慈禧口氣和緩多了，且對醇王稱呼用行輩，這是敘家人之禮了。

醇王仍很惶惑，他見太后發問便說：「臣魯鈍，不堪造就，實在有負太后之厚望？」

慈禧一聽，寬厚地笑了——其實，她就喜歡醇王這「魯鈍」。醇王除了是皇帝的本生父，還是她的妹夫，她太了解他的為人了——魯鈍之人往往忠厚，有什麼說什麼，不似他哥哥恭親王，當面一套背面一套，有時甚至是巧飾。所以，她見醇王有些可憐兮兮的，便說：「老七，你坐下吧，都是自家人嘛！」

醇王終於鬆了一口氣，謝恩之後，自己搬了一隻錦墩坐了下來。慈禧又說：「我明白你的苦處，也是迫於輿論，不得不做此姿態！」

醇王明白這是打了又摸，馬上順其意說：「聖母皇太后真是明見千里。近來言路對中樞抨擊甚厲，有些話實在不好上奏以瀆聖聽！」

慈禧冷笑道：「我清楚，那些人是狗嘴裡吐不出象牙的。不過，也不必認真，有他們在一邊指手畫腳也有好處，這對那一班督撫是一種監督，以免他們欺瞞。但自己得有主心骨！」

果然是「自家人」談話，慈禧終於露出了底牌——雖討厭「清流」於一旁指手畫腳，卻又有意包容兼蓄，為的是相互箝制，這正是帝王的所謂「控馭」之方。

醇王明白，太后這麼說，與其說是開導自己，不如說是教導身邊的皇帝，如此用心良苦，還不是為了愛新覺羅氏永固皇基？醇王由此不得不心生感佩，連連稱是。

慈禧又說：「李鴻章此番讓步，其實也是煞費苦心。他的奏章上說，朝鮮事了猶未了，俄人、英人群起逐鹿之心，他深以此事為憂。尤其是朝鮮屏藩東三省，那裡有太祖陵寢，絲毫不能有所閃失。所以，他對日略作讓步，用意也十分明瞭。」

聽太后再次提到朝鮮，且說了猶未了，醇王不由想起了一件事，這就是大院君李昰應。壬午那次政變，袁世凱誘擒大院君，雖是拔出了一個禍頭子，但大院君畢竟是國王生父，國王為此十分不安。後來李昰應被囚禁在保定的直隸總督府，國王得知消息，除了一年數次派人來保定問安，又幾次上表朝廷，請求寬宥大院君，無奈慈禧太后就是不允。國王無法，乃派駐京陪臣金明熙轉走醇王門子——以上壽為名，送了醇王重禮，求在太后面前轉圜。眼下醇王見太后提起朝鮮的事，忙說：「朝鮮王室暗弱，國王年輕無主見，以致列強窺伺。這以前李昰應輔政，稱『事大黨』，對大清忠心不二。朝廷若想撫綏朝鮮，莫如釋李昰應之囚，囑其歸國後善輔國王，振興王室！」

不料醇王一提開釋大院君，本是春風滿面的慈禧突然變了臉色，竟冷冷地說：「朝鮮的事，我自有處治，至於李昰應之囚，那是永遠不能開釋的，非讓他老死中國不可！」

醇王未察覺此時的太后又變了臉色，乃諄諄諫道：「依臣之見，大可不必。李昰應監國十餘年，深受臣民擁戴，釋其回國，好處多多。再說父子天倫，無法割捨，皇太后應讓他父子團聚，以享天倫！」

醇王果真是以直道直，不知道以他的身分，這類話題是應遠遠避開的，尤其是最後一句，竟招慈禧大忌。所以，話未說完，慈禧突然打斷他的話，冷笑一聲道：「得了，老七，李昰應之事不必再提了。此人在生一日，我便要囚禁他一日，沒有別的，只是要讓天下人明白，不要以為兒子做了皇帝，自己便可做太上皇，為所欲為，干預國政！」

此話一出，如晴空霹靂，竟把個醇王驚呆了。他只覺眼前金星亂晃，頭冒虛汗，那一雙腳軟綿綿的，至今也不清楚自己是怎樣跪安退出來的……

眼下坐在車中，回想起這一切，他仍不明白，慈禧太后怎麼是這麼個女人，竟可以在短短的半天之內，變出三副面孔，時嗔時喜時怒，乍暖還寒。他在心中把自己的福晉與她比，同是一母所生的姊妹，可福晉溫柔體貼，通情達理，全不似姐姐喜怒無常，天威難測。難道僅僅只是她做了皇太后嗎？

回到醇王府，孫毓汶已候在書房中了。

孫毓汶以一個小小的詹事府少詹事遷工部左侍郎，又在軍機大換班時得入值軍機處，完全是醇王一手提攜之故，所以，他對醇王感激涕零。此刻，他尚不知醇王在後來的單獨召見時，再次奏對不稱旨，且受了一場更大的委屈。只因開先那一場難堪，怕他心中不樂，特來府中開導醇王。所以，見面後他說：「七爺，我早想提個醒——慈聖近來的脾氣是越來越難伺候了，您奏對時，該先看看臉色，不要操之過急，事緩則圓哩！」

孫毓汶說著，將小几上一支考究的白銅煙袋遞過來。醇王煙癮極大，早朝回來後，第一件事便是尋煙袋，孫毓汶熟悉了這細節。醇王「嗯」了一聲，接過煙袋，長歎一聲說：「長此以往，人何以堪？」

細細琢磨這句話，醇王既是為自己抱屈，更多的是為兒子擔憂——看樣子，慈禧太后春秋鼎盛，再活二三十年大概也不稀奇。自己日子不好過頂多三兩年便要退歸林下了，但兒子生活在她身邊，日日承其顏色，這後頭日子可長了。孫毓汶體會到這層意思，不由沉思……

按說，天威難測，自古而然。所謂天之高，地之厚，君王之心猜不透。歷朝歷代，雄猜陰狠之君，正是有意利用這「猜不透」人為地製造隔膜，造成所謂「天威不違顏咫尺」的局面，只有這樣才可隨心所欲地駕馭臣下。

但孫毓汶仔細觀察，發現慈禧太后的喜怒無常，還有深層次的原因，說白了這是寡婦心態造成的。這以前，一個「權」字可以使她忘憂，把精力在「權術」二字上盡情消耗，但已兩度垂簾的她，對「權」字也缺少了新鮮感，儘管仍少不了它，卻只是肆意蹂躪、踐踏，從中獲取快感……

不過，這種話孫毓汶是說不出口，怔了半天才期期艾艾地說：「七爺，其實，慈聖也有說不出的苦衷，誰能保證心想事成，時時如意？」

「可這犯得著朝別人發洩嗎？」醇王一邊抽煙一邊憤憤不平地說：「和也是她的主張，戰也是她的主張，再說，再說——唉！」

孫毓汶見醇王欲言又止，知他口中尚有難以言傳者，只好代他找原因，說：「七爺，據我猜測，慈聖不順心的事有遠事也有近事！」

「什麼遠事近事呢？」醇王有些茫然。

孫毓汶歎了一口氣說：「怪只怪洋人無理，好端端的一座圓明園，一把火便燒了。往年處理政務多在園中，就是萬壽節受賀，也是在園子裡，可如今只能整天閉鎖宮中，有什麼樂趣？依不才之見，要得慈聖歡心，除非在這上面做文章！」

孫毓汶這意思十分明瞭，即為慈禧太后重修圓明園，讓她有個休閒的去處，這也是為幾年後她的歸政早做安排，孫毓汶不提，醇王也想到了。但這可是個大事情，醇王一時不答，只把那水煙筒抽得呼嚕嚕山響……

太后之「夢」

望見兩名小蘇拉扶著父親，踉踉蹌蹌地退出了閣子，御座上的皇帝幾乎要哭了——今天的會議，他始終沒說一句話，這不單是事情複雜，不諳政務的他無從置喙，更主要的是整個會議，有一半時間是因他父親奏對不稱旨而受太后訓斥，處此尷尬地位的皇帝夫復何言？

他不願火上澆油，卻又不敢代父親辯解，因為這是要招太后大忌的。

皇帝今年十五歲了，模樣雖未脫童稚之氣，但環境使他早熟，這些年，在老師翁同龢悉心教導下，他對政務已有了個人的看法。翁老師經常跟他面前說些歷代英明君主勵精圖治、安內攘外的故事，尤其是說到愛新覺羅氏列祖列宗，什麼太祖一十三副鎧甲創大業，聖祖十四歲親政、十六歲便宸躬獨斷，毅然剷除了權臣鼇拜等等，聽得十五歲的少年熱血沸騰，躍躍欲試。

心想，眼下列強窺伺我大清皇基，國家正多事之秋，作為愛新覺羅氏的子孫、皇位的繼承者，為什麼不能學習康熙爺，赫然震怒，翦除丑類呢？像今天，李鴻章擅訂和約，喪權辱國，為什麼不能嚴詔切責令其重議、甚至撤他的職呢？所以，當醇王請旨，要嚴厲議處李鴻章時，他幾乎要點頭准奏了。但皇帝不敢這麼做，他背後的「親爸爸」沒有開口，他怎麼敢首先表示呢？

緊接著，慈禧皇太后——他的「親爸爸」生氣了，當面駁斥醇王，再以後的單獨召見，又一次乍風乍雨，為的且是一個平日最敏感的話題，御座上的皇帝更是嚇得屏聲靜氣，半點大氣也不敢喘。

皇帝自三歲進宮，至今已生活在慈禧太后身邊十年了。整整十年，三千六百多個日日夜夜，他已熟悉了慈禧這一副嘴臉，熟悉了這個模樣與他生母酷似、脾氣卻大不相同的姨媽的喜怒哀樂。他只能事事順著她，仰承她的鼻息，說她愛聽的話，做她喜歡的事，就連稱呼也盡量迎合她——按滿洲人的習慣，稱父親為「阿瑪」，母親為「額娘」。他既然已過繼做文宗顯皇帝的嗣子，慈禧皇太后便成了他的母親，按慣例，應像同治帝一樣稱太后為「皇額娘」，不料慈禧不許他叫「額娘」而讓叫「親爸爸」。

明明是疏的要叫「親」，明明是女人卻要稱「爸爸」，這不明擺著自己要做「太上皇」麼，怎麼要無端懷疑別人呢？皇帝明白這是慈禧那難填的欲壑使然，自己的父親只是夾在中間受氣。

皇帝眼下只想逃，逃回毓慶宮向翁師傅訴苦去。

醇親王跪安退出去後，慈禧卻沒讓皇帝馬上離開，起駕時竟讓他的步輦跟在後面，一起回到了慈禧的寢宮長春宮。

皇帝對於長春宮是又喜歡又討厭。喜歡的是那裡有一個大書房，裡面有許多毓慶宮見不到的閒書，前面院子的牆上還有好幾幅大型壁畫，上面畫了好幾幅翁師傅口中不會出現的《紅樓夢》故事，這些對少年皇帝來說，是既新鮮又好玩的事。但他很不喜歡長春宮總管李蓮英，那人長著一副不男不女的面孔，說一口尖聲辣氣的話，這些尚在其次，最討厭的是李蓮英見到慈禧時那一副媚態，那種曲意逢迎，令人作嘔的恭維。

此刻他雖走在去長春宮的路上，卻一直在默默祈禱，願今天不該李蓮英當值，或者，可惡的李蓮英被什麼事纏住了……

不想天不從人願，慈禧一回到長春宮，李蓮英馬上就迎了出來，用那鴨公嗓子給慈禧、也給皇帝請了一個甜酥酥的安：「老佛爺吉祥，皇上吉祥！」

慈禧只嗯了一聲，算是回答。

軟轎一直抬到裡面，在正殿的石階前才放下來。慈禧下了轎，由兩名宮女攙扶著，一直進到裡面，皇帝趁著慈禧還要更衣、擦臉，重新化妝的工夫又在壁畫前留連了一陣子。時間不長，慈禧太后已換了常服回到了御座上，皇帝只好轉身伺候於一邊。

這時，慈禧的貼身宮女雙喜端了四色點心上來，另一名叫四兒的宮女也端上來幾色乾鮮果品，這是照例的「進果盒」。慈禧拉皇帝坐在身邊，挑了一塊皇帝最愛吃的棗糕親手遞與皇帝，然後便將面前的果盒推開。

慈禧一口氣抽了三袋煙，抽得很是滋潤，火苗幽幽的，煙絲滋滋地響著，煙筒裡的水聲也很有節奏，看得出，老佛爺在沉思。大家都不作聲，只有皇帝在津津有味地吃棗糕。好半晌，慈禧才抬起頭，望一眼早伺候在一邊的李蓮英，說：「老太太那裡你去過了？」

李蓮英點了點頭，說：「奴才去給皇老太太請安了，各項禮品也遵照老佛爺的吩咐一一送達了！」

慈禧滿意地點點頭，又繼續抽她的水煙。皇帝心中清楚，李蓮英這是奉懿旨去了一趟朝陽門內方家園，那裡是慈禧太后的娘家。「皇老太太」即宮女、太監們給這位福壽雙全的老太太上的尊號。她一邊抽煙，一邊拿眼望旁邊的李蓮英，忽然說：「出了一趟差，在外面聽了什麼新聞？」

向身邊人打聽外邊的情形，也是她的一大愛好。凡打發太監出宮辦差，回宮後她總要命他們向她講述一些閭巷見聞，這是消磨時間的方法。不然，院落深深，宮闕重重，憂思縷縷，日影遲遲，何以打發漫漫長夜？太監們知她有這習慣，每次出宮便千方百計打聽一些人和事。眼下她又向李蓮英打聽外面的事，李蓮英一邊上來在她肩上、背上按摩、拿捏，一邊說：「奴才這回聽到一件稀奇事，不過，都是已往之事，算不得新聞！」

慈禧微閉雙目，身子隨李蓮英的推拿晃動，享受著奴才帶給她的渾身舒坦，閒閒地說：「只要新奇有趣，我都愛聽的，皇帝也好久未聽講故事了，一定也想聽，皇帝你說是嗎？」

皇帝知道一時脫身不得了，只好點頭稱是。

李蓮英賣足了關子，這才說起了經過，原來他趁去方家園的機會也回了一趟自己的家，在家中遇見了多年不見的表兄，問起這幾年的行蹤，才知這位表兄這幾年在天津、上海之間跑買賣。於是問起了十里洋場的見聞，表兄向他說起了一件趣事：有一個熟人，這以前是替人當差聽使喚的，只因偷了主人家的衣物，被主人家發現，飽打一頓之後趕了出去，當時流落街頭，還找他告過幫。後來，此人便在上海灘消失了。有人說是走投無路跳了黃浦江，有人說他又偷了別人的東西被人活活打死了，紛紛其說，但歸根結柢是下場很慘。過了一段時間，人們也就把他忘了。不想前不久，此人又出現在上海灘，這一回可不同了，不單一身光鮮華麗，身邊竟然還跟了一名聽差、兩名衛士，出入茶館酒樓，出手很是大方，有時從聽差手中取過羊皮護書，打開來裡面竟是一疊疊的洋鈔，讓人驚訝不已。直到有一回喝多了酒，酒後吐真言，人家才把他的底蘊摸清。

原來他在上海灘混不下去後，竟投了洋人。他以前在主人跟前當聽差，因人聰明，竟學會了幾句洋涇濱英文。會說洋話可不得了，洋人用他去各衙門和商號推銷洋貨，給他大把大把的回扣；而官府又因他會說洋話、懂洋務，也千方百計地拉攏他，讓他當個委員掛個銜，派他專門採辦機器、軍火什麼的。這些年一些督撫皆熱心起洋務來，今天辦什麼局，明天開什麼礦，機器、設備都不懂，只好依賴這種人，給他車馬費、差費，也給他頭銜，他一下兼了好幾個省的差，都可以支取薪俸，洋人那頭又有大宗回扣可撈，兩頭得好處，您說他闊不闊？

李蓮英很有口才，把一件沒影的事說得頭頭是道，很是中聽，連皇帝聽著也吃驚。心想，督撫們辦洋務，原來是這麼辦的！不想這裡慈禧太后卻把臉一沉，說：「這是胡說八道，就這麼一個無賴子，督撫們怎麼會爭著用他呢？洋人的錢也未必那麼好掙的！」

誰知李蓮英似早料到有此一問，竟不慌不忙笑嘻嘻地說：「奴才正是老佛爺這麼說的，可您猜奴才那表兄怎麼說？」

李蓮英裝作生氣的樣子說，「奴才的表兄白了奴才一眼，說你老兄台每天在皇宮內苑當差，服侍的是一位活菩薩，哪知外面情形。現在這世界無奇不有，比這更離奇古怪的事多著呢！有的人為了錢，什麼事都可做得出，有的官為了錢什麼別人不敢做的事他敢！奴才一聽他這麼說，忙罵他胡說八道，並說若這樣，天下不亂了？您猜他又怎麼說？」

慈禧太后正聽在興頭上，不料李蓮英又賣關子，不由斥喝道：「別折騰了，一口氣說下去！」

李蓮英響亮地應了一聲「嗻」，又繼續娓娓說道：「奴才那表兄說，其實呢，就這麼著天下也亂不了，一來老佛爺手下的兵厲害，長毛、捻子那麼凶不都一一被剪滅了？二來呢，機器反正是要買，讓你去他去都一樣；另外，洋人的回扣不得白不得。總之，老佛爺是菩薩心腸，身邊的人又都缺心眼，不然，這些回扣銀子與其讓下邊的人得，不如自己得。就如捐官，現在外邊有些人闊了，富而不貴，出門拜客，名片上沒頭銜、轎子前頭沒人鳴鑼開道、沒有豎高腳牌不威風，想捐一個功名威風威風，還可追封三代，哪怕只一個虛銜沒實職也行。這既不妨礙國家社稷，又能添財富，又何樂而不為呢？」

李蓮英一口氣說到這裡，悄悄抬起頭望一眼上頭，見慈禧瞇著眼在沉思，他一邊起勁地為她搥著大腿，一邊加油添醋地說：「奴才聽他說的也有幾分歪理，於是斥他說，老佛爺為了這個國家宵衣旰食，日夜操勞，硬是一心一意，二十多年來不但為國家翦平了巨患，還著意培育出兩個皇帝，怎麼是你們這班市井小人所能想像的？可奴才表兄說，不然，老佛爺也上了年紀啦，再過幾年便要歸政啦，到了這晚年卻連個頤養天年的地方也沒有。這幾年雖說有些邊患，但國內還是河清海靖國泰民安的，民間百姓家，田裡多收了一點糧食、也要蓋間房子置塊地什麼的。聽說早幾年老佛爺想修園子又愁國庫拿不出錢，今年眼看是五十整壽，想熱鬧也熱鬧不起來，我就不明白這麼多生錢出息的地方，怎麼偏偏讓下邊一些人把錢撈走呢？」

皇帝直到這時才從李蓮英的「新聞」中聽出一些門道來。

心想，這王八羔子原來是變著法子在慫恿太后興土木修園子呢！國家正處此內憂外患的危急關頭，還能去幹大興土木的事嗎？他真想狠狠地抽這個閹人一耳聒子，罵他個「無恥之尤」，但有老佛爺在上頭，皇帝不敢，只能存放在心裡頭。

皇帝在尋思，慈禧太后也在尋思。心想，自己兩度垂簾，終於弭平大患，換來了「同光中興」

的局面，這都是中外有目共睹的事實。唯一的缺憾，便是沒有將被洋鬼子燒毀的圓明園恢復起來，所以，算不得完全光復了祖業。

為了實現這個夢想，已盤算好幾年了，這以前以恭王為首的一班大臣每每在她剛露出口風時，便以種種理由推諉、拖延，到眼下連個慶壽的地方也沒有，難道到了六十歲大慶仍要在這陰森森的宮中舉行慶典？大臣們總是訴說國庫空虛，為什麼放著大把的銀子讓一班光棍、無賴掙去呢？莊戶人家多收了幾顆糧食也要砌間房子，我操勞國政這麼多年，著意培育了兩個皇帝，怎麼就不該有個養老的處所呢？心裡這麼想著，嘴裡卻仍教訓道：「看你這奴才，都說了些什麼，下次可不許將這些烏七八糟的事帶進宮來！」

嚇得李蓮英諾諾連聲，口中只說：「不敢了！」

帝師之「夢」

皇帝直到午後才跪安出來，待見到老師翁同龢時，已是下午三點了。他滿腹委曲早想訴與師傅聽，但當著太監和宮女，他得有所顧忌，直到師傅向他行了大禮他還了半禮開始講書，太監宮女統統退出時，皇帝才哽咽著叫了一聲「老師」，眼淚就盈盈而出了。

皇帝才三歲即抱入宮，來到一個完全陌生的地方，除了繁瑣的禮節，見到的便只有冷冰冰的臉。九重宮闕、唯我獨尊的皇宮在一個孩子的眼中遠不及醇王府後花園那麼舒適自由，奴顏婢膝的殷勤服侍遠不及親生母親的溫馨、體貼，他是在孤獨、冷漠中長大的，因而養成了懦怯、脆弱的性格。他怕黑暗、怕孤獨、怕風、怕雨、怕雷電，晚上夢魘。這一直影響到他的成長發育，直到後來有了翁師傅……

翁同龢面目慈祥，學識淵博，對他循循善誘，很像父親醇王爺，小皇帝一見面便喜歡上了他。這些年來，翁同龢每日和皇帝相伴，除了教皇帝《四書》、《五經》、《治平寶鑒》等經典，也口授一些作為人君統禦天下的實例，深入淺出，諄諄不倦，皇帝對他有一種說不出的信任和依戀。所以，只有在太監、宮女在場的情況下，他們之間才以君臣、師生之禮相見，在無他人的情況下則不拘大禮。

今天，皇帝先是受了委屈——父親受責，身為人子而只能於一邊默不作聲，這是於孝道有虧；接著，又出現李蓮英「講故事」。

平日，翁老師和他談長治久安之策，說亡國之道不外乎三條，一是窮兵黷武、橫挑強鄰；二是聲色犬馬、不理朝政；第三便是大興土木，耗盡國庫民財。李蓮英攛鼓太后修園子，這不是亡國之路麼？所以，皇帝急於要向老師傾訴。

其實，翁同龢一見到小皇帝便察覺到小皇帝的不快，他清楚慈禧太后的脾氣，也明白自己的學生生活在這個女人身邊的難處，所以，一開始便在心中琢磨、如何安慰自己的學生。

他是江蘇常熟人，父親翁心存在咸豐初年任大學士，主講毓慶宮，為穆宗毅皇帝的老師。身為帝師，一門清貴，三個兒子：同書、同爵、同龢都是進士及第、翰林出身，翁同龢更是在咸豐丙辰科以二十五歲的青年高中一甲一名——點了狀元，因此很負時望，早在十年前他便也奉慈禧太后懿旨典學毓慶宮，命授讀。

人臣之貴，莫如帝師，他能子繼父職，算得千古佳話了，所以，他一心只想盡忠竭智，啟沃幼主，造就一代名君。

然而，幾年的實踐，幾番經歷，他發現自己的願望十分渺茫。尤其是去年年初，慈禧太后赫然震怒，一口氣將恭王為首的全班軍機大臣罷免，他和李鴻藻也遭受池魚之殃，一道被逐出軍機，好友李鴻藻被降兩級調用，他卻僅保留典學毓慶宮這個職務。

這一舉動，讓天下臣民無不悚然，對慈禧太后這個鐵腕冰容的女人無比恐懼。

半年的反思，他漸漸明白，皇帝固然聰穎可教，但他身後的太后卻極難應付。先以為太后歸政後便可讓在自己精心培養下的皇帝暢行其道，師生同心，訂出去舊布新的大政方針，做轟轟烈烈的大事業，振興這個積弱已久的國家，從而也實現自己「致君堯舜」的理想和抱負。

現在看起來，這想法真是太天真了。

太后才交五十，精力又如此旺盛，她如何肯輕易放棄這權力？如何能在閒得無聊時，不於一邊指手畫腳、甚至是頤指氣使干擾皇帝？自己又哪能暢行其志呢……

「唉！」聽完皇帝的敘述後，翁同龢先是搖了搖頭，又長長地歎了一口氣，說：「李鴻章擅自讓步是心有靈犀、有恃無恐；醇王爺不明就裡老實可欺；李蓮英逢君之惡，其心可誅；皇太后恩威難測卻是其來有自！」

皇帝對老師所做的四條總結唯對後一條不明白，他忙問起所以然，翁同龢乃壓低聲音向學生耳邊悄悄地說：「太后乍喜乍怒是胸中在生悶氣，這氣就氣在這園子上頭，她將恭王逐出軍機也是為了園子；醇親王爺太實在了，摸不透這點，自然做個揖也是歪的了！」

翁同龢接著向皇帝談起了往事。

原來，修園之議，早在十年前便已風起雲湧了——自從咸豐十年庚申英法聯軍攻陷北京，巴夏禮一怒火焚御苑圓明園後，京師可供帝后遊興的地方便只剩三海了。到同治改元，兩宮太后垂簾聽政，當時長毛、捻子、回回正鬧得厲害，無暇顧及這些。到同治十一年皇帝大婚後，內亂漸平，中興有望了，眼看兩宮太后歸政在即，宮中就有人不斷放風，議重修圓明園。但慈安太后、恭親王對此不熱心，所以，喊了一陣子竟不曾動手，待穆宗親政後的同治十三年，穆宗忽然下詔，以報答兩宮太后養育之恩為名，擬修復圓明園。

此事一開始便遭到群臣反對，「清流」的沈淮、游百川甚至因袖疏廷爭而受到穆宗的嚴厲申斥，直到鬧出了一個大笑話：廣東有一個叫李光昭的大騙子，他得知皇上要重修圓明園的消息後，竟上書內務府，願報效木植，作為修復圓明園之用。真是上有所好，下有所投，先帝覽奏後也不細加考察，就覺得李光昭忠心可嘉，即賞他一個候補道頭銜，且任為圓明園工程監督。

不想此事後來為李鴻章查實：李光昭其實是在玩「空手道」——兩手空空，一無所有，先哄過先帝，再以先帝的名義去各地招搖撞騙。

這一來，先帝自覺無顏以對臣下，李光昭因此丟了腦袋，修園之議隨之中寢。這以後先帝不豫，不久即暴崩，兩宮再度垂簾，也就再無暇顧及修園子了，但事雖未諧，太后心中卻未嘗一日忘懷。

這一晃又是十年。十年政局翻新，太后舊念復萌，所以說是「其來有自」，而且，翁同龢還估計李蓮英說這番話，與其是說與太后聽，不如說是說與已十五歲、不兩年便要親政的皇帝聽，甚至是在太后的授意下編出的「故事」，讓皇帝心中有個譜。

皇帝聽老師一口氣說完這一段往事加評論，不由不解地問道：「老師，您說修園之議雖來自宮中，先帝卻也力排眾議，明令下詔議修，先帝何以也會做出這一意孤行的舉措呢？」

皇帝這一問，正是翁同龢所期待的。同治帝為什麼要一意孤行呢？說穿了是為了擺脫皇太后對他行使政務的干預。

當時太后才交四十，精力極為旺盛，個人生活的單調更加促使她對權力的追逐。所以，她歸政後，仍然在宮中遙操政柄，事事干預，連親生兒子的私生活也要橫加指責——穆宗特別愛皇后阿魯特氏，不喜歡慈禧為他選定的娘家侄女惠妃，為此招致慈禧不滿，常公開給皇后難堪，指斥她「狐媚惑主」，甚至不准穆宗去皇后寢宮。

為此，穆宗常憤而微服夜行出宮，出沒八大胡同的妓院，終於染上髒病而暴崩，皇后阿魯特氏後來自縊身亡，追隨穆宗而去……

提起往事，翁同龢由先帝而聯想到自己的學生，不能不為面前的小皇帝擔憂，但他又不能說得太露骨，怕萬一傳到慈禧耳中，不但說他毀謗先帝，且會說他離間當今皇太后、皇帝母子感情，這可吃罪不起。於是，他深有感慨地歎了一口氣，說：「先帝其所以要修園子，一來是盡孝心，十幾年哺育之恩，內憂外患，千斤重擔都搭幫皇太后挑過來了，誠非易事，皇帝不能不報答；二來麼，皇太后春秋鼎盛，年富力強，宮中仄逼，沒遊幸之所，一旦歸政，不是太寂寞了嗎？其實，沈淮、游百川等臣子未體會到先帝的苦心啊！」

翁同龢這麼曲曲折折地一說，聰明的皇帝立刻懂了。他想了想，說：「師傅，看起來李蓮英其心雖可誅，但其議或可行？」

翁同龢不意這事由皇帝自己說出了口——修園子供慈禧太后遊樂，換取慈禧太后對未來權力的轉讓，這實在是不得已之舉，雖情有可原，但根據孔聖人責備賢者的「春秋大義」，這也是「長君之惡」。孟子說：「長君之惡其罪小，逢君之惡其罪大」。

話雖如此說，但自認要做一代明臣的翁同龢對主動倡議重修圓明園是難於出口的，再說去哪裡籌措經費，又如何向天下臣民交代呢？

第四章 議辦海軍

船塢

西鄉從道的挑戰，於北洋上下震動極大，這已是第二個「十年後再見」了，且是當眾說的，中外共知，眾人恨不能即刻開動艦船鼓浪東行，與倭人一決雌雄。

李鴻章見眾人同仇敵愾，且把雪恥的希望完全寄託在自己身上，心中不由得意，乃慷慨激昂地說：「吳報檇李之仇，越雪會稽之恥，就看誰能發憤，誰能忍辱負重！諸位都是有志之士，臥薪嘗膽，奮發圖強此其時也！」

這天，他收到一份從歐洲寄來的長信，是去年三月派往德國接船的記名總兵劉步蟾寫的，因電報計字算值所費不貲，而劉步蟾要條陳的事多話長，故仍採用寫信的形式。

劉步蟾在信中說，大前年北洋在德國伏爾鏗造船廠訂造的三艘軍艦：「定遠」、「鎮遠」、「濟遠」經兩年多的施工，目前工程已近尾聲，「定」、「鎮」兩艦經測試，載重可達七千三百五十噸，「濟遠」達二千三百噸，吃水各達二十公尺和十六公尺深。巨艦駛回，保養和維修是必不可少的，擬議中的大船塢不知何日動工，不然，大艦駛回後無法維修保養，一旦要維修保養時，只能借用香港或日本長崎的大石塢，不過，這是勉強湊合，到時緩不濟急。

另外，「定」、「鎮」兩艦雖威武可觀，作為主力艦，行之亞洲無可匹敵，但目前水師的「超勇」和「揚威」速度太慢，火力不強，無法與旗艦配合，僅同時竣工的「濟遠」一艦可與為伍，但力量未免過於單薄。他又說在英國已探得消息，東鄰日本得知大清在德國訂造「定遠」和「鎮遠」等鐵甲艦後，也在英國沙木大造船廠一次訂造了三艘巨艦，稱之為「三景觀」，都是四、五千噸級的大型鐵甲艦和巡洋艦，與此同時，他們似還嫌不夠，在得知我們的快速艦「濟遠」航速達每小時十八海浬後，也派出了好幾撥人來德國打聽行情，欲向德國廠家訂造速度超過「濟遠」的快速艦。

劉步蟾在信中生恐中堂不懂大小配合的道理，除反覆說明外，又以春秋的車戰作比喻，什麼戎路、廣車、革車、輕車，戎路為四輪，是主帥座車，上面甲兵配備齊全，豎有帥旗，戰時主帥乘戎路居中指揮，左右有廣車、闕車為拱衛，而革車與輕車僅兩輪，輕便靈活，便於包抄穿插、分割包圍敵人。眼下海戰之法與車戰同，艦艇大小和速度快慢也是相互配合、相互照應的，目前北洋水師已有了海上的「戎路」，卻缺少「革車」和「輕車」。

李鴻章看完這封洋洋灑灑將近三千言的信，不由笑了。

這個劉步蟾真是個武夫，打個比方也捨近求遠，放著眼前的事物不說，卻一下扯到兩千年前——以海軍艦艇比春秋的戰車哪有比內河水師切貼？這以前，曾國藩用楊岳斌、彭玉麟辦長江水師，也造了許多木殼的艨艟巨艦，稱之為「長龍」、「快蟹」，也造了大批輕舠小艇，稱之為「舢板」。「長龍」、「快蟹」可負重而致遠，「舢板」則靈活機動，進可包抄分割敵人，退可迅速脫敵。大小配合使用，合則雙美，分則俱敗。福建水師學堂出身的劉步蟾，自然不知這些典故。

李鴻章心裡清楚，其實，劉步蟾只是想說動他，多購幾艘快艦而已。

此刻，李鴻章不想嘲笑劉步蟾，卻為他條陳的事項所吸引，尤其是東洋人的行動，他們居然有這樣的雄心壯志，比照西鄉從道那一番狂言，看來他們早就在以大清為對手了。

他正在想著購艦的事，不想丁汝昌也為海軍的事來找他了。

這天，丁汝昌將北洋水師總教習、掛記名提督銜的琅威理和工程總監督、以總兵記名的漢納根帶到了他的官廳。此二人皆為中國客卿，見了中堂，一樣地打千問安。

坐下後，李鴻章瞥見他倆膝蓋上各放了一隻鼓囊囊的羊皮護書，心中明白，他們是為彙報建造大船塢以及續建兩大軍港的配套設施而來，於是問道：「禹廷，你們可是為船塢的事而來？」

丁汝昌欠了欠身子，恭謙地答道：「是的，門生手中有總圖和估單，其餘圖樣由他們分管！」一聽他們不但完成了圖紙設計，連估單也做好了，不由高興，連連向兩個洋人豎大拇指，誇獎道：「辛苦了！辛苦了！」

琅威理和漢納根在華多年，已通曉華語，就連一些手勢也懂，一見中堂衝他倆豎大拇指很是高興，琅威理說：「中堂不必客氣。其實，能讓自己畢生所學派上用場，這是最愉快的事，我們應該，該——趁鐵塊燒紅了快些打！」

漢納根也說：「正是這話，船塢的建造，尤其是設計材料用塞門汀，須一次完工，可不能停停打打，萬噸級的大船塢，施工前的準備須充分，第一要備足材料，早些動手！」

對於船塢是個什麼樣子，李鴻章心中還是有底的，大沽就有一座活動船塢，只是太小，才五百噸級，眼下這是萬噸級，豈不是二十倍於斯麼？他想像不出來，忙說：「好的，先看看！」

丁汝昌於是把手中羊皮護書按鈕打開，將圖紙取出在匹上按順序擺好，一一展給中堂過目。

原來船塢外形像一口大箱子，四稜四角，看似簡單，但是造船修船必不可少。分旱塢、浮塢兩大類，旱塢固定在某一地，浮塢則可漂浮拖帶到別處，大沽現有的一座的便是浮塢，而計畫在旅順建造的則是旱塢。造前要先在岸邊築臨時海堤擋水，排乾海水後打樁，周遭三面為堅固的不透水塢壁，另一面為塢門，可用機器開合，船入塢後，關閉塢門，將塢內水抽乾，船即坐在塢底的塢墩上以供檢修。

李鴻章戴上老花鏡一一細看。可惜這種圖太複雜，上面的說明又是洋文，尺碼也標洋碼字，翰林出身的老中堂看了半天也看不出子午卯酉。但想起劉步蟾信中介紹的「定」、「鎮」兩艦艦身長二十六丈、寬也有六丈多，吃水達六丈，那麼，要托起這麼個龐然大物，其底座該是如何的更加龐大便可想而知了。於是一邊看，一邊連連點頭叫好。

丁汝昌又說：「洋人說，如果這個船塢建成，在亞洲可稱第一，因為長崎和香港的石塢都只五千噸級，我們是他們的兩倍，加之定、鎮兩艦總噸位也是亞洲第一，故我們有兩個亞洲第一！」

李鴻章聽說比日本的大一倍，兩個亞洲第一，臉上馬上泛起了笑容，他說：「當然，我們是泱泱大國，物產、人口、地域無一不比小小島夷大幾倍幾十倍，大一倍算不了什麼！」

丁汝昌說：「還有，我們船塢材料也是上乘的，遠勝東洋人，他們長崎的船塢用石頭砌成，中間嵌沙漿，我們設計用塞門汀，比石塢堅固且不滲漏；還有，我們開啟塢門用油壓，比他們用機械手搖方便多了。洋人說，船塢修成後除了維修自己的艦艇，還可承接別國的艦船，無論兵輪、商輪都可維修，不消三五年便可收回成本！」

塞門汀是一種建築新材料，前幾年才從英國引進，李鴻章聽藩台周馥說起治黃河用此物，摻水拌沙時如石灰漿，乾漿後如石頭很是堅固，便在建大沽碼頭和炮台時試用了，很是不錯。至於開閘門用油壓，他有些不明白，只覺新鮮，尤其是聽說「三五年後可收回成本」，更是動心，不由誇讚道：「好，好，真是太好了！」

一見中堂連聲叫好，丁汝昌知道火候到了——看看又要過端午了，水師官兵薪餉還差一半未關；另外，海港第一期工程尚有尾欠；更重要的，是船塢工程一旦定妥，便須先領一筆材料款備用，幾項加起來便是一筆不小的數字。

他清楚，一到節邊，便是各路人馬紛紛向上面伸手的時候，自己雖不得已湊熱鬧，總有些難於啟齒。這裡李鴻章眼光雖仍停留在圖紙上，卻有一些分神了，忽然抬起頭，問道：「看了這些，確實不錯，也是辦海軍必不可少的，只是無錢法不靈，你怎麼就不說呢？」

丁汝昌「嗯」了一聲，怯怯地說：「是啊，老師如認可此事，則先要從滙豐銀行匯一筆款子去倫敦，據說歐洲塞門汀價格波動厲害，有錢便不會買貴貨，另外——」

話猶未盡，李鴻章已明白，「另外，又是節邊了，要開清欠餉；還有前期工程尾欠也無法再拖了。」

丁汝昌想說的，中堂全想到了，話語也更周全，他連連點頭說：「是的，中堂真體恤下情！」

李鴻章說：「船塢預算是多少？」

丁汝昌怯怯地說：「估單上寫了，八十萬兩，工費在內，一百萬也差不多了！」

李鴻章見丁汝昌那模樣，便明白這一百萬中虛開的不是少數，但更清楚丁汝昌不會少孝敬的，也就不想再盤根詰底了。

他伸了一個懶腰，又打了個呵欠，一旁的丁汝昌知他煙癮犯了，忙將煙袋雙手捧上來，又代他點燃一個紙煝子。李鴻章接了，先不忙抽，卻說：「那個劉步蟾在倫敦，隔洋隔海給我上了個條陳，說巨艦回來了，船塢是少不得的。我也明白，我們的艦船，怎麼要去日本維修？洋人早就譏笑我們水師是有鳥無籠，倭人還不知怎麼說呢！」

一聽這口氣，丁汝昌不由高興，忙說：「那您——？」

話未說出口，迫促之意卻已在言外。不想李鴻章這時反吹燃紙媚子，微閉雙目抽起了水煙，「咕嘟嘟，咕嘟嘟」，抽了又磕，磕了又抽，大約抽了七八袋煙，這才放下水煙筒，又端起小几上的茶喝了一大口，漱了漱口，吐在腳踏邊的痰盂內。這才長長地歎了一口氣，似是自言自語地說：「不行啊，籌辦海防，本是當今第一等大事，關係國家存亡，應該年年有一筆實在經費，就是水師官兵，也應和八旗綠營一樣，有正式編制，薪餉納入戶部預算，怎麼還像過去打長毛一樣要兵由自募，餉由自籌呢？戶部一班人一聽要錢便鈍刀子割肉，極不痛快的，這局面非打破不可，不然，每辦一件事都要已出殯了再來討輓歌郎錢！」

丁汝昌一聽，正中心懷，但這牽涉到水師要有專管的衙門，而這又是李中堂極不願意的，他辛辛苦苦經營起北洋這麼大一份家業，豈能容他人染指？除非成立的海軍衙門由他專管，可朝廷那頭能答應嗎？於是，他期期艾艾，吞吞吐吐地說：「老師能從根本上改變水師經費自然是大好事，但個中關係，方方面面，總要撫平才好，不然——」

「不然」的後面，是師生都明白的，李鴻章不由再次陷入沉思中……

硬脊樑

經過深思熟慮，李鴻章終於就海防的設想，從宏綱到細目，擬了一封長長的奏疏，馳報到京。

慈禧皇太后覽奏之後，認為事關重大，牽扯到的衙門又多，具體的細則及籌備不面對面的商討說不清楚，乃詔命他入京陛見。

於是，他帶著一大批幕僚和一系列的具體計畫入覲——不但要面見慈禧皇太后、皇上，造膝密陳自己的設想，還要遊說各王大臣、中樞、內閣及各部院大臣，消除他們的顧忌，爭取朝廷放心讓他放開手腳，大包大攬北洋大業。

然而令人迷惘不安的是就在他動身赴京前，慈禧皇太后接連發出了兩道上諭，第一道上諭以「和局雖定，亟宜籌辦善後為久遠可持之計」詔命李鴻章、彭玉麟、曾國荃、張之洞等大批功臣宿將籌議大辦海防，增擴機器局和船廠，這當然予在事大臣極大的信心和鼓舞。

然而，另一道上諭的內容卻令人猜測、令人不安，這便是要勘修三海工程。

三海，在紫禁城和景山西側，是引玉泉山水入城後形成的一大池沼。在遼、金時代稱西華潭，元代稱太液池，而今稱「三海」。三海上有一座金鼇玉蝀橋，將其截為兩大節，前為北海，後為中海和南海，北海上有瓊島，四面環山，島上有白塔，氣勢雄偉；另外，五金亭、漪瀾堂、永安寺、畫舫、瀛台等樓臺殿閣分佈四處，景色秀麗迷人，一直為皇家御苑。但因在城內，未免顯得仄逼，氣魄不夠宏大。所以，自從圓明園竣工後，三海僅成了皇室茶餘飯後消食的地方。

如今詔旨令修三海，三海有什麼修的？就是全部裝飾、髹鬃一番也用不著如此大動手腳，竟將它與整頓海防、創設新式水師相提並論。

讀了這道上諭，李鴻章心中有如朗朗晴空，突然從西北角上襲來一朵烏雲——只怕修三海是幌子，重修圓明園才是真。老謀深算的慈禧皇太后，欲以瞞天過海的手段，遮盡天下人的耳目。

然而，圓明園從康熙四十八年動工營建，直到道光末年才完全竣工，歷時一百餘年，耗費白銀約兩億兩，而那時尚是康雍乾之世，正是大清的鼎盛時期，不但無內外之患，且國庫豐盈，哪是今日警耗頻傳、百孔千瘡的時局與國力可比——動身時，李鴻章便已感到一種不祥之兆。不料這預感在第一次召見時，便被進一步證實了。

他因是應召陛見，加以事關重大，所以，宮門請安後，第二天立即被安排在頭班召見。面聖已不是頭一回，他顯得熟門熟路的，早早進宮後，先在內閣的朝房休息，不一會即有蘇拉來「叫起」。

來到養心殿東暖閣，見廊簷下太監宮女排兩行雁陣，肅然無聲，他掀簾進去後，望見正面簾子後，慈禧皇太后正昂然上坐。他不敢仰視，趕緊走幾步，跪下來行三跪九叩之禮，然後自報姓名，恭請聖安。

慈禧對他十分優容，立刻賜他站著說話。就這瞬間，他才趁起身時抬頭望了上面一眼——已整整五十的人了，但外表顯得十分年輕和精力充沛，無半點安心退休養老的樣子……

端坐玉座上的慈禧先開口問了一些稼穡豐歉之類的閒話，立即引入正題。她說：「李鴻章，你寫的籌議海防的奏疏我已看過了，茲事體大，所以召你來京當面細談。既然來了，先不必急著回去，好好地把你的想法與醇親王及軍機諸大臣商量，總要謀出萬全、盡善盡美才好！」

李鴻章說：「是，臣一定遵旨和各王大臣、在事大臣通盤籌畫。臣來京時已帶了不少人手，他們都是經辦人，具體細則由他們向各主管衙門稟報，各王大臣、在事大臣凡有不同之見，也可與臣當面商討！」

慈禧太后說：「你奏疏中條陳各項，如建海軍衙門、訂立海軍章程、建各項設施，究竟哪項為先，棘手的又是哪項呢？」

這一問正是李鴻章期待的，忙奏道：「當務之急，自然是成立海軍衙門，大清國土廣袤，海岸綿延曲折，縱貫數省，它不比剿匪，可分省設防。該有一個總衙門居中調度、節制，才能做到呼應靈便。最棘手的也正因此，若相互掣肘，政出多門，或拘於部議，礙於條例，則必僨事。所以，臣以為欲辦海軍，誠不如變更舊章，專責一人，這也正是臣緦緦過慮者！」

慈禧太后嘉許地點了點頭，說：「好的，李鴻章，我也知道你肯實心辦事，也相信你會辦出成績來，你可不要辜負了朝廷對你的期望！」

李鴻章一聽，這分明是暗示他，海軍衙門將由他負專責。心中高興，馬上俯伏在地，連連叩頭謝恩，說：「臣一定盡心盡力去做，雖肝腦塗地，也在所不辭！」

慈禧趕緊讓他起來且微微吁了一口氣說：「我也老了，皇帝也已十三歲，一兩年後便要親政。我常常想起先帝，自從咸豐庚申英法聯軍一把火把圓明園燒了，被迫北走熱河的先帝終日憂愁鬱思，以淚洗面，終於未能得享天年，閃下我們孤兒寡母，獨撐危局，安內攘外，宵旰憂勞。眼下內亂敉平，外患也和協了，四海安靜，人頌昇平，就連新疆也重新歸入版圖，若能再把圓明園也建起來，就算一切如舊，先帝在天之靈再無遺憾，我也對得起先帝，辛苦了這二十餘年便也值得！」

李鴻章心中正暗自得意，只要有慈禧太后點頭，由他一手經營海軍的願望即可變成事實，萬不料上頭果然就提到了修圓明園。海軍經費浩繁，修園子又是個銷金窟，國庫歲入才八千萬兩，魚和熊掌豈可得兼？於是，他裝作尚未領會的樣子，卻暗寓規諫地閒閒言道：「微臣老矣，惟國家多事，任重道遠，故不敢有半點貪圖安逸之想，只要洋務有成，兵強國富，洋人再也不敢小覷我大清，便算是最值得了！」

慈禧一聽這話立刻不受用了，她冷冷地說：「當然，我開先已說過了，你肯實心辦事，朝廷也應該放手讓你去辦大事，挑更重的擔子。不過，說三道四的人還是不少的，就說你主持的兩次和議及你宣導的修鐵路開礦山，閒話一大堆，彈章更是堆如山積，我看你總要自己檢點些，免貽人口實！」

一聽這話頭，李鴻章立刻想到梁鼎芬的「六可殺」，那一陣子白簡盈庭，也確實靠上頭這位「老佛爺」一肩挑了，於是，他又一次跪下，連連叩頭……

初次奏對，先只能到此為止，慈禧閃爍其詞，不著邊際地勉勵了他幾句後，便讓他跪安出來。

一路之上，心中老在琢磨慈禧前前後後的一番話——這分明是一個暗示，且很有份量：若想取得她的支持，勢必為她效忠，做她個人想做的事。那麼，究竟是先圓明園還是先辦海防呢？

一路想著，不覺已出了宮門。就在這時，耳邊廂有人在大呼：「中堂入魔了！」

他猛地抬頭，原來已到了東華門外，面前站的是從駐英法俄三國公使任上回來的曾紀澤。

曾紀澤從巴黎回國時，正值中法大戰白熱化之時，路過天津時曾和李鴻章有過長談，作為曾國藩的長子，和李鴻章的弟弟又是親家，二人關係十分親切，大半年不見，曾紀澤面色蒼白，有些氣喘吁吁，一問才知他雖奉旨在總理衙門行走，卻經常臥病，且伴有咯血，故常在家調養，今天聽說李鴻章入覲，知他是個大忙人，召見後必去各處拜客，故先在宮門外等著，待李鴻章出宮後忙上前招呼，不想連呼三聲，他才驚醒過來。

「中堂心事好重啊！」曾紀澤閃爍著一雙睿智的黑眼珠子，口吻頗帶調侃，「昂然出宮，旁若無人，不怕別人說你拿架子嗎？」

李鴻章微微歎了一口氣說：「是嗎，我眼下可是好漢難打脫身拳了呢！」

二人都明白這裡不是說話處，於是各自上轎。

李鴻章下塌於賢良寺，賢良寺就在東華門外的冰盞胡同，雖然距此最近，但他們此刻不想去那裡——李鴻章以首輔兼疆臣領袖的地位，進京必有一番應酬，所謂寅、年、鄉、世誼，凡沾了一點邊的都會來求見，打秋風告幫的、謀缺、謀差使、挪位子的人不是少數，此刻一定都等在那裡急著見他。於是曾紀澤提議不去賢良寺而是去他家中，好好敘談敘談。

李鴻章在明白了慈禧的底蘊後，也正想與一二知心好友交換看法，馬上贊成。於是，曾紀澤的轎子在前引路，李鴻章的轎子在後，一路到了曾襲侯府。二人就在客房換上便服，然後坐下細談。

曾紀澤一開始仍用戲謔的口吻說：「聽說上頭又將降大任於中堂，這可是一大壯舉，可留芳史冊的，這些天好些人在議論哩！」

李鴻章搖搖頭說：「此番入覲，特為此而來，不過，前途荊棘叢生，很不易為！」

曾紀澤微笑著說：「自從馬尾敗北，張幼樵被充軍，清流算是鎩羽了；眼下左季高爵相星殞福州，再無人與中堂頡頏不下；加之慈聖綢繆未雨多年，還怕不傾全力？」

李鴻章直到此時才聽出話中有話，忙說：「劼剛所說，係指何事？」

曾紀澤說：「不是修園子的事嗎？」

李鴻章吃一驚：「怎麼，你們也全知道了？」

曾紀澤說：「重修三海與籌辦海防兩件大事同日見於明發上諭，天下臣民共知，我豈不知？不過，修三海是名，重修圓明園是實，而修園子的經費又以建海軍的名義來籌措，而且此事欲借重中堂，等等等等，這倒暫時還是個祕密，但此事絕非空穴來風。將情斷理，若確有此事，也非中堂這聲望這地位的人不能勝任，中堂真是能者多勞，任重而道遠啦！」

這還有什麼說的呢？曾紀澤的推測，已由剛才召見時，慈禧親口證實了，不然，何以自己剛提出「事權歸一」，慈禧馬上表示「專責他一人」？原來這「蹚渾水」，專責一人最好。

於是，他把召見時的情形一一告知了曾紀澤。

曾紀澤手指連連點著桌子說：「果然是這樣，看來，傳言不謬啦！」

李鴻章不解地問道：「劼剛，太后想修園子，也不是提了一回，每次都有人出來諫阻，使其或中途殞殂，或不了了之。此番衮衮諸公，怎麼都三緘其口呢？」

「嗤！」曾紀澤頭一偏，發出無聲的冷笑，又引宋代程頤一句名言說，「重擔子，須是硬脊樑漢才挑得。請問中堂，何人稱得硬脊樑？」

李鴻章說：「這個——眼下醇邸，身為帝父，未必算不得硬脊樑？」

曾紀澤又是一聲冷笑，但這回卻是衝著李鴻章來的，似責他明知故問：「京津不過一日之程，中堂耳報神眾多，未必無所聞？」

李鴻章當然有所聞，再裝糊塗，未免虛偽，於是說：「你是說那位被李罡應的事給嚇病啦？」

「不是嗎？」曾紀澤低聲歎息說：「已好久不入值啦，韜光養晦在家中，非他到堂不可時也只讓孫策山往來傳話，中堂說說，他能稱硬脊樑？」

曾紀澤口中的朝局比傳聞更糟。李鴻章不由歎了一口氣，似是自言自語地說：「人家日本小小蝦夷，巴掌大一塊地方，居然也敢輕視我們。伊藤博文諷刺我們高枕臥夢，而西鄉從道更是約以十年之期，要與我們見高低，再不挺起腰桿振作起來，莫說西洋，就連東洋人也敢在我們頭上撒尿呢！」

說著，便把與日本使者會談及西鄉從道的挑釁敘述了一遍，聽得曾紀澤熱血賁張，氣憤不已，他說：「中堂大人，這正是不才等在宮外急於見你的原因。既然洋人笑北洋有鳥無籠，船塢要建，快艦要添，那還能修園子嗎？這些年大事頻仍，大清江山扶起東邊垮了西邊，國庫裡能有多少餘錢剩米，不就那麼一瓢水嗎？辦海防要舀，建園子要舀，豈能分潤兩處？」

聽曾紀澤如此一說，李鴻章端著茶杯的手也微微抖動起來，卻一直不說話。曾紀澤見他這模樣，又娓娓勸道：「中堂大人，眼下朝野上下，明白人都在看著你哩。這可是代人背黑鍋的事哩！你一世英名，響噹噹的漢子，是要做哪一種硬脊樑呢？」

李鴻章仍不回答他，臉上一陣紅一陣白的，手中的茶盅一會兒舉到嘴邊一會兒又放下，嘴唇微微抖著，好半天仍說不出話……

借雞孵蛋

其實，外間猜測慈禧皇太后修三海是假、修圓明園是真還只猜對了一半，實在的情形是她經派李蓮英偕內務府郎中立山兩次實地勘察圓明園後，認定重建工程巨大，花三五年、耗鉅資投入也收效甚微，所以，她決定重修昆明湖畔的清漪園。

原來這以前出西直門過海淀再往西不遠處排列有五座園子，圓明園只是最大的一處，圓明園之南是暢春園，再往西有萬壽山、玉泉山、香山等三座山，環山而建有三座園子，即清漪園、靜明園、靜宜園，這一帶早在明朝便建有皇室的避暑之地，那時的萬壽山尚叫「甕山」、昆明湖還叫「金湖」。

乾隆十六年，為祝生母孝聖憲皇太后六旬大壽，高宗乃下詔於此地建園，改甕山為「萬壽山」，賜金湖為「昆明湖」，且在萬壽山建起了大報恩延壽寺，臨湖又建起大片園林和樓閣，因昆明湖湖水秀麗，乃賜園名曰「清漪」。可惜咸豐十年英法聯軍進京，這幾座園子都跟著圓明園化為灰燼了，眼下除了剩下的大片斷垣頹壁，便只有石基，這是唯一可利用的，加之山水依舊，曠地寬闊，自然景觀已不錯了，如果加上人力發揮，再造一片人間仙境應是不難。

立山陪著李蓮英實地看過，指指點點描述了一番後，李蓮英回宮鸚鵡學舌且加油添醋地一學說，慈禧不由動了心，但慈禧動心的理由除了那裡條件好，三五年便可竣工，正可趕上她的六十大壽外，更讓她動心的，是清漪園有那麼一個好來歷——高宗純皇帝為孝敬生母，為生母六十大壽而建。

慈禧想，當今皇帝才三歲入宮，由我撫養成人，難道不應對我報恩，祝我延壽嗎？如果有人要說三道四，就以此駁斥他們，讓他們跪到萬壽山下好好想一想。

就這樣，在李蓮英第三次去清漪園踏勘，並帶回幾張草圖後，她終於點頭了。

宮中及內務府這些活動當然瞞不住有心人，深居簡出的醇王也得到了風聲。這天，孫毓汶來府中，他便對孫毓汶談起了這事，又說：「也好，天要落雨娘要嫁人，這都是無計可施的事，就算是花錢買個安靜！」

不想孫毓汶卻一個勁地搖頭說：「不過，今天合肥面聖，奏對時卻裝糊塗——慈聖已當面提起了修園子的事，他卻顧左右而言他！」

「是嗎？」醇王不由有些急了，孫毓汶於是把李鴻章奏對的經過敘述了一遍。醇王沉思良久，說：「論起來，合肥不肯就範是對的，總之，君臣上下都是各有各的難言之隱呀！」

孫毓汶說：「那，合肥若不肯就範，這事必仍落到中樞各大臣身上，贊成則招罪世人，不奉旨又招怨太后。前車之鑒，七爺不能不慎之又慎！」

這「前車之鑒」自然是指恭王。醇王沉思良久，眼望著孫毓汶沉吟片刻說：「看來，合肥那裡還得有人下一番說詞。」

這已明顯地露出要借重孫毓汶了。孫毓汶雖知這是個難以啟齒的話題，但醇王既有此意，他豈能辭。正要動身去見李鴻章，不想說曹操，曹操到——門丁進來，手持一個大紅拜帖，上面大名正是李鴻章。

醇王一見，連聲叫「請」。

「少荃，你那籌議海防的摺子我都看了。」落座客套後，醇王馬上談起了正事，並連連稱讚說：「論述詳盡，思慮縝密，條分縷析，清清楚楚，該想到的想到了，該說的都說了，足見你是花了一番功夫的。」

李鴻章對此頗覺投機，馬上說：「七爺謬獎了，論起來，都還是紙上談兵——眼下我是兩手空空，無論有貝之財還是無貝之才都沒有，如果由朝廷提倡，七爺主持，讓天下人都知這一當務之急，人人都當自己的事，則大功可望告成了！」

一聽這話頭，醇王有些不好接言，忙用眼來睃孫毓汶，孫毓汶會意，乃說：「中堂謀國心切，恨鐵不成鋼，耿耿赤心，令人敬佩。不過，要做到上下同心，人人都以此為當務之急又何其難哉，就說修唐山胥各莊那條鐵路，一時之間，聲討之聲四起，連不常出頭的五爺惇王都出面了，還虧慈聖能沉住氣，千斤擔子一肩挑了。這回呢——」

孫毓汶說到這裡忽然打住，望了醇王一眼，故意壓低聲音說，「為了中法、中日和議，又是一片訾議之聲，又是虧了慈聖，不然還不知鬧到什麼程度呢！」

李鴻章明白，此番兩次和議，朝野上下一片噓聲，慈禧召見時那一番告誡可能指的就是這件事，於是憤憤不平地說：「此番和法蘭西及倭人的糾紛，原本就冒了極大的風險，外間傳言說法、倭合謀圖我，能分而化之，和協下來，不割地不賠款且不傷面子，又還要如何？再說眼下洋務方興，正是百廢待興的時候，也不應該輕啟釁端、横挑強鄰。這一片苦心，外人不諒，七爺是應該能體諒的！」

七爺怎麼能體諒呢？兩項和議，越南的宗主權全丟了，朝鮮的宗主權喪失一半，醇王就是主張議處李鴻章的。不過，眼下醇王有事求他，故對此說也未駁斥。孫毓汶見狀，乃娓娓言道：「這是自然的，中堂老成謀國，七爺常私下讚歎不已，慈聖更是苦心回護。其實呢，千羊之皮，不如一狐之腋；千人之諾諾，不若一士之諤諤。中堂欲暢行其志，何能使天下人同心，又何必要天下人同心？依我看，只要一人點頭便可！」

李鴻章漸漸聽出一些苗頭、品出一些滋味出來了，但仍裝糊塗說：「這當然，萊山不說我也清楚，所以面聖之後，第一個便拜七爺！」

醇王是個忠厚人，忠厚人容易露底，聽李鴻章如此一說，還真以為他會錯意了，忙說：「哎呀呀，少荃，你領會錯了，我哪有那個能耐呀。」說著又長長地歎了一口氣說，「個中難處，你未必不清楚？」

李鴻章當然清楚這「個中難處」。但事關重大，他不願含糊，要親自從這個「帝父」口中討一句實在話。所以他不理睬孫毓汶，仍含笑著對醇王說：「七爺固然有七爺的難處，但七爺畢竟是七爺，這是他人無可比的，像這類軍國大事，七爺不點頭誰敢點頭！」

這一下，真逼得醇王默然無語。李鴻章索性把慈禧召見的經過，細細向醇王訴說了一遍，說：「奇怪，慈聖要修園子，也不止說過三五回了，這本是內務府牽頭的事，應由軍機處議決，戶部撥款、工部承辦，從來沒有商及疆臣的道理，這以前幾次冒出修園之議，聽說才開議便有不少人袖廷爭，加之後來又出了笑話，其事遂寢，怎麼此番又提，且向我這不相干的人說及？」

醇王至此，再無法裝糊塗，只好期期艾艾地說：「少荃，我就和你明說了吧——此番召你入覲，其實不止海防一事，上頭另有大事借重你。召見時沒有明說，乃出乎兩番考慮——未雨綢繆，尚不足為外人道，傳出去惹人說長道短；再說呢，此事干係太大，既要任勞且要任怨，怕你推辭！」

這才是實情——懦弱的醇王果然已和慈禧有了默契，圈套已成，只等他上套。李鴻章豈肯輕易當這孱頭，何況曾紀澤的那一番話確令他警心，於是不動聲色地問道：「七爺此話從何說起？」

醇王歎了一口氣，委委婉婉地說：「唉，論起來這事極不應該。內憂外患，國庫空空，哪有多餘的銀錢大興土木？不過，話又說回來，這些年也確實虧了她，把一個千斤重擔挑過來了，眼看就要撤簾歸政了，這天高地厚之恩何以為報？為此，皇上也有這個意思，前些日子派人去相了地方，就是原清漪園舊址，當年高宗純皇帝為生母孝聖憲皇太后六旬萬壽祝禧頌聖的報恩寺。待撤簾歸政，園子建起來，她不也到了做六旬萬壽的時候嗎？正合上這典故了，所以，上頭已把重修清漪園的事給定下了。不過，這事傳出去就不說那一班清流不會安份，會有一篇好文章做，就是傳到洋人那裡也會恥笑的，所以想了一個借雞孵蛋的主意——就是在你辦海軍的經費中，報銷建園子的經費。少荃，我也清楚，此事確實不怎麼漂亮，但也是沒有辦法的辦法，望你能勉為其難，既圓了上頭那位的一個夢，也是了了我的一個心願。只要你應承了這事，其他什麼事都好說。海軍衙門可馬上成立，一切一切上頭都會放手讓你搞！」

醇王爺破釜沉舟，一口氣把內幕全抖了出來，口氣十分卑微，就像茶館中的皮條客，臉上更多是說不出的無奈。看得出他內心充滿了痛苦，這是因為他明白，自己百年之後將無面見愛新覺羅氏列祖列宗。

李鴻章看得出不是苦肉計，故十分同情。但仔細一想，王爺固然痛苦，但他眼下卻是要將一口大黑鍋讓我代他背哩，我若答應，海軍的宏基偉業無法實現，且要惹天下人笑！想到這裡，他不由苦笑道：「七爺，好一個借雞孵蛋的主意，這也不是萬全之策呀！這麼一件大事，怎能瞞住天下人耳目？他們將如何看待七爺您呢？」

醇王一怔，頓時無語。其實此事他也沒想那麼遠，只要李鴻章點了頭，園子動工了，既成事實，讓人說去。孫毓汶於是在一邊代醇王解釋，無非說這是不得已之舉；天下本無萬全之策；朝廷和七爺素知中堂任勞任怨，最肯挑重擔，望中堂能體諒七爺的苦心，不負朝廷重託云云。但隨孫毓汶口吐蓮花，說得天花亂墜，李鴻章卻枯坐在那裡，半句腔也不接，臉子拉得老長，盡是不懌之色……

醇王見狀，知一時說不動李鴻章，只好先緩一步。於是說：「少荃，這事先不必定妥，你回去可深思熟慮。但切勿為外人道。」

李鴻章見狀，只得怏怏告辭。

醇王和孫毓汶將他直送到二門，望著他上轎之後才轉身。回到上房，醇王望著孫毓汶歎了一口氣說：「篵山，看來當初打錯了主意，李少荃愛惜羽毛，不願為人蹚渾水！」

孫毓汶卻不同意這判斷。他沉吟半晌說：「不見得，他的脈我早號準了，會有辦法讓他就範的！」

反覆

回來的路上，李鴻章在轎子裡長吁短歎，滿懷希望進京，竟是這麼一個結果。突然，他想起了恭親王，這個昔日政壇顯赫、時下正走背運的王爺——以往晉京，在長長的一串拜訪名單中，他是理所當然名列第一的，今天怎麼忘了他呢？

「故人一別幾時見，春草還從舊處生。」人，難道還不如草木？

想到此，他馬上傳令改道去大翔鳳胡同的鑒園拜會恭親王。

座落在皇城西北角的恭王府，以前是冠蓋雲集、車水馬龍的熱鬧場所，如今難免門庭冷落車馬稀，李鴻章算是來「燒冷灶」。

他仍照老規矩，轎子才到胡同口便吩咐住了轎，自己一步步走過來，目睹那紅漆剝落的門庭和飄滿梧桐落葉的院落，心中不由湧上一層悲哀。

「少荃，只有你還是老樣子！」一聽說是李中堂來拜，恭王馬上更衣，並親迎至儀門，又雙手扶起肅具衣冠、大禮堂參的李鴻章。李鴻章明白恭王這話語帶雙關，忙說：「六爺也一如過去豐偉，且更發福了！」

於是，主人將客人引到上房，又延他在炕上坐了，寒暄過後，恭王說：「少荃是個大忙人，無事不登三寶殿，看來此番入覲一定非比尋常。」

李鴻章以為恭王也已知內情，於是說：「六爺到底精明，不過，要委我辦這種大事，只怕學問還不到家。」

恭王說：「少荃何必妄自菲薄，當今中國，論對洋務的通達，你算是第一人，曾九、張香濤輩都太空泛，不能跟你比！」

李鴻章這才知恭親王說的是另一碼事。乃歎了一口氣說：「六爺，上頭若是如六爺所說，責我以洋務之重任，則正是區區求之不得的，可眼下卻是要把一口大黑鍋讓我頂著呢！」

說著，便把個中細節向恭王敘述了一遍。

恭王聽完，半晌沒言語，那神態十分冷峻，臉上像能刮下一層霜，過了好久才長長地吁了一口氣說：「好嘛，為了這個夢，人家是煞費苦心，眼下算是瓜熟蒂落、水到渠成了！」

恭王口中這「人家」自然是他那位「皇嫂」慈禧，但提到她，哪怕是在李鴻章面前也不能不欲說還休。

要說慈禧修園子的夢，前後也幾乎做了二十年。那些年，上有慈安皇太后在世，雖說東西太后同時垂簾，兩宮並重，但慈安作為正宮，原是西宮懿貴妃的慈禧對她不能不有所忌憚。加之恭王秉政，軍機處有他道合志同的輔弼大臣，再輔以「清流」那一班守正不阿的言官、講官，動輒搬出祖制、朝綱等大題目裁抑慈禧的奢念，所以，當時的慈禧每每略露出修園的意思，正面說總被慈安頂回去，側面說被恭王等人推擋開。但到光緒七年慈安皇太后暴崩，軍機大臣中，文祥、沈桂芬等極有主見的大臣先後謝世後，恭王孤立，慈禧一下輕鬆起來了。

這以後，她終於毫不費力地將恭王罷斥，慈禧皇太后還有什麼顧忌？可以說，慈禧於恭王並無惡感，更無什麼深仇大恨，有的只有聯手除肅順的那段美好回憶，之所以要驅逐恭王，為的就是要修園子啊！想到這裡，恭王不由長長地歎了一口氣……

李鴻章沒料到恭王的思路一下走了那麼遠，他仍就話回話說：「二十年的夢，能拖到今天，可見還是可以再拖的嘛，六爺是過來人，應是有經可傳的呀！」

恭王聽出李鴻章話語中有對醇王不滿的意味，乃排解道：「少荃，這事你不必埋怨老七，他那難言之隱你未必不能體諒？再說，俗話說得好，一個籬笆三個樁，一個好漢三個幫。可眼下能幫他的有誰？」

李鴻章不意恭王也說這種話，不由吃驚地望了恭王一眼——這些年宮廷的傾軋，風風雨雨，在恭王身上留下的痕跡太多了，才過半百的人，下顎的肉鬆垮垮的，頸上卻綻起了青筋，眼光是那麼昏濁、無神，語言也有些遲鈍，過去那種果敢決斷、說話擲地有聲的神態全不見了，代之而來的只有苦笑、歎息。他想，開先恭維「恭王發福」，準確地說是增添了幾分虛胖，卻失掉了昔日中興輔弼大臣的英銳之氣，既然如此，夫復何言？

李鴻章不作聲，恭王卻沒有少勸他。他說：「少荃，這園子據我看，你接受自然修得成，你不接受上頭另找一個人來頂替你也會要修成。不過，這一來你的日子會更加不好過，你的洋務要辦成功也就難上難。這些年辦這類實事，上頭常常是朝議夕遷，早做晚輟，我擔心將來這情形會更甚。而且，一旦讓上頭對你也有看法，到清流再對你指手劃腳、說三道四時，也就無人為你排解、為你擔待了！」

李鴻章聽了，自然只有點頭。恭王又說：「借雞孵蛋！你何不也在這四個字上做文章呢——就只許人家借你的雞，孵自己的蛋，你不會也借人家的雞，孵你的蛋嗎？」

李鴻章於一籌莫展之中，終於聽出一些道道來了，他若有所悟地說：「看來，也只有走這條路了。」

恭王見李鴻章終於心領神會了，又進一步提示道：「不過，少荃，此事若要成功，必得一人鼎力相助才成。」

李鴻章急忙問道：「誰？」

恭王反問道：「這兩天你除了面聖，還去了哪些地方？」

李鴻章於是把自己的行蹤簡略地說了一遍。恭王搖了搖頭，說：「我是個閒人，幫不上你，老七也有他的難處，這中間有一個重要人物你不該忽略，這便是閻丹初。所謂身不滿五尺，而心雄天下！」

李鴻章一聽，趕緊點頭稱是。

閻丹初即軍機大臣戶部尚書閻敬銘，他是陝西朝邑人，其人生得既醜且矮，脾氣又倔，動不動愛與人抬槓，所以不受上司喜歡。開始只在戶部任一小小的主事。戶部總司天下戶籍，掌全國度支，弊端最多。閻敬銘事事與人較真，幾乎混不下去了。其時正是咸豐五年，胡林翼開府武昌，裁浮勇、練新軍，欲取高屋建瓴之勢東下金陵，苦於吏治敗壞，聞閻敬銘之名，乃上疏指名奏調，閻敬銘遂得外放湖北，積功至按察使，後胡林翼囑其主辦鄂軍後路糧台，一把鐵算盤滴水不漏、涓滴歸公，查浮冒、絕侵吞，一絲不苟，胡林翼得以無後顧之憂。為此，他曾專摺密保，謂其人「身不滿五尺，而心雄天下。」於是，閻敬銘名聲大顯。眼下他又管戶部，且因他有軍機大臣的頭銜，使得另一滿尚書福錕不得不讓他三分，幾年下來，他開源節流、興利除弊，搞得有聲有色。

這天，李鴻章在醇王府、恭王府盤桓之際，閻敬銘正在書房中為時局歎息。

原來他有一個內弟，在工部衙門當書辦，這天，舅老爺來看望姐姐，在姐夫書房談起了慈禧皇太后欲以修三海之名重修圓明園的事。其實，此事在宮中和朝士們中間已是公開的祕密了，就連九城百姓也都清楚，一班耳朵特尖的廠家早已紛紛在活動，千方百計要從中弄一份差使。因這是很有油水可撈且又屬於工部的職責範圍的事，所以，工部衙門上至尚書侍郎，下至司員書辦無不關心乃至興奮了一陣子，不料許多天來毫無動靜。就在他們翹首企望之時，卻傳出長春宮總管太監李蓮英和內務府郎中立山去海淀踏勘選址的事。這是必須工部派員會勘的，事先沒向工部透半點風，顯然是欲賣開工部了。所以，工部衙門上上下下無不感到失望和氣憤，齊聲罵李蓮英心太狠毒。這位舅老爺想起姐夫以戶部尚書入值軍機處，像修園子這種費用浩繁的大事應該清楚內幕，所以在書房內與姐夫談起此事，意在試探。他說：「姐夫，眼下京裡有一樁怪事，你知不知道？」

這位舅老爺知閻敬銘的脾氣，喜歡直來直去，所以，他也開門見山。閻敬銘眼一瞪，說：「什麼怪事？」

舅老爺說：「聽說慈聖下詔修三海只是個幌子，重修圓明園才是真的！」

閻敬銘做官正派，除了在衙門裡談公事，平日不打聽他人隱私，對街頭巷議更是不屑一顧，以至此事人人在談論，九城婦孺皆知他卻不清楚，聽舅老爺一說，乃斥責道：「不要胡說，眼下國家百廢待興，財政十分吃緊，能維修一下三海已不錯了，哪有重修圓明園的力量？想也不敢想的，再說，這麼大的事，中樞怎麼聞所未聞？」

誰知舅老爺詭祕地一笑，說：「所以，我說是出了一樁怪事，不但甩開了姐夫你，且連職司民曹、主管營造的工部也一腳踢開了——但此事一點也不假，京城幾家專包大工程的老闆都在往李蓮英和立山家裡跑呢！」

閻敬銘一聽，不由眉峰緊攢——空穴來風，斷非虛語。他雖不愛打聽街談巷議、閭里傳聞，但為人機警。此番整頓海防的上諭與重修三海的上諭同時發出，中樞會議時，醇王顧慮重重，含糊其詞的態度已使他心生疑慮了，李蓮英偕立山往海淀跑也沒瞞過他的眼睛，這些疑點今天終於找到了注腳。

「姐夫，這麼大一項工程，怎麼可不通過戶部核算、工部勘估呢？將來這款子從何而來，又怎麼辦報銷？這是我們同寅百思不得其解的！」

舅老爺見閻敬銘在沉思，乃於一邊娓娓而談，「按常規，大凡有大工程，必先經過工部，先派出勘估大臣……」

「得了，你別說了，要知道，關鍵不在這，」閻敬銘氣咻咻地打斷舅老爺的話，說：「誰出錢誰用錢都不是主要的，要緊的是國家千瘡百孔，內憂外患，處此存亡危急之秋，安內攘外才是當務之急，不可為一人之娛而大興土木！」

再說下去，似乎要觸到敏感的話題，非人臣之所宜，閻敬銘斂口了。他見舅老爺仍饒有興趣地望著他，便用教訓的口吻說：「你不要再說這類話題了，小小屬吏，不該打聽的事就不要打聽，須知言多必失！」

一句話把舅老爺嗆得口都開不得，尤其是望著姐夫一大一小兩隻眼睛圓圓地瞪著他，像要跟他拼命的樣子，更不敢往下說了，只怔怔地望著姐夫——閻敬銘一副不修邊幅的樣子，方頭布鞋、青布長衫，罩一件黑呼呼直貢呢馬褂，渾身上下不值一兩銀子，站在那裡端一粗瓷杯茶呼嗟呼嗟喝得山響，沒有半點達官貴人在家休閒的富貴氣，卻像個從鄉下進城來交租的莊頭。

舅老爺的心涼透了，心想，這樣的人，也虧做到了宰相，五親六眷莫想沾半點光，連自己也沒混出個模樣，真是夏蟲不可語冰。他歎了一口氣，拍拍身子走了出來。

舅老爺剛走，李鴻章即來拜府。

閻敬銘入仕雖比李鴻章早，但聲望不及李鴻章，李鴻章來此也不止一次，所以相見十分隨便。入座後三言兩語寒暄，即談起了主題。

「嗨，我也才聽到這消息。」聽了李鴻章的敘述，閻敬銘歎了一口氣說，「國運如斯，怎麼可把有限之財投進那無窮之用中去呢？」

聽這口氣，李鴻章像遇上了知音，於是把北洋急需辦的幾件事擺了出來——船塢工程亟待動工；膠州灣港口急需疏浚；還有快艦、炮台等等，說了許多，尤其說到洋人譏笑我們水師是「有鳥無籠」；北洋的巨艦缺少輕型快艦配合就如長龍快蟹失去了小舢板。經歷過大陣仗的閻敬銘聽了，不由動容。

同為國家重臣，就不是剛才郎舅交談的口吻了，只見他沉思片刻，又微微歎口氣說：「借雞孵蛋，真有些匪夷所思，醇邸身為帝父，竟想出這個主意，欲置大清社稷於何地呢？」

李鴻章說：「醇邸的難處也就在這『帝父』二字上頭，無非想花錢買個安靜，我輩照理該體諒，可海防事急，又不能遷就，所以我才來你處討主意！」

閻敬銘搖頭說：「這事單憑你我二人，恐也回天乏術，不過，你要救燃眉之急我倒可幫這個忙，以後可說不準了！」

李鴻章一聽就追問起所以然，閻敬銘於是說起了心裡話。

原來早在恭王執政時，為備刀兵水火等緊急情況，曾密令戶部從海關關稅中提取四成另款儲存，幾年下來已有一筆不小的數目。當年左宗棠、李鴻章的塞防、海防之爭，實質內容便是爭餉，左宗棠佔了上風，戶部一次撥與左部楚軍二百萬兩，這以後，財政更是困難，寅吃卯糧，閻敬銘千方百計，罅苴補漏，卻一直不敢再動這筆款子。但戶部存了錢，儘管保密，還是沒有不透風的牆，就像長輩有了私蓄，各房頭的兒子、孫子都望著流口水一樣，各衙門的官員都打主意，宮中和內務府更是私下營謀、喉嚨裡伸出了八隻手。閻敬銘想，此番他們終於攛掇得慈禧皇太后下定了修園的決心，戶部存的這一筆錢肯定會是草上露珠瓦上霜，太陽一出不久長了。與其將這「有限之財投進那無窮之用中」，不如撥與李鴻章救海防的燃眉之計。

說過這些，他望李鴻章笑笑，說：「我要告訴你的就是這，俗話說得好，早來三天有戲看，遲來三天拆了台。眼下很多人眼紅戶部這筆錢，也怪不得，沒有這顆楊梅口不酸。你不及早動手，恐悔之晚矣！」

李鴻章一聽不由高興，幾天下來，只在這裡算是得了個好消息。

不料告辭出來，回到賢良寺，尚未更衣，孫毓汶便來了，見面笑嘻嘻地說是回拜。李鴻章明白那宗大事未了，他還是來做說客的，所以面子上敷衍著，心中卻熱不起來。

「中堂大人，」孫毓汶不把李鴻章的冷臉放在心上，仍然熱情洋溢地說，「你可知道，你告辭之後，七爺如何評價你的？」

李鴻章一怔，馬上又鎮定下來——在天津便有耳報神告知了消息：為兩次和議事，醇王主張議處他，眼下又拒絕「借雞」給他「孵蛋」，醇王能有好評於他？為此他正有幾分彷徨呢。於是歎了一口氣說：「唉，我明白，此番幾件事辦得都讓七爺不稱心，七爺有所譴責，我只能受著。」

孫毓汶卻連連搖頭笑道：「非也非也，七爺其實對中堂最是推重，哪怕為和議之事，七爺迫於輿論，說了幾句，那也不過是為敷衍清流那一班書呆子，中堂想想，六爺是怎麼下臺的？七爺能不引以為戒？」

醇王不在場，孫毓汶顯得毫無顧忌，繼續娓娓言道：「其實，此番要修園子，七爺是奉有懿旨的。七爺的難處中堂明白，自奉旨後他心裡老大的不舒服，但上頭責令他出面找中堂，他能推脫？所以在中堂眼前說歸說，心裡卻不願意中堂接受。也因此，中堂一走，七爺便連連豎大拇指誇讚說，中！李少荃不愧中興名臣，骨頭硬得很，我就佩服這種人！」

一聽這話，李鴻章頗有些意外，原以為醇王對自己有看法，萬不料卻如此推重他。他有些不相信這是事實，不由認真地望了孫毓汶一眼——孫毓汶這以前是無名晚輩，自己於他無所謂恩怨，自恭王倒臺後，他走醇王的門子一下大紅大紫起來，所以這兩年自己在他身上沒少下功夫，就是北洋送與各王大臣、軍機大臣、六部九卿堂官的年敬、節敬、冰敬、炭敬等花銷中，孫毓汶也總是佔頭一份，應該說，孫毓汶不能不領情，至少在這類事情上不會說假話騙自己。想到這裡，他不由動情地說：「七爺不愧是一位通情達理的賢王，我也真不知如何報答！」

孫毓汶說：「還是古聖先賢說得好，士為知己者死。又說滴水之恩，當湧泉相報。其實，七爺之於中堂的情份又豈止這些！有些事中堂已受惠，可能還不知得力於何人呢！」

「哦！」李鴻章不由睜大眼睛，「萊山試道其詳！」

孫毓汶十分含蓄地笑了笑，又左右望了一下，才神祕兮兮地從靴統子裡取出一疊文書，口子封得嚴嚴實實的，雙手遞與李鴻章說：「中堂，個中可是天大的干係，可奏報上來後，全是七爺請之於慈聖，一齊壓下不予理睬的！」

李鴻章一見那封套上面有內奏事處字樣，明白這是內外臣工的奏章，既未交議，顯然都是「留中」不發了，心裡一沉，便不自覺地要啟封。孫毓汶一見，忙伸手壓住說：「不慌，待無人時，中堂再留心細讀，這都是抄件，無須歸檔的，看後盡付丙丁可也！」

李鴻章明白這裡面一定全是不利於自己的彈章，心中不由怦怦然，但面上少不得表示感謝，說了幾句客氣話。孫毓汶說：「中堂不必客氣，這是誰與誰呀。」

這一來，李鴻章真有些不知所措了，孫毓汶知已是水到渠成了。便說：「其實呢，俗話說得好，當家三年狗都嫌。這些年中堂獨當一面，兼差又多，又是洋務又是外交，能不招人怨嗎？所謂木秀於林，風必摧之，慈聖和七爺就是清楚這點才不去認真的！」

李鴻章雖不明白封奏的內容，但已是十分心虛的了，此時此刻還有什麼說的，只好表示一定不忘朝廷的恩情。孫毓汶於是又歎了一口氣說：「不過，中堂，不才這裡還是要為中堂提個醒，有些事還是看透一些好。眼下這時勢，總是死心眼的人吃虧。中堂要辦洋務、建水師，太后要修園子，都是朝廷的事，無所謂為公為私，以天下之財理天下之事，誰先誰後都一樣！」

說完這幾句似是不著邊際的話，喝了幾口茶，又扯一些更不著邊際的閒事，孫毓汶起身告辭。送走孫毓汶，李鴻章回到上房，叫來隨侍來京的兒子李經述，吩咐說：「無論誰來訪，一律擋駕！」

李經述答應著出去了。李鴻章關起房門，急不可耐地把那一包抄件打開，細細看起來。

這一看不由驚心動魄——這裡有幾十份檢舉、彈劾他的奏章，雖然抄的人有意隱去了作者姓名，但從所檢舉的事件、口吻上大約能猜出是誰，更重要的是這些彈章所說的無一不是要緊的事，不少指責他誤國，更多的是檢舉他貪污、奢侈，起居擬比帝王，放縱子弟，勾結地方官欺壓良善、橫行不法。

件件事說得有憑有據，而最上面的一封說的更是近事——這是一封寄自倫敦的檢舉信，不知出自何人之手，據信上說，眼下北洋在德國訂造的三艦：定遠、鎮遠、濟遠，由於經手人在簽訂合同時，得了大筆回扣，故三艦造價一艦高於一艦，而品質則一艦差於一艦。

李鴻章一見此信，心一下蹦到了嘴裡——此事在去年年底就有御史上疏檢舉，因採自道路傳言，語焉不詳，朝廷就此讓李鴻章明白回奏，他抓住證據不足處反駁，說三艦品質皆上乘，價錢一艦高於一艦乃是歐洲鋼材價格上揚之故——幾句巧飾搪塞了。萬不料這封檢舉信記得十分詳盡，且言之有據，無法反駁。

他心中明白，三艦訂造時，是自己心腹、駐德公使李鳳苞包辦的，付款後李鳳苞立刻為他返回了一大筆銀子。據李鳳苞說，洋人軍火買賣照例是有回扣的，以前不懂規矩，回扣落到了軍火商手中，此番直接跟廠家打交道，回扣不落白不落，反正這是得自洋人之手，也算不得貪污。

聽李鳳苞如此一說，他自然照收不誤，不料這檢舉人連這些細節也清清楚楚。

看到這裡，冷汗不由涔涔而出——這些年歷盡風險，無憑無據的指責他不放在心上，就如前一陣子「清流」就兩次和議對他的指責，甚至包括梁鼎芬的「六可殺」之罪——都不過是政見之爭，尤其是責他主和，這實際上牽扯到慈禧，他不過秉承了老佛爺的旨意在主事，憑這些豈能扳倒他這個三朝老臣？然而，若把這些有關個人操行名節的事抖落出來，不但自己堅持辦水師實海防的振振其詞變得軟弱無力，變得那麼不漂亮、不堂皇，且是當著國人的面說他是一個言行不一、表裡相違的偽君子！怪不得召見時，慈禧說「總要自己檢點些，不要貽人口實！」看來，慈禧、醇王確實在曲意維護自己，他們為什麼要這樣做呢？眼下孫毓汶把這些抄件送來，目的又何在呢？

「中堂要辦洋務，太后要修園子，都是朝廷的事，無所謂為公為私，以天下之財理天下之事，誰先誰後都一樣！」

他的耳邊又一次迴響起孫毓汶的話……

第五章 循吏權奸

躑躅京華

李鴻章京華遊說之際，袁世凱也請假回到了北京。

他是滿懷希望進京的，在朝鮮多年，已生厭倦，想憑著自己在朝鮮的赫赫聲威謀一份好差事。沒想到抱刺於懷，往謁政要時，人家竟對他十分冷漠。

是的，這以前，袁世凱是太沒名氣了，連一個秀才也不是。在京師，真正賞識他的只有一個吳大澂，吳大澂奉旨去朝鮮查辦，在得知他兩平韓亂的詳情時，對他誇獎不已，可眼下吳大澂已被慈禧皇太后派去治理黃河去了，這帶有貶謫之意。

據說，吳大澂回北洋後，李中堂嫌他礙手礙腳，此番在京相遇，乃故意將太后欲移海軍經費修清漪園的消息透露於他，又慨歎「清流」無人，該言官、講官們犯顏直諫時，都做了「縮頭龜」。吳大澂氣不過，乃上了一道言詞十分激烈的、諫阻修園的奏疏。這下可拂了逆鱗，慈禧太后一怒之下，將他派往河工效力，這與發配邊疆差不多。此事於李中堂是一箭雙鵰，一來是對太后修園決心是否堅定做了最後的試探；二來也是藉機去掉了身邊一個指手畫腳之人。

吳大澂走了，可苦了袁世凱，在這九陌紅塵的帝都，還有誰再熟悉他的事蹟，讚賞他的膽識？這些日子，他不得不在長安街頭彷徨躑躅，心中十分苦悶無依。那情景與五年前來京捐官時在賭場和妓院將囊橐洗得空空後，流浪街頭的情形沒兩樣。

這天，他去東城看望一個老前輩，此人是他父親袁保慶的把兄弟，路過中州會館，想起這裡有不少河南老鄉，正想踅進去看望，藉此打探一些消息，尚未進門，只見裡面搖搖擺擺走出一個人，一見袁世凱，馬上招呼道：「那不是袁慰庭麼？怎麼，不認識我啦？」

袁世凱定睛一看，認得是故人徐世昌，不由緊走兩步，上前拱手招呼道：「菊仁兄久違了！」

徐世昌字菊人，直隸人，後佔籍開封，所以也可算河南老鄉。袁保慶在河南團練大臣毛昶熙處充營務處，袁世凱隨父寓居開封城內，與徐家比鄰而居，徐比袁大四歲，常在一起玩耍，相處甚歡，算是總角之交。

不過，與袁世凱不同的是，徐世昌母親劉氏係桐城派古文大家劉大櫆的後代，家學淵源，丈夫雖死，撫孤成立，對徐世昌兄弟督課十分嚴謹，徐世昌因而在文學上的長進是袁世凱望塵莫及的。後來徐世昌中了秀才，又負笈省城書院，而袁世凱已隨父親回了原籍項城，再後來又捐官不成去了朝鮮，兩人遂不通音問了，今日相見，互道契闊，自然有說不完的美好回憶。

徐世昌就住在中州會館內，今日本是要出門拜客的，於是客也不拜了，乃引袁世凱進屋，促膝長談。

「慰庭，不是聽說你在朝鮮國立了大功，已被國王招為駙馬了嗎？幾時到京師來的呢？」

徐世昌開口先問，看來，作為河南老鄉倒是並未忘記本鄉子弟在外轟轟烈烈的壯舉。袁世凱只好苦笑著，把在朝鮮前後四年的經過擺談了一遍。又說：「招為駙馬是瞎扯，我又不是薛平貴，還來唱齣寒窯會妻麼？不過，國王將王妃妹妹送與我作妾，並陪送了兩個漂亮的高麗妞兒倒是真事，這怕是我最大的收穫！」

徐世昌一邊聽一邊打量袁世凱。

幾年不見，袁世凱越加顯得氣宇軒昂，團團大臉，真個天庭飽滿，地角方圓，眉宇間雖無文人學士那種雋秀，卻另有一種雄渾豪邁的英氣。

徐世昌也略懂子平之術，心想，這袁慰庭雖不會讀書，卻生就一副大富大貴之相，但這富貴從何而來呢？轉而一想，他以區區一布衣能脫穎而出，在外藩幹出這一番事業，不正是他步入富貴場中的階梯麼？想起昔日的情義，便想指引他一番。

於是，當袁世凱說完自己的經歷後，徐世昌立刻又問起袁世凱的打算。袁世凱歎了一口氣說：「在朝鮮雖然風光，畢竟不是長久之策，真不成國王把王位讓與我，上回我上了一個條陳與李中堂，主張在朝鮮撤藩封、設郡縣，但沒有回覆，只好藉母病為由請假回國探母，不過，我實在不想再回漢城了，若能在京師找一進身之階，哪怕是閒差也去！」

袁世凱兩平韓亂，第一次得了個五品同知，第二次也就是此番擒殺開化黨，吳大澂回來大加讚許，乃敘功晉候補道，這些情況徐世昌已從他的敘述中得知了，但一個候補道想在京城謀一個實缺談何容易。

徐世昌思考了半天，不由連連搖頭道：「罷了罷了，你打錯算盤了！」

袁世凱忙請教所以然，徐世昌這才向他談起了自己的經歷。

原來徐世昌自光緒八年壬午科中了舉人後，又於今年會試告捷，中進士入翰林院，只等散館便可正式授職。但窮翰林日子難熬，為補貼家用，乃在前陝西巡撫鹿傳霖家謀了一席館地，每日授讀兩位公子，因在京師奔走，對眼下官場情形熟悉，所以認為袁世凱回來謀官是錯打了算盤。

袁世凱聽他自我介紹，這才知徐世昌文壇得意，眼下已入詞林，有了正途出身。於是一面向他道賀，一面向他討教。徐世昌也就侃侃言道：「老弟出國離家這麼多年，對目下官場的門檻可能不太熟悉。過去孔聖人有句名言，學而優則仕。所以做官是只有讀書人才可問津的。後來戰亂頻仍，所謂時代多警，軍人受寵。打仗的立了功，朝廷賞他一個官做也應該。於是，做官的途徑多了一條。不想到後來，國庫虧空，有了大事拿不出經費，有人出歪點子，這便是以官位賣錢。於是捐班便應運而生。不過，最早的捐只限於贖罪，或只賜一個空頭爵位，眼下可實惠多了，捐班硬是做官。早幾年捐班還看對象，應是讀書人，有監生、廩生、貢生之類的名目，為的是防止不識字的人也身登仕版。這回可好了，自從朝廷正式成立海軍衙門，為籌措經費，明令公布了海軍捐的細則、檔次，京官自郎中以下，地方官自道台以下，只要是個人，流氓痞棍也好，土匪強盜也好，瘸子、跛子、瞎子、聾子、大字不識、六根不全的人，只要肯出錢便可賞你一個官，出三萬可做知縣，五萬可做知府，八萬便是道台，只要把銀子打成票子匯到海軍衙門，換回一張蓋了戶部關防的票據，憑票據到吏部報到掣簽，決定分發到哪個省候補，你若再肯出一筆錢，買通部裡的司員、書辦，便可自己指定想去的省份，這叫『指分』。到了那個省，再又花錢運動督撫或藩司，這些人得了錢，自然盡快補你的缺，那些候了好幾年的因沒花錢，只能眼睜睜看著藩司掛牌放了別人，至於你捐官花了錢，上任後要千方百計撈本，枯竹子榨油，地皮刮三尺，一方百姓哭哀哀叫爹喊娘，上頭是絕不管的了。老弟兩平韓亂，連國王也要聘你為客卿，你捨下一國的國相不做，卻要來這裡湊熱鬧，捨不得這個候補道，候補道不才值八萬銀子嗎？李中堂入京陛見，拜會恭王、醇王，兩次贄敬便送了八萬銀票，你這官才供人家中堂拿兩次小費呢！」

徐世昌果然門檻精，一口氣說了許多，不滿之情溢於言表。袁世凱不由洩氣，問道：「那老兄台這正途出身總要好些吧？」

這回輪到徐世昌長長地歎了一口冷氣，說：「難，難，難，如今這世道，是有錢人的世界，我輩只能認命。就說區區這兩榜進士、翰林院庶吉士吧，以前若外放，分發下去當知縣謂之『老虎班』，榜下即用，誰都要讓他的。可如今不走正道上來的人多了，這些人又都有手面，又哪能輪到你呢？像愚兄我現在也在坐冷板凳，討人家的殘羹冷炙混日子。至於上來的那班人，多是一雙眼睛瞪著錢，罔知仁義道德、百姓疾苦。讀書人以天下為己任的責任心，你就不用提了，只埋頭弄錢，撈本，敲榨有錢無勢的，搜括貧苦無告的。怪不得現在的人弄錢不到只好鋌而走險，弱一些的去偷，強梁一些的便去搶，上樑不正下樑歪。所以現在流行一句口頭禪：有錢的怕有權的，有權的又怕不要命的……」

袁世凱聽徐世昌把官場黑幕如此一抖，聯想起自己回國，兩個月來耳聞目睹的事實，不由從頭頂一下涼到了腳跟，那種想憑個人已有的名望、功業回國再展宏圖的計畫早化作煙雲，消失得無影無蹤。那麼，此行何去？

徐世昌把他的疑慮看在眼中，又反過來勸他不要灰心，並說他是在朝鮮發跡的人，眼下仍應該回朝鮮去。袁世凱說：「菊人兄，你剛才把官場的底全亮給小弟看了，如今又勸我回朝鮮，朝鮮的防務、商務、外交統由李中堂管，我去又有什麼結果？」

徐世昌說：「這又不然，當今督撫，只李合肥勢力最強，北洋可是藏龍臥虎、大有可為的地方。目前天下擾攘，誰都看得出來，這局面維持不多久了。曹孟德說大丈夫不可一日無權，你既已站穩了腳跟，且有了建樹，應該再接再厲，積蓄勢力，以備將來啊！」

一席話正對袁世凱心思，他不由熱血賁張，躍然而起鷹隼思秋之志……

趁熱打鐵

北京之行，艱難而痛苦，李鴻章頂不住重重壓力，終於在醇王面前妥協了。只要他鬆了口，其他要求都迎刃而解。才幾天時間，朝廷便一連發出幾道上諭，正式成立海軍衙門，命醇親王總理海軍事務；又命慶王奕劻及李鴻章會同辦理；都統善慶、侍郎曾紀澤幫同辦理。

一個總辦兩個會辦兩個幫辦，陣容煞是整齊。上諭又說，先由北洋精練一支水師，由李鴻章專司其事，辦出成效，再續辦南洋、閩江、粵海水師——與上次那道上諭比，那次只是一次總動員，向內外臣工打招呼，此番算是具體的部署。

熟悉政壇情形的人都清楚，上諭令醇王總理其事，那只是一個名目，醇王在朝中參贊軍國大事，又兼管神機營事務，哪有精力去管海軍細務呢？至於慶王，眼下正管著總理衙門，外交上一大攤子事忙也忙不過來；善慶根本不懂洋務，想幫辦也幫不上；曾紀澤倒是內行，是一個好幫手，可惜回國後便病懨懨的，已請了長假。所以，只有李鴻章這個會辦，才是大包大攬真正的當家人。

接著，為加強沿海防務，又改福建巡撫為臺灣巡撫，撫署從福州移到臺北，專管兼有「七省鎖鑰」之稱的臺灣事務；福建巡撫事由閩浙總督兼管，第一任臺灣巡撫派了淮軍宿將劉銘傳。

應當說，這幾項措施都是十分正確的，積極的，表現出當局者辦理海防、振興圖強的極大決心，只有李鴻章等少數幾個知內幕的人心中不安，尤其是一想起那「借雞孵蛋」的承諾，李鴻章便真有「心懷鬼胎」的感覺。

陛辭後，他懷著惴惴不安的心踏上了歸程。

自通州乘船由小輪船拖帶，沿北運河東下不要一天便可望見天津城樓，省府及北洋屬下文武官佐齊迎至西沽，李鴻章於船中傳令，請臬司周大人上船說話，其餘一概請回。

臬司周馥，字玉山，安徽建德人，同治初年即入幕府司文牘，累功至按察使。此人思路敏捷，文筆也快。他已讀過邸抄，知朝廷已成立了海軍衙門，實際上由李中堂一人主持。作為身邊人，他豈不明白李鴻章的心事？所以，上船後見面先是道賀。

李鴻章顯得很疲憊，面上頗著風塵之色，心中只記著閻敬銘那句話：早來三天有戲看，遲來三天拆了台。眼下見周馥道賀，乃微微歎了一口氣說：「國運如斯，何喜可賀？我輩不過勉為其難而已！」

說著，便要周馥隨他去署中長談。

回到北洋公署，二人換了便服，李鴻章拉周馥坐下說話。先詳詳細細地把召對情形及拜會醇王、恭王及閻敬銘等重要人物的經過告訴了他，卻隱去了和孫毓汶密談那一段曲折經歷，又說：「恭邸眼下雖退出了政府，但對朝中政務仍瞭若指掌，自慈安皇太后崩逝，皇上沖齡踐祚，政局便完全操縱在慈聖手中，誰也無法抗衡。辦洋務只能瞞天過海，借雞孵蛋，閻丹初也這麼認為。他說戶部眼下還有點盈餘，修園工程尚在籌議之中，估計一時還動不了手，只要我們動作快，海軍衙門才成立，不能不擺出樣子，民間俗話說得好，新開茅坑還三天香呢！」

周馥說：「中堂這想法極是。那我們從哪裡做起呢？」

李鴻章說：「當然是爭取經費，若等清漪園動工了，我們再爭也爭不過了。今天請你來，就是讓你先摸個底，造個預算迅速報上去！」

周馥想了想說：「有關海防的幾個大項目，想必中堂心中有數，但具體細節、價目只怕經辦人不到堂不能清楚。依晚生之見，不如把各方首腦及幕府諸君都召來共議，晚生再總其成便完善了！」

李鴻章一想也是，第二天即將下面的「各路諸侯」連同洋顧問琅威理、漢納根召集攏來。這些人都各自經手一事或負責一方，聽說中堂要報預算，拿明細，一個個都從羊皮護書中拿出文件，什麼項目，材料費幾多，價幾何，工價若干，一清二楚，報到周馥處彙總。周馥那裡早集中了幾個算盤快手，接到報單，劈哩啪啦，立刻複算明白。

李鴻章坐在那裡只默默地看和聽，對眾人的報單只吩咐周馥如數累計，迅速上報，並附帶草擬奏疏加以說明。這些項目是以前已申報的，如船塢、購快速艦船；有的已勘測設計，甚至已動了工因無錢而又停下來的，還有些僅僅是聊以備案待將來有機會再動工的，都一齊拿出來造進預算。

這可是一筆巨額款項啊，中堂從來沒有這麼大方，這麼痛快過。是在哪裡發現了銅山，或是在某處挖到了金穴？但中堂口氣堅定、態度從容，不像是尋開心。

眾人於是認定中堂此番入覲，一定是得到了皇太后有力的承諾——朝廷決心勵精圖治，努力振興了。想到日本人的野心、西鄉從道的挑釁，今天終於有把握接受這挑釁了，眾人不由興奮，一個個摩拳擦掌、躍躍欲試了。

接著議到了朝鮮的事，一些不相干的人都退出去了，只有周馥、于式枚、盛宣懷等一班幕僚在座——據密報，朝鮮國王李熙在三營慶軍撤退後，受左右慫恿，竟想投靠俄國，在宮中幾次祕密接見俄國公使，與之會談，欲請俄國人出兵保護朝鮮獨立，脫離中國。而為此事穿針引線者，竟是李鴻章為幫助朝鮮改革稅制，推薦去朝鮮出任海關總稅務司的德國人穆麟德。

北洋自將三營慶軍撤走後，留在漢城辦理通商事務的陳樹棠已不安於位，幾次以衰病為由請調，自然無心也無力對國王拿手段，故應速派一個既熟悉朝鮮的複雜背景、又有手段、有威望的人去替回陳樹堂，從而確保藩籬。

此事提出後，眾人先是一陣沉默——保朝鮮與辦水師、籌海防同等重要，彼此密切相關，于式枚見眾人不作聲，乃從懷中掏出一個小本子，呈與李鴻章說：「這是抄錄的朝鮮樂府詩，雖然是一些民間俚曲，中堂不妨看一看，或許也有一些啟發！」

李鴻章接在手中看起來。這些樂府詩，詠的全是朝鮮事，有詠國王王位嬗替的，有詠閔妃擅權的，也有詠大院君的。不知出自何人之手，但頗有意思。原來朝鮮國自道光十四年國王李王公薨逝後，因世子先死，只好傳位於王長孫李昊，李昊也未能久享，加之無子，王位傳入旁支，先是莊順王李昑的四世孫李昪，同治二年李昪又死，無嗣，只得由興宜大院君李罡應之子李熙繼承王位，由大院君監國。

常常有這種現象，一個封建國家如果興盛，則王室子息繁衍、健旺，像康熙大帝膝下「阿哥」達數十人；反之，國家的衰敗也先從王室斷子絕孫開始，朝鮮國的敗象是早有預兆了。

李鴻章一邊翻這些詩，一邊想到朝鮮王室的式微，若有所思地說：「朝鮮澤被中華文化，一樣孝道當先，看起來囚禁大院君是有些過份了！」

于式枚說；「是的，所謂『天下豈有無父國，孝治天下唯皇仁』——此詩哀而不怨，極其沉鬱，中堂莫如代韓民陳情，請釋大院君。」

羅豐祿也說：「是的，眼下國王是個花心眼，又受閔妃挾制，左右說東就是東，說西就是西，不如釋回大院君，令其捐棄前嫌，一匡朝政！」

李鴻章一邊點頭一邊拿眼來望周馥，周馥是壬午政變後奉命去朝鮮辦理善後的當事人，對當時情形較了解。他說：「當時處在那種情形下，像兩個人打架，揪扭在一起，排解的不得不拉開一個，所以，袁世凱出奇謀誘擒大院君也不能說有錯，不過一囚四年，冤是冤了些。」

李鴻章見眾人意見漸趨統一，又問：「那，陳樹堂請調，誰去替他！」

眾人尚在沉吟，這回倒是盛宣懷立刻想到了袁世凱。他說：「依晚生看來，袁慰庭合適。此人年輕有為，在朝鮮兩次平亂，很有威信，對朝鮮的歷史過節也清楚，讓他去最稱職！」

李鴻章說：「你不說我也想到了他。不過，袁慰庭其人浮了一些，銳氣有餘未免沉穩不足，對大事看得不遠，此番讓他去可以，不過要先好好地訓誡他一番！」

周馥也心存疑慮，他說：「既然釋大院君歸國，這裡又派袁世凱去，大院君不是他生擒的麼？」

這一說倒是提醒了李鴻章，「喲！虎兔豈能同籠！」

但幾個人湊在一起，把北洋人才一一排隊，竟還無人能替代，只好暫時擱一邊。

於是，李鴻章將海軍急需款項及請釋大院君之囚的奏疏用「四百里加緊」奏報上去，不三天，同意釋放大院君的批文便電傳至津，但海軍待款的事卻不見回報。李鴻章以為海軍預算奏報到京，戶部還要覆核，遲幾天是情理中事，他於是安排會見李罡應。

「太公，在省城一住四年，不知可安適？」李鴻章以貴賓禮待李罡應，延以上座，出語從容。

李罡應見國王數次上表請赦，人情做到醇王頭上也無濟於事，原以為一定要拋骨異國，老死他鄉了，不料李鴻章一紙疏文竟有如此奇效，不由對他感激涕零。眼下見問，乃含淚答道：「外藩罪臣，含冤莫訴，身在貴邦，心思故國，不但水土為苦，心境更苦！」

李鴻章又將朝鮮甲申政變及目下情形向他複述了一遍，然後說：「當初將太公請到保定，實在是迫不得已的事，此番我太后、皇上感念國王一再懇請，為成全國王孝道，特開恩赦免，唯望太公歸國後，不要再思報復之心，不然內亂一起，則貴國宗廟、社稷難保全矣！」

李罡應信誓旦旦，說：「壬午至今，忽忽四載，罪臣捫心自問，天朝深仁厚澤，惠及遠人，若得返國，一定懍遵指令，竭忠盡智，輔佐敝君，永事天朝，至死不變！」

李鴻章見他說得堅決，態度誠懇，也就放了心。於是乃說起派人長駐漢城的事。不料李罡應想了想，卻說：「那個五品同知袁慰亭，年青有為，果敢而有決斷，壬午一晤，印象極深。此番又是他平息叛亂，保全了王室，中堂何不讓他去？」

李鴻章不意大院君自己提到了袁世凱，不由大喜，當下立刻召見銷假候差的袁世凱……

這樣，嚇得醇親王冷汗淋漓、魂不附體的「大院君之囚」，終於寬釋了。就憑李鴻章一道奏章，慈禧居然就忘了自己當著醇王說的「在生一日，要囚他一日」的誓言。

然而，李鴻章的另一道奏章卻仍沒有消息……

搶先

李鴻章在天津「趁熱打鐵」報預算，其時清漪園工程也同步在進行，這中間忙壞了李蓮英。

按制度，京師興辦大工程，確如閻敬銘的舅老爺所言，必先由工部派出勘估大臣，帶人先行評估，造出預算，報請中樞議決，皇帝點頭，戶部核准撥款，再由內務府派出督修大臣、工部派出承修大臣商定指派廠家，動工後由督修大臣到場監督、驗收。

手續雖然繁複，防範也極嚴密，但皇家的銀子不賺白不賺，見錢不愛是癡呆。所以，但凡興建大工程，風聲才放出來，營謀私利的人便紛紛傾巢而出，大肆活動。廠家須先賄賂內務府和工部大小官員，而決定權在內務府。

內務府堂官稱大臣，是一個虛銜，往往由其他大臣或尚書兼領，很少管事，實際上就由郎中理事，這個郎中不過四品官，但權力極大，廠家要承包這項工程，必先由他點頭，然後才去拜工部勘估大臣的碼頭，造預算時，以小報大、以少報多，待工程承包到手，若想弄虛作假或怕別人挑剔，則須塞住督修大臣的嘴巴。

所以，歷年下來，形成一套不成文的規矩，即工程費用若為十成，承修大臣得三成，督修大臣得一成，勘估大臣得一成，其隨員得半成，兩大臣衙門大小書吏合得一成，經手人利潤半成，工價半成，實際用上去的僅二成半，上下通同作弊，有關人員都有好處。

此番修清漪園，李蓮英自恃得寵，從中插一槓子，他說動慈禧太后，撇開工部，由他一人總攬其事，立山作為助手，這樣把應送與工部的三成好處費全拿了過來。由他和立山商定後指派了廠家，也造出了全期工程的預算。

李蓮英把預算拿到手後，並不滿意，卻讓立山找到承辦此項工程的廠主雷廷昌，讓他找一名高手，依萬壽山和昆明湖的地形，再根據修園的設計圖，畫出了一張長軸巨幅界畫，好像園子就修起來了一般，上面仁壽殿、佛香閣、長廊、長堤什麼的，一一體現在上面，著上顏色，裝裱得精精緻緻的。李蓮英拿上這幅畫，回宮來見慈禧。

慈禧皇太后這天很興奮。因為早上在單獨召見醇親王時，她提出了在心中醞釀已久的一個話題，即撤簾歸政的事——跨過年皇帝便十六歲了，世祖章皇帝（順治）、聖祖仁皇帝（康熙）都在這個年紀親政，且很有作為，她也累了，想退休，放手讓皇帝當家作主去。

醇親王對這事心中也早有主見，所以，當她一提出來後，他馬上表現出誠惶誠恐、萬分不安的樣子，先是叩頭如搗蒜，請皇太后收回成命，在父親的暗示下，皇帝也下座叩頭請開恩。

慈禧口頭上自然不准，醇親王於是又提出請皇太后訓政幾年，雖不臨朝聽政，但大事由皇帝稟過皇太后然後畫行，這樣不居垂簾聽政之名，但仍如臂使指，牢牢把握朝政。慈禧太后終於點頭答應了。

商議下來，決定過年之後召見六部九卿，當眾宣布，並發出上諭，詔示天下，定大婚後為撤簾歸政、皇帝正式君臨天下的日子。

想著只等園子修起來，自己可每天徜徉在名園的湖光山色中，對國家大事仍能指揮如意，一切由我，一切皆備於我，那是何等愜意的事啊！所以，回宮後，她仍抑制不住心中的興奮。一見李蓮英，忙迫不及待地問道：「小李子，園子的進展如何？」

李蓮英伺候在一邊，等的便是這句話。於是說：「奴才正要請老佛爺的旨意！」

說著，他從懷中把這一張畫取了出來，展開在案上說：「園子若修成這麼個樣子，可稱老佛爺的心？」

慈禧從小便喜歡寫寫畫畫，進宮後經名師指點，亦頗有造詣，平時喜作擘窠大字，亦臨摹法帖，習小楷；畫畫卻又與人不同，作為一個女人，不愛畫翎毛花卉，卻喜奇峰怪石、蒼然老松，這大概是她那男子漢性格使然，也正因此，宮中所藏歷代名家書畫，她都一一過目並用心揣摩過，宮中藏有一幅郎世寧的圓明園全圖，這個生於義大利米蘭的傳教士，後來成為宮廷畫家，參與圓明園的設計與修建，他的畫揉進西方油畫的寫實作風，十分生動細膩。

名家畫名園，名園已毀，名畫猶存。她常面對此畫，掩卷遐思——在這一座園子裡，曾度過了她少女時代最美好的時光，且就在此園的東北角一座小閣子裡，第一次受到文宗的寵幸，懷下了小皇子，但那時作為一個熱情奔放、渴望自由、充滿幻想的少女，只因是一個地位低下的「蘭貴人」，受禮法重重束縛，雖然生活在仙境中，卻不能隨心所欲，縱情遊戲，連放開歌喉唱一支南曲也只能提心吊膽，偷偷地背著人。如今，已成為天下第一人了，億萬鬚眉都向她俯首，連天子也只是她膝下一個任意呵斥的孩子，就連被毀的名園也可在自己手上恢復過來，這是多麼愜意的事！那麼，未來的園子該怎麼造呢？

李蓮英雖已去看了三遍，回來指指畫畫，語焉不詳，很不放心。不想鬼精靈的李蓮英今天竟把它畫成了畫卷帶來了，慈禧一邊看一邊不斷地思索——小時曾隨做官的父親浪跡江南，遊過蘇州、杭州，對那裡的湖山有很深的印象。

「怎麼，這圖畫得像是杭州的西湖呢？」

慈禧剛一發問，李蓮英於一邊馬上說：「老佛爺聖明極了。據立山說，之所以選定這清漪園舊址建新園子，就是看這裡的地形與西湖相彷彿，於是便照搬西湖的景致，不，也不完全是西湖，連蘇州的虎丘、什麼四大名園也移到一處了。」

說著，於一旁指劃說，「您看這萬壽山排雲殿、佛香閣不是比靈隱山靈隱寺更雄偉？還有這沿湖長廊，西湖就沒有，這長堤像蘇堤，十七孔橋堪比斷橋，至於仁壽殿這邊一片館閣，聽鸝館這一片庭院不是把什麼拙政園、滄浪亭、獅子林、留園什麼的都搬進去了嗎？」

李蓮英指著一張圖說得頭頭是道，好像他也去過蘇、杭似的，慈禧卻沒有去聽他的。

其實，她根本不用人指點，就已被這畫的作者、或者說新園的設計者巧妙的構思和獨運的匠心吸引住了。難道真有這麼一個地方？難道真能造出人間仙境？她想，這個新園若果能像畫上的樣子修起來，它雖比不上圓明園的規模，但卻有圓明園不及的地方，這就是昆明湖的寬闊，萬壽山的雄偉，奇山加異水，再沿湖添上這一道長廊的連結，使之形成一個十分和諧的整體——晚年得居此間，與神仙何異？她終於連連點頭道：「好，好，這正是我想要的園子。小李子，你去告訴他們，將來我要按這張圖一處處比照驗收，可不許有一絲一毫的改易！」

李蓮英響亮地答了一聲：「嗻！」又說：「奴才一定將老佛爺的聖諭宣示於各臣工。不過——」

說到這裡，他故意不說下去。慈禧見他這神態，豈不明白，乃問道：「怎麼，就要解款子啦？」

李蓮英連連點頭，說：「老佛爺聖明！」

慈禧皺了皺眉頭，說：「哪有未動工便先要錢的？就是出征打仗，領兵大員開始也先就地徵糧，他們這是什麼規矩？」

李蓮英說：「老佛爺真是慧眼千里，明察毫末。但凡大工程，承包廠家確有先墊付部分款子的規矩，所以，此番工程的木料、磚瓦等物，所需款項確由廠家先行墊付。不過，人家墊工墊料可無力墊現銀，有些非現銀不可的項目不先付銀子不行。比方說，要趁枯水季節召集大批民夫疏浚昆明湖；又比方說，要趕在開春前派人去南邊採購、移植大批草木花卉，讓它在園子建起來之前先長茂盛，這都是非現銀不可的。據估算，年前沒有五百萬兩就要阻明年的工程。」

慈禧想了想，覺得言之有理，於是說：「眼下海軍衙門才成立，雖說將來這一大筆費用由海軍衙門報銷，但總不能現在就去找李鴻章——他也拿不出！」

李蓮英閃著一對小而亮的老鼠眼，意味深長地說：「現在就讓海軍衙門撥這款子確實沒有，海軍的預算尚未出來，各省報解的協餉及海軍捐也未到部，不過，奴才聽人說，戶部還是存有一些老底的！」

慈禧沉吟良久，說：「戶部那筆款子是用來備刀兵水火應急的，以修園子的名義去戶部提用那筆款子不太妥當。」

李蓮英頗感失望地說：「那——園工只能延期開工了！」

慈禧把水煙筒放在案上，在宮中蹀起方步，花盆底鞋子在地上「咯噔咯噔」響了半天，才緩緩言道：「這樣吧，你讓立山另造一個預算出來，題目就是籌備皇帝大婚費用，先拿去與七爺過目，再去戶部提款！」

李蓮英一聽，這一聲「嗻！」比上一聲來得更清脆……

小鬼跌金剛

李鴻章的預算造出來後，馬上報到了戶部。

水師一年的薪餉及疏浚膠州灣等各項費用統共需銀二百萬兩，另外，船塢等項工程的前期費用及訂購四艘快艦的預購款需銀三百萬，所以，年前必須解到五百萬兩現銀——這就是李鴻章向閻敬銘所說的「燃眉之急」。

李鴻章把預算報到戶部，奏疏遞進宮的同時，又給醇王寫了一封私函，言及船塢工程已由承辦的洋匠墊款先行開工，訂購快艦的合同已簽約，洋人講的是信譽二字，一旦簽約，務必履行合同，不然，恐有麻煩——這麼說，等於告訴醇王，釘了釘子反了腳，沒法子反口或些許改移了。

這些都是李鴻章在京時和樞府各大臣及醇王商討過的，醇王已有言在先，雖不料他一下子便提出了這麼多項目，且這麼快就弄出了預算，但只能佩服，不好批駁得。只待第二天軍機會議後，稟過慈禧太后後便要照擬准予執行。不料就在這時，軍機大臣、戶部尚書閻敬銘突然來拜府。

原來當李鴻章的海軍預算遞到戶部衙門時，以籌辦皇帝大婚為名的提款單也同時送到戶部堂官的案頭。戶部設一滿一漢兩尚書、四侍郎，滿尚書福錕同時兼內務府大臣，內務府來了提款的單子，他哪有不准之理，於是馬上提筆劃了一個圓圈，轉到閻敬銘手上，閻敬銘只記掛北洋報來的海軍預算，打算軍機會議時，如何進言，沒料到建園的這麼快，一見這提款單，心中氣不打一處出，乃瞪著一大一小兩隻眼睛，遲遲不肯動筆，在司員的催促下，索性將此揣在懷中來見醇王。

他一進門，醇王便窺見到他臉上氣色不順，忙讓座並委婉地問起來意。閻敬銘不慌不忙從靴統子裡摳出一份文書，往醇王跟前矮几上一放，說：「七爺，今年這年關有些難過，眼看就要到封印的日子了，大家卻都來湊熱鬧，這叫人怎麼發付呀？」

醇王睃一眼茶几上的文件，心中其實清清楚楚——這是昨天進宮時，慈禧交代下來的頭一件大事，才議過皇帝親政的大事不兩天，尚未過年，便要駁太后的條子這是無論如何不能也無論如何不敢的，醇王早已一口應承下來，但他清楚閻敬銘的為人，這模樣不是省油的燈，所以心中一直有些忐忑。眼下讓閻敬銘這麼一問，不由心慌，為穩住情緒，乃裝糊塗道：「丹初，什麼事呀？」

閻敬銘籠著手、愛理不理、甕聲甕氣地說：「一時也說不清，七爺一看便明白！」

醇王聽出對方口氣不順，只好拿起這份文件裝模作樣地瀏覽了一遍，喃喃地說：「哦，原來是這樣！」說著，便不再說下文。

從進府那一刻起，閻敬銘便看出王爺心虛。他也清楚，眼下這個王爺名義上是總攬全域，大小事都管，其實只是一個任人擺布的木偶，大小事都管不了。但事關重大，他不能不逼這個「苦人兒」，於是說：「七爺，皇上大婚，乃天下臣民之大喜，所需費用，當然要照撥無誤，不過，還沒聽說選秀女，怎麼內務府便要來提這麼大一筆款子，這是哪裡來的規矩？」

醇王期期艾艾地說：「丹初，是這樣，你不如就跟福錕一樣，畫、畫一個圈圈吧，細節無須問得。」

誰知閻敬銘「嗤」地苦笑一聲，口氣卻更加不順地說：「七爺，朝廷設戶曹，司度支，統管國庫鎖鑰，當戶部堂官的若只認畫圈圈，則人人可以當得，用不著我閻敬銘尸位素餐！」

說著，便要告辭，那模樣，分明是要摜紗帽辭官了。醇王不由急了，只好拉住他苦苦相勸，但閻敬銘黑著臉，只喘粗氣，告辭時仍未置一詞。

醇王知道閻敬銘心中疙瘩始終未消，他其實從內心深處敬佩閻敬銘這一身風骨，只可惜自己做不到，所以一直提心吊膽地聽結果。

第二天，他去宮中晉謁時，慈禧的臉色果然十分難看，一開口便責問道：「怎麼，閻敬銘的腰桿子一下就硬起來了，竟敢駁我的條子！」

醇王一聽慈禧這話不由又急了。

慈禧為了挾制他，往往把自己不滿但與醇王無關的事往醇王身上挪，讓醇王有苦難言撇不清，這回又是這樣——意思是醇王做了後臺，為閻敬銘撐了腰，他待要分辯又不忍再作踐閻敬銘，只好想當然地辯解說：「閻敬銘一向勤勉，對太后、皇上更是耿耿忠心，斷不敢違拗皇太后。據臣所知，只因內務府的提款單數目巨大，又無明細，他這人古板守舊，不會變通或酌情辦理，所以鬧出了誤會！」

「哼！」醇王話未說完，慈禧卻冷笑著說：「好，他認為沒有明細，我令內務府把購物清單附上，看他還有何話說！」

醇王口中唯唯，不敢作答，但心中開始為閻敬銘擔起憂來。

果然，內務府第二次派人去戶部提款的人手上真的附有清單，但仍碰了釘子。不過這回閻敬銘不等慈禧找他馬上主動遞牌子請見。

慈禧尚不知第二次提款又受阻，見閻敬銘請見，馬上傳見。開始，她還想安撫住閻敬銘，當閻敬銘跪請聖安後，立刻讓他站起來說話，又和顏悅色、閒閒問道：「閻敬銘，你今年怕有七十歲了吧？」

閻敬銘很響亮地答了一句：「臣今年癡長七十三，為皇太后、皇上效力的日子不多了！」

慈禧說：「我看你身子骨尚硬朗，人也很精明的，怎麼就說這話呢？」

閻敬銘說：「人老了，未免墨守成規，不知變通，有時辦事難免不能稱旨！」

慈禧說：「這也沒什麼，我看你很不錯。就說此番為皇上大婚費用的事，本來新正一過，便要開始為皇上選秀女了，有些東西，不得不早做準備。我也清楚，內務府、宮中有一夥不知死活的王八羔子想從中營謀私利，所以，戶部從嚴審核，樽節開支是應該的。」

閻敬銘見太后自己開了頭，馬上就話回話道：「皇太后聖明，臣今日正為此事請見——內務府購物清單，所列各項，虛報浮屑不實之處不少，數目不小，臣實在不敢壅於上聞！」

慈禧一聽，吃了一驚，說：「啊，果然有這事？你不妨實舉一例！」

閻敬銘於是說：「此單上列皮箱兩百口，單價為一百八十兩。據臣所知，京師皮貨鋪上等皮箱一口不過賣二十兩，單此一項，便九倍於實價！」

慈禧詫異地說：「哪有這麼便宜的皮箱？」

閻敬銘說：「微臣豈敢欺蒙！皇太后如不信，臣明日就派人去採辦一口來！」

慈禧說：「一口不足為憑，若真有這等好事，這兩百口皮箱的差事全交你辦好了。不過，必須在近日內辦齊！」

閻敬銘想了想，回奏道：「臣七日內一定辦齊！」

當下跪安出宮。回到家中，家裡人都知道這件事了。他那個在工部當書辦的舅老爺也氣急敗壞地趕來相勸。據舅老爺說，宮中太監和內務府的人夥同作弊，賺皇上家的銀子也不是一日兩日了，所謂金黃銀白，誰見了不眼紅心黑？上下既已形成了氣候，連操守好的人夾在中間也被帶壞了，一個、兩個清官扭不轉局面，而病根子其實仍在上頭——皇帝是認真查究，還是甘心受欺。

這位舅老爺上次在閻府碰了一鼻子灰，但他並不生姐夫的氣，仍苦苦相勸。他在工部衙門混得久，又愛打聽一些故事，現在一一道來，有典謨，有訓誥。

據說，道光時，宣宗崇尚節儉，平日所穿一條套褲，有次膝蓋處破了一個洞，他不願捨棄，乃令身邊一個太監拿去找裁縫打了一個補丁，仍穿著上朝。大臣們見了也紛紛效法，都穿打補丁的褲子上朝。

一天，大學士曹振鏞因奏事，跪近御座，宣宗見他穿了一條打補丁的褲子，便隨口問起，打一個補丁，須銀子幾何？曹說不過十文銅子。宣宗不由大吃一驚，原來就打這麼一個補丁，太監竟報銷了五兩銀子，可見太監們的貪污，心黑手狠到了何種地步。宣宗把這事記在心中，不動聲色。

又一回，他見養心殿東暖閣一張大門的戶樞被蛀壞，又令那個太監去找人來修理，區區一個門轉軸，竟要報銷一千兩銀子。宣宗已清楚太監夥通內務府作弊，一個補丁報五兩銀子心雖黑，畢竟數目小，不值計較，這一千兩可不是區區小數。於是勃然大怒，當即傳諭，派人調查。

這下內務府的官員慌了神，不等調查結果報上來，自己先叩頭請罪，並說其實只需十兩銀子，因寫單據時筆誤——十字上多寫了一撇，成了一千。

宣宗仍不依不饒，撤了這個官員的職，又將這個太監痛打了一頓，貶去看守皇陵了。舅老爺說完這些往事，又勸姐夫說：「眼下誰不清楚，皇太后靠的便是左右這班人，替她做耳目、出主意，對這些人拿自己做幌子去營謀私利的事豈有不明白的？只不過不願像宣宗道光爺那樣認真罷了。都是皇帝家的，她不心痛，別人何苦心痛？她就是這麼敗掉大清的江山，你也無力回天，弄不好是自討沒趣，引火焚身！」

但閻敬銘任舅老爺好話三千，卻一句不納。

第二天去戶部上班，先找了一個心腹書辦，吩咐他上街去採買兩百口皮箱，交代須寫明單價、鋪面商號於票據上，準備拿了進宮作憑證。

這個書辦去後，直到太陽落山時才回來，一臉的沮喪。

閻敬銘一問才知——原來一直只賣二十兩左右的皮箱，一夜之間竟像發了瘋一般，一下往上竄了十倍，非二百兩紋銀不可，家家如此，城廂內外一個價。

閻敬銘心中有數，聞言冷笑一聲，不動聲色，悄悄地寫了一封信，令這個書辦第二天速去天津，直接找天津道盛宣懷，讓他三日內速購兩百口皮箱解京。

書辦去後，閻敬銘在府中掐著指頭數日子，京師至天津快馬不要一日行程，回來用船運到通州，再起早也不過兩三天，慈禧給七日之限滿夠。不料等了一天又一天，一連等了六天竟杳如黃鶴——原來這個書辦一出戶部衙門便被內務府派的人盯上了，他們把他拉到背人處，三言兩語加一筆可觀的銀子就買通了。這個書辦竟不顧多年的堂屬之情，帶著這一封書信遠走高飛。

閻敬銘這才如夢初醒，知道小鬼跌金剛，堂堂的輔弼重臣，竟壞在一小小書辦手中。乃長歎一聲，連夜草疏，自陳無狀並自請處分，欲告老還鄉。

倒是慈禧讀了這份奏疏，動了惻隱之心，說：「這個閻敬銘也是憨得出奇，這樣吧，左宗棠那個東閣大學士不是出缺了嗎，就讓他去東閣養老吧！」

於是，新正一過，閻敬銘「入閣大拜」，戶部尚書被免去，卻被授予東閣大學士。

但閻敬銘畢竟是閻敬銘，他自此息影於家，以衰病為由，從未到內閣視事……

第六章 不祥之兆

「歸政」與「訓政」

閻敬銘大拜後，空出兩個職務，軍機大臣一職慈禧讓兵部尚書許庚身兼領，戶部尚書一職則由工部尚書翁同龢充任。

明眼人都能看出來，這一安排純為西山的工程——建園子需款，可由皇帝直接找師傅通融，不過，六部中工部賤而戶部富，翁同龢由「賤」而「富」，於個人算是幸事，因此，許多人都來賀喜，但他一一擋駕，心中關注的是另一件事——未來政權的交接。

按說，皇帝已漸成年，為安置皇太后養老的清漪園已在動工，撤簾歸政已是早晚的事了。翁同龢這些年盡心啟沃，等的便是這一天，待皇帝親政，他作為師傅，假皇帝之手把自己的平生所學，那一套治國平天下之術付諸實施，從而實現自己致君堯舜的抱負，這就是讀書人平日談論最多的所謂「天下之志」。

不料就在這時，他聽孫毓汶透露，醇王有請慈禧皇太后繼續訓政的打算。

翁同龢知道這幾年醇王的苦衷，為了大清的皇基永固，為了自己親生的兒子將來能穩享太平，他忍受著太后對他難以忍受的凌逼。但他絕沒想到，醇親王爺會出此下策——翁同龢既焦渴地等待著皇帝親政那一天的到來，自然也就對今後政權的交接，交接後的局面做過設想，最理想的自然是皇帝大權獨攬，最擔心的莫過於太后退而不休，暗中遙制。

不料糊塗或者是懦弱的王爺竟自制枷鎖、自進牢籠，提出訓政。訓政最不可取，它無垂簾聽政之名，卻仍居其實，且可免去一些瑣細政務的煩擾，進而一個心思抓大事。這無異於嘉慶初年的

「太上皇」。

他想，垂簾聽政本是權宜之計，與祖宗成法相牴牾，皇帝既已成年，怎麼還讓女主干政的局面延續下去呢？但據說，醇親王爺認為皇帝尚年輕，應該多讀一些書，因為學無止境，所以要趁皇太后精力旺盛時，大事仍由太后親自裁決，皇帝則於一邊多多歷練。

翁同龢想，既然這樣，與其請皇太后訓政，不如暫緩歸政。「暫緩歸政」終有「歸期」，而這「訓政」則是遙遙無期。這些年醇王對太后曲意逢迎，甚至不惜犯眾怒、空國庫為太后修養老之所為的是什麼？若仍只換到一個空頭皇上，那園子不是白修了嗎？

翁同龢心中暗暗著急，但歸政之事因只是私下醞釀，他無置喙的機會。

不想這天皇帝上書房，竟悄悄告訴師傅，訓政之事已由醇王及皇帝的跪請已大體上定下來了，醇王後來又專門為此上了一個摺子，上有「永照現在規制，一切事件，先請懿旨，再於皇帝前奏聞」的話，翁同龢一聽，連連頓足道：「錯了錯了，鑄九州生鐵，也無此大錯（鑿）！」

皇帝不知就裡，忙問起所以然。翁同龢明白，此事一時也說不清，再說，宮中耳目甚多，他不願慈禧皇太后罪他「離間骨肉」。想了想，先不說原因，卻從書架上找出一冊《乾隆實錄》來，翻出《內禪》一條讓皇帝自己看。

據《實錄》上說：「乾隆六十年九月，高宗御勤政殿，召皇子皇孫、王公大臣入宮宣示恩命，立十五子嘉親王為皇太子，以明年丙辰為嘉慶元年，所有冊立典禮一切虛文不必舉行，至明年歸政。」這就是所謂「內禪」。

高宗乾隆爺，這位自詡「十全武功」的「十全老人」，在御座上坐了整整六十年，行年八十有五依然精神矍鑠。因聖祖康熙享位六十一年，做孫子的不宜蓋過爺爺，所以他提出「內禪」——皇帝做膩了要做「太上皇」。

據記載：嘉慶元年元旦，「太上皇」舉行授受大典，皇帝侍太上皇詣奉先殿堂子行禮，太上皇御太和殿親授皇帝玉璽，皇帝跪受，算是政權交接。

但名為交接，其實太上皇仍穩操政權。這情形，只看高宗內禪後的一些明文規定的細節便清楚。

據高宗諭旨規定，歸政後太上皇仍用喜字第一號玉寶；頒發詔書，先用太上皇帝之寶，次用皇帝之寶；太上皇諭旨仍稱為敕旨；太上皇仍稱朕字，題奏行文，遇天、祖等字高四格、太上皇帝四字高三格、而皇帝只高二格抬寫；太上皇生辰稱萬萬壽，皇帝生辰稱萬壽；其內外臣工請安摺也是一式二份；至於外廷筵宴，也由各衙門照例奏請皇帝，須奉太上皇親臨上座，皇帝次座；連朝考、鄉試、散館及一切考試題目，也由各衙門呈報皇帝的同時呈報太上皇；就連年號雖對外已改嘉慶，但每歲頒朔，二品以上大員入乾清宮，仍制有上標乾隆六十一年至六十四年的曆書分賜各官。所以，「十全老人」名為「內禪」，實際上無論形式和內容，仍是一國之主，年已三十有六的仁宗睿皇帝其實只是一個「兒皇帝」。

乾隆晚年和珅得寵，往往以太上皇之名要脅皇帝。所以，仁宗這個皇帝在討好太上皇的同時還要討好和珅。因此之故，仁宗雖得太上皇禪位，內心仍有隱衷。據說，當太上皇在位時，每遇節日，王公大臣及督撫等必進宮遞如意，這是有清一代歷朝相傳的規矩，本只取個吉利，但仁宗卻下令禁止。他說：「諸臣以為如意，在朕觀之，轉不如意也」。

當然，翁同龢給皇帝看的《實錄》上，沒有「據說」的內容，仁宗睿皇帝的隱衷及「不如意」

皇帝不可能從《實錄》上讀到，但聰明的皇帝一看就明白，尤其是他已有了親身體會，所以，師徒二人只交換了一下眼神，幾乎就什麼都明白了，但在這個時候、這個地方能說什麼呢？皇帝囁嚅了半天，只說：「師傅，你怎麼不也上一個摺子呢？」

皇帝一句話提醒了翁同龢。

按說，歸政與訓政，半是家事半是國事，而他這個師傅，也算得半個「自家人」。所謂「愛子重先生」。師傅稱「西席」，民間百姓家，先生可參與討論家事，尤其是有關所教學生的，先生有權談個人所見，且特別受尊重。想到這裡，翁同龢不由望著皇帝連連點頭。

是的，皇帝確實是成熟了。

回到家中，他趕緊去書房，草擬奏疏。就把醇王的看法作由頭，即皇帝年輕、學無止境，應多讀書，皇太后年富力強，精力健旺，所以應暫緩歸政，「待一二年後，聖學大成，春秋鼎盛，從容授政。」這「從容授政」後便是皇帝乾綱獨斷，不應再有訓政之議了。

寫完後自己讀了一遍，覺得言之成理，很是滿意，於是工工整整地繕寫一遍，第二天便奏報上去。

關於撤簾歸政的奏議，慈禧也已收到好幾份了，有單銜的，有聯銜的，但大多是重複醇王之議，只有翁同龢不同。

慈禧書讀得不多，但聽政二十餘年，奏摺看得不少，於政務可稱得「老手」了，大臣們有些事不便明說，奏摺上寫得曲曲折折、期期艾艾，她也一下就能看穿底蘊。今天，她細細地讀翁同龢的摺子，終於品出言外之意、弦外之音來了。心想，這話由親貴王大臣說還差不多，翁同龢他算什麼？也配？

較。

轉而一想，這兩年為修園子，一班大臣也已折騰得差不多了，翁同龢一迂夫子，不值與之計較。

雖然如此，畢竟心有不甘，在單獨召見醇王時，她把翁同龢的摺子向醇王一扔，冷笑道：「翁同龢作為師傅，我待他並不薄啊，怎麼就如此跟我過不去呢？」

醇王聞言大吃一驚，忙接過摺子草草地看了一遍，心中已明白了翁同龢的用意，雖然感激，卻不敢露出半點痕跡，只回奏道：「皇太后過慮了，翁同龢斷不敢——」

「什麼不敢呢？」慈禧勃然變色，打斷醇王的話，說：「皇帝已成年，撤簾歸政是勢在必行之事，他主張暫緩歸政，這讓天下人怎麼看我？這不是推我上火坑嗎？」

醇王仔細琢磨太后的話，明白這是反客為主，翁同龢思慮不周，反讓太后鑽了空子了。於是，他只好代為解釋道：「翁同龢作為師傅，或許從皇帝的學習上去考慮了，這也是好意。再說，訓政之事，乃應皇帝及大多數王大臣、大臣之請，現在已成定局，翁同龢僅一己之見，不足為訓！」

慈禧想了想，這才趁勢收篷，但仍「哼」了一聲，說：「先不與他計較，到將來再看！」

借外債

李鴻章自把預算報上去後，幾乎每天都在踱起腳跟望回文，但左等無消息，右等消息無，看看到了年底，仍然音訊全無，心裡已感覺到是不妙了。

果然，新正過後，朝廷頒發的第一道上諭即是免去閻敬銘戶部尚書、拜為東閣大學士的消息。

這時北洋派在京師的坐探也把個中的細節、甚至連清漪園工程已在動工的詳情也報回來了。

李鴻章閱報之餘不由怔住了——此番趁熱打鐵，一口氣搞了個預算，原以為閻敬銘有承諾，會有現銀可撥，誰知莫道君行早，更有早行人。其他工程尚可停工待料，船塢工程卻不行，因為這些日子船塢總辦龔照瑗已督促營兵築好了海堤，在洋顧問指導下，正排水清汙下樁，若不接著把塢壁造上來，臨時海堤一垮，開先的工程就全報廢了。

所以，一想到這些他便長吁短歎。

這天，他從公廳回到書房，也不更衣，一人枯坐生悶氣。不想天津海關道盛宣懷卻悄悄跟了進來。

盛宣懷是江蘇武進人，因父親和李鴻章為密友，他又和李經方上下年紀，故認李鴻章為乾爹，李鴻章頗看重這義子，同治九年延入幕府，幾年時間青雲直上——前兩年由李鴻章派往上海辦織布局，眼下又出任天津海關道，都是闊得流油的差使。盛宣懷雖只是秀才出身，卻精於洋務，無論在上海或天津，身邊都跟著一班洋朋友，所以，凡沾上洋字的事，李鴻章都放心讓他去辦。眼下他見盛宣懷跟進來，乃喚著盛宣懷的字說：「杏蓀，海軍的事，打鑼打鼓地造預算，沒料到是這麼個下場，只怕還正好做了上頭建園子支錢的由頭呢！」

盛宣懷乾笑兩聲說：「大人急也無用的，都是皇上家的錢，辦皇上家的事，先後一個樣！」

李鴻章記起孫毓汶的話，不意又從盛宣懷口中出來，不由說：「你也這樣說。可其他各項好說，船塢工程卻不能停！」

盛宣懷湊近身，壓低聲音說：「大人何等精明的人，怎麼也有糊塗的時候？」

李鴻章不解地望盛宣懷：「你能為無米之炊？」

盛宣懷神祕地一笑：「有道是河裡無魚市上有！」

李鴻章不作聲了，伸手拿起几上的煙筒，用兩根指頭勾出煙絲，三根指頭輕輕撚著裝進煙鍋，盛宣懷慌忙代他點燃紙媚子，李鴻章接了，卻不忙著抽，低著頭似是自言自語地說：「我明白，你是指借洋債，這我不是沒想到，不過，個中窒礙頗多，一時難定奪。」

「什麼窒礙呢？」盛宣懷不解，「有借有還嘛！」

李鴻章用紙媚子在空中劃圈圈，「關鍵就在一個還字。以前借了好幾筆外債都是辦實業，那是有利可圖的，到時本息付清他人無可置喙，而辦海防無利可圖。」

盛宣懷說：「大人何不退一步想想？現在誰不清楚，太后修園子擠佔了海軍經費，大人為辦海防借了外債是上頭逼的，要說只能說上頭，再說，世人有個譽成毀敗的毛病，大人借了外債，只要海疆鞏固了，別人也沒得說的。就像左恪靖，收復新疆，眾人交口稱譽，至於信任胡雪巖，讓他代借洋債，結果胡雪巖從中大撈回扣，別人要罵也只罵奸商病民蠹國，怪左恪靖頂多是失察而已，算什麼？」

李鴻章聽他這麼一鼓動，果然不作聲了，一個勁抽煙。盛宣懷知道入港了，繼續鼓動如簧之舌，於一邊勸說。

據他說，北洋要借外債比左宗棠方便，第一，左宗棠當時人在陝甘，不知上海行情，未免受胡雪巖欺蒙，可天津銀行很多，英國的滙豐、美國的花旗、俄國的道勝、德國的華泰等等，都在天津設有分行，可直接與之談判借貸，不受中間人蒙蔽；第二，洋人借貸，要海關以關稅作擔保，由總督蓋印畫押才成，當年左宗棠作為陝甘總督不管海關，只好轉求兩江總督沈葆楨，沈葆楨不賣老友的面子，左宗棠沒轍了，只好由胡雪巖憑私人關係借，北洋就少了這一層麻煩。單是他管的這個天津海關，一月的進項便是白銀四五十萬兩，憑這一條一次借幾百萬毫無問題。說到這裡，盛宣懷頓了頓，再次壓低聲音說：「另外，還有個第三，這是最最要緊的！」

盛宣懷說到這，低頭端蓋碗去喝茶。李鴻章已抽完一鍋煙，取出煙鍋杆，用力一吹，將煙灰吹去好幾尺遠，回頭不屑地說：「這第三麼，你不說我也明白。」

盛宣懷微微一怔，眼珠子一轉，「是，大人明見千里，辦洋務這麼些年，洋人的規矩哪項不明白？就是德璀琳等人也會詳細告訴您的！」

德璀琳雖是德國人，一直擔任天津海關稅務司，是李鴻章門下常客，他要把有關銀行信貸業務知識告訴李鴻章應是情理中的事；另外，李鴻章還有一個相交二十餘年、在海關總稅務司幹了二十餘年的朋友赫德，這個英國佬在李鴻章面前也是無話不說的，盛宣懷想到這一層，知道自己剛才想賣關子的行為真愚不可及。忙說：「大人還不清楚，洋人在咱大清開銀行，自然是為了將本求利，尤其是貸款買本國貨，利息更低，銀行且有對外保密的承諾，就是請出聖旨也查不了他們的帳。這些情形大人清楚，朝廷未必清楚，大人若以此事責成於卑職，個中細節，卑職敢保證風雨不透。」

經盛宣懷如此地一說，李鴻章終於動了心，乃決定派他會同德璀琳向德國華泰銀行先商借五百萬馬克，又讓于式枚向醇王寫了一封長信，申述了為船塢工程不得不向洋人借款的理由。不料第二天李經方便探知了消息，趕緊瞅著無人時來見父親，見面便氣咻咻地說：「爹，盛杏蓀可是個小人，別看他一嘴的蜜，可心裡藏有萬把刀！」

李鴻章此時午睡剛醒，正仰在靠枕上品玩一隻內畫鼻煙壺，十分怡然自得，聽了兒子的話頭也不抬，只說：「眼下這世風，經手銀錢的事，誰能兩手乾淨？打銅的落銅，打鐵的落鐵，就是清水流經我的田，不摟它一隻魚也要摟一隻蝦。」

李經方見父親毫不在意不由急了，說：「爹，經手借貸可兩頭掙回扣，你不怕盛杏蓀賣了你?!」

李鴻章仍是十分平靜地說：「盛杏蓀是個小人我還不清楚？他是胡雪巖我可不是左恪靖，須知這是在天津城，他不要前程還能不要腦袋？」

李經方進盛宣懷的讒言本意不過取而代之，見父親水潑不進不由蔫了，坐在一邊有些怏怏的。

李鴻章放下鼻煙壺，坐直身子，望了兒子一眼說：「該操的心你沒操到，不該操的又操了。」

李經方不解地說：「什麼事兒子沒想到？」

李鴻章慢吞吞地說：「劉瑞芬就要去倫敦赴任了，此番單訂單便帶了不少，其中包括訂造四艘快速巡洋艦的，上回為購艦的事，李鳳苞行事不檢點，鬧得沸沸揚揚，究竟是怎麼回事？我心裡一直是個謎。」

李經方一聽眼珠子立刻活泛了，他說：「爹，你真精明，天津的事瞞你不住，倫敦便難說了。劉瑞芬使團班子還未組成，何不讓兒子去充個副使？」

李鴻章眼望著兒子，心有些猶豫：「你去年雖會試報罷，但年輕輕的總不能丟了學業，一襲青衫到頭，告訴你，做官還是要從舉業上發解才光彩。」

李鴻章想學曾國藩，就連兒子也想讓他學曾紀澤。曾紀澤在父死守孝期間，憑一本漢英對照的聖經，居然學會了英文，在任駐英公使期間，英語口語雖不行，卻能讀懂報紙。李經方卻正式拜了英文老師，不但筆譯過硬，口語也十分流暢，所以他早想去外國觀光只差沒機會開口，眼下好不容易有了機會父親卻不鬆口，不由急了，說：「爹，眼下做官門徑多得很，以舉業發解固然不錯，能辦洋務『答蠻書』的更是難得的人才。眼下京師流行的口號，說升官的四條捷經，什麼帝師、王佐、鬼使、神差，這『鬼使』不就是指與洋鬼子打交道的使者嗎？兒子若做了副使，可不帶翻譯，比他劉瑞芬強多了，他敢賣我？」

李鴻章一聽不由默然——劉瑞芬是自己一手提攜上來的心腹，但畢竟是外人，哪有自家人可靠。再說，兒子李經方自會試落第便再也不肯下苦功了，牛不喝水也不好強按頭，他有心學洋務辦外交，將來或許可接替自己一半事業。於是說：「好吧，你想學外交，這也是一條路，不過外交上的學問多得很，可不能學了幾句洋涇濱便充內行，要多跟人家學。另外，你資歷不夠充副使，當了副使別人有話說，再說，副使與參贊相差無幾，就當個參贊吧！」

李經方一見父親同意讓他去，高興得幾乎要跳起來。不料就在這時，外面有人在嚷嚷，說是姑老太太回來了，李經方忙起身迎出來。

又見度遼將軍章

李鴻章的長妹玉芬邁著一雙小腳，由兒子張士珩扶著顫巍巍地走了進來，李經方趕緊上前喊大姑媽請安。張士珩也問表哥好，又衝上房喊舅舅。扶著老太太進了上房，這才回過身子。

這時李經方看見跟來的還有四個僕婦，挺知趣地守在穿堂口，張士珩從其中一個僕婦手中接過一個布包再轉身進來，這時，姑老太太已在炕上坐下了。

李鴻章有兩個妹妹，玉芬居長，小他六歲。因心氣高傲，父親又溺愛，所以桃夭已過仍待字閨中，後由李鴻章作主將她配與部下驍將、記名提督張紹棠。不想嫁過去只半年便守了寡，張士珩是個遺腹子，為此，李鴻章對這個妹妹十分歉疚，除了經常把孤兒寡母接回來陪伴老母，對張士珩更是疼愛有加。

李鴻章兄弟六人，他有五個兒子和二十三個侄子，俗話說泥爛好插棍，樹大好遮蔭。直隸總督北洋大臣可是一棵撐天大樹，所以，二十八個子侄中，除了老大瀚章名下十一個兒子跟在父親任上，其餘十七個子侄都在北洋混差事，外加一些姑、姨之類的表親，張士珩便是其中之一。

姑表親雖分親疏厚薄，可李鴻章對張士珩卻如同兒子。張士珩字楚寶，比經方小三歲，二十歲時雖由李鴻章代他捐了個監生，又留在身邊當差，可紈絝氣太重，又不肯學，派他辦什麼事都不行，只好留在幕中支一份乾薪，居然也累保至知府銜。

今天，張士珩陪著母親來府中，李鴻章明白妹妹是有事要找他，忙笑嘻嘻地問道：「今日是什麼風把姑老太太吹來了。」

姑老太太猶疑地望了李經方一眼，說：「我是來賀喜的，聽說二哥此番進京，太后、皇上誇獎二哥，又派二哥很多大差事，所以也來湊熱鬧！」

李鴻章敷衍說：「什麼大差事，還不是難辦的、別人不願搞的往我身上推！」

姑老太太說：「太后、皇上交下來的總是好事、大事，我聽說是成立一個新衙門，辦海軍，將來學薛仁貴跨海征東，滅掉倭國，二哥可真正成了大英雄了！」

李鴻章知道妹妹不通文墨，只好嘿嘿一笑，朝兒子努一努嘴，讓給姑媽敬煙，老太太卻推開煙袋，說：「先放著，」又說：「哥，你要當薛仁貴了，其實早有先兆呢！」

李鴻章說：「什麼先兆？」

姑老太太說：「那天楚寶在後園督促奴僕挖掉一棵桃樹，不想搬開樹蔸，卻掘出一口罐子，你說裡面裝了什麼？」

「裝了什麼？」張士珩的公館在天津老城，那裡原本就是一座官員府第，所以，一聽「掘出一口罐子」，李氏父子一齊瞪了眼問。

姑老太太這才拿起煙袋，自已裝煙，兒子點火，先咕嘟嘟抽了一氣，慢吞吞地說：「真是個稀奇物事兒！」

李經方耐不住了，忙問：「究竟什麼稀奇物？」

老太太抽完三袋煙，這才從張士珩手中接過那個布包袱，慢慢解開，李鴻章父子饒有興趣地湊攏來看稀奇。

老太太打開布包，是一個烏木盒子，打開盒子，裡面又包著紅緞子，攤開紅緞子又是個織錦小盒，打開盒蓋才看清，裡面包的原來是一方斑斑駁駁的印——李鴻章尚未說話，李經方卻哈哈大笑起來，且笑得彎下腰去。一邊笑一邊說：「爹，這就是我和李次青在老龍頭茶樓上看到的那方印，當時便被伊藤博文貶損得一文不值的！」

張士珩一聽，臉不由黃了，忙說：「伯行哥可不要亂說，這印是我從土裡挖出來的，季師爺看了認得是一方漢印，又幾時讓你看過？你既看過，可知印文是什麼？」

此時印尚臥在織錦盒裡，並未露底。李經方卻不屑地說：「印文，哼，不就是度遼將軍章五個字麼？」

張士珩一見李經方說對了，一時啞口無言；姑老太太把煙嘴銜在口裡也呆住了，時間一久，竟流下長長的口水……

李經方一得意，不由賣嘴皮子，又說：「我也認出這是一方假印，上面破綻挺多的呢！」

姑太太急了，放下煙筒，也不去揩口水，急說：「伯行，你別亂說，玉就是玉，假在哪裡呀！」

李經方說：「姑媽，楚寶弟，你們一定是被那窮酸騙了，這是什麼漢印？知道嗎？按印章之印字，從卩從爪，意即用手所執之節，節即憑證。當時是佩帶在身上的，至秦漢時才作鈐記之用，兩漢拜度遼將軍的先有范明有，後有吳裳、皇甫規、橋玄等人，皆兩千石以上大員，因此，此印若是將軍印則嫌小，不夠氣派，且應是朱文而非白文！」

張士珩聽李經方侃侃而談，非常痛苦，就好像有人當眾說他這遺腹子是野種似的，但聽到最後一句，卻一下撈到了證據，馬上拊掌大笑道：「啊，那不對，我這印是朱文不是白文，不信你看，看來你看到的是另一顆，那是假這是真！」

說著把印抓起來，亮給舅舅和表哥看，李經方一看果然是朱文，不由傻了眼。姑老太太把眼一瞪，指著經方的鼻子說：「伯行，我跟你爹上共奶窩，下共穴窩，楚寶和你是嫡親表兄弟，你怎麼也要進他的讒言！」

李經方告饒說：「姑媽，我看走了眼，不過……」

李鴻章抓起印仔細看了看，不屑地往案上一扔，說：「別怪伯行，這不足怪，這印是假的，因為伊藤博文已指出它的假，於是造假的便磨掉重刻，不過，這印假的地方多著呢，伊藤博文僅指出了一點！」

張士珩見舅舅也說假，知道是真不了了，只好委屈地說：「舅，還有什麼假呢？」

李鴻章說：「剛才伯行說了，秦漢以前印是佩飾之物，之後才作鈐記之用。此印這麼小，且上有龜鈕，顯是佩飾之物，既為佩飾，應為正字，怎麼是反字呢？」

張士珩此時氣得七竅生煙，臉也歪了，乃咬牙切齒地說：「賊娘的混帳王八蛋，賣假藥賣到老子頭上了，那傢伙的模樣我還記得，尋出來不打斷他的狗腿才怪呢！」

李鴻章見外甥那模樣不覺好笑，說：「楚寶，這又何必，天津這一類混混多的是，他又沒有強迫你買，只怪你自己沒眼力。」

姑老太太此時眼淚也出來了，說：「哥，別怪妹子花二百兩銀子買一個假物事來哄你，還不是為討個吉利，討你個喜歡？常言道，宰相家人七品官，眼下我們李家一班子侄五親六眷七姑八姨誰個不在沾你的光？誰個不是做闊差事日進斗金？別人我不比，龔照璵、龔照瑗兄弟我比得，眼下一個船塢總辦，一個實缺道台。外面有人說，旅順那個船塢兩尺厚幾十丈高，接起來兩里多路長，是要用銀子累起來的，他龔家又要得多少？龔家僅和李家稍稍沾了點親，你便如此照顧他，他兄弟能比楚寶嗎？我還聽說，統率盛軍的周盛傳請長假了，統領一職出缺，論資排輩該放賈起勝，可衛汝貴這小子耳朵尖，送了一萬銀票給經邁侄子，於是統領便由衛汝貴當了，我想未必楚寶要在你手中謀一個實缺還非送銀子不可嗎？」

姑老太太一把眼淚一把鼻涕，說的都是一些見不得人的事，雖在上房，無外人在側，仍把李鴻章急得連連跺腳，說：「我的好姑奶奶，你少說幾句不好嗎？你信口胡說不要緊，可傳出去要你兄弟的腦袋呢！」

姑老太太說：「我可不是胡說，朝廷大事還有九洲外國的事我不清楚，合肥老家的人誰升官誰發財，買田置地造房子的事可瞞不了我，你就只楚寶一個親外甥，未必就讓他晾起？」

李鴻章說：「你也去吵一吵大爺，楚寶不也是他的親外甥？」

姑老太太說：「你別想支開我，瀚章官沒你大，盤子沒你撒得寬，你是一人之下，萬人之上呢！」

李鴻章被妹妹逼急了，只好說：「再說吧，楚寶的前程我一直放在心上，還用你這一把鼻涕一把眼淚的？」

姑老太太說：「哥，這話你對我也不知說過多少遍了，我只怕沒有那長的壽數看到呢！別說我撒潑，今天來了便不打算空手回去了，我已打探清楚了，眼下軍械局總辦一職出缺，楚寶沒才情，大事幹不了，讓他當這個總辦替你管庫房當個看家狗總當得！」

李經方一邊笑著說：「姑媽的胃口也不小哩！軍械局總辦還只是個看家狗。您可知道，劉瑞芬、沈保靖、劉含芳都是從軍械局出來的，一出來便是實缺道台！」

姑老太太朝李經方一瞪眼說：「就你小子話多，你也是個歪崽子，我不眼紅別人只眼紅你！」

李經方是嗣子，自然是「歪崽子」。這話若出自別人口中，他不把人家祖墳刨了？可姑媽說了也就說了，訕訕地站在一邊不敢再發話。

李鴻章連連搖頭說：「軍械局這碗飯楚寶吃不得，軍械關係戰場成敗，不是兒戲，管的東西不是軍艦上的便是炮台上的，安在哪個部位，做什麼用，什麼價，都有很深的學問，連上面注的字也盡是洋文，我都不認得，楚寶能認？」

姑老太太見哥哥發話不讓楚寶去，不由又大聲哭起來，一邊哭一邊說：「不認得幾個洋碼字打什麼緊，你辦洋務用的、穿的、吃的全帶洋字，不認得不照樣用照樣穿照樣吃！俗話說一個籬笆三個樁，一個好漢三個幫，楚寶不行，讓他掌政，另派幾個行的當師爺不就得了！」

李鴻章仍不作聲，只低頭思索，想另外尋一個缺搪塞，可姑太太急了，哭得更傷心，且說：「哥，你也別擺架子，你做到宰相，還不搭幫李家祖墳葬得好？別人都在沾李家的光，楚寶就不是你的親外甥？」

李鴻章終於無法招架了，連連擺手說：「得了得了，我答應你還不行嗎？」

姑老太太見哥哥終於鬆口了，不由破涕為笑，說：「真的嗎，楚寶，叩頭，先謝舅舅的恩，再謝中堂的委！」

張士珩果真上前叩頭謝恩謝委。姑老太太趁熱打鐵：「那幾時掛牌？幾時接印？」

李鴻章沒好氣地一擺手：「明天，明天還不行嗎？」

一樁大事終於辦下來，姑老太太也不願再待下去看臉色，一邊起身往外走，一邊教訓兒子說：「楚寶，你可要好好做，賊娘的別辜負了舅舅一片心！」

母子倆一走，李鴻章終於吁了一口氣。可一想起軍械局總辦一職原是已答應了另一心腹馬起瑞的，不想被妹妹活生生搶走了，心有不懌，乃說：「真是三十六個茅坑七十二隻狗，爭屎吃的太多了！」

李經方早已摸準了父親的脈，忙說：「軍械局在北洋可是一個大肥缺，給了楚寶，算是肥水不落外人田，再說，親外甥又要比外人信得過一些。」

李經方最後這句話，總算對中了李鴻章的心思，這才不再作聲了。

就在這時，幕僚羅豐祿手持一份電文進來了——三年前在德國伏爾鏗造船廠訂造的新式戰艦：「定遠」、「鎮遠」、「濟運」終於回國了，眼下已由香港北上，將在大沽口接受中堂的點驗。

定遠與鎮遠

大沽口外，一下駛回三艘新型戰艦，尤其是「定」、「鎮」兩艦，排水量達七千三百五十噸，為亞洲海面之冠，這使廣大軍民興奮不已，大家把目光投向三艘戰艦的同時，也爭著看指揮三艦安全回國的劉步蟾。

劉步蟾身材魁梧，國字臉，黝黑的皮膚，粗眉大眼薄嘴唇，一望而知是一個精明幹練之人。當年左宗棠創辦福建船政局，沈葆楨續辦船政學堂，劉步蟾即是福州船政學堂的高材生，後又以第一名的成績奉派出國考察海軍，作為中國留英學生領隊，在英國格林威治皇家海軍學院學了三年，畢業後又在英國北海艦隊實習，一度擔任見習船副。因刻苦鑽研，虛心學習，不但成績優良，且能操英、法、德三國語言，算是留學生中的精英，因此，當初李鴻章把他由福建調到北洋時曾大費周折——同為福建侯官人的沈葆楨十分器重這個小同鄉，其時沈葆楨已離開船政局，出任兩江總督，正籌組南洋水師，一腳踩定要留劉步蟾在南洋水師中任職，李鴻章無法，只好指名奏調，請出太后懿旨才放行。

初來時，劉步蟾僅是小小的五品都司，幾年間提升至三品參將。至去年北洋水師成軍，設一提督二總兵四副將八參將，劉步蟾以技藝精熟、任職勤勉由李鴻章奏請破格提升為右翼總兵，算是水師中僅次於丁汝昌的人。

待北洋在德國的三艘新型戰艦即將竣工，他於前年三月奉命赴德監督後段施工，去年年底，李鴻章又加派林泰曾等三百餘名軍官和水手去德國接船回國。

見到林泰曾等人後，劉步蟾興奮極了——三艦竣工行河後，已做了幾次短程試航，十分成功，眼下就要親自指揮自己的同事和下屬，駕駛三艦回國，自己多年夢寐以求的希望成了現實，能不歡欣鼓舞？自德國漢堡駕駛新造的巨型鐵甲艦回到地處地球東端的中國，航程近三萬里，須時達一個月，要穿過大西洋、印度洋再太平洋，幾乎繞地球大半個圈，途中航道複雜，氣候多變，暗礁、險灘、漩渦、颶風，如道道當關猛虎，要帶領大多只駕駛過千噸級輪船，對航道並不十分熟悉的學生和水手把三艘巨型戰艦安全駛回中國，這本身便是一件破天荒之舉，有人提議在歐洲聘請幾名高級顧問，但這必須出高薪，劉步蟾毅然地拒絕了這個建議。

四年前「揚威」、「超勇」回國時，劉步蟾便有過不請洋人自己指揮駕駛新船回國的念頭，此番他決心帶領將士們闖難關，左翼總兵林泰曾、副將方伯謙、鄧世昌等人也堅決支持劉步蟾這一想法，方伯謙喚著劉步蟾的表字說：「子香，小日本能自己將他們的『三景艦』駕駛回去，我們也一定能！」

鄧世昌也說：「對，我們也是七尺之軀，豈能輸與小小的島夷！」

北洋水師的官兵，或者說劉步蟾等留學生特別關注日本人，也事事愛拿日本人做比較，這是有原因的，說起來個中關係源遠流長……

那一年劉步蟾二十六歲，年輕氣盛、目空一切，以總分第一名的資格奉派赴歐洲考察海軍。在倫敦泰晤士河畔的沙木大造船廠，遇上了同是黃皮膚卻是來自島國日本的東鄉平八郎和坪井航三，在這白種人的世界，他們因膚色相同而一下拉近了距離，彼此都將兩年前因西鄉從道率兵攻台而產生的敵意淡化了。

這以前，劉步蟾聽中國駐英公使郭嵩燾說起日本，在郭嵩燾口中，日本人真了不得，在中國周圍各小國中，只有日本桀驁不馴、咄咄逼人，雖對中華文化佩服，卻從沒有臣服過中國，他們的遣唐使者出示的國書中，用的是「日出之國天子致書日落之國天子」做文頭。眼下，他們更是雄心勃勃，奮發圖強，天皇甚至下詔，欲「求知識於世界」。為此，他們派出了大批青年學生赴歐美留學，學憲政、學稅法、學教育，如此下去，日本人才必強於中國。

少不更事的劉步蟾，對郭公使的這一評論很不以為然，相反，他倒寧願相信副使劉錫鴻的話。據劉錫鴻說，日本的維新，實在是下喬入谷之舉，眼下因政綱紊亂，國窮民盡，暴亂不息，連天皇地位也岌岌可危。所以，當劉步蟾看到日本在這個時候居然也派人來倫敦考察海軍，覺得很新奇。於是用英語和他們交談起來：「貴國派二位來此，莫非也是想辦海軍？」

當得到對方肯定的回答後，劉步蟾不覺又用那揶揄的口吻問道：「貴國國庫歲入幾何？」

這種提問方式太唐突了，明顯地有輕視之意，但東鄉平八郎仍含糊答道：「大概是數百兆吧！」

劉步蟾說：「數百兆日圓折合白銀才多少？可一艘巨艦要花費上百萬兩白銀呢？更何況購艦易養艦難，一顆炮彈便要十多兩銀子。可此番你們為平西南之叛亂，連士乃得步槍子彈也是向我們李中堂借的，豈不聞褚小者不可以懷大，綆短者不可以汲深麼？」

劉步蟾太不把眼前這兩個年輕倭人放在眼中了，一連串的提問都有諷刺、教訓的意味，東鄉和坪井卻不生氣，他們相視一笑後由東鄉回答說：「誠如君所言。不過，敝國自維新之後，君臣同心，篳路藍縷，鍥而不捨。貴國的孔聖人不是說過嗎？人一能之己百之，人十能之己千之，果能守此道，雖愚必明雖柔必強。敝國君臣，抱的就是這個宗旨。」

坪井也於一旁補充說：「是的，敝國雖窮，可不敢忘記自強之道。」

劉步蟾沒料到兩個年輕的日本人如此能辯，且開口能引用中國先賢聖哲之言，更沒想到小小的島國之民，竟有如此的抱負和膽識，不由又聯想到西鄉從道租幾艘破船居然也敢進犯臺灣的事，從此處處留神這裡的日本人。

第二年，當劉步蟾作為中國留英學生的領隊再次來到倫敦，進入皇家海軍學院時，他果真又看到了坪井航三和東鄉平八郎等數十名日本留學生，他和這批東瀛青年成了同學。劉步蟾英文程度較好，德、法兩門語言也很不錯，所以，聽課時理解得比他人透徹，進入圖書館後，能翻閱德、法文資料，反覆比較，觸類旁通，因此，他的成績一直名列前茅。

開始時，坪井航三和東鄉平八郎等日本留學生各科成績皆不及中國留學生，更無法跟劉步蟾比。但第二學期一開始，情況便有所改變——日本學生的成績都趕上來了，原來拿一架單筒測距儀尚不會調試的坪井且拿了一個測距學全班第一名，東鄉的管駕僅次於劉步蟾而為第二名。其餘數學、幾何、氣象、力學及炮術、佈雷、排雷等項也緊跟劉步蟾而與嚴復、林泰曾、林永升、方伯謙等優秀學生相伯仲。

長期和日本學生相處，劉步蟾發現他們不多話，很少像有些中國人愛自吹自擂；腦子和中國學生一樣地靈活，且極肯花功夫，那鑽勁和擠勁遠勝中國人，好勝心忒強，連一件小事也不願示弱。而吃苦耐勞、默默無語的堅忍精神，更令具有同樣特點的中國學生佩服不已。

劉步蟾清楚地記得一件事：那是第一個學期開學不久，上體育課，英國教官不知出於一種什麼心理，練習了一些基本項目之後，竟讓這一群東方人比試爬杆——海軍學院的大操坪裡有一排高旗杆，他將中國學生和日本學生分為兩隊，比試看哪一隊爬得快。

中國學生大多在福建水師學堂學滿三年，術科基本要領十分熟練，動作漂亮、迅速，尤其是其中有個叫孫玉國的人，個頭小，動作靈活，出身雜耍班，從小就練就了爬杆的硬功夫，外號叫「孫猴子」。當比賽哨音吹響時，孫玉國第一個衝上去，幾躥幾躍，只眨眼功夫便爬到了頂端，將一面小旗插上杆頂的小斗裡，然後再飛身躍下，眾人一齊喝采不迭，連一邊的英國教官也連連鼓掌。

孫玉國已跳下歸隊，第二名又上了杆時，日本隊的三木一郎才爬到半腰，當中國隊的二十三名學員手中的小旗已全部插上杆頂時，日本隊才插了十五面。

結果，中國隊得了個滿分，日本隊卻受到了英國教官的嘲笑，稱他們的動作像「狗爬梯」。

本來，像這類副課，這樣的褒貶，留學生們是不會放在心上的，不料下課後，劉步蟾等人去餐廳吃飯，卻不見一個日本人跟來，他懷著好奇心吃罷飯去尋他們，先到教室，又到宿舍，全是空蕩蕩的，最後還是在操場上尋到了他們。只見東鄉平八郎和坪井航三各帶一隊學生仍在苦練爬杆，一個叫河野的學生不慎從杆上摔下來，坪井衝上去不但不扶他，反照他屁股上狠狠地踹上一腳，罵道：「狗，真是笨狗，輸給了支那人，不如去死！」

劉步蟾不忍心，走上去勸道：「坪井君，這又何苦呢？」

平日一臉謙恭微笑的坪井航三此刻板著一副臉，木然地向劉步蟾點了一下頭，卻擋開了劉步蟾去扶河野的手，命令河野趕快起來繼續去爬，哪怕就會摔死。劉步蟾不解地說：「坪井君，這完全不必要，帆船時代，爬杆自是水手的必修課，眼下都是機器船，不會爬杆沒關係！」

東鄉平八郎一邊說：「劉君，請不要管，事雖小，可不能弱了志氣！」

坪井航三在氣頭上的話更露骨，他向劉步蟾露出一副猙獰的面孔說：「劉君，在東方，日本以中國為對手，將來在海上，你們便是我們的對手。日本武士有一句名言：與其讓對手憐憫，不如讓他殺死！」

就這一件小事，劉步蟾已把日本人的底全摸著了。但劉步蟾總覺好笑——小小蝦夷，竟要以堂堂的中國為對手，這不是太不自量力嗎？

第三年，劉步蟾已在英國皇家海軍北海艦隊旗艦「馬那多號」上任見習船副了。一天，他忽然收到日本駐英使館一封請柬，請他於次日去沙木大造船廠參加「扶桑號」兵艦的竣工行河儀式。「扶桑號」是日本人在英國訂造的第一艘新式巡洋艦。

劉步蟾一看請柬一下驚呆了。據他所知，那一年日本國內財政仍十分拮据，連發給舊藩主及政府官員的俸祿也只能用債券代替，這一年，天皇共向國人借債一億五千萬日圓。然而，在全國舉債的情況下，他們居然訂購了新式軍艦！怪不得近來坪井航三等日本同學常常在一起交頭接耳，怪不得日本公使上野景範頻頻往返於沙木大船廠，原來他們新式海軍的籌建還走到了中國的前面。

至此，劉步蟾才感到東鄉和坪井所說「篳路藍縷，鍥而不捨」的話不是空談。

然而，令他痛心疾首的是堂堂中國，赫赫大清，喊海防喊了多年，至今沿海仍只擺了幾艘福建船政局自造的木殼船，辦新式海軍購鐵甲艦的經費卻一直無著落，而幾年前為同治皇帝大婚，竟一下耗費白銀達兩千萬兩之巨，這錢可購回一支龐大的遠洋艦隊！大清帝國的水師啊，何日能圓海軍之夢？

那一天，他拒絕了上船來邀請同去觀禮的同學坪井航三，躲在官艙裡痛飲烈酒。但「馬那多號」錨位就在沙木大船廠附近，那裡響徹雲霄的禮炮聲、汽笛聲以及數百名日本人高呼的「天皇萬歲」聲不時傳入他的耳中。

不一會，更有那艘簇新的「扶桑號」飄揚著五彩繽紛的萬國旗，高翹著十四門大炮在他面前隆隆駛過。那一回，就像爬杆一樣，於劉步蟾的印象太強烈了，好多年後也無法從記憶中抹掉。

英倫負笈三載，劉步蟾和他的日本同窗建立了深厚的友誼，他的居室中至今仍掛著他和坪井航三、東鄉平八郎在海軍學院前的合影，但日本同窗說過的話更令他永久難忘。

然而，事實是那麼的殘酷無情，他的日本同學能駕駛著簇新的「扶桑號」回日本去，他們仍只能乘坐英國郵輪回國。「扶桑」是日本古國名，眼下，他們駕駛著「扶桑」回國，幻想著將來稱雄世界。

第二年，朝廷雖下狠心購下了「揚威」與「超勇」，但日本馬上又訂購了「三景觀」。待朝廷又一口氣訂造噸位遠遠超過「三景觀」中任何一隻大艦的「定遠」和「鎮遠」，同時又訂購了速度也遠遠超過「三景觀」的「濟遠」後，劉步蟾總算吁了一口氣。

眼下，日本人自己將三艘新型戰艦駕駛回國了，劉步蟾和他的同事們怎麼能示這個弱呢？雖然「定」、「鎮」兩艦噸位比「三景觀」大得多，吃水也深得多，但他們信心十足，由北海而直布羅陀，經地中海出開通不久的蘇伊士運河到達紅海，再波斯灣而印度洋，最後安全穿過麻六甲海峽而終於回到了南中國海。

一路上，他們憑著多年苦練的硬功夫，一邊嚴肅認真操作，一邊也抓緊機會練兵，劈波斬浪，追逐馳騁沒出半點差錯。

在香港，他們遇見了丁汝昌偕洋顧問琅威理率領的「揚威」、「超勇」及「鎮東」等艦船南下接應，並一同泊香港進行冬訓，就在這時，劉步蟾又和洋顧問琅威理發生了爭執。

琅威理出身英國貴族，在英國皇家海軍任職多年，一度出任分隊司令官，軍銜為上校，僅相當大清的三品參將。退役後來中國，受聘北洋，李鴻章奏請朝廷贈他記名提督銜。琅威理自恃出身海軍世家，受過專門教育，故不把北洋水師官佐放在眼中，平日教練雖有一套，但極不耐心也極不友好，動不動就嘲笑、指斥別人，劉步蟾獨不賣他的帳。

此番相見於香港，劉步蟾準備了一整套冬訓計畫，不料就在這時丁汝昌患病，住進了香港仁愛醫院。丁汝昌不在艦上，劉步蟾循例下令在旗艦上降下提督旗而升上自己的總兵旗。不料琅威理不許，他說他為副提督，丁軍門不在，提督職務應由他代理——這可關係到兵權和主權了。

其實，他這記名提督只是一虛銜，不是實職，加之是個客卿，哪能署理實缺提督？劉步蟾自然堅持不讓，雙方爭執不下，電報打到北洋大臣衙門，請李中堂裁決。李鴻章回電：以劉步蟾意見為是。

琅威理一氣之下，憤而辭職回了英國。

琅威理走了，劉步蟾毫無畏懼，他指揮水師全隊認真操練，且進行了一次小型的分組對抗演練，十分成功……

中堂「讓梨」

李鴻章決定親自去大沽驗船，同時也要親自考察一下劉步蟾，這個不是皖人的北洋將領。不想就在這時，京師傳來電諭——朝廷派御前侍衛、鑲黃旗都統善慶趕赴天津，會同李鴻章一道點驗新艦。

李鴻章明白，善慶在海軍衙門成立時，也列了一個「幫辦」的名，眼下派他來檢視新船，也是順理成章的事。此人是個旗人，同治初年曾率黑龍江馬隊隨蒙古親王僧格林沁剿捻，僧王戰歿後，他一度改歸李鴻章節制，也勉強算得舊日袍澤。但既奉了旨意而來，算是「欽使」，不得不客氣一些，便將去大沽檢視的日子推遲兩天，又派天津道盛宣懷、幕僚于式枚去西沽迎接善慶，待善慶到後才相偕同行。

不想善慶此行卻多少有些出他意外——劉步蟾等負笈英倫，技藝超群，此番不聘請洋人領航，自己將這麼大的三艘新艦駕駛回來，安然無恙；氣走洋顧問琅威理，又自己指揮水師全隊在粵海演練，十分出色。此事經香港報紙一宣揚，立刻傳到京師，醇王聽了精神為之一振。這以前辦洋務，中國無人，朝廷不得不借材異國，眼下中國人自己行了，不依賴洋人了，這可是大好事。

為此，他特請旨於慈禧太后和皇帝之前，請予嘉獎。

獎什麼？劉步蟾、林泰曾已是正二品總兵，他們頭上的丁汝昌是正一品提督，再加官便於丁汝昌有礙了。但朝廷籠絡人心的花樣多的是，不加官可賜勇號，賞尚方珍玩。於是經中樞議決，賜劉步蟾以「強勇巴圖魯」的勇號，巴圖魯，滿語意即英雄或勇士。自大清定鼎以來，多以勇號賜作戰有功之人。於林泰曾則御賜珍玩——一杆鑲金鍍銀的火藥槍，其餘方伯謙、鄧世昌、林永升等將弁以此類推，皆有賞賜。

覃恩普敷，各有所得。朝廷獎勵自己的部下，於李鴻章這個主管官臉上有光，是好事，但他心中卻另有想法——水師中，上層文官多為皖人，實際上這些人是他派在水師中的心腹，中下層武弁多是閩人，為福建水師學堂的學生，皖人、閩人之間鄉黨地域不同、派系之爭異常激烈，而此番獲獎者幾乎全是閩人，丁汝昌以提督掌帥印，手下左右翼總兵皆獲異數殊恩，他卻無半點好處，論起來也不能怪朝廷偏心，接船回國，丁汝昌未去；指揮冬訓，丁汝昌臥病，其他一班文官幕僚全班留在基地，更無從參予，而朝廷卻又是專就這兩事論功行賞。

但說歸說，李鴻章總覺得醇王此舉有深意焉！所以，他雖陪著善慶去大沽檢視艦船，心中卻有幾分忐忑。

所幸的是南人善舟，北人善馬。善慶這個東北漢子帶馬隊起家，《馬經》熟諳，於水上艦船卻一竅不通，且是隻旱鴨子，一上船稍晃幾下便頭暈。

開始他還和李鴻章坐「飛龍號」快艇圍著「定遠」、「鎮遠」、「濟遠」三艦繞了幾圈，用「高如紫禁城，前甲板寬敞如演武廳」等不倫不類的話讚揚新艦的高和大，但不到半個鐘頭便嚷頭暈，後上到大艦又哇哇嘔吐，只好由李鴻章安排戈什哈攙扶著去官艙休息，服諸葛行軍散。而此時水師將士齊聚「定遠」前甲板在等善都護頒賞、訓話，於是，善慶只能託中堂代勞了。

李鴻章例行公事後，由丁汝昌陪同檢視艦上設施，問答之間，他覺得丁汝昌似有心事，他自恃心中明白如鏡，且已有了主意，於是讓丁汝昌傳令，召見劉步蟾於官艙中。

「標下劉步蟾叩見中堂大人！」劉步蟾此時仍身著戎裝，一進來便打千請安。

「子香，請起請起。」李鴻章趕緊上前幾步，扶起劉步蟾，拉著他的手若有所思地和一邊的丁汝昌說：「步蟾，字子香，禹廷，這名字有學問起得好啊！步蟾者，獨步蟾宮勇攀丹桂也：名也香，字也香，將來肯定是要留芳百世的。」

劉步蟾不意中堂撇左翼總兵林泰曾於一邊而單獨召見他，也不料見面會受到中堂如此的禮遇與誇獎。在倫敦，他曾就船塢和快艦之事上條陳，一年多過去如石沉大海，他明白李鴻章以文華殿大學士太子太傅一等肅毅伯領直隸總督、北洋大臣，既是內閣首輔又是疆臣領袖，平日堂威極嚴，偏俾將校或州縣小吏謁見他多戰戰兢兢不敢仰視，甚至有結結巴巴不能終場者，自己這二品總鎮是武官，武官不值錢，上一個條陳沒回覆也是情理中事，不想此間中堂竟如此客氣，正驚疑間，李鴻章又說：「你去年在倫敦上的條陳我已拜讀了，寫得十分中肯有見地，足見你有才情有見識，只是涉及之事，當時有些力不能及，個中細節又不便形諸文字，故未及時回覆，望你見諒。」

說著，他拉著劉步蟾的手，與自己並排坐在沙發上，丁汝昌倒坐在對面相陪。這時戈什哈端茶上來，李鴻章見劉步蟾有些拘謹，乃親手取茶敬劉步蟾說：「子香，請。」

這一番話和舉動，讓劉步蟾十分感動，心想，原以為中堂起家詞翰，看不起武人，看來是自己錯了。心中激動，立即接續開始的話題說：「其實，標下去年上的條陳尚有未盡之言——倭人眼下處處以我大清為對手，我們真不能不時刻提防！」

於是，他把留學的經歷及在歐洲的見聞向李鴻章訴說了一遍。李鴻章一聽連連點頭說：「倭人野心勃勃，窺伺大清，這已是不爭的事實，去年西鄉從道還當面向我下戰表，約十年後再見呢。」

劉步蟾見中堂也這麼說，認為遇上了知音，不由熱血賁張，正要滔滔陳述自己的見解和主張，不想手剛抬起，李鴻章卻似乎已明白他要說什麼，連連用手往下壓他的手，且加重語氣說：「不過，這類軍國大計，不該你們來操心，應該是當權秉軸者心中有數的。你們該操心的是如何把兵練好，使人人技藝嫺熟，到朝廷一旦要用你們時不會誤事。」

劉步蟾本來有一肚子的話要說。

他在倫敦便看到洋人報紙的報導，說中國為大辦海軍，不惜開海軍捐，公開賣官，三萬銀子一個知縣，五萬銀子一個知府，八萬銀子一個道台。待回國後見到的聽到的卻又相反，海防的許多工程因無經費都停下了，船塢工程卻在借洋債，賣官的「海軍捐」哪裡去了呢？同伴們悄悄告訴他：「辦海軍只是太后的障眼法，欲遮盡天下人耳目！」「出西直門往海淀，一路所見多是拉磚石木料的騾車，清漪園腳手架林立，錢——都到那上面去了！」

太后怎麼可置國家安危於不顧呢？醇王以帝父之尊怎麼可逢君之惡？李中堂以中興名臣、三朝閣老怎麼可以三緘其口？

劉步蟾覺得應藉此機會向中堂提個醒，可他剛開了個頭，尚未接觸到根本，李中堂卻堅決而又客氣地把他的話頭壓下去了——軍國大計，自是該當權秉軸者權衡，可當權秉軸者若是見不著、聽不到呢？須知國家興亡，匹夫有責啊！

「子香今年貴庚幾何？」李鴻章沒容他深入地想下去，拍拍他的手背發問。

「啊！」劉步蟾一怔，恭恭敬敬地回答，「標下生於咸豐壬子，癡長三十四歲！」

李鴻章又問：「哪一年調入北洋的？」

「光緒六年。」劉步蟾仍小心恭謹，「已六年了。」

「是的，我記起來了，那時沈幼丹尚健在，為了你和林泰曾幾個人的調入，沈幼丹一腳踩定，我是費了九牛二虎之力才把你們要來的。」

李鴻章似乎深有感慨，「沈幼丹宮保是深明大義之人，無奈也是愛才重才，其實，以全域論，北洋首當海防要衝，地位重要，優秀人才自然該先北洋後南洋，再說北洋規模遠勝南洋，你們也願學有所用嘛。」

說到北洋的規模和學有所用，劉步蟾倒是深然其說，他說：「蒙中堂厚愛，指名奏調，眼下又責以大任，標下真不知如何報答！」

「報答？什麼報答？」李鴻章笑呵呵地說，「服從丁軍門調度，同心同德，就是最好的報答。」

丁汝昌也於一邊幫腔說：「子香此番得賜勇號，也是搭幫中堂上奏時，專摺密保，大書特書！」

劉步蟾趕緊離座下跪，說：「謝中堂栽培！」

「別說了別說了，應該的。」李鴻章說著，仍拉劉步蟾坐在自己身邊說，「我記得你們來時，子香職銜最高，好像是個五品都司，一眨眼六年，都司變總鎮，連升了三級，我實在沒虧你呢。」

劉步蟾當然只能連連說著感激的話。李鴻章卻若有所思，他從果盒中取了一個萊陽梨，親手用小刀削好，遞與劉步蟾道：「子香，吃，這梨清肝潤肺，味道也不錯的。」

劉步蟾顯得有些手足無措，李鴻章卻一把按在他手中，深有感慨地說：「眼下官場，門戶之見甚深，這是不良陋習，依我看，朝廷用人之際，無論南洋北洋，都有發展的機會，只要你有本事，有些人改換門庭後，異地為官升得還快些，就像這梨子，講究嫁接，把它的枝條或芽胚嫁接到另一株樹上，再長起來才能結出又大又甜的梨，本土生本土長反而結不出好果子！」

劉步蟾此時只感激涕零，無言以答。他小口地咬著梨子，覺得比平日吃的要香要甜。李鴻章說：「子香才交而立之年，便有如此成就，將來前途真不可限量。」

丁汝昌說：「標下也正是這麼看的，標下起家步卒，水戰終非所宜，且已年過半百了，不是說五十行役六十免役嗎？劉省三（銘傳）已退歸林下了，我輩遲早要走這條路，而且遲退不如早退，現在就由子香接手最好。」

劉步蟾正在興頭上，聞言不由一驚，手中的梨幾乎掉地——水師中，皖人與閩人不和，皖人以丁汝昌為靠山，閩人便自覺地團結在他和林泰曾周圍，他個人對丁汝昌無所謂好惡，可皖人卻把他看成對頭。

此番回國，一到香港便趕走了琅威理，皖人中便有人說他有意架空丁汝昌。此話傳到劉步蟾耳中，他不由震驚——治水師他雖認為非丁汝昌所宜，可北洋四樑八柱全是皖人，他從不曾想過要取丁汝昌而代之，他明白，就讓他坐了丁汝昌的位子也坐不安穩。

可眼下丁汝昌終於有了猜忌之心，怪不得他們師生如此殷勤，千里來龍，結於一穴——他們的目的，原來在此。這情形，真有點「青梅煮酒、聞雷失箸」的味道。虧劉步蟾能沉住氣，他放下梨子，雙手一拱說：「中堂大人，軍門大人，標下雖不才，可還不是不知進退之輩！我劉步蟾才做了幾天官？難道不知水有源木有根，區區一官乃中堂大人、軍門大人耳提面命、一手提攜上來的？二位大人對我的天高地厚之恩一直還未報呢！我劉步蟾早想好了，這一生一定唯中堂大人馬首是瞻，唯軍門大人之令是聽，若說了半句假話，天誅地滅，不得好死！」

劉步蟾如此發誓，李鴻章不由笑了，他拉劉步蟾重新歸座，說：「子香不要認真。俗話說，長江後浪催前浪，丁軍門確實要退了，歲月不饒人嘛，你也不必妄自菲薄，要有這個雄心壯志才好。」

丁汝昌也趕緊打圓場，三人都說了一些客氣話。李鴻章見劉步蟾未吃完的半隻梨滾到地下了，又取一個遞與他，連連叫請。劉步蟾明白這已是送客之意，乃知趣地起身告辭……

劉步蟾一走，李鴻章不由輕鬆地吁了一口氣，笑著對丁汝昌說：「嘿嘿，醇親王爺用心良苦啊！強勇巴圖魯，強勇巴圖魯算什麼？黃馬褂子、雙眼花翎都不稀奇，所謂皇恩懋賞還不如我一隻萊陽梨呢！」

丁汝昌對老師這不屑的口吻很不以為然，他有一肚子話要說，但一想到老師的苦心、老師對自己的期望，他又難以啟齒。但憋了半天他終於還是把自己要說的話說了出來：「老師，若說劉子香這人，無論才幹、學識，確實是出類拔萃，若把水師交他統帶，可比門生強十倍。」

李鴻章聞言眼一瞪，說：「這是什麼話？」

丁汝昌知道自己這話不合老師口味，但開弓沒有回頭箭，乃硬著頭皮說：「門生認為，劉子香確實是個帥才，雖非皖人，與老師淵源不深，不是還有一句士為知己者死嗎？」

「我不這麼看。」李鴻章不滿地哼了一聲說，「此人學貫中西，能言善辯，確實難得。不過，唯其傑出，才不會輕易屈身事人——對他還得看，我可不願輕易將千辛萬苦才完成的一份家業輕易拱手送與外人！」

丁汝昌聞言，只能默默無語。

丁汝昌祖籍安徽鳳陽，後輾轉遷至巢縣，世代務農，咸豐三年，太平軍攻廬江，年僅十八歲的丁汝昌加入太平軍，隸程學啟麾下，咸豐十一年春，程學啟率所部三百餘人於安慶集賢關投降曾國藩的弟弟曾貞幹，丁汝昌即在其中。

事後，他被編入程學啟的「開字營」，為哨長，授千總。這以後李鴻章組淮軍，程學啟以皖籍被撥歸李鴻章麾下，丁汝昌又跟著編入淮軍。因作戰英勇，又能吃苦，累功至副將，統帶三營馬隊。後來，程學啟戰死嘉興，丁汝昌自成一軍，歸劉銘傳節制。

同治十三年，中原地區的捻軍及所有土匪被次第剿滅，朝廷為節餉，乃詔令裁軍。劉銘傳欲裁撤丁汝昌的馬隊，丁汝昌不滿，致書抗辯。劉銘傳一怒之下，欲殺丁汝昌，因消息走漏，丁汝昌懼禍棄官歸鄉，與其妻隱居家鄉，躬耕隴畝，數年後不甘寂寞，又到天津投奔李鴻章。

此時，李鴻章正籌畫海防，便留他幫辦軍務，監修各炮台。丁汝昌算是淮甸舊將，當初淮軍在上海仗打得極為艱苦，諸軍中，以程學啟的開字營最為賣命，劉銘傳的銘軍尚在其次，可惜程學啟後來陣亡，李鴻章每念及往事，懷念程學啟不已，也正因此，愛屋及烏，他對丁汝昌也另眼相看，很是關顧。

丁汝昌對李鴻章也深感知遇之恩，忠心耿耿。待北洋水師成立，李鴻章為物色水師提督曾煞費苦心。當今之世，朝廷綱紀敗壞，政令多不奉行，各省督撫無不自行其是，雄據一方，培植自己的勢力，相互牽掣，相互挖牆腳。尤其是建海防、辦海軍這為世人矚目、也為眾人所垂涎的大事，更須自己的心腹人掌政才行，不然，外人插手，明修棧道，暗渡陳倉，陽為他用，陰為己謀，豈不是一番辛苦，成全了他人？為此，李鴻章為水師覓帥，煞費苦心，幾乎把麾下親信戰將全比較遍了，最後才挑上丁汝昌。

丁汝昌當時才過四十，書雖只能算「略識之乎」，但腦子還靈活，也肯學，尤其難得的是他對自己那一片忠心。於是，他專摺密保丁汝昌為水師提督，朝廷自然照准。

水師籌建之初，還是內河水師格局，木殼帆船，木槳擊水，若是在船頭安上一門自製的劈山炮，便可算巡海利器了。

丁汝昌也是見過大陣仗的人，指揮起這樣的船隊，自然還是裕如的。李鴻章也交代他，用心學習水上功夫，行將大用。

這話不兩年便兌現了——隨著鞏固海防成為朝廷國策，北洋水師短短幾年去舊布新，小舢板換成了魚雷艇，小炮船變成了巡洋艦。可他丁汝昌已過不惑之年，水上功夫毫無長進。待此番「定遠」、「鎮遠」駛回，那麼個鋼鐵的龐然大物，居然劈波斬浪，追逐馳騁，他望著真不可思議。往炮座上一站，觸目處全是洋玩意、洋碼字，他叫不出名字，說不出用途，下到火艙，轟隆聲中，到處是鐵的機件，水管閘閥，縱橫組合，飛快轉動，叫人不敢挪步，讓他指揮這些船、這些人，他感到力不從心。琅威理與劉步蟾爭權，他也認為琅威理居心叵測，可一旦沒有了琅威理，他覺得真有些無可依憑，只能事事依劉步蟾的主張。

既然如此，木偶不可當，尸位素餐更不可取，所以，開先李鴻章誇獎劉步蟾是假意，他的話卻是真情，萬不料這話犯了老師的大忌，那麼究竟要怎麼自處才上不負朝廷委任下又不愧對老師栽培呢？

李鴻章見他沉默不語，不由又歎了一口氣說：「唉，才還說梨子要嫁接才結好果，可你呢，恰恰相反，江南有桔，過淮成枳——帶馬隊那麼有能耐，一上船便成了窩囊廢！」

丁汝昌可不比劉步蟾，三十年袍澤之情，生死與共，如奴僕，如父子，無人的場合說話毫無顧忌。眼下見李鴻章說他「窩囊廢」，他把頭一昂，委屈地說：「水師可與馬隊相差十萬八千里，管輪的、管炮的，都要喝幾年洋墨水才拿得下。門生漢字也識得不多，何況洋字？五十歲的人了，再發狠也不能與科班比！」

李鴻章見丁汝昌發倔氣，只好先軟下來。他放緩語氣說：「哎呀，我讓你去做官，又不讓你做事，九流三教七十二行，只有做官一行人人都會的，不懂管輪管炮打什麼緊，你只管住會管輪管炮的人就成！」

接下來，上下五千年，縱橫三萬里，大談駕馭人才的手段，即所謂「控馭之方」，

「劉子香家屬不是還在福建老家嗎？」李鴻章見這個門生似懂非懂，乾脆說得具體些，「我在天津租界為他置一套房子，再賠他一個漂亮的小妞兒，我不信他就能學關雲長，掛印封金，還過五關斬六將！」

這真是誘人以財色，千古一法，百試不爽。

異兆悲音

不想善慶此行，並不完全是代表朝廷來檢視新艦、宣慰有功將士的，他還另有使命。

對三艘新艦的檢視因他的暈船流於形式，可一上岸，回到天津，他的精神又上來了，僅休息了一天便又來見李鴻章。

李鴻章以為他是來告辭的，對他十分客氣，延入上房，尚未落座，善慶左顧右盼，似有難言之隱。李鴻章會意，乃引他入密室，戈什哈獻茶後知趣地退出，待室內僅賓主二人時，善慶突然起身，對著李鴻章一揖到底，說：「中堂大人，不才此番來津，還奉有七叔之命，有要事與大人相商，這——既不便形諸文字，也不便與外人道！」

善慶為宗室，論輩分小醇王一輩，故他口中的「七叔」即醇親王。李鴻章見他如此神祕兮兮，心中不免生疑，便問何事？

善慶這才說起來意：正進行中的清漪園工程眼下急需現款，慈禧皇太后令醇王迅速籌款。醇王被逼無奈，想到了借外債，但借外債為太后修園子傳出去名聲不好，「清流」也一定會掀起波瀾，猶疑之際正好看到了李鴻章的來信，所以，特派善慶以檢視新艦、宣慰將士之名來天津，與李鴻章面商由他出面，以海防名義再次向洋人商借兩百萬，迅速撥解到京。

其實，善慶進門的神色已告訴了李鴻章，他還另有使命，且料定，這個幫辦絕不是來幫辦海軍的，不料他不幫海軍，卻是幫清漪園來籌款，且眼紅剛借到手的這一筆外債。

心裡有氣，口氣便有些不順，儘管來人乃奉「帝父」之命：「清漪園工程不是已將戶部庫存全提空了麼？再說，海軍捐源源報解，怎麼還短款呢？」

善慶說：「嗨，我的老中堂，造一座那麼大、那麼精巧的園子，可全靠銀子去堆啊。戶部庫存及海軍捐才幾何？上個月為萬壽山佛香閣工程，慈聖又以皇上大婚為名，傳懿旨籌款四百萬，由兩湖兩廣兩江七省分攤，七省督撫討價還價，總算好歹湊齊，萬不料這四百萬投進去，仍不敷那幾處工程，慈聖聞訊，很是生氣，召見軍機及各王大臣時，一個個都不給好臉色看。」

面對李鴻章這個知情人，善慶說話毫無遮攔，且隱隱然對李鴻章兼有威懾之意，不料李鴻章也在氣頭上，居然也「沒給好臉色看」，他拉長馬臉，歎了一口氣說：「唉，善大人，朝廷明令整治海防，口號喊了十多年，海軍衙門也成立這麼久了，總辦、會辦、幫辦好像也有一長串，到頭來卻只有鄙人在唱獨角戲。這還不算，起碼的經費也落不到實處，就連名義上參與其事的人，也只見他來塔上拆磚，從不見挑磚來砌塔，真讓人為難。」

一聽這後半句「塔上拆磚」，身為幫辦的善慶不由臉也紅了，但也就只紅了一陣子，要說的話仍照說。他說：「中堂何必歎苦經，眼下難的不就是一座園子麼？海軍的添置，來日方長，大人唱獨角戲有什麼不好，只怕我們這班人真要來幫辦時，大人還嫌礙眼呢！再說，大人不也愁辦海軍借洋債怕上頭有窒礙麼？眼下有上頭開了頭，鬆了口，大人不正可放心去借麼？」

善慶也不是無能之輩，幾句話都說在點子上，尤其是最後一句，利害所在，李鴻章聽了不由沉吟。

最後，他請善慶多待一天，容他和幕僚們商議後再定奪。善慶明白此事必成，也就放心告辭回驛館了。

善慶一走，李鴻章立刻召來盛宣懷，把善慶的話學說了一遍。盛宣懷一拍大腿說：「好事！只要上頭開了這個口子，再要關門可就不好啟齒了。反正是以天下之財，理天下之事，有什麼寅吃卯糧的，先把海軍辦起來再說。」

就這樣，李鴻章終於答應讓善慶先把已借到手的五百萬馬克提走了，不過，他讓善慶轉告醇王，船塢工程不能停，在英國訂購四艘快艦的合同文書已簽，不能反悔，錢從何處來，朝廷必須准允他繼續借外債……

這以後，醇親王又通過李鴻章以海軍的名義——這樣的那樣的理由，甚至「在京師辦水師學堂」的名義也用上了，借了好幾筆外債，統統撥到清漪園工程。李鴻章在代借時，洋人實收利息幾厘，上報時又是幾厘，這便只有當事人心中有數了。另外，李鴻章也夾在其中完成了船塢工程，購回了四艘快艦。

三年後，極盡人間美景的清漪園終於竣工了，慈禧太后親自擺駕西山，看後十分滿意。竣工之日，她下懿旨改園名為「頤和」，表示乃頤養天年，個人養老所在，又親自為頤和園題了匾額，只等擇吉正式駐蹕其中，樂享天年。

眼看著多年的夢想在一步步走向現實，她真的有些陶醉了。

然而就在這時，她的妹夫、皇帝的「本生父」醇親王卻一下病倒了——先是不思飲食、胸悶、氣喘、失眠、繼以頭昏目眩、音啞氣弱，再以後手腳也不能動了，人躺在床上唉聲歎氣、眼淚汪汪……

按說，醇王此時才過五十，尚處在壯年，怎麼一病便至如此呢？外人傳說紛紜，大致都認為是「心病」所致。知內情的人都清楚，這位身為「帝父」的王爺，實在只是在夾縫中討生活，無日不是生活在憂讒畏譏、驚恐憂鬱中。中醫本有「悲傷心、怒傷肝」之類的說法，這位王爺確已為國事家事及一些說不清的事弄得五癆七傷、病入膏肓了。

醇王爺直到輾轉病榻時才有反思——自己是被這位「皇嫂」給耍了，慈禧的胃口大得出奇，園子才勘估時，預算只造了一千萬，動工後卻不斷地出花樣，工程款一再追加。趕走了閻敬銘，戶部的庫房成了她的私庫，戶部好些年積存的老本被一次提空，各省報解的海軍捐在海軍衙門轉一個身便劃撥到了園工處，這些還不夠，又不惜飲鴆止渴，借高息洋債修園，猶如烘爐化飛雪，又像細雨灑沙灘，隨到隨盡，轉眼便空。為籌款，她甚至親自下詔成立皇帝大婚禮儀處，由李蓮英總司一切傳辦事件，每天文報不斷，就是催款；年終考績敘功，以能集資籌款為能員。

醇王漸漸看清了，自己當初的主意是大錯而特錯了——用如此手段從她手中換回的哪會是一座太平江山呢？那只能是一具吸盡了膏血的屍殼啊！但這一切待明白過來已晚了。

園子竣工了，醇王卻病倒了。

病中的醇王爺被不斷傳來的異兆悲音所震驚，皇帝大婚在即，作為天子正衙的太和殿前太和門突遭回祿之殃——守戌的護軍不慎，引起一場無情的大火，竟把太和門燒成一片白地。

太和殿為三大殿之首，即俗稱「金鑾殿」，是節日、慶典接受朝賀的地方。太和門即太和殿前的正門，大婚慶典時，皇帝便在太和殿升座，而皇后的鳳輿便由大清門而端門、午門，直進太和門。所謂「陰陽會合，保合太和乃利貞」。

皇后進門而太和無門，這不是有礙觀瞻或大煞風景而是不吉利。（這位皇后也姓葉赫那拉，乃方家園慈禧娘家的侄女，也就是辛亥革命後，孤兒寡母、可憐兮兮被迫交出皇權的隆裕太后）大臣們甚至認為大清的國運，繫於方家園的風水，而太和門失火便是皇后不利於夫家的明證。

但重修太和門又是一項大工程，光勘估便須費時日，遑論重建？大婚在即，萬般無奈，只好清除斷垣殘瓦，再請些裱褙匠人篾紮紙糊了一座太和門，勉強應景。

這些消息，斷斷續續報到醇王的病榻前，醇王只能悲淚漣漣，搥著床沿歎道：「天象示警，這是天象示警呵！若再不懸崖勒馬、痛改前非，大清可要完了！」

然而，醇王這話，誰敢傳進紫禁城，傳到正準備圓好夢的慈禧耳中？不久，更大的災異出現了——一場百年未遇的大水災接連兩次出現在北方，先是鄭州黃河大堤潰氾，中原盡成澤國；第二年永定河又潰決數處，直隸境內十多個州縣盡受其殃，百姓流離失所，京畿道上盡是饑民，餓殍遍野，盜賊蜂起，異兆悲音終於化作了噩耗噩音。但這時的醇親王爺終於聽不見了……

皇帝得慈禧皇太后恩准，曾隨慈禧臨幸醇王府，看望過一次醇王爺，後來又單獨去探視了一次。其時醇親王雖已是彌留之際了，但一見到皇帝，他那渾濁的目光中，仍亮出了希望的光芒，嘴唇翕動著，吐出了幾個含混不清的字：「皇——上，不要——忘——忘了海軍！」

皇帝一聽這話，真是痛徹肺腑。

海軍，這就是醇親王最大的心病，他不該以辦海軍的名義搜刮天下之財；他更不該以海軍的名義欺騙世人，甚至欺騙了自己。眼下，他即將撒手歸西了，大清自立國以來，為患最烈的便是海疆不靖，以致幾蒙國恥，作為愛新覺羅氏的子孫，卻撤海防之餉而供一人之歡，他有何面目去見列祖列宗？

皇帝又想，他父親作為宣宗成皇帝的兒子，作為堂堂正正的親王，憑什麼會受制於一婦人，為她做出種種違心之事，說出種種不該說的話？還不是為了他——這個不爭氣的兒子嗎！

然而，皇帝也有他的苦衷。那天，回宮後他上書房，在書案上隨手翻開《四書》，恰好是《孟子．滕文公》上篇，其中有一段孟夫子關於人倫大道的闡述，皇帝一眼瞥見的是「父子有親、君臣有義、夫婦有別、長幼有敘、朋友有信」的一段，這就是所謂「五倫」。

看到這一段，皇帝不由想到了自己，第一倫「父子有親」自己便不具備，明明是父子，卻因這一層君臣關係而顛倒了，該親的不敢親，進而也就談不上「君臣之義」了；再想到夫婦這一層，自己屬意的本是侍郎長敘家的二女，但因不敢違拗慈禧之意，而將表示定情信物的玉如意放到了自己的表妹——葉赫那拉氏懷中，這就是當今皇后。皇帝明白，太后欲將自己的侄女立為皇后，只是為了將來好通過皇后來監視、挾持自己。他不愛這個表妹，卻不得不違心地立為皇后，「夫婦」這一倫是名存實亡了；至於兄弟、朋友也都因這君臣關係而疏遠甚至沒有。

身為天子，五倫全缺，這一份失落與惆悵，皇帝是一輩子也說不清、道不明的了。皇帝想到這些，不由大慟，那一種無告的悲愴，是任何人也無法體會的了……

人亡政息

醇王薨逝的消息電傳到天津，李鴻章不由又一下驚呆了。

去年三月，李鴻章因偶感風寒，腰腿骨關節疼痛，醇王聞信，尚派專差送來一盒活絡丹，這是京師同仁堂御藥房研製的、專治風濕的特效藥。李鴻章收到後，對這位王爺的苦心只能報以會心的微笑。

這三年，他時刻記著醇王的「借雞孵蛋」的承諾，好容易盼到清漪園工程完工了，皇后娘娘也抬進了坤寧宮與皇帝行了合巹之禮，大婚盛典奏完了最後一個樂章。仔細想來該是醇王兌現承諾，放手讓他辦海軍了，不料就在這時醇王薨逝。

看到這一份電傳哀詔，驚詫之餘，想到的不是天年未享、好日子沒討好過的醇王的可憐，也不是皇帝剛剛親政便一下失去有力臂助的可惜——首先閃現在他腦子中的，是那「借雞孵蛋」的承諾。

眼下正是要醇王出來為洋務挑重擔時，不早不遲，醇王在這個時候撒手了。所謂「其人存則其政舉；其人亡則其政息。」他怕的便是人亡政息，「借雞孵蛋」僅僅成就了一座頤和園，供享了慈禧一人，而自己雄心勃勃的海防計畫則「胎死腹中」或半途夭折。

所以，當醇王告病的消息披露後，他便一直密切地注視著朝中的政局——隨著閻敬銘的退隱，翁同龢出任戶部尚書之後，翁同龢在政壇上像一顆被烏雲遮蔽的星星，一下因雲收霧散而重新閃亮起來。

據說，自從醇王臥病後，軍機處五大臣就像失去了主心骨，領班的禮親王世鐸和慶親王奕劻除了賣官鬻爵，別無所能，其他三位則噤若寒蟬，於政務無半點主意。皇帝於是往往把奏摺帶到書房，邀師傅一起看，無形中翁同龢的一言竟可左右政局。

李鴻章想，皇帝親近翁同龢本是意料中事，但這一切似乎來得太快了。

李鴻章與翁同龢之間有芥蒂，此事究其原委可追溯到二十多年前。那是在咸豐末年，李鴻章尚在曾國藩幕府當謀士。

那一回，安徽巡撫、翁同龢的大哥翁同書對土豪苗沛霖處置失宜，加之丟失城池，曾國藩很想對翁同書提出彈劾，欲置重刑，但曾國藩提筆又難以置詞——時翁同書父親翁心存為大學士，聖眷優渥，門生弟子遍布朝列，究竟如何措詞才能使皇帝痛下決心，嚴懲翁同書而又讓他人難以說情，曾國藩苦思良久，始終想不出合適的話語。李鴻章於一邊看出老師的難處，乃毛遂自薦，代擬一疏，頗稱曾國藩之心，其中「臣職分所在，例應糾參，不敢因翁同書門第之鼎盛而瞻顧遷就」一句，立場剛方嚴正，不但讓皇帝無法看在翁心存面上徇情曲庇，也使朝臣中有意說情者知難卻步、鉗口奪氣。

入奏後，翁同書果然受到革職拿問、充軍新疆的處分。

此事當時便被人點染、播揚開來，李鴻章也因此結怨翁氏兄弟。

不久，李鴻章創淮軍於上海，進展順利，第二年即克常熟和蘇州。當太平軍鼎盛時，忠王李秀成在蘇常一帶駐紮，他對官紳人家態度較溫和，只要不公然與天國作對便也不沒收他們的財產和土地。

蘇常的翁姓士紳為了討好忠王，竟在忠王府所在地拙政園前面為李秀成樹了德政碑。待淮軍進駐蘇州，拙政園作為江蘇巡撫官署，李鴻章乃撥兵守碑，不許拆毀，欲以此為蘇紳通賊之罪證，向朝廷提起彈劾，由此，又一次結怨於翁姓一族。

眼下翁同龢以帝師之尊，為京官的南派領袖，且又數次出任會試總裁，玉尺量材，納一班年少氣盛之新進於門下，形成了一股強大的勢力，有消息說，翁同龢與「清流」領袖李鴻藻有攜手重入軍機的可能。

李鴻章得知這些，心中十分複雜，經常於公餘在書房中掩卷沉思，喟然興歎。

這天，公務之後，他留幕僚于式枚閒談當前政局，心事沉沉地說：「看來，你們那位座主是呼之欲出了。」

于式枚一聽，立刻明白李鴻章有了心事。他也是光緒六年庚辰科進士，自然應稱翁同龢為「座主」。他已知李、翁之間的芥蒂，不由心生警惕，想了想，選了幾句話，小心翼翼地說：「應該說此事也是順理成章的，皇上年輕，又是那麼個處境，不能不蓄羽翼，中堂以為然否？」

李鴻章沉思良久，才點了點頭說：「這當然，英明之主，全得力於左右輔弼。不過，我擔心的是政貴有恆，不然，『十人樹楊，一人拔之則無一生楊矣』！」

于式枚已完全掌握到李鴻章的思路了，但他卻實在無法為他出主意，只好寬慰道：「依晚生看，中堂不必如此憂心忡忡，常熟大用，未見得只栽刺不栽花！」

話雖這麼說，李鴻章心中總有些忐忑。

這時，旅順的船塢工程雖已告竣，「經遠、來遠、致遠、靖遠」四艘輕型快艦也已安全抵達威海，但許多有識之士對旅順軍港的缺陷，看法也越來越集中了，這就是此處密於防前而疏於防後——處在遼東半島尖端的旅順三面臨海，敵人若從大連灣登陸則可從背後扼旅順之喉。為此，他必須加強大連灣的炮台和工事，另外，疏浚膠州灣，修築起堅固的碼頭和泊位，為北洋水師經營好「狡兔三窟」的第三窟。

這幾項工程的預算總數也是五百萬，比起頤和園造價三千萬，這五百萬實在不多，但他仍擔心兌不了現，又細細審核了一次，將幾處可緩建的炮台刪去，讓預算一下少了一百多萬，這才吩咐于式枚草擬奏疏，以三百五十萬入奏。

這份奏疏電傳至京時，皇帝正好過了本生父醇王爺的百日喪期，孝服雖然除去，心情卻仍十分鬱鬱。這天，他去頤和園跟慈禧太后請安，母子閒談，皇帝據實報告了這幾天處理的一些政務——其實，這些事大多是根據慈禧的意思裁決的。慈禧聽了很高興，說：「行了，看來皇帝果然老成練達了，我也該放心了。」

如此誇獎了幾句，接下來便又敘述自己兩度垂簾的辛勞。自從文宗崩於熱河行宮，兩宮太后撫孤成立，大事接踵而至，三十餘年宵衣旰食，就連生日也沒好好地過一次——四十歲整壽時，日本侵佔臺灣，弄得人心惶惶，後來又是穆宗患天花，英年早逝；五十整壽時又恰逢中法戰爭，越南告急，弄得誰也沒心思。眼下終於撤簾歸政了，到六十整壽這回一定要舒舒服服、痛痛快快過一次。

皇帝聽了記在心裡，回宮後對翁師傅如實學說。翁同龢一聽，心裡不由咯噔了一下——所謂未雨綢繆，太后又在為自己的六十大壽放風了。但頤和園竣工，國庫掏空，且為此賣官鬻爵欠外債，一個奮發有為的朝廷所不齒的事統統搞起來了。這以前醇王當政，自己不在其位不謀其政，眼下醇王薨逝，輔弼天子，參贊軍國大事，自己已是義不容辭了。他想，既然慈禧太后已在未雨綢繆，自己也不能不預為準備，眼下國庫告罄，元氣虧輸，為了不臨渴掘井，得盡力樽節開支，做好準備。

這裡翁同龢剛打定主意，李鴻章的奏報就上來了。皇帝仔細看了，忙問師傅如何處置？翁同龢一看三百五十萬這個數便先搖頭，說：「海防也不急在一時，眼下國庫空空，還要準備太后六十慶典，待緩過一口氣再說吧。」

這以前，父親對李鴻章有過「借雞孵蛋」的承諾，皇帝於此事是有所知聞的，就是面前的師傅也應該清楚，想起醇王臨終遺言，要毋忘海軍。於是說：「朝廷辦洋務，籌海防，已喊了近三十年，眼下北洋水師僅勉強成軍，李鴻章好幾十次提請擴充軍備都被擱置，此番不宜再冷落了他。」

翁同龢對李鴻章這些年曲意逢迎太后有些不以為然，尤其是對他們這一批中興將帥自立門戶，兵為將有，餉由自籌，割據一方，朝廷潑水不進的做法十分不滿，心裡早就在思謀如何慢慢予以裁抑了。但時機不到，他先不能說出口，眼下見皇帝提起，乃相機進言道：「據臣所知，北洋水師自四艘快艦進港後，總噸位已居亞洲之首，眼下四海承平，洋人並未犯邊，緩一緩也未始不可！」

皇帝說：「可他這奏疏上說得如此迫切，該如何回覆他呢？」

翁同龢想了想，說：「當然實話實說——這幾年大事辦得太多，國庫空虛，不宜再勞民傷財，以傷天和。故籌之再三，乃定三五年內，暫停軍備擴充，不再購買船炮，以示樽節！」

皇帝聽了師傅的獻議，果然提筆在李鴻章奏疏後，照著師傅講的做了批覆。

這份上諭電傳至津，李鴻章不由驚呆了——這算是醇王薨後，皇帝第一次正式對海防表明自己的態度，「借雞孵蛋」的承諾無人再提及了，因為當事人僅剩下李鴻章一方。然而，皇帝這一批覆，究其本意是真的不願勞民傷財，還是在一步步執行身後那位老師裁抑督撫權力的計畫呢？

可怕的「人亡政息」呵！

他感到為洋務，為壯大北洋實力的計畫遇到了新的對手和新的挑戰，他，得重新調整思路了……

曲終奏雅

就這樣，海防的計畫無限期拖下來，李鴻章那雄心勃勃的水師擴建目標也因朝廷有意裁抑督撫之權而擱淺了。

轉眼之間便到了光緒二十年。

屈指數來，與西鄉從道的臨別贈言只差一年了，也就是這時，東鄰朝鮮連連發生大事——先是開化黨首領、十年前甲申政變的領導入金玉均在上海被人刺殺，引得日本朝野掀起一片「仇華懲清」的浪潮，接著，朝鮮南部又發生了東學黨人大起義。

朝鮮防務一向由北洋負責，李鴻章為表示他的先事之防，為了顯示武力，於四月初開始了三年一次的海疆巡視，算起來，這是第三次巡視。

四月的大沽，春光明媚，北洋水師全隊聚集在口外等候中堂的點驗，同時，還有英、法、俄、德、美及日本的艦隊聞訊前來觀摩。

大沽口外，舳艫環伺，很是壯觀。此時的北洋水師，與十年前比已是煥然一新，不但「定遠」、「鎮遠」噸位為亞洲之冠，另外，「經遠」、「來遠」、「致遠」、「靖遠」也早已駛回，加上原來的「濟遠」，共有五艘輕型快速巡洋艦，大小配合，左右護衛，「七大遠」加上原有的「超勇」、「揚威」，總噸位就在世界上也排到第八位了，加上奉令前來一道訓練的南洋水師六艦及廣東水師三艦，隊伍煞是可觀。

面對如此壯觀場面，李鴻章卻有些心事沉沉，總像有大事將臨似的，他有預感。但具體是什麼，他又說不出來。

沿途看了各要塞的炮台和港口，覺得無可挑剔。眼下他將行轅駐於旅順水師提督衙門，看水師實彈演習。

旅順口東邊的黃金臺山上，搭起了一座巨大的方形帳篷，帳門大開，李鴻章偕一班幕僚端坐在帳篷內，手持望遠鏡向口外眺望。

口外海面上，北洋、南洋、廣東三支水師在聯合操練，機聲隆隆，黑煙瀰漫，就像在進行一場大海戰，緊張而又激烈。

已演習過岸炮封鎖海口、魚雷轟擊浮標及艦船打靶，大家對此已十分嫻熟，加之中堂坐鎮，官兵格外認真，演習十分成功，看看只剩下最後一項了，即艦船結隊於海上穿梭表演陣法。

原來因海面遼闊，波濤洶湧，回流、風向都能影響高速行進的艦船，加之戰鬥中，艦上炮位不同，射擊角度不同，如何讓自己一方保持有利隊形，充分發揮自己的火力是關係戰鬥勝負的大事。所以，穿梭走陣是必須經常演練的項目。

前三項表演過後，李鴻章退回帳中休息，用茶。水師提督丁汝昌向他報告接下來演習的項目，李鴻章心中高興，只說了一句：「須小心在意。」便仍到前排就座。

這時，演習過打靶的各艦都成一字形擺在口外，待李鴻章回到座位上，帳前高高的旗杆上立刻冉冉升起了一面巨大的紅旗。於是，以旗艦「定遠」為首，「鎮遠」緊隨其後，其餘「濟遠」、「致遠」、「靖遠」、「來遠」、「經遠」、「平遠」、「威遠」、「揚威」和「超勇」一齊魚貫而出，南洋六艦及廣東三艦也緊隨其後，如一條鋼鐵長龍竄出海口，大海上出現了一道長長的水跡。「長龍」在外海轉了一個大圈之後，又逶迤而歸，將駛近海口時，忽然變換隊形，一三五七九向南，二四六八十向北，各轉一個圈子後又回過頭來，一字長蛇陣一下忽變成二龍搶珠陣，分別迂迴包抄過來，看看距離不遠了，忽然，旗艦上升起一長串信號旗，於是，兩隊艦船又一齊掉轉船頭成東西向穿插……

這時，晴日當空，海疆萬里，澄碧如鏡，各艦船相互在水中穿梭走陣，如蝴蝶穿花、魚兒戲水，很是好看。貴賓席上，有人大聲喝起采來。

看看近處的「定」、「鎮」等艦已安然地與對方交叉穿過，算是走陣而過，殿後的兩艦一為一千二百噸的輔助艦「威遠號」，一為一千五百噸的炮艦「平遠號」。

「威遠號」由福建馬尾船廠所造，光緒三年下水，是一艘木殼船。當時，船政局總辦丁日昌惑於法國工匠之說，所造艦船為商戰兩用，既可裝貨又可安裝大炮於甲板作海戰用，故艦體很高，浮在水面上，幾乎有兩三千噸的快艦「經遠」、「來遠」那麼高。這艦若裝幾百噸壓艙貨還是較為平穩，一旦是空艙便搖擺不定，加之安裝的動力又是購自法國人從舊船上拆卸下來的立式鍋爐，已完全老化了，按設計要求是每小時十二海浬，可實際上九海浬還達不到，雜訊又大，「哧吭哧吭」像一頭老牛；搖搖晃晃又像一個醉漢。

「平遠號」下水時間比「威遠」要短，可也是光緒七年行河，十三年來機器老化，眼下主要是舵機的液壓裝置時有故障，往往運轉不靈。

此番由這兩艦殿後，跟在南洋水師大艦後面被拉下一大截距離，好容易「哧吭哧吭」趕上來，前頭已變換隊形，在叉四岔五地穿花了，它們也跟著穿插，不料高高浮在水面上的「威遠號」航行到半途突然偏離了航道，如醉漢發酒瘋一般向對面的「平遠號」直撞過來。

「平遠號」上的大副見狀，急忙打鈴下令停車、轉舵，想避開迎面搖搖晃晃撞上來的「醉漢」，不想正在這時，舵機忽然失靈，怎麼也轉不過彎來，眼看兩艦就要撞個滿懷了，虧得「平遠號」上一個老舵工眼明手快，他見舵機卡住，一時無法退轉，乃迅速操起人力舵，使盡九牛二虎之力猛地一扳，才使「平遠號」轉過了身子，但畢竟晚了一些，醉漢一般的「威遠」仍一頭倒過來，將「平遠」擦了一下，只聽「轟隆」一聲，船身一歪，甲板上數名水手被一齊掀到海裡。

「威遠」因是木殼，左舷被撞得露出了裡面的「肋巴骨」，幸虧在吃水線以上，不致進水沉船，甲板上的水手自然也有好幾個掉下了大海。

此時，兩邊船上的人一邊忙著甩救生圈放小艇救人，一邊跳腳怒罵對方……

這情形，自然被黃金臺上的人用望遠鏡清晰地望見。

此時的李鴻章一邊觀看演習，一邊和身邊的洋顧問漢納根交談，漢納根見前面幾項進行得都很順利，尤其是打靶，準頭十足，樂得李鴻章在帥座上拈鬚微笑、點頭不止，所以他也很得意。他說：「中堂大人，眼下北洋水師的實戰能力完全可與英、俄等海軍媲美了，您看打靶，幾乎是彈無虛發，走陣也很整齊，完全符合要求！」

李鴻章點點頭，說：「可惜只有北洋一支，力量似嫌單薄了一些！」

漢納根說：「南洋、粵海不也在創建嗎，不幾年他們成軍了，南北呼應，力量就強了！」

李鴻章點點頭，若有所思地問道：「據你看，眼下北洋水師，可敵得過日本艦隊？」

漢納根略一思索，竟把握十足地說：「能，一定能！」

李鴻章微笑道：「何以見得？」

漢納根說：「前年日本政府邀請北洋水師訪問日本，卑職隨艦隊在長崎、廣島、橫須賀等基地走了一遭，日本這幾年雖添置了不少快艦，但論總噸位仍遠遠不及北洋水師，亞洲海軍的頭把交椅非北洋水師莫屬，這是誰也無法否認的事實！」

漢納根來華多年，能講一口流利的中國話，眼下他頂替琅威理任水師顧問，早已猜透了李鴻章的心事，所以，一席話說得李鴻章眉開眼笑。

李鴻章左右，盛宣懷、劉含芳、龔照瑗等一班文官，葉志超、宋慶、衛汝貴等一班武將都想討李鴻章的歡心，有漢納根這麼一說，一個個見風扯篷，跟著吹噓，說北洋水師實力已十分可觀，不說稱雄亞洲，就是放諸四大洋七大洲，也可與英、俄等列強分庭抗禮，至於小小島夷的日本，實在不在話下。

這中間，只有兩個人沒有隨聲附和，一個是水師提督丁汝昌，因是過來人，他明白水師能到這一步固然不易，但與當初訂下的目標還差得太遠，所以，聽了這班「旱鴨子」的自吹自擂後，不由長長地歎了一口冷氣，把臉別在一邊。

另一個人是現任湖北槍炮廠總辦徐建寅。他本是公差來津，因是北洋舊人，被邀一同前來觀光，當他聽到眾人一片稱頌之聲後，很不以為然地搖了搖頭，且也長長地歎了一聲冷氣。

這二人動作並不十分顯眼，卻被一直在環顧左右的李鴻章看在眼中，他心想，丁汝昌的心事好理解，這個徐建寅卻是個關鍵人物，俗話說，內行看門道，外行看熱鬧，莫非他看出了什麼破綻？想到這裡，正要發問，不料就在這時，身邊一個幕僚忽然「啊呀」了一聲，接著，又傳來前邊眾人的喊聲，道是：「不好了，撞船了！」

這一喊，自然把所有人的注意力吸引到海上去了。

李鴻章匆忙拿起擱在前面的望遠鏡去看海上，丁汝昌則站起身子，一邊用望遠鏡去看一邊跺腳，連連嚷道：「怎麼搞的，這是怎麼搞的？」

眾人看一會海上，又回過頭來望李中堂，李鴻章臉色鐵青，瞥了驚惶失措的丁汝昌一眼，冷冷地說：「先撤了吧！」

說完，他虎著臉起身走向帳後。兩邊文武官員和幕僚們也紛紛起身——演習本也接近尾聲，於是以撞船為「壓軸戲」草草收場……

第七章 各有所圖

撞船餘波

「好啊，曲終奏雅，且選時擇日的，很是難得呀！」在丁汝昌、于式枚、盛宣懷等人簇擁下，李鴻章披著黑色大氅再次登上了「定遠號」旗艦。

這時，甲板上已集合了北洋水師百餘名中上層官佐，眾人皆神情肅然地望著他。他先是微睨雙目，毫無表情地掃視了眾人一眼，那不怒而威的目光一掃過來，眾人個個凜然，接著，他冷笑一聲，出語尖刻地挖苦道：「朝也說海防，晚也說海防，朝堂上我與人爭得面紅耳赤，只想多添船、多購炮、造大船塢，不料調教十餘年，你們竟仍如此鬆包！」

說著，他突然回過頭，對著鵠候一邊、面有愧色的丁汝昌道：「丁禹廷，你說說，今年是什麼日子？」

丁汝昌一怔，喃喃地說：「是，是光緒二十年！」

「哼！」李鴻章冷笑著說：「光緒二十年我豈不知？我問你十年前有誰向我們下過戰書，說了什麼話？」

丁汝昌這才明白中堂所指，響亮地答道：「十年前，倭人西鄉從道向我們下了戰書，說十年後咱們再見！」

「哼，虧你還記得。西鄉從道說十年後再見，人家是在宴會上眾目睽睽之下說的，還說要踏破長城、飲馬長江，你們中有好幾個都在場聽到了，眼下已是十年之期了，吳報檇李之仇，越雪會稽之恥，都不過十年之期，我們大清從道光庚子年鴉片戰爭到今天都五十多年了，可憑你們這個樣子，能雪五十年前的奇恥大辱嗎？」

這一頓訓下來，李鴻章幾乎把自己這些年的追求與苦惱、希望與失望全匯入其中——洋人的步步進逼，國人的不能覺醒，朝堂上的意見紛爭，洋務的艱難起步，辛酸苦辣，應有盡有，說來話長，足足訓了一個多小時，慷慨激昂，聲情並茂。甲板上鴉雀無聲，將士們都動容了，前排好幾個人都熱淚盈盈……

看到這情形，丁汝昌跨前一步，下單跪打了一個千說：「中堂息怒，今日之錯，責在卑職一人，卑職特請中堂處分！」

幾年下來，丁汝昌又升官了，眼下是北洋水師提督加兵部尚書銜。有清一代，全國二十餘名實缺提督，以京師的步軍統領（俗稱九門提督）最風光，因為只有他掛兵部尚書銜，手下左右翼總兵也掛兵部侍郎銜，眼下丁汝昌也獲此殊榮且能專摺奏事，算是破例。

所以，論起來丁汝昌已是與總督官階相埒，算是比肩人物。不過，丁汝昌清楚，自己這「兵部尚書」是怎麼來的，所以，他仍像過去一樣，在李鴻章面前以部屬自居，亦步亦趨，不敢有半點不敬。

有他帶頭，眾將也一齊下跪，齊聲喊道：「請中堂處分！」

李鴻章仍意猶未盡，但于式枚等幕僚紛紛勸道：「請中堂去中艙休息。」

李鴻章這才把大氅的下襬一撩，轉身進入中艙官廳。

因站立了一個多小時，且迎風大聲講話，他感到有些累，坐在沙發上，戈什哈為他裝上一袋煙，他一邊抽煙，一邊仍在生悶氣。

這時，丁汝昌無聲無息地走了進來，怯怯地望了他一眼，低頭不作聲。于式枚見丁汝昌這模樣，知他有話要說，怕他難堪便帶頭退了出來。

偌大的中廳僅剩下李鴻章和丁汝昌二人，又沉默了一陣，丁汝昌這才鼓起勇氣把要說的話全說了出來——先稟報撞船的原因，固然是部分艦船老化，但這不是沒法子避免的，像「平遠號」舵機失靈，當事者應該早就發現並處理好，機器失靈而貿然參加演習，說明該艦的管帶對本艦艦況不明；至於「威遠號」，本是一艘該報廢了的武裝商船，演習時便不必濫竽充數，只因官長好大喜功圖聲勢，而管帶又貪圖檢閱後可按人頭分得一份犒賞，結果弄巧反拙。

這一切都說明北洋水師近年紀律鬆弛，疏於訓練，上下已形成一股難以克服的惰性，而這又歸結到他這個主帥才疏學淺，於艦船知識不甚了了，不能服眾。所以，說到最後，丁汝昌向李鴻章鄭重地提出辭去水師提督一職，他說：「老師，水師實在反聞生所長，洋人的洋玩藝門生始終弄不明白，也就無從督促部屬，您還是讓門生帶馬隊的好！」

丁汝昌這是第二次提出辭職了，口氣比上次堅決，李鴻章不由沉吟起來。

——據心腹密報，丁汝昌帶水師確實不行，上了千噸級的軍艦，無論駕駛、管輪、火炮都是極複雜的學問，不是一個年過半百的人、不懂原理僅憑強記便可掌握得了的，水師中下級官佐全是福建水師學堂畢業的學生，這些人多有一門專業技能，高級將領中，右翼總兵劉步蟾不用說了，林泰曾、林永升是林則徐族孫，算是世人景仰的忠良之後，方伯謙資歷學識與劉步蟾相差無幾，另一參將鄧世昌從小在香港做工，受英國人教育，能操一口流利的英語，唯丁汝昌出身行伍，說官話也要夾雜一些安徽方言，遑論識洋字，說洋話？

初上艦時，不要說讀不懂羅盤經上的洋文，看不懂測距儀上的刻度表，甚至開口就出笑話，所以，自上任以來，丁汝昌以赫赫戰功卻鎮不住水師中上層官佐對他的輕視，這些，又反過來加劇了閩人和皖人的摩擦。今天，丁汝昌又把辭職要求提出來，李鴻章不能不認真考慮了，但是，誰是合適人選呢？

「門生實在有負老師栽培，讓老師失望了，但北洋水師作為津門鎖鑰，責重任重，望老師能慎選賢人！」丁汝昌見李鴻章在沉吟，又遲疑著補了一句。

「嗯——我不是不明白你的苦衷。可是，誰合適呢？」此番李鴻章終於動搖了，他一推茶盅站起來，操起手踱起了方步，驀然冒出這句話，像是問丁汝昌，又像是自問。

「依門生看，劉子香的確是個帥才。」丁汝昌見老師終於鬆了口，馬上再次推薦劉步蟾，不過，話仍很有分寸。

丁汝昌再次提到劉步蟾，李鴻章立刻也想到了他。

劉步蟾在北洋已十四年了，十四年耳提面命，劉步蟾由五品都司做到二品總鎮，應該說一塊石頭在懷中抱十四年也已熱了，可劉步蟾總熱不起來，那一回自己賜他宅第，賜他美女，他雖不曾像關雲長掛印封金，但也不見特別地感激涕零，另外，北洋水師中，閩人與皖人的摩擦仍然不斷，如果讓他一步登天，成就了執掌帥印的美夢，他能像丁汝昌一樣，亦步亦趨，唯他李鴻章之命是聽嗎？

「對劉子香，我也留神他不止一日了，其才可用，其心何如，我始終捉摸不透。」李鴻章遲疑地說。

中堂心思活動了，丁汝昌趕緊搜索枯腸，選用最好、最動聽的詞句，反反覆覆向中堂保證——

劉步蟾是有事業心的人，北洋條件優越，他又豈能輕易斷送自己的事業與前程？人心是肉長的，中堂對他如此恩重如山，他能不感恩戴德？所謂士為知己者死呵！

聽了丁汝昌如此反反覆覆的勸說，李鴻章總算勉強點頭了……

師生二人，正談得起興，忽聽廳外過道裡傳來亂哄哄的人聲和許多人的走動聲。正詫異間，只見于式枚急匆匆進來，望了丁汝昌一眼說：「大人，外面有幾十名水師官佐求見。」

「幾十名官佐求見？」李鴻章一怔，他不看于式枚那吞吞吐吐的神色，單從這一句不同尋常的話中便察覺到了什麼——以他的地位，一般的低級軍官是很難單獨見到他的，中上層官員也得事先請示預約，獲得准允之後才能依次遞手本晉謁，哪有亂哄哄湧來喊見便見的規矩？

尚未做出反應，外面已傳來材官陳連科與眾人的爭論聲：眾人要遞手本請見，陳連科拒絕代遞手本。

李鴻章聽雙方爭論激烈，於是走了出來，只見狹窄的過道裡黑鴉鴉地擠滿了人，一直排到了樓梯口，總有六七十個人之多，其中只有幾個是穿繡彪和繡犀牛補子、戴硨磲頂子和素金頂子的六七品武官，其餘都是戴陽文鏤花金頂、穿繡海馬之類補子的未入流武弁。只看那一張張稚氣未脫的臉便明白，他們是才從水師學堂畢業、派在艦上的見習生。李鴻章一見是些這樣的人，便不放在心上了，乃笑盈盈地問道：「各位求見本部堂有什麼事？」

這些人見中堂出來了，先是一怔，隨即一齊打千行禮，然後由一胖呼呼的青年軍官稟道：「標下等想就水師現狀敬陳管見，請中堂撥冗賜見。」

李鴻章也已猜到了來意，不由點頭道：「好，你們年紀輕輕，才入仕途，便能留意時事，建言獻議，真是後生可畏，不過，官廳地方狹窄，坐不下這許多人，你們要條陳什麼事，能不能就在這裡說？」

眾人一聽，齊聲稱是，又都拿眼來瞥這個胖胖的見習軍官。有人說：「劉雲生，公稟不是在你手上嗎？」

李鴻章這時已知領頭的叫劉雲生，於是向他說：「你叫劉雲生嗎？可是要上條陳？」

劉雲生年紀雖輕，且長著一張娃娃臉，卻老成練達，他似乎嫌過道不是總督接見下屬的地方，正在猶豫，見中堂點名問他，只好從懷中取出一手摺，雙手捧著遞了上來，口中道：「請中堂過目。」

李鴻章卻並不伸手去接，而是望了材官陳連科一眼。陳連科忙擠過來，一手接了，抖了抖，見是一張摺成六折的公稟，並無夾帶，便依舊摺好，轉身呈與李鴻章。

李鴻章接過，當眾展開匆匆瀏覽一遍——這公稟前半截是呈文的內容，後面大半版簽有兩百多名中下級軍官姓名和職銜，文字工整，格式也很合規矩，但內容卻不能容忍——公然直指水師目前最大的弊病是提督一職任人不當，丁汝昌顢頇無能，對水師艦船的各項技能無一通曉，卻扶植私人、培養親信，將一批不學無術之輩引進水師，一一授以要職，這班人自恃有人撐腰，在艦上趾高氣揚，不僅不虛心學習技藝，尸位素餐，卻打擊排斥有一技之長的軍官，為此導致水師紀律鬆弛、訓練荒廢……

李鴻章留神文中所舉的例子，以及所指的「不學無術」之輩的名字，無一不是皖籍同鄉，有的就是自己指派到水師中的親信和耳目，這一來，這公稟的矛頭所向，便不能不令人懷疑是「項莊舞劍」了。

他不覺怒從心上起，惡向膽邊生，但卻強忍著，心想，簽了名的這麼一大片，這裡來的看來還只一小部分，這班人居然這麼大膽，必有後臺主使。若讓他們得逞，豈不是翻了天了。於是不動聲色，徐徐問道：「這就是你們要說的話？」

眾人在他看公稟時，便一齊留神他的神色，見絲毫沒有嗔怒之意，於是放了心，乃七嘴八舌地說起來。這個說：「這正是標下等的意見！」那個說：「我們要說的全在上頭！」

李鴻章冷冷地瞥了垂手侍立於一邊的丁汝昌一眼，緩緩言道：「嗯——這麼說，丁軍門在水師所作所為有負太后、皇上之重託，也辜負了本部堂對他的殷切期望，是非撤換不可了！不過，水師提督一職非一般陸師統領可比，須精通艦船各門技藝、通曉洋人有關海洋的公法，本部堂擇帥多年，終無合適人選，誠所謂千軍易得，一將難求。各位可能領會本部堂這一番苦心？」

這一班青年學生不知利害，更不知中堂這是用的拖刀計，以為中堂是真心接受他們的條陳了，於是又七嘴八舌地說起來：「中堂大人，北洋水師右翼總兵劉子香大人技藝精湛，學問優長，是天生的主帥人選！」又說：「中堂若用劉鎮台掌帥印，保證能振奮軍心！」「請中堂撤丁軍門而換上劉總鎮！」眾人亂紛紛一片，終於把劉步蟾的名字拱出來了……

「胡說！」

突然，上頭傳來中堂一聲斷喝，眾人一齊怔住了。只見中堂早已變臉了，並用顫抖的手幾下將手中公稟扯碎，隨手一揚，公稟變成一把碎片紛紛揚揚落到了眾人頭上，又怒聲斥喝道：「丁軍門自投身行伍，歷任艱難、身經數百戰，所著勳勞爾輩莫能望其項背！眼下乃奉皇太后、皇上聖命，統帶水師，為津門鎖鑰。堂堂的方面大臣，豈能由爾輩肆意詆毀、撤換？爾輩欲置皇太后、皇上於何地？這不是要造反嗎？造反可是誅九族的大罪！」

這一頓怒吼，如顆顆炸炮，在眾人頭上隆隆轟響，眾人這才知情況不妙。站在後邊樓梯口的人便慢慢一步步往樓下退。走動了一個後面的人便動搖了，於是一個個爭先恐後地開溜，到最後僅剩下了五個人。他們中除了劉雲生是戴硨磲頂子穿繡彪補子標明是個武職六品、千總之類的官外，其餘都是未入流的見習生。但這五人像是鐵了心，眾人開溜他們不溜，尤其是那劉雲生，竟把頭一昂，朗聲道：「中堂誤會了。標下等條陳時事，並不觸犯朝廷律例，且以實道實，所檢舉的各項是事事可落到實處的，並無意詆毀丁軍門，中堂何必小題大作？」

一見劉雲生居然敢頂嘴，李鴻章火氣更大了，但此時已無須他費神——聞訊從後面統艙中出來不少督標兵和提標兵。他們是李鴻章和丁汝昌的隨身警衛，聽說來了許多軍官上書，生恐出意外，早荷槍實彈站立在各道口及中艙官廳，虎視眈眈地注視著這班人與中堂對話。而站在李鴻章身後的丁汝昌開始雖很是尷尬，猶豫了很久，此刻終於拿定了主意，立刻怒聲斥責劉雲生道：「放肆！中堂大人面前尚如此強橫，平日目無官長、以下犯上也就可想而知了。來人，先把他五人禁閉起來，聽候發落！」

丁汝昌一聲令下，護衛們立刻擁上來，將劉雲生等五人架起就走，劉雲生一邊掙扎一邊說：「中堂何必如此，我等條陳的事，不是已應驗了嗎？如果不是紀律鬆弛、訓練荒廢，何來今日撞船之事？」

可此時已無人聽他們的了。這五人終於被架到下面前甲板上，塞入黑暗的錨鏈艙關了禁閉。李鴻章餘怒未息，轉身回到官廳，丁汝昌誠惶誠恐地跟了進來，嘴裡囁嚅著想要說什麼，李鴻章卻先說道：「禹廷，個中利害，你可領教到了？」

丁汝昌忙一個勁地認錯說：「全怪門生辜恩溺職，疏於管教，才致如此，看來，這個家門生確實不能當了，還望老師早日題奏，讓劉子香掌軍，打破目前暮氣沉沉的局面……」

「糊塗，糊塗至極！」丁汝昌尚未說完，即被李鴻章嚴厲的斥責打斷了。此時李鴻章已歸座，剛接過戈什哈遞與他的水煙筒和點燃了的紙煝子，正要吸煙，乃用紙煝子在空中劃著圓圈，讓其火星亂竄，說：「你真被這夥人說中了，顢頇無能。水師發展到這一步，你居然還在推能讓賢，要我重用劉步蟾。你沒看到人家並不領你的情，要憑他自己的手段攘奪你的兵權嗎？哼，我為水師嘔心瀝血，費盡心機，人家卻想坐享其成，若依了他們，我們豈不枉費心機成全了他們？算是皇天有眼，讓他們早早地暴露了，不然，豈不鑄成大錯？」

丁汝昌見他如此激動，忙上前一步，雙手扶住他那拿紙煝子的手往煙筒邊推，說：「老師不要激動，犯不著為這幾個學生兵娃娃動肝火，開先在甲板上訓話，那些管帶、大副們不是一個個畢恭畢敬、且動了感情嗎？水師是您一手創辦的，將士們都赤膽忠心向著您，門生敢擔保！」

聽他這麼一說，李鴻章總算熄了一些火，但並沒有放棄追究的意思。他一連抽了幾袋煙，又端起茶盅喝了幾口熱茶，果然又問：「禹廷，我問你，這班人身後有人主使，你未必沒一點察覺？為什麼他們全是福建口音的人？這劉雲生與劉步蟾可有瓜葛？」

「這——」一問到關鍵處，丁汝昌為難了。他明白中堂在水師遍布耳目，自己縱不說實話中堂也能查出來，那時只能使他更加生疑。雖然直至現在他仍不相信劉步蟾會是此次事件的主謀，也只能實話實說：「劉雲生是劉子香的侄子！」

「著！我就猜出他們之間必有瓜葛。」李鴻章手指關節重重地敲擊著茶几面，眼裡閃著陰森森的光，似是自言自語地說：「劉步蟾不是甘心屈身事人之人，那一回我便有這預感，他不願我抬舉，一心要憑自己的手段來謀取這顆帥印，看來，我送房子送女人全白送了。」

說著，他又一次敲著茶几，高聲道：「來人！」

隨著材官陳連科應聲而出，他虎著臉吩咐道：「傳我的命令，讓宋祝三帶一營親軍來此聽候差遣！」

丁汝昌一聽這命令不由慌了神。

宋祝三即四川提督宋慶，眼下他正率三十營毅軍精銳駐在金州至大連、旅順一線，中堂召宋慶帶兵來見，必是布置宋慶來水師抓人，這一來水師豈不亂了套嗎？於是趕緊阻止道：「老師且慢！」

丁汝昌正要陳情，李鴻章眼一瞪，說：「丁禹廷，他們如此猖狂，如此不給你面子，你難道還要護著他們？」

丁汝昌聲調悽惶地說：「老師何必急在一時，據門生看，這班見習生受人操縱有之，謀奪兵權、成心與老師過不去則未必！」

李鴻章眼一瞪，厲聲問道：「未必、未必，你是要讓他們鬧到赴闕上書才是成心與我過不去嗎？」

丁汝昌無言以對，只得說：「老師若窮追猛打，水師勢將全部癱瘓！」

李鴻章連聲冷笑道：「丁禹廷，你想要脅我嗎？告訴你，我寧願讓水師癱瘓也不能讓這些艦船落入同床異夢者手中！」

說著手一揮，逼陳連科去傳令。丁汝昌見此，不由雙膝一軟，「撲通」一下跪下來，雙手抱住李鴻章的雙膝，熱淚盈眶地說：「老師，門生我不也是由一個長毛降將歸順麾下，在您的耳提面命之下一步步走上正道、成為老師的心腹嗎？」

丁汝昌這一句話可說是說到頂了，尤其是當著下人揭自己的短，拿自己平日最難以啟齒的事打比方，不是萬不得已不會這麼做的。

李鴻章不由心軟了，幾十年炮火連天，生死與共的袍澤之情油然而生。

此時此刻，與其說他恨有人謀奪水師兵權，不如說對丁汝昌恨鐵不成鋼，恨這殘酷的現實——有才能的人不能為我所用，能為我用的人又無能，籌海軍說易不易，但擇將、命將卻難上加難。於是，他長歎一聲，親手將丁汝昌扶了起來，說：「好吧，禹廷，這事我依你。不過，我仍希望你振作起來，不要再妄自菲薄，把水師帶好，更不能讓一些外四路的人把兵權攘奪了！」

一場危機眼看被丁汝昌的一跪而化解了，不料就在這時，戈什哈進來報告說：「劉鎮台求見中堂！」

李鴻章雖依了丁汝昌之請，但火氣並未消除，一聽劉步蟾求見，馬上冷笑道：「他來了，好，讓他進來，看他有何說的！」

丁汝昌一聽劉步蟾來了，剛放下的心又懸了起來，正不知所措，只見劉步蟾昂首闊步地走了進來，朝上打了一個千，稟道：「中堂大人，標下特來請罪的！」

李鴻章「哼」了一聲道：「請罪？請什麼罪？」

劉步蟾不卑不亢朗聲道：「上書的學生中，有好些個『定遠艦』上的人，另外，劉雲生為標下親侄子，足見標下對部屬疏於管教，標下特請中堂處分！」

原來此番學生和見習學員聚眾上書是密謀已久的。在水師中，皖人和閩人的矛盾鬧得最厲害的還是在下層，李鴻章安置在水師中的親信，依仗著來頭大，平日雖奈何不了劉步蟾等高級將領，卻對才來的見習官和實習的學生百般刁難，這一班人因此恨透了皖人，因丁汝昌也是皖人，且是統領，他們便認為丁汝昌護著同鄉，故把矛頭對著丁汝昌，條陳也早已寫好，只尋機會呈遞，恰好遇上了撞船的事故發生，劉雲生一夥人便藉此做由頭。

不過，此事是背著劉步蟾幹的，主謀者也不是劉步蟾，而是劉步蟾的好友「濟遠」管帶方伯謙和「經遠」管帶林永升。

今天，撞船之後，作為右翼總兵的劉步蟾其實也很內疚，尤其是在甲板上聽了中堂慷慨激昂的一番訓詞，他更是感動得熱淚盈眶，思量著如何協助丁汝昌狠心整頓，不料緊接著便出現了「上書事件」。

因事發突然，他尚不知內幕，直到看見自己的侄子劉雲生等五人被關了禁閉，這才明白事態的嚴重，心想，關禁閉的五人中，有二人便是「定遠艦」的，身為管帶，自然也落下了干係，於是，他便主動前來認錯，並想代眾人求情，不料這主意大錯而特錯了。

聽劉步蟾自請處分，李鴻章又連連冷笑道：「上書？上書無罪。朝廷不也屢次下詔，廣開言路嗎？我的部屬向我上書，何罪之有？」

劉步蟾說：「為首者眼下已被禁閉，顯見中堂已怪罪了，中堂怪罪，那班人當然有罪？」

劉步蟾是個軍人，本不會說話，尤其是他不明白一刻鐘以前在甲板上訓話時，口談為國禦侮是那麼慷慨激昂的李中堂，肚子裡還那麼多彎彎曲曲的小腸子，於是便以直道直，以話回話，不想這話在李中堂聽來，竟是當面頂撞，且口氣倔強，明顯地有負氣之意。李鴻章於是一拍茶几，喝道：「劉步蟾，你不要背人操縱，當面又來做好人，我豈能中你詭計，由你市恩？你以為我不會處分你嗎？」

劉步蟾一聽，不知中堂氣從何來，他也是個拗性子，不願委曲求全作解釋，乃雙手向上一拱，一揖到地，說：「操縱之說，標下聞所未聞，至於處分，權在中堂，標下靜候中堂鈞旨！」說完，轉身走出，頭也不回……

這一來，李鴻章更是氣得牙癢癢的，就要罷免劉步蟾的官，丁汝昌苦苦哀求，這才將「褫職、永不錄用」改為「撤職留任，戴罪圖功」。而劉雲生等五人卻是「開革，逐出水師，永不錄用」。至於撞船的責任，卻不再提起了。

內行如是說

李鴻章在艦上用過午餐，又睡了午覺，心中仍十分鬱鬱，思量的仍是水師統帥的人選——丁汝昌不合適，劉步蟾更不行，看來此事得從長計議。

回到行轅，戈什哈捧上一大疊手本，都是請見的官員，看看壁上的自鳴鐘，快要敲五下了，乃吩咐隨侍在側的李經方道：「其他人改約到明天上午，只留下湖北槍炮廠的徐總辦在此吃晚飯！」

李經方知道父親是要利用吃飯時和客人做長談，答應著出去了。

客人尚未進來，李鴻章無事，憑窗遠眺對面的山巒。旅順口東西南三面臨海，只北面是山，有路通大連，但那一帶陸地相當狹窄，整個半島孤懸海中。當初籌建軍港時，於各要隘山頭建有炮台，自認十分堅固，敵人若從海上、從東西南三面進攻，都將遇到頑強抵抗，不料後來有人提出此地也和威海一樣，密於防前而疏於防後，即敵人若從大連灣登陸，從背後扼旅順口之咽喉，旅順勢必不保。為此，李鴻章不得不規劃在大連灣建炮台，加強大連灣防務，但朝廷不再添購槍炮的詔旨已下，大連灣防務計畫擱淺。

為此，他只好將淮軍宿將、能征慣戰的宋慶擺在大連灣，暫時彌補這一缺陷，當初提醒他的就是這個「槍炮廠總辦」徐建寅，應該說，他還是李鴻章的舊屬。

三十一年前，十七歲的徐建寅協助父親徐壽、華蘅芳等人在湘軍統帥曾國藩的行轅所在地安慶，利用軍械所一些陳舊的機床和設備，造出了中國第一艘輪船，這是曾國藩「師夷長技以制夷」的一次大膽嘗試，欣喜之餘特為該船命名為「黃鵠號」。這是取自《楚辭》上的一句話：「黃鵠之一舉兮，知山川之紆曲，再舉兮，睹天地之圜方。」

這以後，徐氏父子的聲名大噪，但徐壽為人自有主見，他不好名不為利，無意仕途，除了埋頭於個人愛好，鑽研一些聲光化電之學外，一無所求，至死也是個布衣。與父親志趣略有不同的是徐建寅，他對政治較為關心，所以，後來在天津製造局任職，便接受候補道頭銜，以後又赴歐美考察，因北洋水師以英、德為榜樣，所以，他掛銜為駐英、德使館參贊。

為建造「定遠號」和「鎮遠號」兩大主力艦，徐建寅先後在英、德兩國考察了基爾、樸資茅斯、克虜伯、西門子、伏爾鏗等工廠和海軍基地。當時，世界上最為傑出的鐵甲艦有英國的「英弗來息白號」和德國的「薩克森號」。他通過反覆比較，研究，又根據中國的港口、地形和水位，決定「定遠」、「鎮遠」兩艦的規模，是仿英、德兩艦之長而去其弊。待圖紙出來後，他反覆比較、核實，再報北洋批准。

待與伏爾鏗造船廠簽訂合同，開始生產後，他又一直駐廠監督施工。所以，他不但對「定遠」、「鎮遠」兩艦的每一根龍骨、每一塊鋼板瞭若指掌，且熟記兩艦所有的技術參數。

在歐洲的日子，徐建寅特別留心各國海軍發展的動態，經常在圖書館翻看各種資料，因此，他對目前世界各國海軍實力及各主要戰艦等級，心中有一本細帳。

像徐建寅這樣的人，在北洋幕府中絕無僅有，本應受到重視，將他擺在顯要的位置上。可惜事與願違——因他為人亢直，不善諛詞，甚至有時攻惡不遺餘力，所以為同僚側目。

在天津製造局期間，他與李鴻章的外甥、候補知府張士珩關係惡劣；出國考察，他又與李鴻章的心腹、駐德公使李鳳苞形同水火。李鳳苞在經手訂購軍火時，收了好幾筆大數目的回扣，這情況當然瞞不過徐建寅，乃向駐英法公使曾紀澤揭發出來，曾紀澤便直言不諱，具疏題參，李鳳苞最後落了個革職留任處分。

此事讓李鴻章也覺大丟面子，所以，徐建寅回國後，在北洋頗遭白眼，自己也不安於位。正在這時，張之洞出任湖廣總督，也大辦洋務，建槍炮廠、織布局、鐵廠、繅絲局，欲與李鴻章一爭高下。他打聽得徐建寅為當今中國第一個洋務通才，乃千方百計，誠心相邀，高薪致聘，終於把徐建寅接到了武漢。

李鴻章對徐建寅終於不能為己所用感到惋惜和失望，此番徐建寅因公到了天津，李鴻章一見到他，不由觸動心事，乃強留他一同檢閱海軍，想聽聽他對幾年不見的北洋水師的看法。

李經方陪著徐建寅走進來，李鴻章轉身望見似是一怔，隨即雙手抱拳，笑盈盈地讓坐，且故作嗔怒地喚著徐建寅的字說：「仲虎，幾年不見，我一直念記著你，所以特地邀你同來看操，這兩天閒人是多了點，事也是雜了些，我確實分身不出，沒去看你，可你怎麼總是離我遠遠的，好像是要躲著我呢？」

徐建寅一聽這話，不由有些惶然，忙趁著戈什哈上茶的當口，將接在手中的茶盅向主人舉了舉，表示回敬，然後說：「中堂言重了，卑職哪敢閃避？只不過隨班堂參，未奉中堂之命，不便隨意請訓而已。」

李鴻章一聽此話很是生氣，忙將手中的茶盅輕輕往小几上一放，偏過頭定睛望著徐建寅道：「仲虎，你說這話便是見外了。你我本是舊交，都是在曾文正公門下問學的人，何必要拘泥於職位，講一些俗禮？再說，如今北洋幕友中，哪一個敢跟你論洋務呢？只有你才稱得上洋務通才，尤其是海軍，艦上哪一門你提不起放不下？唉，張香濤真狠心，居然到北洋來挖牆腳，把我的一根頂門柱子也給挖走了！」

李鴻章這一席話，雖是有意灌米湯，但也是真心話。人有時便是這樣，到手的東西不珍惜，但一旦為他人所有，這才「痛失國寶」，今天便是這樣。

說過大通恭維話後，好像才發現徐建寅坐在匠下的第二把椅子上，忙走下來拉徐建寅升匠，說：「來來來，升匝升匝！」

徐建寅哪敢輕易升匝與大學士平起平坐，正在推辭，只見李經方從屏風後閃出來，笑嘻嘻地說：「我看不必在這裡客氣了，爹，還是請徐大人用餐吧，酒菜已擺上桌了。」

一聽那邊已安排好了，李鴻章忙說：「好，好，好，我正好移樽就教，仲虎，又沒有外人，請吧！」

說著，轉過身子伸手肅客。徐建寅也不好再辭了，起身隨李鴻章父子來到後面一間小廳，只見那裡熱氣騰騰，果然擺下了一桌酒飯，幾個僕婦正在穿梭似地布置。

直隸總督、北洋大臣的便宴也很講究，雖不用辦滿漢全席，卻也不乏珍饈——這是一桌有濃烈淮揚特色的席面，悉心烹調，色香味俱佳，諸如松江的鱸魚、蘇州的糟鵝、金華的火腿、無錫肉骨頭、太湖蓴菜、常熟香菇、啟東紫菜、海寧榨菜，四葷四素，外加一碟鹽城伍佑醉泥螺，一碟昆山爊味醬麻鴨，擺三雙西湖天竺筷，三隻宜興紫砂杯，坐上席後，李經方把盞，滿上一盅紹興狀元紅。

所謂「秋風起而思蓴鱸」，故鄉在無錫的徐建寅一見這滿桌家鄉菜，要遠遠勝過直隸南皮張之洞席上的京味，心中油然而起故主之情，頓時盡掃那旁觀者的冷漠。

李鴻章瞧在眼中，明白彼此之間距離拉近了許多。酒過三巡，他說：「仲虎，這些年辦洋務也成了一種時髦，但真正懂洋務的又有幾個？至於能為我抉疵批瑕的人更是鳳毛麟角，他們要麼是漫無邊際地瞎捧，要麼是說得一錢不值，我對這班人厭透了，所以，一直望你能來一趟天津呢。」

徐建寅很感動，說：「中堂謬獎了，建寅也實在學識淺陋，無以仰讚高明。」

李鴻章說：「不然，孔聖人說得好，知之者不如好之者，好之者不如樂之者。對於洋人的奇技淫巧，我們有些人是不得已為之，強迫自己去學；而你是好之、樂之。自然要比他人掌握得多，功底也紮實得多。加之這些年你在外國親歷親聞，尤其是海軍，鐵甲艦、巡洋艦、炮台、船塢，看得更多，應該有比較。此番閱操，舳艫環伺，萬里乘風。許多人皆有些不知所以，唯你神色平平，若無所見者；這正是有心人的深奧處。今天非要你在此暢所欲言不可。」

李鴻章語氣誠懇，開門見山，徐建寅不勝惶然。

離開天津一劃便是六年，眼下的北洋，表面上比過去要興旺多了，鐵路從山海關直通大沽，旅順修建了亞洲第一大船塢，天津辦起了頗具規模的水師學堂，眼下正抓緊開發漠河的金礦、試辦唐山塞門汀廠，尤其是水師的艦船，更是檣桅林立，機聲隆隆。但只要認真觀察分析，便會發現，沉沉暮氣，籠蓋所有，文恬武嬉，腐敗成風，又豈待今日走陣撞船才得以警醒？想起李鴻章一生抱負，想起這是大清唯一一支捍衛國門的武裝，關係大清的興亡成敗，尤其是聯想到當今列強環伺的局勢，徐建寅真有一肚子話想要說。

但從何說起呢？北洋本是他理想的發展之地，可他卻是被人排擠出去的，李鴻章能識人卻不能容人，尤其視水師為禁臠，用人唯親，以至上下左右小人充斥，就連他這樣無心名利的人也不能安於位，又還有什麼說的？素來亢直敢言的徐建寅思量了好半天，終於打定主意，不談人事，就艦論艦。他說：「上午在帥臺上大人問漢納根，北洋水師與倭人艦隊孰強？其實，據卑職愚見，北洋水師大大地不如倭人。」

此話一出，李鴻章像個人隱私被人當場戳穿了一樣，驀然一驚，但他隨即鎮定下來，為了掩飾方才的失態，他端起酒杯向徐建寅舉了舉，自己輕輕地抿了一口，微閉雙目，似是在仔細品味這紹酒的香醇，點點頭說：「不錯，願聞其詳。」

一旁的李經方沒注意到父親神態的變化，但對此說卻不服氣，他出任過駐英公使館參贊，三年前才從駐日公使任上回來，對英、日海軍勢力有所了解，加之這些年北洋在歐美採辦軍火他經手不少，也仿效李鳳苞所為得了不少好處，所以他一直在父親跟前吹噓北洋實力，眼下見徐建寅說的不對口味，馬上插言道：「徐大人此話不知有何根據？據我所知，眼下北洋水師總噸位要大大超過倭人！」

徐建寅清楚李經方的底細，也明白他此話的目的，他雖不想評論北洋的人事，但無意中觸及到了也不想迴避，於是，他朝李經方笑了笑，說：「若論總噸位，我們當然大於倭人，不過，比較海上勢力，艦船數量及大小僅只是一個方面，所謂兵不在多而在精，在這裡是可以套用的。」

李鴻章正認真聽他分析，並連連點頭。李經方卻反問道：「北洋水師『九大遠』，除了『平遠』、『威遠』另加『揚威』、『超勇』服役期較長，已陳舊些外，其餘『定』、『鎮』、『濟』、『致』、『靖』、『經』、『來』七大遠都購來不過八、九年，且『定遠』、『鎮遠』兩艦自選樣到施工，皆大人你一人經手，記得你當時聲稱，乃集英、德兩國艦船之長而去其弊，為當今世界第一流的強艦。既為第一，怎麼才幾年便不精、不如人呢？」

面對李經方咄咄逼人的發問，徐建寅不由啞然失笑，乃一口氣喝乾盅中紹酒，長歎一聲說：「李世兄的話原是有根有據的，不過，據晚生看來，仍有不盡之處。」

李經方聽徐建寅話不中聽，乃虎著臉反問道：「何不細說？」

徐建寅的談興要藉助酒的力量，他正欲飲，忽見手中乃是空杯，這邊李鴻章親自執壺為他滿上一盅，又鼓勵說：「仲虎儘管痛飲暢談，直言不諱！」

再說下去，徐建寅不由感慨殊深。他端起酒盅一飲而盡，然後推開杯箸歎了一口氣，說：「這話怎麼說呢？舉個例吧，光緒二年，郭嵩燾少司馬奉旨出任第一任駐英法公使，到達倫敦後，有事奏聞朝廷或與中堂通信，靠的是洋人往返倫敦、天津間的郵輪輾轉遞達，一封快信也需四十天，往返便是三個月。可曾紀澤少司寇出任第二任公使時，時間僅短短的三年，手中便有一本密電碼了，有事奏聞朝廷或與中堂大人通信，轉瞬便達，天涯變咫尺。這三年不才一千多天嗎？可以說，當今世界可真是一日千里，瞬息萬變啊！想當初建造『定』、『鎮』兩艦，卑職確實煞費苦心，只想在京津門戶配上一把萬年不朽的鋼鐵鎖鑰。黃鵠之一舉兮，知山川之紆曲，再舉兮，睹天地之圜方。從『黃鵠號』下水到『定』、『鎮』兩艦開航，耗費了曾文正公和中堂您兩代人的心血，也寄託了我輩匹夫興國之癡情，無奈洋人技巧愈出愈奇，一日勝過一日，而我們的黃鵠卻只有一舉而不見其再舉啊！」

這一說直令李經方目瞪口呆，無言以對，直說得李鴻章神色悲愴、沮喪不已。徐建寅繼續說：「『定』、『鎮』兩艦，總噸位各為七千三百五十噸。論起來在當初僅次於俄國人的九千六百噸的『大彼得號』，可『大彼得號』服役多年，體重而行緩，每小時不過行九海浬，而『定』、『鎮』兩艦時速為十四海浬半，這不是大大地優於『大彼得號』嗎？再說火力，『定』、『鎮』兩艦上各裝大炮二十二門，前主炮口徑為三十公分半，這是當初世界上最優秀的軍工廠——克虜伯廠造出的巨炮，普魯士人攻克色當、俘虜法王拿破崙三世時，攻城用的便是這種炮，在當時確無與倫比。但幾年之後，技術精進，艦船速度愈造愈快，目前時速已超過二十三海浬；大炮也越造越精，且多為快炮，眼下美國造的格林炮一分鐘可放六響，炮台可旋轉升降，這都是當初所沒有的！」

徐建寅如數家珍，背出一大疊數據，直說得李鴻章嗟歎不已，李經方卻仍不服氣。徐建寅把這些看在眼中，心想，話既已說開，還是盡吐為快。於是又說：「不知中堂和李世兄留神也未，此番閱軍，各國艦船前來觀摩的不少，其中東鄰日本便來了兩艘，一為『松島號』，一為『吉野號』，前者為倭人西海艦隊之旗艦，後者為常備艦隊的主力艦，吉野購自英國，無論速度與火力皆為倭艦中佼佼者，去年年底才行河的新船！」

李鴻章顯然對這個話題特別敏感。他說：「倭人這幾年確添置了好幾條快船，我也聽說了，但具體詳情不知。」

徐建寅於是侃侃而談，他是有心人，對東鄰日本尤為關注，掌握的情況要比李鴻章詳盡得多。據他說，這些年日本人暗中添船造艦，刻意發展海軍，其志不小，他們且特別選定以北洋水師為對手，處處要與我們爭強鬥狠，壓我們一頭。當初我們訂造了「定遠」和「鎮遠」兩大主力艦時，他們十分眼紅，第二年便一口氣訂造了三艘大型鐵甲艦，號「松島」、「嚴島」、「橋立」，稱之為「三景觀」，我們後來又訂購了「濟遠」快艦，他們馬上購進「高千穗」；我們一口氣訂下「致」、「靖」、「經」、「來」四大遠，他們於去年也一口氣買進「吉野」、「浪速」、「秋津洲」、「千代田」；我們的「定遠」、「鎮遠」兩艦主炮口徑為三十公分半，他們便訂主炮口徑為三十二公分；我們的快艦時速為十八海浬，他們的便為十九海浬，「吉野」更是已達二十二海浬；另外，它們的火炮幾乎全換上了快炮，火力大大地超過了我們。眼下論艦船總噸位我們雖略比他們強，但我們的艦船大多老化，體重速緩，他們卻佔了便捷輕快的優勢，加之快炮多於我們，在實戰中將能佔很大的便宜。

人有利器，易生殺心。又何況日本這樣野心勃勃的國家呢？

徐建寅接著說，據他所知，自從西鄉從道於同治末年犯台未果以來，日本朝野上下一直引為憾事，這些年他們常在民眾之中，做向大陸擴張的宣傳，鼓勵國民向朝鮮和我大清尋求發展，甚至在海軍演習時，也以「定遠」、「鎮遠」為假想敵，連兒童在學校做遊戲，也把他們分成甲乙兩組，大孩子扮成日本海軍，小孩子扮成北洋水師，進行對抗賽，最終是「日本海軍」俘獲了「定遠」和「鎮遠」。

這一席話說出，直讓李氏父子倒抽冷氣。

前不久，駐日公使汪鳳藻也寫信與李鴻章，信中也提到了日本朝野上下宣揚對中國的敵對情緒，連小學生也叫嚷要打沉我「定遠」和「鎮遠」，李鴻章當時已深感不安，今天是又一次被證實了。

想到這些年水師發展舉步維艱，水師將士上下始終未能和協一致，李鴻章不由憂心忡忡，面對滿桌家鄉風味的佳肴竟無心下箸了。

徐建寅意猶未了，又轉過話題反問道：「眼下歐美軍界談及海防，有三道防線之說，不知中堂大人留意沒有？」

李鴻章聽了甚覺陌生，忙問道：「何謂三道防線？」

徐建寅說：「洋人認為，兩國交兵，海軍的使命當是禦敵於國門之外，要達此目的，必設三道防線，第一道設在敵方的海岸線上，即利用我方戰艦之優勢，把敵人封鎖在敵國的土地上，同時運載、並保護自己的人進入敵國作戰，這是完全擁有制海權的第一種情況；第二道防線則是敵我水師在海上角逐，這表明敵我雙方分享制海權，拼實力、拼士氣、拼謀略，最終在海上擊敗對方，獨佔制海權。這是第二種情況；若出現第三種情況，則是制海權喪失殆盡，自己所有艦艇被敵方封死在港灣，處處被動挨打，其窘況可想而知了。中堂籌海，宏猷遠略，當然不會出現第三種情形，不過，為不出現第三種情形，則非從速完善快艦、快炮的配備，使我方水師真正佔壓倒優勢不可，不然，海上角逐尚力不從心，又遑論遊弋敵方之海域，將對方封殺？」

李鴻章聽到這裡，不由長長地歎了一口氣，李經方聽徐建寅這麼說很是不滿。他說：「據徐大人評判，我們這些年的努力，尚不如東洋島夷，洋務豈不是白辦了？」

徐建寅明白這話的份量，趕緊申明說：「世兄言重了，這個話可不是卑職敢說的。中堂這些年身膺太后、皇上重託，鎮鎖津門，業績輝煌，有目共睹，卑職不過酒後胡言，毫無根據，說出來不過博中堂和大世兄一笑而已。」

李經方還要詰難他，一旁的李鴻章忙瞪了兒子一眼，說：「你知道什麼？不管如何，仲虎這提醒十分必要，凡事預則立，不預則廢；慎終如始，則無敗事！」

李經方這才無話。一頓飯延挨了幾乎一個時辰，李鴻章卻始終不知滋味。到晚上，他徹夜無眠，想起了伊藤博文送他的彩繪《北京夢枕》，想起了西鄉從道的十年之約，眼下，伊藤博文已出任日本首相，西鄉從道也出任海軍大臣，這二人是不會忘記和他的約會的，那麼這「再見」將會是個什麼情形呢？

饕餮

李經方剛回到天津，表弟張士珩便來尋他。

這一對表兄弟關係時好時壞，但彼此又都離不開對方。

論起來，軍械局總辦真是個肥得流油的差使，張士珩幾年下來，紅光滿面，年紀輕輕便把個大肚子挺起來。上年平定熱河金丹教之亂後，李鴻章在奏報有功將士時，為張士珩也上了一個名字，謂他「輸送軍械，不辭辛勞，業績突出」，十二字的評語。張士珩得以由知府轉記名道。

官場規矩，知府轉道台謂之「過班」，是一道門檻，用人之際，道台可直升巡撫，李鴻章本人便是個例子，但若不「過班」，區區知府，仍不過一「風塵俗吏」。李鴻章肯照顧這個親外甥，兌現了在妹妹面前的承諾，張士珩果然名利雙收。

此番，張士珩又來尋大表哥，一見面便十分親熱：「大哥，辛苦辛苦，才幾天時間，海風就把你吹黑啦！」

張士珩連連道乏，大獻殷勤。

「嗨，這還用說，賊娘的海風，吹得人臉上都一層鹽霜！」李經方摸摸臉，好像真有似的。

「此番大操，應該熱鬧。」

「賊娘的還熱鬧呢，曲終奏雅，老頭子氣得臉都灰了，丁禹庭受了一頓搶白！」

「唉，丁禹庭官至尚書位至提督，是該退休了。一隻土麻蟈，怎麼管得了洋輪？」張士珩幸災樂禍地笑起來，顯然早已知情。只見他眼珠子轉幾轉，又說：「大哥辛苦了，小弟與你洗塵。」

李經方明白張士珩有事求他，故意把嘴一癟：「得了，老弟，你愛的那一套我不愛！」

張士珩其實自己也是「土麻蟈」，雖當闊差，平日愛好仍不外乎打茶圍，吃花酒，要不就鬥牌九。這自然為能說一口流利英語、當過公使的李經方看不來，誰知此番張士珩已做了準備，他說：

「大哥，你可別看小弟不起。今天，我陪你去逛法租界，去水兵俱樂部彈子房玩球，完了吃大菜喝洋酒，再弄幾個金髮碧眼的洋女人陪你跳舞，怎麼樣？」

這下李經方才笑了。但仍不動聲色地問道：「老弟，據我猜，此番你若不是牌桌上殺了哪個的肥豬，便是要謀什麼差事，求我敲邊鼓幫你。」

原來張士珩嗜賭，且能三天三晚不睡，又有個怪毛病，輸了心安理得，好像是應該的，回家後呼呼睡大覺，贏了反坐立不安，難以入眠，非請客揮霍，把贏來的錢用盡甚至倒貼一些不可，李經方知道他的脾氣，故有此問。張士珩聽了，笑嘻嘻地說：「都是又都不是，哥，去吧，去了全告訴你。」

於是，表兄弟雙雙上了軍械局的豪華後檔轎車，馬蹄嘚嘚，直奔紫竹林租界法國水兵俱樂部。

這水兵俱樂部其實是洋人的一座銷金窟，裡面有酒店、游泳池、賽馬場、歌舞廳，還有妓院，專供洋人和有錢的中國人來此尋歡作樂。張士珩原來也常來這裡玩，只因嫌麻煩，因為他不懂洋文，必帶一個翻譯，另外，裡面的洋玩意除了洋女人，其餘他都不會玩，今天有李經方陪同，一切由他去提調，自己只認匯鈔，口袋裡只揣一本支票簿便行了。

進到門口，見裡面很多人穿進湧出。李經方仔細一想，原來今天是星期日，洋人放假都出來了，便也不為奇。進去後，有侍應生來打招呼，說一口洋涇濱，李經方也不理睬他。因張士珩說要玩彈子，便直奔彈子房，不料張士珩根本就是外行，一根杆子毫無章法，才打了兩盤便嫌沒啥意思。其實，因不成對手，李經方也覺無味，於是也順勢丟了杆子。

出了彈子房，李經方提議去聽音樂，才經過一處草坪，遠遠地望見那邊的游泳池有許多男女洋人光著膀子在水邊嬉戲，張士珩一眼瞥見洋女人雪白的胸脯和大腿，忙嚷著要去那邊，李經方怕這蠢物當著洋人出醜，知他是個旱鴨子，故意說：「洋人游泳雖不背人但也不許人看，要去除非你也會游，不然他們會把你按在水中。」

張士珩聽了，只好不去。

李經方拉他來到音樂廳，強按在座位上，聽了兩支曲子——李經方於八股制藝毫無長進，但對洋人的一套有悟性，接受快。在倫敦任參贊時，常去白金漢宮聽音樂，去大戲院看戲，已能懂得欣賞洋人交響樂的美妙旋律了。無奈身邊跟了個沒肝沒肺的張士珩，一進音樂廳先是傻了眼似地四面張望，後又盯著壁畫上的裸女看，待燈光暗了看不清，他便嚷著要走，壓根也沒聽進半句。

李經方見左右洋人在掉頭看他們，不遠處還坐了法國副領事和夫人，只好將這活寶帶出來，在過道休息室坐下。

這時又有侍應生過來招呼，李經方要了幾客點心、兩杯洋酒，待擺上來後，李經方擺了擺手，侍應生退下。這才說：「老弟，弄八股，作承題破句，謅幾句且夫亦以焉哉你不會，便要學一些洋東西，不然，你終是一個俗人，別人看不來！」

張士珩說：「這有什麼，洋話我也會的，什麼三克油餵馬吃，狗戴貓鈴，愛獅子油！」

李經方一聽，不由莫名其妙，說：「什麼愛獅子油？頭痛？腰痛搽的嗎？」

張士珩不屑地說：「愛獅子油你也不懂？虧你還玩洋女人呢。有人教過我，摟著洋女人的頸根，便要說我愛獅子油！」

李經方被他一下懵住了，怔了好半天才明白，不由一下笑岔了氣，直到笑夠了才說：「好兄弟，你摟著洋女人，不該說愛獅子油，應該說愛老虎油，愛老虎油便是我愛你的意思！」

張士珩詫異地說：「愛老虎油？獅子也好，老虎也好，還不就是一回事，我說愛獅子油，洋女人也高興哩！」

李經方說：「她怕不是高興你的油，是高興你給的錢哩，」

張士珩說：「都行，只要上了床，不說話都明白的。」

李經方皺著眉說：「這不行的，洋人的制藝你也得懂一些，不然，連我的跟班也不如！」

張士珩說：「洋人的制藝我要懂幹嗎？只要舅舅得勢，靠山吃山，再說，洋人洋玩藝我也會擺弄，除玩洋女人，還玩洋麻將。」

李經方說：「老玩，不會一點正經的？」

張士珩說：「什麼正經？洋人再凶，洋女人也服我擺布。哦，我還會敲洋人的竹槓呢！」

李經方「嗤」地一笑，說：「敲洋人的竹槓未必，敲我家老爺子的竹槓倒是真的。你說，你此番打什麼主意？」

張士珩見談起了正題，這才把嬉皮笑臉收起，說：「哥，有一樁買賣，弄成了，幾十萬兩銀子好掙，兄弟特來邀你。」

李經方問什麼生意。

原來張士珩耳朵尖，已打聽到此番李中堂巡海，發生了撞船的事，主要原因是艦船陳舊不堪；後來徐建寅一席談，其主旨也是北洋船械不如倭人，李中堂回津途中便囑咐幕僚草疏，奏報巡視各海口的情形，請朝廷再次准允撥巨款添船換炮。

張士珩當軍械局總辦，認識不少軍火掮客，他見這以前大宗軍火採購都由李鴻章直接電令倫敦駐英公使代辦，大筆可觀的回扣讓人家掙去了，心有不甘。此番得此消息，想謀這個差事，但他清楚，要得這個差使，最大的障礙便是李經方——李經方出任過駐英使館參贊，會英語，以前也經手辦過幾筆軍火交易，知道此中好處。此番他又跟老爺子出巡，隨侍在側，豈有不知情、不動心的？所以，他先找李經方談條件。

這裡李經方三言兩語套出了他的底蘊，笑了笑說：「我說不錯吧！你找我還能有別的事，不過，實話告訴你，上頭還未批覆下來，先不能定盤子，但老爺子拿定了主意，皇上那頭八成不會攔阻，你先亮亮底吧，是哪家廠子，能有幾成好處？」

張士珩儘管是個草袋子，但於這類事經手多了，也學乖了，乃眨巴著眼，說：「廠子反正在外國，是造大兵艦的，他們答應說事成了打九折！」

李經方正舉杯抿酒，一聽這話不由哈哈大笑起來，連口中血紅的葡萄酒也噴出來了，說：「老弟，這真是江湖路，寬也窄；世上人，忠也奸。別看你老實哩，可也關公門前耍大刀，九折？不才百分之十的回扣麼？連個小費也不夠哩，何況還要打點上下左右，你不賠才怪！告訴你，洋人的軍火，回扣最大，甚至有四六開的，生意談成付款時，臨時還可扣下一兩個百分點，九折？你哄鬼去吧！」

張士珩見這陣勢，才知自己確實是小巫見大巫。只好說：「哥，你真行，實話告訴你吧，四六開別想，人家上門兜售，自已也要落一些，所以答應七五二五分成。小弟算了一下，一艘快艦百餘萬，按七五折實收，咱們不也可落下二十五萬嗎，除去一些打點，咱們每人落七八萬，若一次購進兩艘，不就翻一番麼？」

李經方這才點了點頭，乃急不可耐地盤問詳情。

原來前幾天，有個英國商人找到張士珩，告訴他說，眼下倫敦沙木大造船廠的船臺上，有現成的兩艘輕便快速艦，即將竣工行河。這兩艘快艦排水量都是三千五百噸，上面各裝有美國造大小速射炮十八門，前後主炮兩尊，航速達每小時二十三海浬，算是目前世界上最新式的快艦。據這個軍火掮客說，此兩艦目下所有權歸土耳其，當時，因第九次俄土戰爭爆發，俄羅斯侵佔了黑海沿岸土耳其大片土地，為復仇，土耳其決心擴充海軍，在英、德兩國打造了好幾艘新型戰艦，已陸續出廠交貨，只因近年兩國關係有所改善，加之土耳其國內財政困難，才有意將此兩艦出讓。

李經方一聽，不由怦然心動——徐建寅極力誇讚日本快速艦「吉野」，眼下這兩艦不正和「吉野」相伯仲嗎？此事若成，老頭子一定滿意。

心想，這以前軍火採買，以李鳳苞發財最多，好幾筆大買賣都讓他搶去了，自己一邊眼紅得不得了，這幾年這美差又讓老爺子另一心腹、駐倫敦公使龔照瑗搶去了，這回一定要爭他一爭。

想到這裡，他端起滿杯白蘭地，脖子一仰便喝下一大口，然後拍胸脯保證，只等朝廷批覆下來，肥水一定不落外人田。

這一天，他和張士珩泡在俱樂部，直玩到華燈初上才回家……

人人都想昆明湖，誰還留意渤海灣

李經方眼巴巴地在盼望朝廷的批覆下來，李鴻章也在巴望，而且父親比兒子更急。不料三天後回電到了，卻令他父子失望至極——這份軍機大臣奉諭草擬的廷寄中，對李鴻章督辦水師，籌備海口、港灣、炮台的各項工程舉措得宜而稱讚備至，對他此番檢閱後保舉的有功人員都一一照准，從優議敘，但對添船換炮之議卻隻字不提，就像他原本就沒說。

「這是怎麼搞的？」當譯電的練習生遞上這道已譯好的電諭，李鴻章一口氣念完後，不由莫名其妙。他見眾幕友都圍上來了，便問于式枚道：「若晦，籌議添船換炮的事，你沒有寫上去嗎？」

于式枚連連搖頭，說：「這怎麼可能呢？中堂不信，可調存檔的原摺查對！」

是的，這顯然不可能。從電報處找來原稿一看馬上就證實了，其中有些話尚是李鴻章親筆添上去的——它先是對北洋水師的現狀大肆鋪陳，以此證明這些年自己籌辦海防，大筆銀子沒白花，然後筆鋒一轉，言道：

西洋各國，以舟師縱橫海上，船式日新月異。臣此次在煙台、旅順親詣英、法、俄各艦，詳加察看，規制均極精堅，而英尤勝。即日本蕞爾小邦，猶能節省經費，歲添巨艦，中國自（光緒）十四年北洋水師成軍後，迄今未添一船，僅能就現有大小二十餘艘勤加訓練，竊慮後難為繼……

這中間，關於日本的「歲添巨艦」那一段話便是李鴻章自己動筆加上去的，他之所以要添上這一段話，一來是他對日本日益明顯地暴露出來的野心深感不安；二來也是以近鄰日本為榜樣，想以「蕞爾小邦」的振作來刺激自認是泱泱大國的朝廷。

皇帝親政已幾年了，煌煌上諭屢次提到要自強，要富國，可實際上於兵備並無振作，三年前他上疏要求就海防第三期工程撥款，皇帝朱諭暫停，要充實國庫，以至大連灣的炮台迄今未建，膠州灣基地始終未動工。他上疏要求添船換炮，上頭也是以樽節為名予以拒絕，或者是奏聞上去，再無下文，樞府袞袞諸公，居然都默不作聲，從不贊一詞。

「唉，一塊石頭丟在水中也有一聲響呀，」他長長地歎了一口氣，將電諭放在一邊，自言自語地說：「言者諄諄，聽者藐藐，算我不識時宜，白說了！」

眾人不免都有些怏怏。李經方不甘心，他拈起這份電諭又從頭至尾細讀了一遍，眼珠子一轉，說：「只怕又是常熟在搗鬼！」

「常熟」是指翁同龢，他的老家是江蘇常熟。熟悉翁、李不睦內幕的幕友們，都有些持此看法，再說，歷朝歷代，新君執政後抑制、排斥老臣、樹自己的權威如出一轍，當今「聖主」怕也不能脫窠臼。于式枚作為翁同龢的門生，不能不代老師辯白幾句。他說：「這幾年朝廷一直高唱樽節開支，充實國庫。其實，國庫哪有增盈，大家勒緊褲帶省下來，全貼在頤和園裡了，要說擴充軍備，上頭也是巧婦難為無米之炊！」

這當然也是不爭的事實。頤和園建成後，裡面包括戲臺和各館閣的陳設、裝飾又折騰了年餘，耗費巨萬，這才算大功告成。

但皇帝奉慈禧太后入居園中後，大事並未了結——自移園後，每日園中費用達一萬二千金，一年便是四百餘萬，園中設有發電廠、小火車、小輪船，每處皆有總辦、幫辦、委員等數十人，有這個頭銜便有衙門，便有這項開支和維修費，一年又是百十萬。這還罷了，不想太后欲海難填，好戲連台，一齣接著一齣——今年十月十日，為慈禧皇太后六旬萬壽，既是整壽，又是滿花甲子，尋常百姓家也要慶賀，何況貴為太后？

早在兩年前的光緒十八年十二月初二，皇帝便下旨特派禮親王世鐸、慶郡王奕劻、大學士張之萬總辦慶典事宜。以後又連下數道敕諭，令各省為「萬壽節」捐輸報效，採購各種珍奇獻壽。而在皇帝特旨成立慶典籌備處時，宮中便不斷放出風來，謂皇太后為國事宣勞，幾十年宵衣旰食，難得有開心之日。四十整壽，穆宗不豫；五十整壽，又逢中法戰爭；此番一定要特別隆重，讓皇太后開心，這既是看皇帝的孝心，也是看各封疆大吏是否誠敬。

這話傳出來，誰個願意落下「不孝」或「不誠」、「不敬」的罪名？於是上自皇帝下至各省督撫，無一不以「萬壽節」為頭等大事，自然要巧立名目，再次令百姓捐輸。於是，「兩廣」獻海外珍奇；「兩江」獻蘇杭絲織；「閩浙」獻珠寶；「雲貴」獻山珍；西北最貧窮，但皮毛之貢又豈能缺？

李蓮英又一次出任宮中大典的總提調，又一次把預算造出來了，單頤和園排雲殿前的彩柵欄，便報了一百萬——它以四大木柱支柵，上用金線織成錦緞，紮奇花異卉，珍禽奇獸，四周以金玉壽字相間絡繫。

這等鋪排，即使實報實銷也需白銀三十萬，按宮中興作，以三成到工為正例，所以一百萬算是不虧。眼下只要睜開眼來看，舉國上下，都為十月初十這天在動心思，想在祝壽獻寶上出鋒頭，奪頭彩。心都放在昆明湖了，誰還去留意渤海灣？

李鴻章想到這些，不由胸中有氣，和幕僚們午餐時，他一連喝了好幾杯悶酒。眾人知他不樂，想設法排解，不想就在這時他卻舉杯在手，眼眶中竟噙滿了淚花，向于式枚、羅豐祿等人道：「我李某人早歲功名，中年戎馬，壯年洋務，四十年來，縱橫捭闔，歷盡坎坷。罵我心狠手辣的有，罵我老奸巨猾的有，罵我崇洋媚外，是漢奸、二毛子的也不乏其人，就是還沒人罵我窩囊，誰知我卻當了一回大大的窩囊廢啊！」

朝廷駁回或擱置李鴻章的建議也是常有的事，于式枚等人不意李鴻章今日會如此傷感，一時要勸也不知從何勸起，不由舉杯在手，面面相覷，好半天了于式枚才勸解道：「中堂何必傷感，眼下北洋局面，不正如日中天……」

羅豐祿也說：「正是這話。就說添船換炮，明年也可從容……」

眾說紛紜，七嘴八舌。李鴻章卻冷笑一聲，放下手中杯箸離席了。

于式枚見他喝了不少悶酒，怕他醉倒，趕緊上來扶他，誰知他一把推開于式枚，獨自走了出來，口中猶自言自語地說：「賊娘的，還是劉省三識得破，竟自個兒學『韓世忠湖山驢背，信陵君醇酒婦人』去了！」

「省三」是劉銘傳的字，他於四年前臺灣巡撫任上遭人彈劾，被革職留任。因而滿腹牢騷，屢次稱病求歸，大前年終於獲准告老還鄉了，謝恩摺中，有「守臺一年，動茲撓謗；撫台七載，徒切焦勞」的怨言，詩作更有「不幸入官場，辛勞終日忙。何嘗真富貴，依舊布衣裳」的感歎。而「韓世忠湖山驢背，信陵君醇酒婦人」之說，正是劉銘傳還鄉時，李鴻章寫信寬慰這個舊日袍澤，有意說的調侃話。

乾女兒

北洋公署的餐廳在鎮海樓西頭，距東樓的萃珍閣不過一箭之地，但須上一層樓梯。喝過悶酒的他，搖搖晃晃地要去萃珍閣「四小姐」的房中。

李鴻章生有三女，「四小姐」翠帕其實只是一名侍妾。

四年前，豆蔻年華的翠帕被人頭插草標，拉到劉公島上北洋水師提督衙門前出賣，當時，正逢丁汝昌五十五歲生日，營務處一班師爺知他好女色，見小女子頭裹翠帕，白皙的臉盤上一雙大眼睛顧盼多姿，很是可人，便湊份子將她買下送與丁汝昌作妾。不料丁汝昌的正室夫人生性嫉妒，年屆半百，仍把個丈夫管得牢牢的，平日稍有風吹草動便醋海生波，鬧出許多笑話，此番一見眾人買了個大美人送來，不由大怒，將為頭的罵了個狗血淋頭，並要將此女轉賣娼門。丁汝昌於心不忍，乃佯稱受李中堂之託——李夫人身邊乏人，特將她作為一件小禮物獻給了李鴻章的繼室趙夫人。

趙夫人係安徽太湖人，出身書香翰墨之家，祖父趙文楷，係嘉慶丙辰科狀元，她小李鴻章十三歲，生性溫文爾雅，婚後為李鴻章生有四子，平日信佛，吃素把齋不問俗務。身邊有一群丫頭僕婦，她都嫌她們粗俗，不甚稱意。

像是有緣似的，翠帕一到府中，立刻討得了趙夫人的歡心，尤其是翠帕能畫一手好丹青，所繪的水墨觀音更是神形兼備，維妙維肖，更是投合趙夫人之心，才三天便認作乾女兒，因而府中上下皆稱之為「四小姐」。

那一回，正是三伏天，流金鑠石。午後一點多鐘，李鴻章從英國領事館赴午宴歸來，換了便衣，想回後面夫人房中休息，來到後院，趙夫人卻去佛堂念經去了，房子裡靜悄悄的，丫頭、僕婦們全去尋涼快圖自在去了。

他走進內室，裡面悄無人聲，只聞幃幕後有人輕微的喘息聲，恰好旁邊一扇玻璃大櫃門，映出裡面一個美人，正脫光膀子在揩抹身子。

大概是聽到人來的腳步聲，她有些慌張，躲在幃幕後一動也不動，但玻璃門上卻反映出她那清晰的線條和那豐盈的乳，把個馬上征戰、樽俎折衝的大學士、總督的魂一下勾去了。

李鴻章忘乎所以，竟不顧一切上來抱住了翠帕，翠帕一下也慌了手腳——既不能喊也不敢喊，半推半就，由他抱起來置於竹榻之上，一張粉臉，春山聳翠，鳳眼含愁地望著主人。李鴻章不由陶醉了……

可他直到入港之後，才發現已有人在他之前動了手，這「乾女兒」已是婦人之身。於是連連追問，不料此時的翠帕一反從前小鳥依人般的溫順，竟連連冷笑道：「乾爹，依我看，您還是別問的好，這府中上下，誰又是乾淨之人？就是上烝下報的亂倫之舉也多著呢，就像您現在——」

金殿對策可滔滔不絕的李鴻章，此時一下竟目瞪口呆，無法再盤問下去了。事完之後，他只能捧著翠帕的臉蛋一個勁地許願。

雖然有一妻二妾的李鴻章，仍一直與好幾個丫頭僕婦們有染，今天，已是六十有八的他，又把翠帕弄上了手，翠帕名義上是「四小姐」，他不能明來，或通房收為小妾，但這麼一個妙人兒放在身邊，他又怎麼能拴住這心猿意馬呢？

久而久之，終於被夫人趙氏發覺了。

夫人雖然賢淑，但也無法接受這個事實，這以前她之所以要將這個賤婢認作「乾女兒」，也就是看出翠帕氣質不同於他人，且特別逗男人們喜歡，也深知雄風不減當年的老頭子不一定不會生出什麼邪念來，故先來此一著，想以名份上的干礙讓老頭子死了這份心，不料今天翠帕仍讓他勾搭上了。

夫人很氣憤，又不好聲張，只好暗中防範，就是去後面佛龕燒香拜佛時，也常常帶著翠帕，晚上將她的房門上鎖，將「四小姐」鎖在後面一間小房子裡。

她以為老頭子這下可知難而退了，不想已是望七之年的老頭子精力何來如許旺盛，竟還有鑽穴踰牆的功夫，竟常常於晚間去爬翠帕的窗戶。

一天晚上，處理完一天公務的李鴻章忽然豪情大發，他沒去趙氏夫人和小妾春梅的房子，卻又來爬翠帕的窗戶。正要翻窗入室，忽見窗櫺上黏了一張紙條，借著微弱的月光他湊近一看，紙條上竟寫有「出將入相」四個大字。趙夫人身為狀元公的孫女兒，翰墨功夫家學淵源，年輕時亦喜歡和夫婿互相酬唱的，李鴻章自然認得這是夫人的筆跡，想起自己一世功名，出將入相，威重一方，如今兒孫繞膝，卻仍幹這雞鳴狗盜之事，不由大慚，扯下紙條後，竟不好意思再上窗臺了。

老頭子「服軟」，得益於老夫人善諫，彼此也未傷面子。可惜夫人年餘後便「鶴駕西歸」了，新賦悼亡的李鴻章卻並無悵然若失的痛苦，反是綺思勃發、舊情復萌，小妾春梅原是從丫環隊裡收房的，根本無法約束他，於是，他正式讓翠帕住在「乾娘」的房中，睡在「乾娘」的床上，誰也無法再攔阻他「出將入相」於翠帕房間。

後來，翠帕說這裡房子太大，晚上一人時有些怕，他便乾脆把鎮海樓西邊的萃珍閣騰出來讓翠帕住，自己一些機要公文也放在那裡處理，日日夜夜，由花容月貌的翠帕陪著，「韓世忠湖山驢背，信陵君醇酒婦人」本是官場失意者的自我排遣，而今，名尊位崇、事業仍如日中天的李鴻章也兼而有之了。

今天，李鴻章又乘著酒興，帶一肚子怨氣前來翠帕處消遣。轉過一段迴廊，前面便是萃珍閣了，忽然，從翠帕的屋子裡傳出一陣笑聲，女的自然是翠帕，但另有一個男音，極似李經方。

翠帕在落入李鴻章手中時便已失身，這於李鴻章一直是個謎，直到後來在翠帕枕下發現李經方寫的一首豔詩，追問之下翠帕才承認，原來這以前讓翠帕成為婦人的那個男子，就是不成材的「大公子」。那是在李經方生母、昭慶的夫人病逝，他從駐日公使任上回國奔喪時，發現翠帕可愛而乘虛佔有的。為此，李鴻章藉故將他痛斥了一頓方才解氣。

李經方守孝百日，仍回東京公使任所，不想三年任期屆滿，回國時竟帶回一個面目與翠帕有些相似的日本女子——田中桂子。據說，這個田中桂子是一名藝妓，賣笑街頭，為李經方所賞識，由中國駐長崎領事鄭孝胥從中撮合而成。

公使在外國納妾本極招人議論，此事若落到京師一班可風聞奏事的御史手中，便是一篇極好的材料。但李鴻章明白李經方要討這麼一個女子作妾的本意，轉念一想，他有了田中桂子便可不再勾引翠帕了，所以，心中雖不高興，卻也忍了下來。

不料今天，翠帕房中竟又出現了李經方的笑聲，他一時怒不可遏，也不及去細想——經方剛才還在飯桌上，怎麼可能出現在這裡呢？因為又氣又急，差點被階基絆倒，但他一下甩脫上來摻扶的家人李杜，急步衝進屋來。

此刻，一背影極似李經方的男人正把翠帕按在床沿上，一隻手在她身上亂摸，嘴卻在她耳梢上亂啃。翠帕一邊掙扎，一邊格格地笑著討饒……

李鴻章一見這場面，真是比人挖了他祖墳更氣，順手操起一根大門槓奔了過來，口中大叫道：「畜牲，我打死你！」

這男子聞聲大吃一驚，趕緊直起身子來，剛轉過頭，一眼瞥見李鴻章那一張因暴怒而扭曲了的臉，不由一下呆住了──直到這時李鴻章才看清，此人不是李經方，竟是自己的親生大兒子李經述。

此刻欲火上熾的李經述也認出了面前這人是誰，他原來也一直垂涎翠帕的美貌，只恨無機會下手，今天，他應一個朋友之約，去跑馬廳看洋人賽馬，在外面吃得醉醺醺的，路過鎮海樓時，見眾人都去進餐，只翠帕一人在房，認為有機可乘，便進來撩撥翠帕。

翠帕既不敢得罪他，又怕被李鴻章撞見，正在掙扎，恰好李鴻章趕來了。

眼下的李鴻章，哪裡還記得面前是他的愛子？只認作不共戴天的仇人。他瞅準李經述，猛地一門槓橫掃過來。李經述年輕，動作比老邁的父親靈活得多，見來勢凶猛，身子一閃，轉身躲過這要命的一擊。卻把案上一隻滋窯長頸大花瓶掃到地上打了個粉碎。李鴻章自己身子失去平衡，一個趔趄倒地，門槓在腰上梗了一下，痛得他眼淚刷地一下流了出來。

古人有言：子受父杖，小杖受之大杖走。頂門槓豈能謂之小？李經述記起這句名言，乃亟亟夫溜之乎也。

李鴻章跌坐在地上，指著李經述的背影罵道：「不成才的畜牲，天殺的畜牲，袁世凱也只你這般年紀，便已為國家出大力了，你卻只會幹這些傷風敗俗、偷雞摸狗的勾當！」

這裡翠帕從容整頓衣裳和髮髻，輕盈地上來扶起他，問道：「老爺子，可摔痛了身子？」

李鴻章借翠帕之力站了起來，一手按在腰上，口中仍呻吟道：「痛死我了，這天殺的！」

翠帕先將他扶到軟榻上坐了，一邊收拾地上的碎瓷片，一邊冷眼旁觀，估計他腰傷在其次，心傷還是主，乃上前為他撩起袍子，解開裡衣細心察看，果然只肋上略有些紅。於是取出英國朋友赫德所贈的創傷藥水，替他搽在患處，然後湊近他耳邊，嬌聲滴滴、呵氣如蘭地說：「何苦再生氣來。他剛進來，又沒能近我的身子，我也不會讓他佔到便宜！」

聽她這麼一說，心中稍稍解了一些氣，但猛然記起開先遠遠地便聞聽到這屋子裡的淫聲浪語及進屋時看到的一幕，不由又生起氣來，他輕輕地哼了一聲，鼻子裡仍喘著粗氣，臉撇過一邊不理睬她。

翠帕見他仍未醒氣，乾脆坐到他懷中，一雙玉臂一下吊住了他的脖子，臉自然挨上來了，他一下心猿意馬起來。不料就在這時，外面傳來雜亂的腳步聲和人聲，家人李杜遠遠地喊道：「老爺，朝鮮又出大事了！」

第八章 戰雲密布

又是櫻花爛漫時

正是櫻花盛開的季節，濱海城市的東京，瀰散著花香，海風微微吹拂，使人無比的舒暢。早晨，大街上行人稀少，沿街鋪面才打開大門，習慣早起的西鄉從道早已收拾俐落，帶了一名隨從出了門。他不習慣坐車，尤其是清晨，空氣新鮮，步行更是活動筋骨的機會。所以，他出門便邁開了軍人的步伐，隨從緊跟著他，手中拿一個用鮮花編織的花環，終於來到了城東北角的上野公園。

他先在專供放生的不忍池邊徘徊了一陣，待濃霧漸散，來至公園一隅，只見他的兄長、前陸軍元帥、近衛軍都督西鄉隆盛的銅像已清晰地聳立在眼前。

西鄉從道還在老遠便望見了薄霧中的「兄長」，那寬闊的前額突出的顴骨、稜稜的兩道劍眉維妙維肖，酷似真人。他匆匆摘下軍帽，加快了腳步，來到銅像下邊的石臺階前。他接過隨從遞上來的花環，莊重地擺上石座，又從容地跪了下來，先是沉重地叩拜下去，碰地有聲，然後便嘴唇翕動著，默默地禱告，態度十分虔誠。他的隨從遠遠地立在一邊，一動也不動地注視著這一切，甚至屏住呼吸，生恐打擾了他。

不知過了多久，西鄉從道大約是祈禱完了，但不立刻起來，仍直直地跪在那裡，揚著那鬚髮皤然的頭，那滿是皺紋如同磐石的臉和那一雙陰沉得如同山洞的眼睛，久久地望著那已沐浴在晨曦中的「兄長」的臉，那神情，竟又是一尊雕像……

日本合四大島而成國，其形狹長，約五千餘里。舊時分為八道八十四國，九州處最南端，與中國的上海隔海相望，以前屬西海道。西海道共有肥前、肥後、築前、築後、豐前、豐後、日向、大隅、薩摩等九國，故名曰「九州」。薩摩州今又稱「鹿兒島」，其地在九州的最南端，那裡海灣曲折，海島星羅棋布，歷來是海賊、寇盜的棲身之所。

西鄉隆盛兄弟就出生於薩摩州一個下層武士的家庭，他們從小就在海邊生長，面對滔滔大海，曾有過無窮的遐想與渴望。他們兄弟性格倔強，當時，村子裡有很多孩子，常在一起遊戲。有幾個大孩子專愛欺負小孩，因西鄉兄弟團結，又愛爭強好勝，便常常成了他們尋釁的目標，有時揪住他倆的頭髮，把他們按在地下，問他們服不服。他們被揪得眼前金星直晃，痛極了，卻緊咬著牙關，瞪著一雙已噙滿淚水的眼睛，狠狠地逼視著壓在身上的對手，就是不讓眼淚流下來，而且，咬碎鋼牙吐出來的是兩個字：不服！

這些大孩子自己累了，終於鬆了手。西鄉兄弟被人打了，是從不回家告訴父母的。他們也經常欺負比他們更小的孩子，惡作劇不遜於他人，他們心中的信條是打得贏就打，打不贏就認命，咬著牙挺住一時，只要有機會便報復……

長大後，西鄉兄弟成為當地很有名望的武士。他們先後雙雙參與了尊王攘夷活動，又與另一薩摩藩士大久保利通及長州藩士木戶孝允結成倒幕聯盟，終於推翻了德川家族把持達兩百餘年的江戶幕府，還政於天皇，推動變法維新，西鄉兄弟成為明治維新的功臣。這以後，西鄉兄弟一直服務於軍界，修心煉膽，枕戈待旦，夢想著有一天大張國威，讓日本能稱雄於世界。

以他們兄弟為代表的一班人，堅信大和民族的堅忍與奮進精神是世界上任何民族無法比擬的，他們是一匹千里馬，可惜地處海島上，土瘠民貧，礦產也不豐富。就像一片沙漠和戈壁，長不出青草，千里馬缺少上等草料，不能體壯膘肥，日行千里。而大海那邊的大陸，廣袤數萬里，連接歐洲，資源豐富。

西鄉兄弟每打開世界地圖，便對著這一大片大陸浩歎不已。在西洋人眼中，中國是一隻雄獅，眼下已鼾然睡去，一旦醒來便無人能敵。可在他們眼中，卻是一隻光會叫喊、滿身肥肉一無所能的叫驢，是一個最理想的、適合千里馬放牧和馳騁的「草場」。日本只有奪得這一處「草場」，「千里馬」才可橫行於天下。而中國就擺在日本的身邊，這是上天欲使日本稱雄於世界。

西鄉兄弟和他們的追隨者們有了這個想法，跟著便有西鄉從道第一次對身邊「草場」的踐踏——那是二十年前的侵犯臺灣。

那一回，因琉球國商民船隊阻風，在臺灣避風時為高山族人所殺。軍人們認為動手的機會來了。於是，就在天皇派出柳原前光為使者，前來中國交涉的同時，又拜西鄉從道為都督率兵攻台。

日本內閣對西鄉此行其實十分猶豫——明治維新才七年，瘡痍滿目，兵力單弱，遑論海軍？而臺灣地處大海中，非戰艦不能攻克。西鄉從道先是租了英、美兩國的兩艘兵輪，載陸軍三千六百人發品川，會長崎，欲直下中國海。不料英、美兩國公使不願無緣無故因他人而得罪中國，乃從中作梗，對租船的事提出警告，認為將有損他們的中立。內閣無言以對，即派內務卿大久保利通馳赴長崎阻止西鄉從道南下。

西鄉從道恨內閣之無能，屈從英、美的要脅，又恨大久保利通狐假虎威，生風多事，乃毅然拒命，用銀元十六萬元購得兩艘舊船，運兵南下攻臺灣，焚村落，毀要塞，姦殺搶掠不留孑遺。

當時，中國的福建船政大臣沈葆楨奉旨督率福建水師赴臺灣與西鄉從道相遇於恆春海面。福建船政局創於左宗棠之手，八年來已造出了一批兵商兩用的新艦船，上面安裝了蒸汽機，配備了新式大炮，機聲隆隆，黑煙簇簇，大炮翹然直指西鄉從道所乘坐的破舊戰艦，真有鯨鯢與泥鰍之判。

但西鄉從道毫不畏懼，他已從諜報中得知，中國西南的雲南發生了「馬嘉理事件」，英國人正在找清廷的麻煩，弄不好有開戰的可能，左宗棠正陳兵十萬於河西走廊，準備出兵收復新疆；中國人安內攘外，忙不過來，沈葆楨不過色厲內荏，絕不敢對日本的破木船開火。

於是，他在台東闢地屯田，修橋造屋，準備做久戍之舉。雙方僵持著，最後還是清廷先軟下來，沈葆楨和西鄉從道在恆春縣署談判，答應賠償五十萬兩兵費和撫㒒費，西鄉從道這才賦「凱旋」之曲，臨走時還不夠意，扔下一句話：「十年後咱們再見！」

中國地大物博，人口有四萬萬，日本地瘠民貧，人口才四千萬，以一當十，沒有舉國上下破釜沉舟、臥薪嘗膽的決心，要西進大陸，南下東南亞都只能是一句夢囈。但西鄉從道深信螞蟻能啃倒大象，回國後，他大肆炫耀自己的勝利，並鼓吹建立新式海軍，購軍艦，建船廠，擴充軍備。先用中國賠償的五十萬兩白銀從英國購得新式鐵甲艦「扶桑號」回國，不久，又在橫須賀建起了一座大型造船廠。由是，陸軍大將的西鄉從道得以出任海軍大臣。

當時，大久保利通當政，同是出身薩摩藩士的大久保利通對西鄉氏兄弟雙雙出任要職深感不安，在議及國家大政方針和未來目標時，西鄉隆盛提出了有名的「征韓論」，認為日本應先征服朝鮮，取得在大陸的立足點，然後才可進攻中國。

大久保利通對「征韓論」大不以為然，認為這是不顧利害，輕啟戰端，横挑強鄰，拒不接受這建議。西鄉隆盛與他反覆辯駁，終不能說服大久保，於是，他憤而辭職，回到家鄉鹿兒島辦學校，著意培育人才。

不久，他被家鄉的武士推為首領，起兵討伐大久保利通。可惜事起倉促，很快失敗，西鄉隆盛羞憤交集，切腹自殺。因為兄長反叛，西鄉從道也被捕下獄，直到第二年大久保利通為士族仇家暗殺，西鄉從道才得獲釋出獄，重回軍界。

兄長蒙冤而死，固然使西鄉從道痛心，但西鄉從道覺得最痛心的是真理蒙塵，是兄長的宏偉計畫遭擱置，而悼念兄長的最好辦法無過於繼承兄長的遺志，讓他的夢想變成現實。

距他率兵攻臺十年之後，為爭奪越南的宗主權，中國人和法國人打起來了，廣西的官吏昏憒無能，被法國人打得丟盔棄甲，當福建水師在法軍司令孤拔的偷襲下全軍覆沒，名噪一時的馬尾船廠毀於戰火時，當法國人在越南擊敗中國軍隊直薄鎮南關時，日本朝野上下認為機會來了。

日本駐朝鮮公使竹添進一郎趁此良機，策動了金玉均、朴詠孝等人為首的「甲申政變」。可惜金玉均資歷太淺，在國內缺少號召力，國人群起而攻之，袁世凱趁機假國王的詔命領兵迅速平定了叛亂，竹添進一郎反而敗走仁川。

一時之間，全日本朝野上下掀起了一股「援朝懲清」的浪潮，紛紛要求出兵支持朝鮮的親日派，擺脫中國的控制而「獨立」。

不料此時，在西鄉從道為首的一班軍人眼中的第二個大久保利通——伊藤博文出面了。也是任職為內務卿的伊藤博文等一派人認為，以日本目前的勢力，尚不足與中國抗衡。他們引用中國春秋時期吳越交兵的故事說，越滅吳，十年生聚，十年教訓，共花了二十年。日本自西鄉從道攻臺至今不過十年。主張「等一等，看一看」。

伊藤博文因此被人稱為「非戰派」。

今天，距當年自己帶兵攻臺已整整二十年了，距長兄西鄉隆盛自殺殉國已整整十七年了，五年前，天皇已為西鄉隆盛平反昭雪，並追贈正三位官位。作為「維新三傑」之一的西鄉隆盛，直到歷史的長河在穿過一段陰暗的隧洞、終於又重見光明之時，人們才清醒地認識了他的卓識和偉大，人們終於為他造了這座豐碑。

其實，「日本的出路在大陸」這一主張和他的事蹟早已在人們心中樹起了另一座豐碑。然而，寒來暑往，陰長陽消。就像聳立在面前的銅像渾身上下已長滿綠斑，那堅毅、沉著的雙眸已漸模糊一樣，人們至今還記著他的主張、他的教訓和警告嗎？西鄉從道久久地盯著銅像模糊的面容，淌下了兩行武士所不容易淌下的熱淚……

就在這時，後面傳來了雜亂的腳步聲。同時，有一個人在大聲說：「啊，老將軍果然一人在此！」

這喊聲，使西鄉從道從沉思中清醒過來。他回頭一望，只見以樞密院議長、陸軍大將山縣有朋為首，海軍軍令部長樺山資紀中將、參謀次長川上操六中將、艦隊司令伊東祐亨中將、仁禮景範海軍中將、高級參謀東條英教一行六人魚貫而至。這些人除了山縣有朋之外，都是後起的少壯派軍人，他們是西鄉兄弟主張的追隨者。

西鄉從道一見他們手中拿著花環，臉上洋溢著喜氣，便明白他們的來意了，臉上不由浮出一絲寬慰的笑……

「玄洋社」

首相伊藤博文的案上擺有兩份文件，一份是朝鮮國王李熙請求中國出兵幫助平亂的；另一份是袁世凱關於中國出兵、日本不會同時出兵的分析報告。這兩份文件在送達李鴻章案頭的同時，日本派在朝鮮的情報人員也毫不費力地把它弄到手中，且送達東京首相官邸。

伊藤博文此時已用過早餐，精神煥發，他懷著緊張而興奮的心情，坐下來仔細研究了這兩份文件，臉上露出了一絲不易察覺的冷笑。他起身推開窗戶，讓初夏明媚、溫柔的陽光照射進來，又深深地吸了一口滿是花香馥郁的新鮮空氣，遙望藍天，自言自語地說：「一晃便是十年，又是櫻花爛漫時！」

作為一個武人，性格外向的西鄉從道始終把那次出使，看作是一次屈辱。為此，他在臨回國時，意味深長地扔下一句話：十年後再見！

其實，伊藤也始終沒有忘記十年前在天津那次與李鴻章的會見。因開始時，他蔑視了李鴻章，拒不赴他那洗塵之宴，不久即遭到了李鴻章的報復。後來，他雖在他那富麗堂皇的北洋大臣衙門接待了他，但那態度卻是那麼傲慢，面部表情是那麼矜持，言語是那麼自信。

兩千年泱泱中央上國對周邊藩屬及他們眼中的蕞爾島國的傲慢，在李鴻章身上暴露無遺，也完全沒有因近半個世紀以來所受的屈辱而稍減。就是後來他對日本的要求做了一些讓步，同意從朝鮮撤軍，同意中日對朝鮮共用特權，那也是一種高高在上的寬容，是長輩對桀驁不服的小字輩的一種安撫。伊藤博文把那次談判過程和場面深深地刻印在心中，從來未向他人承認過那次出使遭到過冷遇與蔑視。

深藏不露、喜怒不形於色，這是東方政治家最講究、最崇奉的修養。所謂「善戰者不怒，善勝者不武」。如果需要，他也可做到「唾面自乾」，但他心中卻在默默地等待，盼望著這一天。

今天，他終於等到了……

門外傳來了輕輕的叩擊聲，祕書清水進來了。

「是到了和外相見面的時候了嗎？」伊藤博文因和外相陸奧宗光有約，故有此問。

「是的。不過，眼下有平岡浩太郎求見，就等在外面。」清水小心地回答。

伊藤博文約見外相，是因為已決定要召開天皇親自主持的御前會議，在進宮前，他想先和外相交換一下各自的看法，但可惡的平岡浩太郎卻在這個時候求見，他來幹什麼？

當年薩摩州士族在元帥西鄉隆盛的策動下，發動了所謂「西南戰爭」，平岡浩太郎和內田良五郎兄弟雙雙參加了這一場志在更改既定國策的大叛亂。朝廷費了好大的力氣才平息了這一場內戰，西鄉隆盛被迫切腹自殺。那一回，平岡浩太郎兄弟一同被捕，直到大久保利通被暗殺，輿論轉而對西鄉隆盛表示同情之後，平岡浩兄弟才被赦免出獄。出獄後，平岡浩兄弟仍然以實現「征韓論」為目的，和頭山滿、的野半介等落魄武士在故鄉的福岡創立了玄洋社。

「玄洋怒濤，勢可滔天」——福岡的外海即玄洋灘，隔著對馬海峽，與中國大陸遙遙相望，玄洋社鼓吹向中國大陸擴張之心已昭然若揭。但玄洋社同時標榜忠於天皇，忠於日本，一切為了大和民族的利益。他們利用這一宗旨在社會上、尤其是在軍界獲得了廣泛的支持，因而集結了一股很大的激進勢力，包括很多軍人和政府官員，同時蠱惑、吸收了不少優秀青年。

玄洋社的黨魁們牢牢地控制了這些人，積極推行他們的擴張主張，鼓吹擴充軍備，先向朝鮮擴張，再從朝鮮而滿洲，直到完全佔領整個中國。這些年，為達到上述目的，他們採取了積極的行動，向中國和朝鮮派出了數百名間諜，搜集了不少機密，源源不斷地為軍部提供情報。

對於這一切，身為首相的伊藤博文是清楚的。他甚至了解到，金玉均在朝鮮發動的「甲申政變」和今年初的被殺都是玄洋社一手操縱的，就連眼下朝鮮半島南部的亂黨也與玄洋社有染。他們為了推動政府對朝鮮發動戰爭，不惜跟軍部一些激進份子牢牢勾結，製造輿論，攻擊政府，在議會掀起波瀾……

想起這些，伊藤博文不由煩心，乃皺了皺眉頭，對清水說：「你去告訴他，我馬上要會見外相，沒有時間接見他。」

清水一怔，猶豫了一下，終於忍不住說：「大人，依卑職看，您還是抽空和他談談的好。聽聽他的意見，或許對您即將制定的大陸政策有所裨益。再說，也好乘機探聽一下秀子小姐的消息呀。」

伊藤博文心中一動，沉吟道：「也好，不過，你告訴他，儘管簡略些，我的時間挺緊。」

待清水點點頭退出去後，伊藤博文望著他的背影不由輕輕地歎了一口氣。

這以前，在清水這位置上的是杉岡，他是伊藤博文的學生，還在伊藤博文任參議和內務卿時即追隨他。杉岡深知伊藤的個性、愛好，身為一個隨身祕書，能把性格有些孤僻的伊藤博文伺候得熨熨貼貼，伊藤博文幾乎離不開他。但是，杉岡後來卻瘋癲了，原因便是秀子失蹤。

秀子是伊藤博文的侄女，是伊藤博文兄長臨終時託他照顧的。後來，他的嫂子也病故了，秀子三歲便由伊藤博文夫婦撫養，她出落得天生麗質，且天資聰穎，能歌善舞。因父母雙亡，伊藤博文對她十分嬌縱，她得以整天在外信馬由韁、無拘無束地生活，十分任性。

杉岡既為首相祕書，便經常出入首相官邸，自然常和秀子在一起。那一回日本為推行憲政，向歐洲派出了大批青年學生考察學習。杉岡因受伊藤博文賞識，乃在被派遣之例。臨走時，伊藤博文才發現杉岡有些依依不捨、失魂落魄，細心的伊藤夫人告訴他，杉岡是因為秀子。

離別前的那段日子，杉岡幾乎整天守在秀子身邊，那神情是那麼虔誠，似乎石頭人也要點頭。但秀子卻似乎有些心不在焉。她雖也很喜歡杉岡——這是細心的長輩能察覺出來的，但卻始終不即不離、依違兩可，杉岡終於怏怏地走了。

杉岡走後不到三個月，秀子突然失蹤了。當時，伊藤博文也以樞密院議長的身分在英國考察，杉岡陪同在倫敦，得此不幸的消息，杉岡瞞著他匆匆趕回日本。

這時，家中已派人四處探訪，連東京警視廳的員警也驚動了。但秀子的消息仍如石沉大海。杉岡當時傷心失望得只差拔劍自殺了。他天天在外面打聽，幾乎跑遍了日本的每一個角落，隨著時間的流逝，秀子的消息越加渺茫。

這以後，杉岡變得意志消沉，每日酗酒狂歌，口中不斷呼喚著秀子的名字，到後來，杉岡有些神智不清，連自己也認不得了。當時，伊藤博文正受天皇之命，準備第二次組閣並擔任首相，整天忙得不可開交。他多麼希望有杉岡這樣的助手啊，但杉岡整日神魂顛倒，口中只喃喃念著秀子的名字。

伊藤博文為此十分惱怒，限令東京警視廳迅速破案，直到後來才隱隱約約得知一些消息——玄洋社每年要派出不少青年去大陸刺探情報，秀子很有可能是被拉入玄洋社，接受了祕密使命。

伊藤博文這才恍然大悟。當時他夫人在秀子的房中翻出過平岡浩太郎、頭山滿等人的著作。既然入了「魔道」，伊藤博文還有什麼話說？但他一看到失魂落魄的杉岡，一想到兄長託孤的情景，他又時時不安，不但恨那些無法無天的玄洋社激進份子，也經常思念著任性、嬌縱的秀子。

今天，經清水祕書的提醒，他決定會一會平岡浩太郎這個「魔頭」。

「好清靜幽雅的首相官邸呀！伊藤大人生活在這樣清幽舒適的環境中，果然養成了處變不驚的功夫。」平岡浩太郎進來後，先恭敬地向首相鞠躬，然後從讚美首相府環境入手，淡淡地切入話題。

伊藤博文伸手讓座，並笑著打量面前這個「民間志士」——聞名遐邇的玄洋社黨魁。個子不高，蓄短髭，眼睛圓圓的，很小，笑起來瞇成一條縫，一臉諂媚的皺紋在臉上形成無數道橫溝。伊藤首相一見這張臉就覺討厭，不由皺了皺眉頭說：「平岡浩君，剛才清水君想必和您說了，鄙人還有一個約會，另外，還要覲見皇上，時間緊迫得很啦。」

「緊迫？」平岡浩太郎圓而小的眼睛轉了轉，露出一臉狡猾的笑說，「就目前來說，所謂緊迫不外乎中韓之事。日本朝野上下，凡血性之士無不為此泣血以待近二十年。可二十年來，首相大人卻穩如泰山，安如磐石，今天，您又何必急在一時呢？」

一聽平岡浩太郎開口便帶有挑戰的意味，伊藤博文不由偏過頭，迎住這個矮小的漢子那閃閃如電的目光，冷冷地問道：「什麼意思，平岡浩君何不直說？」

平岡浩太郎微笑著說：「什麼意思？伊藤大人如果不明白的話，在下不妨直說——二十年前，當先生還是國務參議兼工部卿時，發生了臺灣生番殺害我琉球船民事件，朝野上下報仇的呼聲一片，閣下卻追隨大久保利通，以日本維新才起步，瘡痍滿目、百廢待興，艦不多、兵不精為辭，主張不可輕啟邊釁，橫挑強鄰。十年前，朝鮮在清國的脅迫下，鎮壓了主張與我日本親善、主張改革維新的起義，並殺我僑民，焚我使館。此事傳至國內，誰人不恨？可閣下依然重彈先禮後兵的老調，引而不發，坐等良機。大人不愧政壇元老，崖岸高峻，所謂猝然臨之而不驚，無故加之而不怒！」

聽了這段很有些諷刺內容的話，伊藤博文只淡淡地一笑，反話當作正話回，說：「不敢當，鄙人身膺重任，謀國不能不慎。就如閣下所說，後來的事實不正說明這種慎重是應該的嗎？」

不料平岡浩太郎竟點點頭，說：「是的，所謂欲速則不達，現在回想起來，當時不少人確實犯了急躁病，目眩於實，心切於求，多虧大人力排眾議，力挽狂瀾，為日本贏得了時間和機會！」

「啊！」伊藤博文不意這讚揚來自激進的玄洋社黨魁之口，不由詫異地問道：「你們不是一直對政府持批評態度麼？並稱鄙人為非戰論者？」

「不！」平岡浩搖了搖頭，頗有幾分激動地說：「想必閣下心中清楚，本社的宗旨是：為了天皇，為了大和民族，可以不顧一切，包括使用陰謀手段。這以前，我們深恨政府的無能，曾擬就了一個暗殺名單，閣下的大名就列在首位。我們於一邊冷眼旁觀您好幾年，才得出結論，您的所謂非戰並非不欲戰，而是引而不發，養精蓄銳，等待那彼竭我盈之時，再一鼓作氣地大幹一場。這是從不久前，大人您在國會會議時，不顧反對派的壓力，堅持在預算中增加海軍軍費、爭取多購艦隻以增強海軍實力一事上得到證明的。大人的卓識遠見、大人的隱忍精神，使我們武士感佩莫名，從此，大人的名字不但從黑名單上抹去了，且又列入我們要支持、要保護的名單上了！」

「謝謝！」伊藤博文口中稱謝，背上不由有些發怵。

這以前，激進份子曾組織進行了好幾次成功的暗殺，連「維新三傑」之一的大久保利通也喋血家中。他們這種無視法律的行為和以直裸裸的恐怖行動干預國政的做法，令身為首相的伊藤博文深感憤怒。他真想向這個魔頭提出警告，但轉念一想，這個時候，這個地方，向這種人告以箴言，無異於對石頭說話。於是，他仍用無動於衷的口吻說：「很高興鄙人的一片苦衷，能為民間志士們所理解。不過，我想，平岡浩君絕不會只是為了說幾句恭維話而來此的。假如在眼下發生的朝鮮事件上，日本在未與歐美列強達成諒解前，鄙人仍主張慎重行事時，你們仍能理解鄙人的苦心，仍能一如既往地支持鄙人嗎？」

「不！」平岡浩太郎一聽這話，反應極快，毫不猶豫地大聲反對說：「本人就是為此而來。為了促成我國向外出兵，本社的同仁煞費了苦心，為的就是今天。日本要自立，要稱雄世界，可不能看歐美列強的眼色行事。這一班傢伙比我們還凶，巴不得將整個支那這一大塊肥肉置於他們的餐桌上，絕不會請我們去分一杯羹！」

伊藤博文至此才明白這個激進組織的頭目來此的真正目的——他是來對即將參加御前會議，制定應變計畫的首相進行訛詐和威脅的。儘管他心中充滿了憤怒，但仍耐下心來，反覆向平岡浩太郎進行解釋，但平岡浩像一頭倔驢，只一個勁地擺頭、冷笑，說：「此船過後再無舟。我們不能再忍耐了。」

望著這一頭「倔驢」，伊藤博文心中襲上一陣失望的悲哀，早把要從側面打聽秀子的事忘卻了，眼中竟出現了一片模糊的幻影，那是喋血臥室中的前內務卿大久保利通……

平岡浩太郎卻不管這些，他唾沫橫飛地向伊藤博文大講日本武士的神威，告辭時還扔下一句硬梆梆的話：「我們從來是說一不二的！」

跨海征東

沿著一條蜿蜒曲折、荊棘叢生的小路攀登，只片刻工夫，記名提督，太原鎮總兵聶士成就爬上了牙山的頂峰。他舉起雙筒望遠鏡朝西北一望，小島星羅棋布的江華灣已盡收眼底，這一帶是亂石縱橫的岩岸地區，到處是長滿了牡蠣和青苔的石礁，像一隻隻怪獸，立著、蹲著，形狀駭人，海浪推來，他們有的全淹沒在水花中，駁船只能在狹窄的港汊中航行，稍有疏忽，船隻便有可能被海浪推著撞向礁石。望北邊，那裡海水蒼茫一片，間或有縷縷青煙冒起，那是沿著航道，往返仁川港的輪船；而東方和南方則是綿延起伏的荒山，像墳包一座連著一座，從漢城往南的大道，則掩沒在那一片墳包之間。聶士成實地勘察了此處水形山勢，不由倒抽一口冷氣。

朝鮮南部發生暴亂，把國王派去剿匪的招討使洪啟勳也打敗了，國王無法，乃向宗主國求援，朝廷乃命李鴻章從速派兵赴朝平亂。

李鴻章接到袁世凱的密報，謂已從日本駐漢城使館署理公使杉村處得到保證——此番中國出兵朝鮮，日本無異議。

於是，李鴻章派直隸提督葉志超，率兩千原駐防在盧溝橋至山海關一線的蘆榆防軍赴朝鮮，幫助國王平亂。聶士成即此舉的前部先鋒，先一天率八百人乘輪船，到達指定的地點——牙山。

從地圖上看，此處在漢城西南一百五十里處，位於仁川澳（江華灣）的東南角，仁川為漢城門戶，港灣寬廣，澳左即漢江口，沿江上行不遠即王京漢城。自仁川往南，要歷南陽、廣德而至沔口才是牙山縣。

他們蘆榆防軍赴朝是來代剿亂黨的，而所謂亂黨——東學黨人又活動在南部的忠清、慶尚、全羅三道，所以，李鴻章當時對著地圖研究了半天，又聽取朝鮮駐津陪臣金明聖的介紹，謂招討使洪啟勳南下剿匪的部隊是包乘北洋水師的運兵船從大同江口南下，在牙山登陸去公州、全州的；國王調撥的軍需也是從北方包輪啟運，到牙山登陸後再分發到前線的。

於是，他手指輕輕一點，將牙山灣定為兩千蘆榆防軍的登陸點。

聶士成明白，李中堂選中牙山有他的深意——牙山在漢城以南，地方偏僻，南下平亂又便捷，更主要的是牙山不是碼頭，沒有商埠，沒有洋人，更沒有日本人，因此可以不惹麻煩。

眼下，聶士成站在主峰上，實地勘察，直到這時他才知道，什麼叫紙上談兵——看地圖，李中堂輕輕一點確實不錯，但實地考察則結論恰好相反，牙山港灣錯綜複雜，沒有碼頭，北洋水師大型艦船根本無法攏岸，援兵、給養、軍械得由小船駁運，非常困難，加之牙山無我方領事館，電訊不通，消息閉塞，而仁川則具備這些優勢。

那裡不但有深水碼頭，有我方領事館，更主要的是仁川為漢江門戶，進可控制都城，退可直接上船回國。袁世凱第一次平大院君之亂，便是由仁川直奔漢城，以迅雷不及掩耳之勢取得成功的。所以，此番出兵朝鮮，仍應以先控制仁川為宜。

再說，選擇牙山為登陸點是以不招惹日本人為前提，但中國既已在朝鮮兩次和日本人交鋒，此番你不願惹他，萬一他要惹你呢？聶士成想，怕的就是一個「萬一」，若真有個萬一，則牙山灣是一條死路。李中堂呀李中堂，你也是戎馬半生的人，今日怎麼也學趙括紙上談兵呢？

「翼之，這是什麼鬼地方，近水沒有碼頭，靠山不通驛道，李中堂怎麼選這個地方為登陸點？」聶士成放下望遠鏡，與身邊的侄子聶鵬舉議論開了。

「是的，我也正這麼想呢！」聶鵬舉立刻附和叔叔的看法，「這裡進不便攻，退又不能守。人家朝鮮兵在這裡登陸是抄近路，且無後顧之憂，我們卻不能不『未進城門，先思出路』呀！」

若依侄子的主意，是停止用駁船轉運軍械上岸，仍由來船「仁愛號」將軍械轉運仁川，自己率八百防軍夤夜趕赴仁川，只讓叔叔在這裡等候葉志超。但此舉關係重大，聶士成雖同意暫停轉駁軍械，卻不敢擅自移兵。他想，反正葉志超就要來了，等主將到時再說。

下得山來，恰遇得信趕來迎接的仁川領事唐紹儀和牙山縣令韓俊稷。當下聶士成和他們相見，又接受韓俊稷的邀請，來到縣衙。牙山雖稱縣，卻無城廓，環諸皆山，居民數百家，結茅而居。人民峨冠博帶，有中國上古之遺風。聶士成率部眾上岸後，居民們並不驚恐，且扶老攜幼，沿途圍觀。

韓俊稷當下要擺酒為聶士成接風，聶士成見沿途韓民面有菜色，十分窮苦，就是縣署，也很破敗，他不願為難縣令而婉謝了。僅就縣署筆墨，草擬了一張告示，禁士兵騷擾，請韓令轉抄幾份，著人分頭張貼，然後便向唐紹儀細問叛匪詳情。

不想唐紹儀介紹完畢後，竟也主張先扼仁川，保守王京，然後再徐圖南進。

聶士成不意唐紹儀和自己見解相同，便約定待第二天主帥到時再獻議。第二天一早，聶士成和唐紹儀準備了轎子，趕到沔口迎接葉志超。

上午十點鐘，海面上終於出現了縷縷黑煙——中國朝廷派出的援朝主力，一千二百名蘆榆防軍在提督葉志超率領下，由「濟遠」、「揚威」兩艦護航，乘兩艘商船趕到了牙山灣。

兩天航程，在艦上已把五臟六腑內的東西吐得乾乾淨淨的葉志超，好容易盼到艦船攏岸，他如同遊了一回幽冥地府一般，終於長長地吁了一口氣，樣子像一隻瘟雞，半點也無跨海征東的大將軍氣概。

「功亭兄，終於見到你了，我還以為會去東海龍王那裡赴宴呢！」葉志超臉色蒼白，由兩名親兵左右攙扶，上氣不接下氣地上了岸。見了聶士成，連聲音也有些沙啞。

聶士成一聽，忙說：「怎麼，曙青兄還有暈船的毛病？」

「哎喲，別提了，那麼大的風浪，誰能受得了哇！」葉志超呻吟著，又自嘲地說：「下了一窩豬娃子！」

「下了一窩豬娃子」是軍營中的諺語，專為嘲笑嘔吐的人。

聶士成瞄了一眼隨他上岸的隨從，多半都蔫蔫的像癆蘿蔔，不由微微皺了皺眉頭，乃令人將轎子抬上來——好在他也料到了這一著，做了準備。

眾人攙扶葉志超上了轎，一直抬到牙山縣署，安排湯沐。之後，聶士成令人端來一碗高麗參湯，可是名副其實的土產，葉志超嘔得快要虛脫了，正要培補元氣，便接過參湯，咕嘟嘟喝下去，再放倒直睡，天塌下來也不管，黃昏時起來，稍稍活動了一下筋骨，叫了一大碗雞絲麵吃了又睡，直到第二天才還陽理事。

此時，漢城的國王李熙派了他的外務協辦大臣李重復前來犒賞王師，豬牛雞鴨、美酒大米，趕來一大群、運來幾大車。此時正是農曆五月初七。兩千蘆榆防軍，多半是在船上過的端陽節，不嘔吐的也只啃了一些乾糧，一個個如地獄中放出來的餓鬼，見了這些活物，如何不喜？於是，軍營中一時之間牛的哀鳴，豬的嚎叫，雞飛鴨跑，血濺渠溝，眾人痛痛快快地補了一個端陽節，直到傍晚，葉志超才有空和聶士成、唐紹儀商議起大事。

就在聶士成率部到達牙山的當天，退守公州的招討使洪啟勳整頓隊伍，對北上犯城的「亂黨」組織了一次反攻，「亂黨」吃虧不小，目下已向全州退卻，這兩天得知宗主國大隊人馬開到，內部漸已離心。

當縣令韓俊稷把這些情況報告後，聶士成認定，所謂「亂黨」，原不過是因苛捐雜稅逼得無路可走的無辜百姓，為少數不法之徒蠱惑才鋌而走險，與官府作對，所以，他主張派人前往全州一帶曉諭招撫，動之以情，喻之以理，「亂黨」本烏合之眾，定可聞風而散。

葉志超一聽不由點頭。他雖為主將，但年齡、資歷、聲望皆不及聶士成，前年平息熱河朝陽的金丹教之亂，便是靠聶士成一個長途奔襲，直取該教的老巢建昌五官營，打了對手一個措手不及，首領楊悅春遭擒，餘眾就一下瓦解了。

聶士成不居功，申報時，由葉志超胡吹一番，後來李鴻章不察，奏報上去，未立寸功的張士珩得賞記名道、葉志超得賞穿黃馬褂子，聶士成僅得幾句「天語褒獎」，令人更氣的是張士珩藉此次行動，虛報軍火損耗，且一人獨吞，半點好處也不讓葉志超分潤。

所以，一提起平金丹教之亂，葉志超便覺對不住聶士成，恨極了張士珩。眼下他聽聶士成分析敵情，認為有理，他巴不得早些回去，不動一刀一槍而平息反叛，又可獲得升遷。於是連連點頭說：「這好辦，趕快令營務處師爺備辦文書告示，就命韓令前往全州，曉諭百姓！」

不料聶士成接著才談到要緊的。他先望了唐紹儀一眼，說：「曙青兄，麻煩事還在後頭！」

葉志超一怔，說：「還有什麼麻煩？」

聶士成說：「據兄弟看來，此番出征朝鮮，戡亂在前，防倭應在後，而且，防倭應是為主。所以，兄弟認為仁川為漢城門戶，是漢江出海的必由孔道，乃兵家必爭之地。當初李中堂令我等登陸牙山，實在是沒有實地勘察的緣故，現在看來，應趕緊採取補救措施，你我二人分兵戍守仁川，控制港口，據險布防，萬一有個不測，進可攻而退可守！」

葉志超一聽，不由把個頭擺得跟撥浪鼓似的，說：「功亭兄，你千萬不可造次，我們出發時，李中堂千叮嚀萬囑咐，說此番去了朝鮮，只負責代剿土匪，切不可招惹倭人，見好就收，不要多事。這是你我都聽見的。我們當兵的照令而行不會錯，上頭劃一個圈圈，我們只認鑽這個圈，圈子外的事不要管。只有這樣，我可包你吃飽飯，睡大覺！」

聶士成笑了笑說：「曙青兄，這話可不妥，國家養兵千日，用兵一時。今日你拜命出征，千斤擔子便由你一人挑了。兵只能帶好，仗只能打贏，只要於事有補，於國家有利，稍作更改有何不可？將在外，君命有所不受。這可是兵書上有的呢！」

唐紹儀也一邊幫腔說：「依卑職看，聶軍門這話極是。牙山不是港口，沒有碼頭，出入及給養輸送都十分不便，而陸路又不近驛道，由漢城南下的驛道在距此四十餘里的成歡驛，就是南下攻擊亂黨仍必須走成歡驛，守牙山毫無價值！」

葉志超一聽他二人口徑一致，明白他們事先已商量過了。他雖不便搶白聶士成，但唐紹儀不過一五品知府銜領事，算不得什麼。於是瞪了唐紹儀一眼，說：「你知道什麼？李中堂選牙山而不選仁川，為的就是不和倭人照面。仁川倭人商號、僑民極多，萬一有個閃失，外交上有麻煩。你們真不解李中堂一番苦心！」

聶士成和唐紹儀見葉志超在瞪眼發脾氣，便不好再進言了。雖然二人心中都明白，日本人若成心尋仇，躲也是躲不開的，再說，只有佔領仁川，才可外拒倭寇，內保漢城，控制國王，外交上便有了主動——這些話便只能埋在心裡了。

不料就在第二天，他們尚在派人南下曉諭百姓時，漢城袁世凱派侄子袁乃寬騎快馬跑來告急：「日本政府不承認中國為朝鮮宗主國，將援引《天津條約》中日共管朝鮮的原則，派兵來朝鮮護使護僑……

失策

這真是一個變幻莫測、紛繁而又緊張的端陽節，北洋公署上上下下的人都忙得不亦樂乎，李鴻章也有些暈頭轉向。

日本朝廷不承認朝鮮為中國屬國，準備援引《天津條約》中有關條款發兵赴朝鮮護使，這消息已通過各種管道通知了中國朝廷，也通過各種管道通知了列國，而這時葉志超的第二撥蘆榆防軍尚在途中。

就像一個賭徒，下注後緊盯住寶盒，李鴻章的心一下提了起來。此事既在意料之中，又出乎意料之外，他無暇檢討袁世凱消息不確和自己判斷失誤了，往者不可諫，來者猶可追，得沉住氣應付當前的突變，不能自己先亂了陣腳。

這天，北洋大臣衙門的電訊頻率猛增，從世界各地發往這裡，也由這裡發往各地。門前更是車如流水馬如龍，這一班人才告辭那一班人又來求見。

作為曾國藩的衣缽傳人，李鴻章歷來一本老師的作風，案無留牘，館無留賓。無論什麼時候都要做到當日事當日畢，但現在卻是三頭六臂也無法做到了，只好讓藩司周馥、幕僚于式枚分別代拆代批咨札、電文，又讓羅豐祿、盛宣懷代他接待來訪者，解釋朝鮮事變的由來以及我國朝廷對此一事件的立場和宗旨，自己則禁鎖密室，熟思良策……

下午，英國領事館派了一名副領事喬尼前來探詢消息，俄國領事加西尼更是為此親自趕來，對這兩個人李鴻章可不能敷衍，乃親自接見，送走客人後，他召集眾人，商議了很久。

幕僚中，以盛宣懷為主的一派人言詞十分激昂慷慨，認為日本不過蕞爾島國，維新後國勢方張，器小易盈，可畢竟不能與堂堂中國為敵，李中堂經營北洋二十餘年，這以前忍辱負重，蒙主和之惡名，此番是一雪前恥的時候了。這一派人話很直露，侃侃而談，大有橫掃東瀛滅倭朝食的氣概。

藩司周馥等一班人則持穩健態度。他們大都是追隨李鴻章多年的老人，對雙方情況都比較熟悉，也了解許多內情，知道日本人自同治末年侵臺無功而返後，二十年臥薪嘗膽，枕戈待旦，此番先使小計詭詞誘我出兵，然後突然翻臉，顯見得早有預謀，其志不小，絕不可小覷。

但這一派人持論雖然穩健，卻又都認為日本人既然來勢洶洶，要和恐怕也不容易，所謂樹雖欲靜風不止，奈何？再說，與法國人談和便丟了越南，與英國人談和便丟了緬甸，難道又因為與日本談和而丟朝鮮？這是斷斷不允許的。這派人雖稱穩健，所談的僅是擺出個難題，卻拿不出既能保朝鮮而又能不與日本開戰的兩全之策。

整整一個下午，鎮海樓的大議事廳氣氛熱烈，見仁見智，針鋒相對。李鴻章只默默地聽，並不置可否。

黃昏後回到後衙，忙碌了一整天的李鴻章顯得很疲勞，他洗澡更衣之後，準備和家裡人一道，共飲蒲節之酒——中午已在鎮海樓和幕友們一道宴飲過節了，這時，只見李經方和三女婿張佩綸連袂而至。李經方沒有參與今天的討論。因為前駐日本神戶領事鄭孝胥任期屆滿回國，想走李中堂的門路謀一個好差事，故今天在租界設宴請李經方。

鄭孝胥在日本時和李經方臭味相投，又曾將藝妓田中桂子介紹給李經方，有此淵源，李經方欣然赴約，和鄭孝胥在租界泡了一整天，聽音樂、看賽馬、打彈子，玩得不亦樂乎，眼下見了父親，面上有些訕訕的。李鴻章卻因為忙，人多，幾乎把他忘記了，此刻見了他，好半天才好像記起來，冷不丁地問道：「我讓你去打聽的事，有消息沒有？」

李經方聞言一驚，好半天才記起父親問的事，忙說：「哦，兒子已打聽清楚了，其實呢，也不是什麼大不了的事，只是一時氣不順！」

李鴻章慨然說：「楚寶這小子也是越來越放肆，一點也不知收斂，怪不得人家慪他，連要與他白刀子進、紅刀子出的話也說出來了，聽說，這幾年他局子裡實物帳目一塌糊塗的，該好好地查他一次，別人去不合適，最好你去，主要是看一看軍火物資的儲備，是否帳實相符，眼下這麼緊張，怕萬不得已開仗時措手不及。」

李經方聽了連連點頭答應。

這是說什麼事？父子倆像打啞謎，把個張佩綸晾在一邊，可他並不介意，坐在旁邊一個瓷鼓上，一個勁地抽他的水煙。

說過了這事，李鴻章不作聲了，李經方見父親似乎心事沉沉，他試圖寬父親的心，便說：「爹，依兒子看，您也不必太多顧慮的，眼下這事也沒有什麼大不了的。」

李鴻章望了兒子和女婿一眼，說：「伊藤博文這千年老魅修成了精，眼下急於要顯靈顯聖的，還不知他要善出還是惡出，能不慎重？」

李經方說：「您下午和眾人商議此事，駁來駁去，不是也駁出了一些道理嗎？」

李鴻章冷笑著搖頭說：「那些人說來說去，不是離題萬里，便是只會講症候，不會開處方。」

李經方說：「兒子剛才進門時，正遇著盛杏蓀，堵在二門又和兒子說了一通，兒子頗壯其言。」

李鴻章鼻孔裡輕輕地哼了一聲說：「盛杏蓀辦洋務建工廠在行，料敵、決策可不行了，他知道什麼天下大勢？竟主張乘勢伐倭，問倭人吞滅琉球之罪，這不是癡人說夢麼！」

李經方瞥了身邊的張佩綸一眼，說：「倭可伐，十二年前早伐了，哪等到今天？不過，倭雖不可伐，卻也不可畏。兒子料定，此番他們只不過也是訛詐，就像二十年前攻臺、十年前攻韓一樣，想討一點好處而已，我們不要自己嚇著了自己。」

接下來，李經方便說起自己的判斷，勸父親不要被徐建寅那一番話困住了。

畢竟是當過一任駐日公使的人，情況很熟。他先從中日兩國的兵力說起，說日本眼下陸軍有編制的不過六個師團，六萬三千人左右，如跨海西征，與我中國作戰，這六萬餘人說什麼也不夠，雖說日本人仿西人之法，輪流訓練青年，每五年一換，戰時召後備兵入伍可迅速擴大兵員，但裝備、給養、被服都難支應，而中國的兵力卻強得多，單北洋一隅之地，淮系的人馬便有四五萬之眾，加之東三省的防軍，可達八九萬人之多，實在是攻不足而守有餘！

李鴻章聽了搖搖頭，說：「伯行，你只是要比人數的多少嗎？當年你老子創淮軍於上海，不過三五千人，可遇上的對手是長毛的忠王、慕王，挾百萬之眾與我爭雄，結果又如何？兵不在多而在精，你連這也不懂，豈可談兵！」

李經方雖被父親嘲笑，卻也不氣餒，心想，你老人家認定自家兵不精而倭兵精，這又未必長人家志氣滅自己威風了。但心裡想的不敢說出來，卻強詞奪理說：「再說，倭人財力匱乏，畢竟是小小島夷，彈丸之地，眼下已不是刀矛弓箭時代，艦船消耗及槍炮子彈花錢太多，據兒子所知，日本廢藩國，為安撫藩主，移他們於東京，領取俸祿。只因財政困難，只好以公債券代俸祿，兒子在東京時，常遇到過去那些舊藩主，他們窮極斯濫，一個個怨氣沖天，藩主不滿，就有造反的可能，西鄉隆盛所以一呼百應。那時，他們的朝廷就是無力支付這一筆買安定的錢。因為財力不足，所以軍儲不會多，為平西鄉隆盛之亂，他們不是還向我們借子彈嗎？眼下要與我們打仗，軍艦上的開花炮彈一顆要幾十兩銀子，他們捨得？兒子只怕他們有這個野心，也無這個財力！」

李鴻章聽兒子這麼算帳不由覺得好笑，他瞪了經方一眼說：「你說它們窮，人家偏偏歲添巨艦；你說自己闊，我們卻只有吃狗肉的錢，就是沒有燒香的錢。自光緒十四年至今六年，不能添一船一炮，錢都修園子、辦萬壽節去了。就依你說的，我們實力比它們強，可要知道，處此亂世，闊人就怕窮光蛋，所謂『有錢的就怕不要命的』。日本就好比一個窮光蛋，打得贏你，不怕你的錢不歸它，打不贏你，你拿它有什麼辦法？殺了沒有血，剮了沒有皮。所以，鄉下的土老財就怕碰上潑皮和光棍，日本人此番若和我們開戰，我們等於是和光棍打爛仗！」

李經方被父親這麼一駁，不由點頭稱是。但他不服輸，又說：「據兒子所知，倭人七十二島，性情最野的無過於薩摩島，這以前就數薩摩武士力主攻韓，他們勾結三井財團，極力鼓吹向大陸擴張，這些主張常常是蛇欲吞象，不切實際，所以，朝廷中老成持重者往往嗤之以鼻，朝廷對他們的主張不採納，他們也無計可施。眼下日本主政者為伊藤博文，此人素有『非戰論者』之稱，是個極愛和平之人，絕不會為他人浮言所動？」

誰知李鴻章聽了這些不由啞然失笑，且長歎一聲說：「唉，這正是眼下我最憂心的，什麼非戰論，據我看這伊藤博文是深藏不露，所謂三年不鳴，一鳴驚人！」

父子倆駁來駁去，看看到開宴時了。李鴻章的小妾及幾個兒子、兒媳、孫子、女兒、女婿都陸陸續續到了餐廳，連久不見面的李經述也來了。他自從調戲翠帕被父親撞見，在外面躲了幾乎一個月，此刻他上前怯怯地喊了一聲「爹」，李鴻章鼻孔裡輕輕地「嗯」了一聲，算是父子倆搭上了話。

這時，丫環僕婦們七手八腳地擺上了時鮮果品及涼菜，又來催請入席，李經方待要再說，李鴻章卻一下站了起來，搖手制止道：「算了，伯行，先吃了飯再說！」

李經方見自己的看法不被父親所重視，也就不再開口了。

旁觀者

一家人團團而坐，爹爹爺爺公公叫個不停，且一齊舉杯敬上座的李鴻章。李鴻章卻神色黯然，反應遲鈍，對兒孫們的恭敬，只心不在焉地點了點頭，就連最疼愛的長孫國傑為爺爺挾了許多愛吃的菜，他也只讓它堆在碟子裡，任眾人殷殷頌祝，只勉強喝了幾口寡酒。這以後，後邊尚在上菜，他已放了杯箸。

其實，兒孫們來此也僅是應個景。他們有的因在小廚房內準備了自己愛吃的，小家子還要正式開席另吃，有的外面還有應酬，只因礙於家規——一年四時八節、長輩壽慶全家必團聚一起，吃一頓團圓飯，他們不能逾越規矩，只好來湊熱鬧。

眼下，有老太爺帶頭，眾人便都只稍作敷衍後紛紛退席了，李經方還要去看一個朋友，講好了一起吃晚飯的，眼下見父親沒情沒緒的，對他的獻議也不在意，於是覷空走了。

轉眼之間，席上人已走空，李鴻章尚未留意到，只自個兒想心事。

其實，白天幕僚們議論，剛才李經方的進言，對他都有啟發。他一人冥思苦想，一個方案已漸漸在心中成形，此刻，他像才醒來似的，眼望著一家子鬧哄哄的僅一刻鐘便散了，飯堂仍復歸於平靜，他不由氣惱，不料回頭一望，旁邊的瓷鼓上還坐了三女婿張佩綸，也是像他一樣，呆坐著，像一個夢遊人一般。不由好奇地問道：「幼樵，你怎麼未走？」

張佩綸一驚，似是從夢境中來，喑啞地應了一聲「哦」，眼睜睜望著老丈人搖頭說：「我沒別的熱鬧場合要趕的。」

李鴻章笑了笑，說：「我清楚，你只想唱主角，別人來熱鬧你，不想唱配角，湊他人的熱鬧。」

「大人取笑了。」張佩綸笑著說，「其實，主角也好，配角也好，看穿了都是在做戲，何必認真！」

「唔——」李鴻章聽出三女婿的弦外之音，於是說：「這又不然，唱一台戲也不容易，台已搭好，主角已披掛上陣，出了馬門，鑼鼓聲聲催，左右龍套在搖旗吶喊，台下看客更是一片喝采之聲，你不唱下去不行，不唱好也不行嘛。」

張佩綸歎了一口氣說：「大人，眼下這台戲依小婿看來，是只見主角披掛上場，作古正經在唱，其餘的就說不上用心了，打鑼鼓的點子亂了套，拉琴的跑了調，配角黃腔頂板不像在配戲，台下看客也打瞌睡去了，叫主角一人如何唱得下去？」

張佩綸這調子太悲觀了，李鴻章對此尚不以為然，他理解三女婿的處境，乃說：「幼樵，世事不要看得太破了，把什麼都看破了，人生還有什麼樂趣而言？你以前可不是這樣的呵，怎麼一蹶便不振？」

張佩綸清楚，老丈人心裡其實明白得很，只不願旁人說破罷了，所謂騎虎難下，急流之中松不得篙。想到此，他不由又歎了一口冷氣。

十年前的張佩綸，的確不是這麼猥瑣，而是勇於言事、急於用世的人物。父親張印塘曾官安徽按察使，與李鴻章為好友，所以，張佩綸稱鴻章為「老世叔」。但在朝堂之上，論起公事，對這個「老世叔」卻毫不含糊，經常不遺餘力地攻擊他。他是同治十年辛未科進士，以編修大考擢侍講。充日講起居注官，為皇帝講解經義，正是所謂「講官」。那時候，以李鴻藻為首的「清流」正春風得意，張佩綸與張之洞、寶廷、黃體芳合稱「翰林四諫。」

「清流」諧音「青牛」，有人把李鴻藻比作「牛頭」，張佩綸、張之洞即為一對「牛犄角」，寶廷僅為「牛的腎囊」，可見當時的張佩綸鋒芒畢露到何種地步了。開先李經方說「倭可伐，十二年前便伐了」就是當面諷刺張佩綸的。

那一回日本策劃了壬午政變，朝鮮內亂，吳長慶率師東渡，袁世凱誘擒大院君，中國穩佔上風，張佩綸就曾上書主張伐倭，追論其吞滅琉球之罪。奏疏中指出：「亡琉球則朝鮮可危，棄越南則緬甸必失。」

接下來便指責李鴻章籌辦海防不力，遇事畏縮，至中法戰爭爆發，他和一班書生更是竭力主戰，左一道摺子右一道疏，直鬧得慈禧太后下詔將主和的恭王等全班軍機大臣罷斥。

不過，那一次也輪到「清流」走麥城了，廷議派張佩綸以三品卿銜會辦福建海防——你主戰，把主和的說得一無是處，且看看你的手段。不想一到福建，「百無一用是書生」便暴露無遺，「兩張沒主張，兩何沒奈何」。

笑話傳出去，廷臣爭相彈劾，加上張佩綸推薦去廣西督師的唐炯、徐延旭也被法國人打得丟盔卸甲、喪師辱國，他這個薦主也受到追究，兩罪並罰，因而被充軍口外。張佩綸在口外三年，雖未遠戍，僅僅住在張家口，但對他這種極講面子的書生，蒲鞭也足以示辱，而於他個人的前途、聲譽不能不說是毀滅性的，直至兩年後的光緒十三年皇帝大婚，覃恩普敷，大赦天下，他才叨恩被賜還。

昔日風流儒雅的翰林學士，謫戍三載，塞風吹老少年郎。他變得又黑又瘦，像一隻遭了霜打的秋茄子，加之新賦悼亡，更加形單影隻，在九陌紅塵的帝都，深感「羅衾不耐五更寒」。

就在他百念俱灰、萬般無奈之際，李鴻章得知這一切，念及亡友之情，不無惻隱，乃不念舊惡，折柬相邀。張佩綸此時百感交集，如聽綸音，如又一次蒙赦，乃奔津門投「老世叔」。

李鴻章有意招降張佩綸而瓦解「清流」，將他留在幕府，並將長女菊耦妻佩綸。不過，張佩綸得意時筆頭子不饒人，對頭不少，走麥城之後別人也不肯放過他，攻擊李鴻章時，往往拿他「陪綁」，就在他「入贅相府」後不久，有人便擬出了一副對聯挖苦他和李鴻章，道是：

老女字幼樵，無分老幼；東床成西席，不是東西。

這些話對於李鴻章來說已司空見慣，可傳入張佩綸耳中，卻更增加了他的鬱鬱之情，所以，在北洋大臣衙門他雖掛了一個「參贊」之名，卻如虛設，但逢有事，總總不作聲，就像剛才大舅子當面諷刺他，他也無動於衷一樣。

其實，張佩綸本倜儻才人，督師雖非所長，但對時局還是有其獨到的見解，尤其是他一度在總理衙門供職，對中日之間的糾葛及其由來較為了解，加之這些年又在李鴻章身旁代司章奏代批咨札，對形勢更看得清，所以，他已漸漸感到此番這「症候」委實不輕，人家二十年修心煉膽，如今已是高屋建瓴、獅子搏兔之勢了，而老丈人卻明顯是倉皇應付，不由不為老丈人捏一把汗。

不料剛才在穿堂口碰上了興致勃勃的大舅子，談起時局，李經方竟積極主戰，認為日本人欺人太甚，要自強當不惜決裂。張佩綸深知這個大舅子的為人，也明白李經方的本意不過是促成決裂之後，逼朝廷撥巨款擴充軍備，他和張士珩、盛宣懷之輩好從中大得好處，於是，出於好意，他忠告大舅子要慎重，切莫亂出歪點子。不料這下可惹惱了李經方，馬上招致了一番諷刺。

面對盛氣凌人的大舅子，他說什麼好呢？十年前的教訓，記憶猶新；三年謫居，風霜兩鬢，他的銳氣、鋒芒早銷磨殆盡了，所以，僅一笑而已。

眼下，老丈人在責備了，他只是責以大義，做人不該如此悲觀。於是，他勉強認錯道：「大人責備的是，小婿知大人成竹在胸，引而不發而已，不過，論起當前這時局，小婿我只想多一句嘴：「能戰才能和，縱是要和亦必備戰以往，另外，我能用以制敵者，敵也必能用以制我！」

說完這幾句沒頭沒腦的話，張佩綸也不再闡釋什麼了，竟對著老丈人躬身一揖，轉身便走。

李鴻章呆呆地望著他的背影，半天也說不出什麼……

以夷制夷

仔細咀嚼女婿這話，李鴻章覺得張佩綸似乎窺見到了什麼，在向自己提出忠告，仔細想起來，似乎正是針對自己腹中形成的這個方案來的，所謂「我能用以制敵者，敵也必能用以制我」。那麼，這方案是行不通了，但處此時勢之下，還有什麼更好的辦法可供選擇呢？

他邁著方步，一路仍在想著，悠悠地往萃珍閣走來，上樓後，在長廊上，忽然瞥見翠帕的房間窗紙上，亮著的燈光反映出兩個相依相偎的人影，極像是在親嘴。他不由生疑，馬上想到席間早早離去的經方和經述，忙連連咳嗽著，且急步穿過長廊，奔這邊來。房中人被他這一連串的動作驚動了，人影馬上分開。

這時，他已三步併作兩步搶到了門口，只見燈光下，兩個婀娜妙曼的黑影正急急忙忙從後窗穿過，由住房門過道，轉往鎮海樓南邊的聽雨齋方向走了。眼見得躲開他的是兩個女人，李鴻章這才放了心，他輕輕地吁了一口氣，仍邁著八字步進房。

這時，翠帕已迎了上來，她見李鴻章的雙眼仍直勾勾地追著漸行漸遠的那兩個女人望，便笑嘻嘻地靠上來，扶住他的臂膀說：「嗨，您走得好衝，把我的客人都嚇壞了。」

李鴻章隨口問道：「都是誰呀？」

翠帕雙手抱住他的一隻胳膊，半是攙扶半是偎依地一步步往裡走，口中說：「這府中還有誰是怕見著您的？」

其實，自從那次調戲父妾，李經述一個多月怕見父親的面，到今日家宴上才轉了臉，至於其他人，當然也還有怕見他的，其中之一便是李經方的小妾、日本女子田中桂子。

李經方以駐日公使的身分娶一個藝妓為妾，頗招物議，李鴻章多次嚴厲告誡李經方，叫他管住這個女人，不要拋頭露面在外面跑，以免予人口實，所以，田中桂子一直不敢見這個公公。眼下聽翠帕一說，又聯想到剛才見到的那個後影，他便明白是誰了，但仍故意說：「我喝多了點，眼也有些花，那是誰的媳婦呀！」

翠帕已看出李鴻章是明白裝糊塗了，又不好戳穿，只好坦然地說：「還不是大少爺討的那個日本姑娘。」

李鴻章一聽，馬上立定，虎著臉說：「到底是個蝦夷，沒家教，一天到晚到處跑。」

翠帕將他往太師椅上輕輕地一按，雙瞳翦水，明眸中透出一絲狡猾的笑，說：「哎呀，這府中規矩真多，人家在此舉目無親，想找個說話的地方也沒有，不是長了輩分，稱呼不便，就是年齡懸殊，趣味不相投，只有我這個不尷不尬的人這裡，還可以閒扯幾句，怎麼就犯了您的家規呢？」

被翠帕這麼一頓搶白，他不由笑了，乃拉住翠帕的手，撫著那粉嫩如蓮藕一般的臂膀，說：

「你這一張小嘴還真厲害呢！」

翠帕嫵媚地一笑，擺脫他的糾纏，轉身去為他沏茶。

李鴻章驕寵翠帕，連她一些生活習慣也潛移默化地接受了。翠帕雖說是小家碧玉，但舉止斯文、言談不俗。閒時能塗抹幾筆丹青，更顯得不同尋常，所以，很逗他的喜歡，就連她親自動手沏出的茶，也特別令他愛喝。此時，翠帕在後面磨蹭，他則在太師椅上靜靜地等待。

少頃，只見她端了一個鑲羅鈿紅木托盤，裡面擺了一隻海棠紅菱式宜興壺，兩隻小巧的荷葉杯，先把杯裡的清水遞與他漱口，再倒入沖好的香茗與他小飲。他像一個文靜的小學生，靜聽她的提調，由她伺候。到清茶入口，只覺滿口清香，直透腦門，不由讚道：「好茶，這不就是我們安徽的六安瓜片嗎？怎麼經你的手一調，就如此令人百飲不厭呢？」

翠帕銜他嘴一翹，挺神祕地笑笑，說：「大人深居相府，該留意國家大事，致力於鼎鼐調和，治茶只是小技，何必問？」

他說：「不然，前人不是有『茗城之兵法，富於六韜三略』之說麼，何謂小技？我倒真要學一學呢。」

翠帕說：「得了吧，您何必費這門心思？我在您身邊，不是天天在伺候著嗎？」

李鴻章聞言不由開心地笑了。他伸手將翠帕拉過來，置於懷中，翠帕知道他要幹什麼，便將臉藏於他的胸前，緊緊地貼住，他笑著把她的臉扳起來，仔細地欣賞，發現她今日的膚色比往日更好看，似乎能一下掐出水來，一雙大眼睛天真無邪地瞪著他，似嬌似嗔，含羞帶怨，燈光下，越加顯出千種風流，萬般嫵媚。

他佔有她的身子已整整三年了，三年來，她一如初見時那麼天真美麗，使他的日子從此無比舒心適意。可惜自己垂垂老矣，百年後，這天生尤物，將落誰手？這樣，他立刻想到了經方和經述。在翠帕身上，李經方本已「鴨浪先春」，眼下他又娶了田中桂子，這個日本藝妓僅僅外表長得極似翠帕。他想，只此一點，便足以證明李經方賊心不死，然而，更令他不安的是翠帕偏偏和這個日本藝妓投緣，只怕將來還會幹出什麼穿針引線、暗渡陳倉的勾當來呢！

想到這裡，一種莫名的惆悵與嫉妒油然而生，不覺罵出聲來，道：「這畜牲真不是東西！」

翠帕一驚，甜甜地問道：「平白無故的，您罵誰來？」

他說：「還有誰呢，堂堂的一國公使，居然在國外納妾！」

翠帕不知他何以半空中一個霹靂，沒來由罵起了李經方，忙調解地說：「不是已往之事了嗎，還有什麼說的呢！」

他說：「一個青樓女子，怎麼能進入我們這樣的人家，又怎麼能做到循規蹈矩？依我看，這事終究不會有好結果的，你也不要和她往來，別人長了輩分，你不也是嗎？怎不多想想？」

翠帕一聽，不由嘴一癟，竟「吧嗒吧嗒」地灑下了悽惶之淚，說：「長了輩分，我這算什麼輩分呢？我不是四小姐嗎，和她算是姑嫂呢！」

這一句話可把李鴻章給慭死了，怔了半天，想不出話答，只好和解地說：「算了算了，我不過是恨那個人，好意勸解告誡你。」

翠帕把臉別在一邊，不依不饒地繼續數落道：「人家受不了約束，不能循規蹈矩，我不也一樣，整天如籠中的金絲雀兒，高興了就來逗一逗，沒興時，十天半月也難見上一面，我指望著您大發慈悲，開籠放雀哩。」

李鴻章自知失言，忙一個勁陪小心，哄著逗著。此刻見翠帕淚灑不止，忙取出手帕一邊為她拭淚一邊說：「哎呀呀，你真不知足，要知道，這些天我的事多，忙得轉不開身子。你在這樓上，前面亂哄哄的情形未必沒看見？」

翠帕聞言，「嗤」了一聲，不以為然地別過臉說：「什麼事這麼忙呢？我在這裡只聽到前頭鬧哄哄的，開中門迎客，奏樂，放炮拜發奏疏，還有洋人嘰哩咕嚕地沒完沒了，有時還瞄見有光著膀子的洋婆子，您還不是和這些人逗樂去了。」

李鴻章忙分辯說：「別說了，今天是五鬼鬧端陽——英、法、俄、美、德，五國洋鬼子都會見了，有帶著女祕書的，有帶著夫人的，還不就是你看到的洋婆子，不過，卻是正正經經談公事，哪還有心思逗樂呢？」

翠帕說：「五國洋鬼子都來談公事嗎？怎麼這麼巧？」

李鴻章直到這時似乎才把思路轉到變幻莫測的現實中來，微微歎了一口氣說：「別提了，眼下是倭人要出兵打朝鮮，朝鮮是我們大清的屬國，兩百多年來行臣子之禮，豈能容倭人染指？所以，會有一番大的爭執，各國領事就是來探詢消息，好向國內報告的。」

翠帕輕鬆地一笑，說：「這也不是什麼大事。您不是常說，北洋水師的艦船如何了不得嗎？倭人來打朝鮮，您下令讓水師出動，用大炮轟翻倭船便是！」

李鴻章說：「這不行的，自古以來和為貴，再說，倭人也有水師，也有鐵甲艦，也不是吃乾飯的。所以，能不打盡量不打。」

翠帕說：「這就奇了。倭人既然興師動眾來打朝鮮，您要和為貴，倭人能信你的嗎？」

李鴻章笑了笑，一時沒有回答她。他想起了自己醞釀於腹中的計畫，也想起了張佩綸的似是警告的話語，一時確實委決不下。翠帕見他一時語塞，又連連催促道：「好心問您，也讓我學一點見識，您卻要賣關子。」

他被逼無奈，乃說：「我想用一個兩全其美的法子，使我們不費多大的力氣，尤其是不冒和倭人開仗的風險保住朝鮮，但尚未想出如何不被倭人學了樣去，反過來又制我們的法子！」

翠帕說：「究竟是什麼法子呢？」

李鴻章說：「我設想，好比我有一座園子，園內有一棵果樹，上面果實累累，有三個人想著闖園摘果。其中一人最凶，衝進來就要搶，如果我說這園子和果樹是我的，誰也別想摘，那麼，三個人會一起來對付我，我豈不要輸嗎？如果我心思活一點，先對另外兩人說，你看這人多凶，動手就搶，全不把我們放在眼中，這兩人當然有氣，於是會一齊打那個最凶的，待他們把這個凶漢打跑，我再用同樣的法子使這二人打起來，待他們都被打得頭破血流兩敗俱傷了，我這個主人再來收拾殘局，那時不就很容易地保住園子和樹嗎？」

翠帕不由恍然大悟，她說：「我明白了，這園子和果樹是說的朝鮮，想摘果子的是倭人和其他洋人，不過，洋人能信您的哄嗎？」

李鴻章又微微歎了一口氣，說：「關鍵就在這，不過，我相信我這三寸不爛之舌！」

第九章 處處失算

強盜遇賊

李鴻章令經方去軍械局查庫，經方果然去了。

此時張士珩去了上海，李經方令人先將帳目封存，又去庫房查看了一遍，親自上了封條，再把帳本捧回家中，說第二天再核對實物。

一見這陣勢，軍械局的人傻眼了——張士珩仗著自己是中堂親外甥，深得寵幸，平日是不把上頭的司道放在眼中的。此番李經方乘虛而入，且以他那特殊身分，軍械局的其他人不敢不買帳，只得乖乖地由他封了庫，拿走了帳本，但待經方一走，他們經商議後，馬上拍急電至上海，催張士珩速歸。

這天，李經方已把第二天查庫後獲得的資料掌握在手了，他不動聲色，只等張士珩回來。因赴一個朋友約會，至深夜才回到紫竹林租界自己府中。

在兄弟行中，他是唯一分府另過的，雖經常隨侍在李鴻章身邊，畢竟年紀也老大不小了，所以，他自駐日公使任滿回國後，便在租界裡安了家，這裡地處繁華的法租界鬧市區，出門方便，比在北洋公署衙門自由自在得多。

出洋前後五年，李經方個人生活已完全西化，他的府上，與洋人領事館或洋行毫無二致，一幢三層的西式洋樓，前面有一處大草坪，一樓有間大客廳，裡面壁爐，枝形大吊燈、地毯、茶几、沙發全是舶來品，客廳的牆上本來還掛有一大幅裸女油畫的，因怕李鴻章來了看見發脾氣才取下來了，家中的僕婦也是洋式打扮，戴白帽繫白裙，客人來了，托洋瓷盤出來，裡面擺的是西點，咖啡或洋酒，所以，來過的客人都讚不絕口，說李道台公館裡吸口氣也帶洋味兒——因為經方夫人愛用巴黎香水，還愛把香水灑向客廳和臥室。

李經方的迅速洋化，是受李鴻章默許的。他認為辦洋務，常和洋人打交道，應讓洋人有「賓至如歸」之感，自己以國家重臣，雖不能過於露骨，兒輩放開一些手腳卻是可以的。

當年曾國藩在南京，就有意讓兒子接近洋人，曾紀澤不但自學了英文，就連歐美各國人情、風土也知之甚詳，在任駐英、法、俄三國公使時，都表現出令人敬佩的才幹，李鴻章希望兒子也能做到曾紀澤這一步，不過，曾紀澤出使多年並未忘記根本，李經方卻由表及裡，成了道道地地的西崽。

那年，他出任駐英參贊回來參加會試，李鴻章曾命他遍謁京師名流，在拜謁翰林院掌院學士、禮部尚書李鴻藻時，談及時事，他因不用當今皇帝年號而稱西元，李鴻藻曾當面大搖其頭，謂「不奉大清正朔」，又說：「有其父必有其子。」

李經方夫人張氏為名臣張集馨之女，張集馨宦海浮沉幾十年，東西南北都有他的足跡。因父親的遊宦生涯，張氏也過慣了隨遇而安的生活，隨丈夫出洋後，居然也很快便洋化了。

張氏另有一個好處，就是心胸寬敞，對丈夫尋花問柳、隨意納妾表現了少有的寬容。但個人生活卻揮霍無度，每到一地，最喜歡逛商店買東西，衣料、首飾、化妝品揀價昂的來，其餘事一概不管。李經方娶了田中桂子後，經常把田中桂子帶在身邊，她見了如同路人，毫無醋意。她在英國信了基督教，禮拜甚勤，李經方也不管她，李經方任駐日公使，她隨經方去日本，後來，母親病危，她便提前回國，田中桂子在使館居然以夫人自居。

眼下李經方在租界置產，租界親戚多，加之她又常去教堂，所以經常不在家。

這天，李經方訪友歸來時，客廳裡只表弟張士珩和田中桂子在有一搭沒一搭地閒話，其他人都不知哪裡去了。

張士珩一邊和田中桂子應答，一邊擺弄茶几上的留聲機，聽大喇叭裡播放的洋女人唱的歌曲，顯得心事沉沉，見李經方進門馬上站起來說：「嗨，大哥，你去哪兒啦，若不是嫂夫人陪著，我這冷板凳可坐不住了！」

李經方一見張士珩在此，自然明白他的來意，故作矜持地一笑，說：「楚寶老弟，我正準備找你呢，來了便好。」

說著，他解開外邊的白杭綢長袍子，由田中桂子接過去在衣架上掛好，就一身短打扮叉開雙腿往沙發上一坐，說：「眼下時局正緊呢，倭人一次就跟英國人訂下十四艘輪船運兵，看來硬是有一番惡戰。朝廷有旨意，讓老爺子籌畫戰守事宜，老爺子於是令愚兄我負責查看沿海各炮台及後方軍需軍械各庫的物資儲備，這些天愚兄我夠忙的！」

張士珩有些心虛。他雖有備而來，但沒有料到李經方這個大表兄見面便談公事，且一副公事公辦的嘴臉。便試探地說：「是的，小弟聽說大哥履新的消息，正要來賀喜呢。聽人說你第一天便到過軍械局，我想大哥真是個雷厲風行的人物，再說，軍情緊急，間不容髮，所以準備在你事情有個眉目後再置酒相賀。」

李經方冷笑一聲說：「這也不是什麼長遠的差事，有什麼可賀的？」

張士珩此時不惜熱臉皮去挨人家的冷屁股，仍親親熱熱地說：「你我至親，沒事就不興喝個三五盅？何況還有由頭可借，大哥，我一定請客，仍喝洋酒。」又望了田中桂子一眼，說：「連大嫂一道請。你的事辦得怎樣了？」

誰知李經方沉吟著冷著臉子說：「請客以後再說，辦事嘛，怎麼講呢？沿海炮台有什麼看的，一坨死鐵擺在哪裡，就是吃了豹子膽的人，也不敢把它砸了賣鐵去。非看不可的是倉儲，這可是該你名下的事啊！」

張士珩臉上的肉不由抖了一下，心裡有氣，臉上仍陪著笑臉說：「大哥，我知道，其實呢，倉儲也沒有什麼好看的。購多少，發多少，存多少，月有月報，年有年報。這不比縣太爺的錢糧，有什麼火耗、鼠耗、黴變，日清月結的，舅舅心中都有數。」

李經方見張士珩鴨子熟了嘴還硬，不由將二郎腿一翹，連連冷笑道：「楚寶，我看你還是落教一些好！報單是報單，庫存是庫存，這裡頭不去倉庫裡清點實物還不清楚，不想愚兄我差人一核對，還真嚇出了一身冷汗呢！」

說著，就從身邊皮包裡層，拿出一張報單，向著張士珩揚了揚，說：「帳實不符的全在上頭，單三十生丁巨炮炮彈一項，報單上寫明購進三百顆，但實際庫存僅三顆，怪不得你攛掇著要購新式快艦，你大概偷賣炮彈不過癮，要盜賣軍艦才夠味吧！」

張士珩一聽，額頭上的冷汗一下綻了出來，結結巴巴地說：「大、大哥，你沒弄錯吧！三十生丁巨彈放在小倉庫，你，你只怕還沒看到……」

李經方說：「算了吧，三弟，話挑明與你說吧，不是做大哥的難為你，是老爺子聽到風聲了，葉曙青此番出征，臨行有怨言，這班人平時有看法藏在心裡，不到用他時不表露出來，老爺子不知聽誰說他要和你拼個白刀子進、紅刀子出的，所以，特令我來查你。我看你膽子也忒大了，值此軍情緊急之際，有炮無彈，倘貽誤軍情，這可是要立刻軍前正法的！」

張士珩一聽「軍前正法」四字，不由雙腿一軟，從沙發上溜下來，一下直挺挺地跪了下去，扶著經方的膝蓋道：「大哥救我！」

田中桂子一見這形勢，她本來是靠窗坐著的，此刻馬上站起來，一邊往裡走，一邊向李經方遞眼色，示意他適可而止。

此時，走廊裡傳來僕人的腳步聲，李經方怕被人撞見不好，於是拉了張士珩一把，張士珩也不想讓下人看見，乃趁機站了起來，李經方又示意他坐在自己旁邊，拍著張士珩的肩膀說：「老弟，你不要著急，你的禍是闖得不小，但看在姑媽面上，我總要為你設法。」

這時，僕人進來，端來了三杯熱騰騰的咖啡，田中桂子趕緊轉身上前接了，一邊遞咖啡與張士珩，一邊對李經方說：「天氣夠熱的，你何不冷靜一些，什麼大不了的事嘛！」又回頭對張士珩說：「楚寶兄弟，喝咖啡吧。」

空氣一下緩和下來。張士珩於是轉過了臉。他見經方端起杯子向他示意，便也端起了杯子，啜了一口說：「嫂子，好苦，還加一匙糖唄！」

田中桂子於是揭開茶几上一隻鐵皮盒子的蓋，從中取出雪白的方塊洋糖加進張士珩的杯子，說：「其實，要有一點苦味才有回味的。」

李經方趕緊接言說：「他呀，這幾年坐軍械局，已經吃甜了嘴。」

張士珩於是放下杯子，說：「我哪能跟大哥比呀？大哥在外國做公使，比國內的欽差大臣威風得多。洋人也跟你敬禮，洋人的國王也跟你把手，平起平坐套交情。那該是何等得意的事呀！」

李經方慢慢地啜著咖啡，說：「總總沒有你實惠，聽人說，你在上海、天津洋行裡都有股票，每年利息分紅也有幾十萬的，我是連想也不敢想哩！」

張士珩聽出李經方的弦外之音，不得不忍痛割肉了，好在他是做了準備的。只見他放下杯子，結結巴巴地說：「伯、伯行，我的好大哥，你我至親，何必說些見外的話？我一直惦記著大哥清苦，所以，上次買船時想拉上你，對半分紅，可惜沒有成功。這樣吧，你有意搞投資做股票生意，我們一起來！」

說著，拉開身邊皮包的拉鍊，取出一疊花花綠綠的股票往桌上一放，說：「這是小弟年初才購進的美國花旗銀行的原始股，過戶手續都已辦妥。大嫂不是常愛去上海嗎？就送給大嫂做買脂粉的花銷吧。」

田中桂子一見那一疊股票，又聽他一口一聲「大嫂」，心裡早樂了。李經方也笑顏逐開，連連說：「老弟，你太客氣了，我也好久未去看姑媽了呢。」

張士珩吁了一口氣，說：「我母親也在念叨呢，明天來吧，咱哥倆喝上幾盅！」

張士珩說著起身告辭。李經方將張士珩送到門外草坪裡，又執手叮囑了他好些話，這才轉身進屋，此時，田中桂子正在數那一疊股票。見丈夫進來，不由喜孜孜地說：「呀，整整五萬，怪不得外面都稱他為『財神爺』呢！」

李經方忙過來搶，口中說：「姑奶奶，我費了九牛二虎之力才榨出這一點點，你又一起摟去，這不是強盜碰上了賊？」

田中桂子向他擠擠眼，身子一縮躲在一邊，說：「你可聽見了——給大嫂做脂粉錢的，還好意思來搶哩！」

李經方見了，笑一笑，就撒了手。

噩夢

紛繁的五月，煞是難捱，李鴻章屈著指頭算日子——自日本宣布不承認朝鮮為中國屬國才幾天，他已累得骨頭也快散架了。

入夜，他在燈下批閱白天收到的電文，一口氣批完十三份電報稿，卻無一篇來自朝鮮漢城，他清楚，遼錦一線被山洪沖毀的電線杆尚未恢復，由漢城拍往京津的電報要改走俄國，因非專線，往往被積壓，三兩天一起來，來的往往已是過了時的消息，不能及時處理，延誤了軍機。

他歎了一口氣，心想，山洪不早不遲，偏偏在這個時候來湊熱鬧，莫非也是天意？無奈，他只得一口氣批完餘下的電文。

伸了一個懶腰，覺得四肢乏力，人極疲勞，乃順手從櫥中取出一瓶法國葡萄酒，又取出一隻高腳玻璃杯，將那血紅的、菰漿茜汁般的酒傾了小半杯，慢慢地啜了一口，只覺醇香滿口，回味無窮，不由又一連啜了幾口，直到杯子見底，這才匆匆上床。

不料睡著後，竟連連做起噩夢，先是出巡各海口，不料黃天焦日，鑠石流金，大海竟被蒸騰得乾涸了，渤海、黃海統統變成一片黃沙散漫的沙灘，他苦心經營的北洋水師大小艦艇全部擱在沙灘上，東倒西歪，成了一堆死鐵。

這時，伊藤博文和西鄉從道帶著馬隊拖著大炮從沙洲的那一邊毫不費力地殺過來，他的北洋水師及淮軍各部被殺得四處奔逃，眼看自己就要做了戰俘，幸虧劉銘傳帶了一支馬隊衝過來才救了他一命。

驚魂甫定，不料一隊身著明朝錦衣衛服色的兵丁開過來了，走在前頭的是得意洋洋的翁同龢，他手捧聖旨，口含天憲，當眾宣布他李鴻章的罪行，說他當政三十年來欺瞞粉飾、擁寇自重，眼下群臣交劾，不法辦不足以平民憤。宣旨畢，不等他申辯，四周的錦衣尉如狼似虎地撲上來，將他按住，先摘去頂戴花翎，再取出繩索要捆綁。他似乎清醒了一些，忙大聲怒斥道：「罪名我先不辯，見了太后、皇上再說。但你們是什麼東西，也配捆綁我麼？我李某人三十年任勞任怨，偉績豐功，早在先皇和慈聖洞鑒之中。眼下位至首輔，官至疆臣領袖，縱然有旨拿問，也不得繩索捆綁，就是皇上親自來了，也該顧及三朝老臣的體面！」

說著，又戟指著一旁洋洋得意的翁同龢，大罵他公報私仇。翁同龢惱羞成怒，竟氣勢洶洶地上來，擼起衣袖抽了他一記耳光，說是報私仇就報私仇，這個耳光算是報翁氏族人之恨。

翁同龢這個耳光來得猛，打得重，竟一下把他打醒了——原來是夢魘，大喊大叫，身邊的翠帕也被他吵醒了，她一邊推他一邊喊：「老爺子，老爺子，怎麼啦，怎麼啦？」

他睜開雙眼，見自己依然睡在床上，四周是昏暗的羅幃，寂靜的居室，殘燈冷焰，萬籟無聲，一切皆如舊。然而，噩夢的恐懼並未消失，他想，若真正到了那一天，如夢中那樣的，身敗名裂，待決之囚去爭那捆不捆的面子又有何意義？

想到這裡，一場巨大的危機似乎就潛伏在這朦朧昏暗的燈光後面，他不由想起這幾天的樽俎折衝，不由又記起女婿張佩綸說的那句話——「我能用以制人的，人也必能用以制我。」

他想，今天這噩夢莫非是先兆？

翠帕不知他醒來後還在發呆，那滿是陰鷙的目光盯著自己，盯得她心裡發毛，忙連連搖著他的手問道：「老爺子，老爺子，您怎麼啦？難道還沒醒？」

李鴻章眨了一下眼，立刻變換了眼神，實實在在地望了身邊的美人一眼，用滿是蒼涼的語調說：「唉，好一場噩夢，我竟什麼都完了，功名事業，一掃而空！」

翠帕吁了一口氣，說：「老爺子，夢中的事全是反的，您的功名事業，一定會更加偉烈，如日中天。再說，皇上，還有老太后都不能沒有您啦。」

他歎了一口氣，說：「如日中天？如日中天這比喻又好又不好，須知月滿則虧，水滿則溢，如日中天之後便是日薄西山，全是下坡路了，再說，太后、皇上不能沒有我，可他們幾時真正體恤過我？洋務有成效、四鄰晏然，國泰民安，自然是太后聖明、皇上洪福，萬一有了差錯，罪責就在我身上，他人則黃鶴樓上看翻船。」

翠帕似懂非懂地點頭，說：「既然是這樣，您也不必這麼認真，做一天和尚撞一天鐘得了！」說著，她把那兩條蛇似的玉臂伸過來，箍住了李鴻章的脖子，不住地撒嬌道：「睡吧，睡吧，我好睏！」

翠帕似小鳥依人，那充滿青春熱浪的胴體挨過來，已是垂暮之年的李鴻章此時卻很難激動，他興味索然地把眼含幽怨的美人輕輕一推，披衣下床，趿著拖鞋來到長廊上。

深沉的夜，輕柔如水，朦朧似霧。他昂頭四顧，銀漢迢迢，深邃而遙遠，那淡淡幽光卻勾勒出鎮海樓頭飛簷斗拱、繡闥雕甍的挺拔雄姿，俯首檻外，小花園在夜幕中顯得無比空曠幽深，那嵯峨怪石堆起的假山，那小巧玲瓏的亭子全掩蓋在黑暗中，若隱若現，依稀可辨。但夜色掩蓋不了花香，眼下正是姹紫嫣紅開遍的時候，夜色愈濃，花香愈重，微風拂過，縷縷沁人心脾的馥郁之氣令人心醉，一陣清晰的梆聲從城中小巷深處傳來，又很快消失在小巷深處。

夜，靜極了。

李鴻章此時思緒紛紜，全無睡意。不知不覺間，竟迎著涼風，漫步到了露臺之上，憑欄仰望星空，這才發現天空正在起變化——正東方此刻雲遮霧罩，初升的下弦月被烏雲遮蓋得嚴嚴實實，本來就不怎麼明亮的北斗被不斷從東邊湧上來的雲遮擋著，明明滅滅，慘慘淒淒，但東邊的雲還在轉濃，擴展，像一隻巨大的烏賊，悄悄地壓過來，轉眼間似乎就要撲向西北邊紅雲深處的帝京……

他默默地看著這一切，心中更加黯然。

「老爺子，小心著涼了啊！」翠帕不知幾時已立在身後了，手中拿一件長衫披了上來。他回頭緊緊地握住了翠帕的手，發現她的手也是冰涼的，於是說：「你一直跟著我嗎？」

翠帕用那閃亮的、野貓子一般的大眼睛瞪著他，說：「您有些神不守舍似的，我怎麼能夠放心呢？」

說著，又把臉挨了上來。他不由感動地把翠帕攬在懷中，只覺她的話軟軟的、甜甜的，聽在耳中，暖在心裡，使人一下想起了少年時，想起少年夫妻常在一起時的細語呢喃……

翠帕只穿一件薄小襖，一條小衣，通體清涼，滑膩膩的，她緊緊地靠在他肩膀上，低低地說：

「去睡吧，我好睏！」

李鴻章不由又抬頭望了一眼星空，不知幾時，東方的瘴氣早已消散，現在又出現了魚白色。便說：「不了，你去睡吧，斗轉參橫，我該去辦公務了。」

翠帕此時卻越發撒起嬌來，她一把拉住他的手，說：「不，這天下又不是你的，犯得上這麼沒日沒夜嗎？老太后、皇上現在未必也在操心？」

這一問，可把他問住了。

老太后、皇帝也在沒日沒夜地操心嗎？答案是否定的，縱是操心，也是為了另一件事——十月初十的萬壽節，爭奇鬥巧，眼下是花樣愈出愈新了，連上海洋人的報紙也在爭相報導頤和園籌備萬壽節的盛況，內務府多次來電催促天津楊柳青的民間藝人進園布置花燈、彩紮，而邸報上卻不斷報導各地督撫獻壽的報效數目和內容，京師內外臣工是各報效廉俸四分之一，督撫則數萬兩不等，連內監、宮娥都各有進奉，據悉，已耗費白銀一千萬兩之巨。

建頤和園，皇帝大婚已把國庫搬空，眼下更是掘地以盡，大家想的、關心的都在這六旬慶典上，都只想如何博得老佛爺那難得的開心一笑，有誰去想這已成劍拔弩張之勢的中日爭端呢？

李鴻章想著，不由又長長地歎了一口氣……

這時，翠帕又把兩條冰涼的、蛇似的玉臂箍上了他的脖子，且把嘴湊在他耳邊悄悄地說：「去吧，我們美美地睡一會！」

他再也無法推卻了，只說：「東鄰有事，可把北洋押上賭桌了，早歲功名、中年戎馬、壯年洋務，四十餘年苦心經營的老本全押上了，若做一天和尚撞一天鐘，那不全完了？」

但他終究抵不住美人的糾纏，和她去睡了，且破例睡了早覺。

也就在這時，袁世凱的告急電報已幾經輾轉到達了他的案頭：日本駐漢城署理公使杉村拒絕了袁世凱的要求，堅持認為日本有派兵朝鮮護使護僑的權利，朝鮮國王得知日本出兵的消息，驚恐萬狀，派大將軍閔詠駿向袁世凱告急，要求宗主國火速派兵保護，袁世凱為此特向中堂請示：速將葉志超的蘆榆防軍由牙山移駐漢城，保衛王城。

駐仁川領事唐紹儀的電報更令人觸目驚心：五月初七日，海面上出現了濃濃黑煙——日本警備艦「千代田號」首先到達仁川；

接著，黑煙又起，機聲隆隆，日本的兩艘最大的鐵甲艦「松島號」和「嚴島號」及警備艦「八重山號」進入江華灣，「松島號」作為聯合艦隊的旗艦，上面升起了司令伊東亨祐海軍中將的帥旗，「八重山號」率先進港，從上面下來步兵八百餘人，立刻控制了仁川港的碼頭和炮台，又放下好些小艇，在港灣量水位，下浮標，而日本駐仁川領事則正式行文照會海關，謂明天還有「和歌之浦」等十四艘裝兵馬的艦船到達仁川，讓碼頭上已卸貨的貨船迅速離開碼頭，騰出泊位。口氣十分倨傲，咄咄逼人……

北洋的幕僚們一看發報日期，已是四天之前了，在軍情緊急，瞬息萬變的時刻，這是多大的延誤！

列國調停

倭人磨刀霍霍，用意顯然，可李鴻章卻仍未做攤牌的準備。

這天，他接見了俄國領事加西尼，向他闡述了大清朝廷對朝鮮事變的立場，且表示希望俄國政府調停的態度，加西尼一口答應了他的要求，並答應馬上電告公使喀西尼和外交部。

不料才過兩天，喀西尼伯爵即來到天津。這是一個瘦小乾癟的老頭，蓄兩撇蟹鉗鬚，戴一副夾鼻眼鏡，舉止文靜，說話從容。同來的不但有加西尼領事，還有一個頗令人注目的人物，這就是前俄國駐朝鮮公使韋貝。

李鴻章在他的鎮海樓西花廳接待了俄國客人，見韋貝同行，不由心中暗喜。

俄羅斯帝國開始覬覦朝鮮是近十幾年間的事，尤其是西伯利亞鐵路開工後，心情愈迫切，當年朝鮮海關稅務司穆麟德慫恿朝鮮國王擺脫中國的保護而獨立，正是這個韋貝駐朝期間。

韋貝，實在是個包藏禍心的人物。

李鴻章已和好幾任俄國的外交官打過交道，對這些歷史背景和這些外交官的個人性格、政治圖謀都瞭若指掌，他就是衝著這些才邀請俄羅斯出面調停的——唯其有勢力、唯其有野心，才能與日本人發生衝突，才能為我所用。

雙方寒暄過後，談起正題，自然有關朝鮮半島——國王李熙政務不修，政治腐敗，終於引發內亂，東學黨人以邪說惑眾、盲目排外，必須剿滅等等，這些雙方都看法一致，談起來十分融洽。

接下來的話題才屬於實質性的，即：眼下中日在朝鮮已成劍拔弩張之勢，若中國成功地驅逐了日本人，是否接下來把國王廢黜，把朝鮮併吞，俄國在那裡的利益是否受到尊重？這才是俄國人真正關心的，而按日本人時下宣揚，便是一切都會成為事實，中國人會獨個吞併朝鮮，也因如此，他們才毅然出兵，保護朝鮮使之成為一個獨立國家。

喀西尼提起這些，話雖委婉，但顯得十分關注。

李鴻章聽後微微一笑。這其實已是一個老話題，日本人這麼說已非一日了，於是他衝著「老朋友」韋貝開門見山地說：「韋貝先生，您應該記得，這話大概在八年前便說過吧？」

韋貝略微一怔，馬上記起來了——八年前中日《天津條約》簽訂不久，其新任駐朝鮮公使井上馨為挑撥中俄關係，私下曾告訴韋貝，袁世凱有廢黜國王的圖謀，俄國應出兵幫助朝鮮，而其駐天津領事原敬又私下警告李鴻章，謂俄國人欲在朝鮮有所作為，中國應該未雨綢繆。

那一回鬧得李鴻章不僅撤換了穆麟德，且奏准慈禧，放大院君歸國。一時之間，中俄關係十分緊張，甚至有因朝鮮爆發戰爭的說法。

直到後來，李鴻章才看出雖事出有因，但尚未像日本人說的那麼嚴重，日本人只不過是自己一時無力插手朝鮮，又怕俄國和中國獨得利益而使離間計而已。

於是，他在俄國前公使布策來華訪問時，把底細捅了出來，布策於是也把日本人的「忠告」亮出，雙方一笑了之。

今天，雙方又是一笑了之，且立刻為開始的會談營造了良好的氣氛。昨天的陰謀今天可以公開說了，昨天的對手今日又是朋友，談起往事毫無歉疚之意，這就是外交，這就是政治。喀西尼伯爵興致勃勃地聽韋貝把那一段故事說完，連連點頭說：「看來，這是日本人慣用的伎倆，不足為怪，這叫『賊喊捉賊』！」

一聽「賊喊捉賊」一詞由喀西尼口中出，李鴻章頗覺投機，他似是遇上了知音，馬上侃侃而談，把中日爭端的由來和發展擺了出來：中國與朝鮮兩千年來唇齒相依，此番出兵乃應國王數度邀請，日本卻是不請自來。《日韓條約》規定日本有出兵護使護僑之權，但漢城目前並無匪患，南方匪亂已趨平緩，沒有半點危及公使和僑民的跡象，故也用不著派兵保護，《天津條約》規定中國出兵須事先知照日本，但並無中國出兵日本便也可出兵的條文。

最後，他說日本既然認朝鮮為主權國家，為什麼又打出招牌，說自己出兵是為了和中國共同改革朝鮮的內政，這豈不是自己打自己的嘴巴？

李鴻章娓娓道來，條理清晰，有理有據，顯得很得意。不料說完之後，客人臉上表情卻十分漠然，毫無興趣。他先是一怔，但馬上明白過來，野心勃勃的俄國人對這些是不會感興趣的，他知道他們關心什麼，不過，這些他們不感興趣的東西在他是非說不可的，因為只有這樣才可漸入佳境，引導俄國人進入他所希望的情景中來。

他在說完中朝的歷史淵源後，又說，英國人對這些都是十分了解的，所以，他們的駐華公使表示尊重歷史。

果然，喀西尼等三個俄國人像十八歲姑娘聽家人提起了她的婚事，神情立即緊張，目光也一下關注起來。喀西尼馬上問道：「聽說，總理衙門的慶王爺已向英國駐華公使表示過想請英國出面調停的願望，此事果真？」

當翻譯周道生把喀西尼這話譯出，李鴻章心中同樣一緊——他就在等喀西尼這一問。當今世界，也可說是五霸七雄，但數英、俄最狠，他們爭雄世界，相互嫉妒，都生怕對方獨得利益。他就是看準了這點，才有意抬出英國人而醋俄國人，俄國人果然心癢難熬，急不可耐了。

但俄國人愈急，他愈篤定，故意漫不經心、含糊其詞地說：「這個，鄙人亦有所風聞。慶王爺主管總理衙門，迴翔台閣、折衝樽俎，很有能耐，尤其是英國人，十分尊敬他，若老太后有意請英國人出面調停，自然是由慶王爺去說，另外，英國人歷來熱心充當息事寧人的角色，這在中法戰爭時便可看出了。當然，我朝廷歷來不會虧待朋友，投桃報李，理所當然！」

這一來，俄國人更激動了，喀西尼如同聽人說起自己的情敵，那一頭棕色鬈髮一揚，像一頭獅子似地瞪著李鴻章，問道：「看來，早幾天英國公使歐格納託人向中堂捎信，說的一定也是這事？」

望著喀西尼急成這個樣子，李鴻章心裡不由發笑，他閒閒地說：「可以說是談這事，也可以說不專為此事，不過，歐格納將親自來津一趟，大概就在這兩天可能蒞津。我大清皇上酷愛和平，老太后更是一心念佛，所以，誰充當調解人都將受到歡迎，且得到厚報！」

客人得知英國公使歐格納將來天津，不由相互交換了一下眼色。喀西尼於是說：「大皇帝愛好和平，老中堂不想和日本人斤斤計較，這都是好事，體現了大國的胸懷，不過，要和又何必找英國人，依鄙人之見，日本人敢在朝鮮為所欲為，其實是受了英國人的慫恿和支持！」

說著，他便臚舉英、美兩國近年扶植日本、低息貸款向日本大量拋售艦船和軍火的事實。

「正是這話！」李鴻章連連點頭，說：「所以，當總理衙門及慶王爺來信談及請英國人調停時，鄙人便直言相告，英日親善，應提防英國人扶日而壓我！」

喀西尼對這一回答相當滿意，連連恭維說：「中堂大人此話可謂一語中的。朝鮮國夾中、俄、日三國之間，只有這三國才有發言權，他國應無權置喙，我們也應不許他人置喙！」

幕僚羅豐祿一直坐在李鴻章下首，一邊聽一邊擔任筆錄，他寫到這裡，筆忽然停住了，心想，此話有三國共管朝鮮之意，不由連連向李鴻章遞眼色。李鴻章卻不動聲色，反就話問話說：「眼下日本人可是要一人獨霸朝鮮，假設他們不聽貴國調停，繼續增兵、擴大事態，貴國將打算採取何種措施？」

喀西尼說到興頭上了，也不及和韋貝、加西尼商量，不假思索地說：「如果不聽勸阻，鄙人將奏請我皇上，用武力壓服日本！」

李鴻章一聽「武力壓服」四字，不由面露喜色，忙說：「武力壓服是最穩妥的辦法。不過，據鄙人所知，眼下江華灣一帶，英國有好幾艘軍艦在遊弋，貴國卻僅僅派了一艘叫『朝鮮人號』的護衛艦泊於仁川，英、俄勢力未免相形見絀！」

「不、不、不！」喀西尼不知李鴻章是在激將，忙爭辯道：「『朝鮮人號』只是一艘先遣艦，它的任務只是測錨位、熟悉水文資料。一旦需要，我們大俄羅斯帝國的黑海艦隊、波羅的海艦隊都可鼓浪而東，另外，我們在符拉迪沃斯托克海參崴布置有強大的陸軍，可直接進入朝鮮。」

李鴻章這才一笑而罷。

和喀西尼的會談，得到的只是口頭承諾，或者是了解了一些俄國人的意向，並未能簽什麼條約，李鴻章也以為取得了成功。兩天後，他又接待了英國駐華公使歐納格。

歐納格前年來北京就任第十任駐華公使，與李鴻章僅會晤過兩次，只算是熟人，但陪他前來的海關總稅務司赫德卻是老朋友，此人在華任客卿已近三十年，不但能說一口流利的漢語，且對中國風土人情、政壇內幕瞭若指掌。

四年前，英國政府已任命赫德為駐華公使，只因不願海關總稅務司這個能控制中國經濟命脈的要職落入別國手中，赫德才毅然辭謝了本國政府的任命，此番歐納格來津，本是執行本國政府的命令，說服李鴻章在朝鮮問題上盡量對日本保持克制，赫德以中國客卿陪同歐納格前來，但骨子裡究竟是幫大清朝廷說話勸英國出面調停，還是要幫歐納格說服李鴻章，那只有他自己明白。

在鎮海樓西花廳，雙方寒暄後，歐納格笑著說：「自從得到慶王爺轉來中堂的口信，希望敝國政府調解中日爭端，主持公道，後來鄙人又收到本國政府外交大臣金伯雷勳爵同樣內容的訓令，為此，這些天多方奔走，四處聯絡，徵詢意見，事情總算有了眉目。」

接下來，歐格納也和俄國公使喀西尼一樣，指責朝鮮王室的腐敗、諸閔亂政、民不聊生，終於官逼民反。

李鴻章對此沒有異議，但歐格納接下來便說日本人出兵也有他們的道理——前兩次內亂，他們的使館和僑民都深受其害，加之他們與朝鮮訂有可以出兵護使護僑的條約，所以就先下手。

李鴻章一聽這話不由有氣——英國人這麼說，明顯地有袒護日本人的跡象，加之他接到倫敦駐英公使龔照瑗的電報，謂英國外交部與日本公使在談判修約事宜，雙方十分融洽，在這種情況下，英國人這一舉動也明顯地有益日本。

想到這裡，心中不由更氣，但此時此刻，他不能得罪英國人，只能耐著性子把詳情介紹了一遍，又說儘管日韓之間有派兵護使之條文，但眼下漢城平靜，根本不威脅日使，而日本派出上萬人馬在仁川登陸，這是明顯地踐踏別國主權的侵略行為。

歐格納裝出很有興趣的樣子，耐心聽李鴻章擺談往事，待他說完才發問道：「聽說中堂身邊有許多熟習外語的謀士，衙門裡又訂有許多外國報紙，最近《北華捷報》上有一篇關於中日糾紛的評論文章，不知中堂可曾留意？」

李鴻章略一思索，乃問道：「就是那篇說中日兩國爭吃蚌殼的文章嗎？」

歐納格說：「正是這篇文章，不過，不是吃蚌殼，是吃蠔。原文說：『如果日本和中國因朝鮮而訴諸武力，他們會發現自己得到的只是貝殼，而蠔肉卻為俄國人所得』！」

李鴻章聽後不經意地一笑，用頗為不屑的語氣對赫德說：「你們的英文比漢文囉嗦多了，什麼蠔呀，牡蠣呀，不就是鷸蚌相爭，漁翁得利的典故嗎？」

赫德連連點頭說：「是的是的，這的確是中文中常用的一個比喻。」

李鴻章又向著歐格納說：「無所謂鷸蚌相爭，漁翁得利，中朝唇齒相依，朝鮮屏藩的東三省乃大清的龍興之地，其地位非越南可比，目前朝鮮半島上的局勢，不是我大清要與日本爭，而是日本人要無理來爭，他們的西鄉隆盛早就主張征韓，再以朝鮮為跳板窺伺我大陸，這是一個大是大非的事，關係匪淺，可不能一概而論，像這個《北華捷報》一樣，各打五十大板！」

歐格納說：「中堂言重了，鄙人可不敢打中堂的板子，中英一向和睦相處，就是對目前中日的糾紛，敝國政府內閣的大多數官員也同情中國，所以，事件才開始，外務大臣金伯雷勳爵便訓令鄙人擔任起調解員的角色。」

李鴻章忙點頭說：「謝謝大英帝國的各位朋友。」

氣氛漸漸歸復和諧。

歐格納乘機進言說：「其實，日本人也不願和中堂翻臉。鄙人在北京時，日本公使小村壽太郎曾誠懇地表示，希望敝國調解中日爭端，昨天，又接到倫敦轉來的敝國駐東京臨時代辦巴柴特的電報，據巴柴特說，日本外相陸奧宗光曾向他親口表述了這一願望，所以，鄙人特來向中堂報喜，和平的大門依然敞開著。」

李鴻章一邊聽羅豐祿的翻譯，一邊凝眉沉思。其實，自中日紛爭發生後，日本外相陸奧宗光已多次通過駐北京的公使小村壽太郎和駐天津領事荒川巳治捎話，表示願在兩國之間直接商談，不願有第三國插手，眼下歐格納所說則恰恰相反，他想，如果不是日本人翻雲覆雨、或者是故意讓這個人情與英國，便是歐格納為自抬身價而講了假話。不過，他已認定，日本人是有備而來，胃口不小，所謂不願第三國插手既是迷惑對手，也是要獨吞朝鮮，對此，唯一的辦法便是將列強各國都拉入圈內，越多越好，而英國是最重要的目標。

所以，他對歐格納的熱心再次表示歡迎，但接下來卻說：「閣下的好意，只怕日本政府不會接受，因為他們仍在大量增兵，且是租用了貴國的商船運兵，貴國政府應該清楚。眼下敝國政府才派了兩千人馬駐牙山，日本人已佔有明顯優勢，所以他們絕不會接受調解！」

歐格納說：「那麼依中堂之見，要怎樣達成和平？」

李鴻章揚起拳頭晃了晃，說：「只能用武力壓服，迫使他們退兵。當今世界，唯貴國兵力最強盛，無論水陸，都堪稱第一流。若貴國能主持公道，則不怕日本人不服。」

接下來他又神祕兮兮地向歐格納透露，說俄國人已準備採取行動，他們的「朝鮮人號」護衛艦正在江華灣祕密搜集水文資料，他們的黑海艦隊、波羅的海艦隊正準備啟碇東來，步兵也在符拉迪沃斯托克集結。又說本國有些措手不及，無法遏制日本和俄國，與其讓日俄兩國瓜分朝鮮，不如貴國先下手，集中在遠東地區的所有艦船，逼日本從朝鮮退兵，那樣，俄國也不好意思再來，而中、朝兩國也會對英國感激不盡，英國也可成功地在朝鮮遏制俄國勢力南下，在東北亞建立起霸權，這可是一舉數得的好事，可不要讓俄國人著了先鞭。

歐格納一聽，與赫德交換了一下眼神——外交大臣金伯雷勳爵關於朝鮮問題的訓詞其實是要密切注視朝鮮的局勢，不要偏袒任何一方，只要不讓俄國人插手，英國則保持中立，坐觀成敗，無論哪一方勝利，都於英國有利。

眼下聽李鴻章介紹，俄國人果然已有動作，這是他們不能容許的，於是，赫德先以老朋友、自己人的身分勸道：「中堂切不可相信俄國人。俄國正垂涎朝鮮及滿洲的大片土地，千方百計、不惜一切代價在那裡尋覓一處不凍港，如果讓俄國人插足其間，無異於前門驅虎，後門進狼！」

李鴻章也推心置腹地喚著赫德的中國名字說：「鷺賓，你還不清楚嗎？眼下我們只有這條路可走，與其讓日本獨吞朝鮮，不如大家都分一杯羹。」

歐格納於是表示，只要不讓俄國人插手其事，英國絕不會坐視日本併吞朝鮮。不過，得先禮後兵，他準備出面，邀集中日雙方，在北京或天津開一個三方會議，專門協商朝鮮的事。

李鴻章對此表示歡迎。

這一場會見很是熱烈，整整談了一個上午，李鴻章又在鎮海樓宴請英國公使，直到歐格納和赫德酒醉飯飽告辭，他一直送到二門外，望著他們上了馬車才長長地吁了一口氣。

回到客廳時，羅豐祿正和張佩綸講述中堂會見歐格納的詳情，李鴻章一眼望見三女婿，本來已有喜色的臉又凝重起來。他說：「幼樵，你都知道了嗎？」

張佩綸手指羅豐祿說：「他把您所做的努力全告訴我了，真佩服您的運籌與謀略，不過，只怕——」

「只怕」的後面是「枉費心機」，張佩綸沒有說出來，李鴻章猜得到，不過，此時他仍對自己的謀略抱八九成把握，所以不以為然地一揮手，說：「幼樵，我說你太悲觀，局勢尚未到不可收拾的地步。」

張佩綸說：「我也這麼認為，不過，能戰才能和，此時此刻，戰爭已是一觸即發了，您應該有所準備，不然，『小國無罪，恃大國而無備則是罪』。」

李鴻章一聽要「有所準備」連連搖頭說：「備戰？你不要提這事了，自從十年前和伊藤博文及西鄉從道天津一晤，我便無時不把防倭備倭放在心上，但我雖急，太后、皇上不急，中樞袞袞諸公不急，我一人急有何用？這以前是備工備料修園子，這兩年又是備壽禮準備萬壽節上壽，誰還去備倭？人馬未動，糧草先行，我這裡為打發葉志超兩千蘆榆防軍上路，藩庫幾乎被提空了，水師出動更是處處要錢，我向哪裡籌這筆款子去？沒辦法，我才使出這招——誘英、俄下水，哪怕將來列強共管朝鮮，也比日本獨佔強！」

羅豐祿說：「不過，我以為赫德那虎與狼的比喻很貼切，俄國人確對朝鮮虎視眈眈，只怕將來請神容易送神難。」

李鴻章「嗤」了一聲，說：「這有什麼，這班人誰個不是政壇老手？他們揭別人的短往往是一針見血，自我表白就言不由衷，日本人是虎，俄國人是狼，英國人呢，狐狸而已！」

張佩綸點點頭，說：「既然如此，就不能不謹慎，虎狼不可為伴，狐狸不可為鄰。」

李鴻章長長地歎了一口氣說：「這個是自然的，可北洋能有今天實來之不易，何忍孤注一擲？

眼下他們皆視朝鮮為肥肉，人人都想伸箸，我們呢，保是保不住的，不如『石頭縫裡的蘿蔔，大家吃不成，戳爛上算！』」

李鴻章接著又分別會見了法國公使施阿蘭；德國公使紳珂；美國公使田貝；他們都表示不能坐視日本併吞朝鮮。

李鴻章總算稍稍安心。

然而，紫禁城內年輕的皇帝卻不是這麼想的。這天，從京師遞到一份「四百里加緊」廷寄，直達北洋，內云：

軍機大臣密寄北洋大臣李，光緒二十年六月初二日奉上諭：「前據總理各國事務衙門呈遞李鴻章二十七日電信，與英公使言及應由英外部令水師提督帶鐵甲艦赴倭責問，勒令撤兵一節。倭人肇釁，挾制朝鮮，倘致勢難收束，中國自應大張撻伐，不宜藉助他邦，致昔日別生枝節。即如英國處此時勢，如出自彼意，派兵護商，中國亦不過問。若此議由我而發，彼時以自護之舉託言助我，將來竟以所耗兵費向我取償，中國斷不能允。李鴻章此議非但示弱於人，仍貽後患，殊屬非計，著無庸議。嗣後該大臣與洋人談論，務宜格外謹慎，設輕率發端，致誤事機，定惟該大臣是問。將由此四百里密諭知之，欽此。」遵旨寄信前來。

李鴻章端端地跪在紅氈毹上，靜聽綸音，一字一句，全聽在耳中，記在心裡——所謂「倭人肇釁，中國自應大張撻伐」，這是說對日本的挑釁，我們要迎戰，要打就打，不能議和；所謂「英國處此時勢，如出自彼意，派兵護商，中國亦不過問」，這就是說英國人自願出兵幫忙，中國也不領情，以免它將來向中國要補償……

總之，皇帝不想在小小的島夷面前示弱，更不願居託庇於大國之名，皇帝要活得像一個真正的、令四夷敬畏的皇帝，故此，他把李鴻章的策略全部推翻了。

李鴻章聽著，心都涼透了。皇帝亟思振作，這是天大的好事，可是「大張撻伐」拿什麼去「撻伐」呢？

旁邊好幾個幕僚都聽到了密諭，他們也是十分清楚內幕的，這些天忙的，便是協助老中堂與洋人周旋，想不到這一來竟白費力了。因此，一個個失望至極，都立在一邊，不發一語。李鴻章就在大廳的紅氍毹上來回踱著方步，也是半天不作聲。

這以後幾天，京師不斷有廷寄遞到，或是嚴責李鴻章速籌戰守，或是轉錄廷臣的議論時事、條陳應變之方的疏文，幾乎都少不了對中日事變以來李鴻章的舉措進行指責，那來勢之猛，比十年前中法戰爭、李鴻章簽署《李福草約》後「清流」對他的抨擊要猛烈得多。

御史張仲炘在奏疏中說：「乃直隸督臣李鴻章觀望遷延，寸籌莫展，始則假俄人為箝制，繼則恃英人為調停。夫所謂調停者，不過名為保護，如越南故事耳。不意李鴻章辦洋務數十年，乃甘墮洋人之術中而不知悟也！」

侍讀學士文廷式不但直接指責李鴻章舉措非宜，還說「倭人之練海軍亦不過二十年，何以此次出兵，北洋即不敢與之較？」還說：「丁汝昌本一庸材，法越之役，避敵畏懼至於流涕，畀以提督重任，實屬輕於擇人……」

這一班文人筆頭子不饒人，不但攻擊他李鴻章不遺餘力，連丁汝昌也受到池魚之殃。這一連串悶頭棍子敲下來，不但打亂了他的部署，擾亂了他的思緒，且也讓他左右一些人摸不著頭腦，無所適從。

于式枚憂心忡忡地向李鴻章進言說：「積羽沉舟、積毀銷骨。中堂還是回過頭去，剴切陳詞，把那一班人安撫住才好。」

李鴻章卻篤定得很。十年前中法之戰，朝廷三令五申命速派勁旅南下，速派北洋水師南下解臺灣之圍，他按兵不動，為此，對他提起彈劾的白簡達四十七件之多，令人聞風色變，他不也頂住了嗎？此番「清流」再度起鬨，他已是曾經滄海了，還有什麼怕的？所以，面對于式枚的規諫只冷笑著說：「安撫那班酸學士嗎？哼！這班人是虎不是虎，似猴不是猴，順毛不信摸，倒毛不能摸，勸不信、哄不起，而且，你越惹他越起高腔，我怎麼去安撫？我也巴不得他們能成氣候，最好把萬壽節也吵散，我就是同歸於盡也甘心。不過，我只怕他們是銀樣蠟頭槍，中看不中用，到頭來，那位老佛爺發一句話，他們便自上至下都成縮頭烏龜了！」

袁世凱慌了神

就在京津兩地就和戰莫衷一是之際，朝鮮上空戰爭陰雲正在形成——漢城和仁川港已是日本人的世界了。

隨日本駐韓公使大鳥圭介登陸的有一個加強旅團約一萬餘人，他們在旅團長大島義昌少將的指揮下，不但控制了仁川，且控制了漢城的各戰略要地，而他們的聯合艦隊則封鎖了仁川水道，在中國方向水道布了水雷，北洋水師已經不能自由地進入仁川港了。

中國駐仁川領事館因無一兵一卒守衛，伕役已逃散一空，為安全計，領事唐紹儀不得不遷到漢城來，而眼下漢城的總辦公署也已人心惶惶，中日的交涉雖正緊張地進行，但主要由北京的總理衙門大臣和日本駐華公使小村壽太郎談，由東京的陸奧宗光外相與大清國駐日公使汪鳳藻談，由天津的李中堂與日本駐天津領事荒川已治談，而在漢城的袁世凱雖幾次約見大鳥圭介卻遭到了拒絕——因為朝鮮為大清屬國，朝鮮駐華官員一律稱「陪臣」，而大清派駐漢城的最高官員則稱「辦理通商及外務大臣」，眼下大鳥圭介對袁世凱這個頭銜不買帳。

其實，此時的大鳥圭介有一個旅團的大兵做後盾，勝券在握，已不把手中無一兵一卒的袁世凱放在眼裡，他忙於軍事上的部署，並進宮以武力恫嚇國王，根本不願與袁世凱照面。

袁世凱的左右幕僚已感覺到危機的逼近了，紛紛藉故請假回國，僕役中也有好些人告假，這一來，署中連柴米菜蔬也感到緊迫了。

又過了兩天，漢城至仁川大路上日本人開始設立哨卡、盤問過往行人且對華人特別注意起來，處此情形之下，一向富有謀略膽識的袁世凱也束手無策了……

這天，他正在書房中徘徊，唐紹儀匆匆走了進來，哭喪著臉向他報告說：「大人，國王派人來向我們宣布不認我屬了！」

「不認我屬」即不承認朝鮮為我屬國，受大清保護，也就是說朝鮮要獨立成為一個自主國家。

不久前，國王派大將軍閔詠駿來見袁世凱，說日本人在仁川登陸，勢必危及漢城，請袁世凱速將駐牙山的蘆榆防軍移駐漢城，保衛王京。當時閔詠駿尚代表國王，信誓旦旦，說朝鮮臣事大清已兩百餘年，絕不忘宗主國庇護之恩。不料才過幾天，形勢一變，國王變卦了，今天同是這個閔詠駿，口中竟說出完全相反的內容。

這時的中日交涉，朝鮮認屬仍是總理衙門及李鴻章與日本人力爭的重要證據，即你日本不承認朝鮮為我大清國屬國，但朝鮮國王認。不料眨眼之間便變過來了，這一變不但中日之間主客異勢、割斷了中朝兩千多年親如一家的歷史，且意味著本是捍衛大清的藩籬將要變成進攻中國大陸的跳板了，那麼奉朝廷之令，在漢城坐探國政的袁世凱能接受這事實嗎？

袁世凱一進客廳，也不看已起身打招呼的閔詠駿，卻板著臉冷笑說：「好啊，不認我屬，不就是不稱王而要稱帝嗎？我且看你們在倭人的刺刀下能稱幾天帝！」

閔詠駿既愧且慌，忙申辯說：「袁大人可不要誤會，敝國受大清冊封、奉大清正朔兩百餘年，一如當年奉明朝朱姓為宗主，歲修職貢，矢志不移，此番確實是迫不得已啊！」

閔詠駿說著，指天畫地，賭咒發誓，且說起了中朝唇齒相依，守望相助的歷史。這情形，連袁世凱也不得不承認確實是肺腑之言。

中朝之間的情誼，應該說是山一般重，海一樣深。縱不說上古時的箕子不受周封，避於遼東，遂衍生朝鮮的傳說，就說近兩百多年來中朝聯合抗倭，朝鮮自認藩屬，也可說明中國不薄於朝鮮，朝鮮也無負於中國。

那一回是明朝萬曆二十年和隨後的二十五年，日本的大將軍豐臣秀吉兩次進攻朝鮮，國王李昖先敗於漢城，再敗於開城，更走平壤，平壤又為豐臣秀吉攻克，李昖逃到鴨綠江邊，向中國朝廷求援，他認為復國已不可能，只求舉族內遷。

萬曆帝派沈惟敬為使，責豐臣秀吉何以無故犯我東鄰？豐臣秀吉表示無意與中國為難，願以大同江為界，與中國平分朝鮮。萬曆帝拒絕了豐臣秀吉之議，派兵赴朝，大敗豐臣秀吉，直追至釜山。

明軍收復朝鮮於豐臣秀吉之手，本可納朝鮮版圖於一體，闢為郡縣。但萬曆帝無意吞併朝鮮，命國王不必內遷，還都漢城。這以後豐臣秀吉又第二次入侵朝鮮，又被明軍和朝鮮的軍隊擊退，直至豐臣秀吉在大阪病逝，為此，朝鮮國王對明朝廷感激涕零，發誓永遠忠於朱明，稱明朝為「父之國」，明朝為敦睦邦交，對朝鮮也十分關切，朝鮮有災，明廷救災濟困，一視同仁如內地。

天啟七年，清太祖努爾哈赤崛起於滿洲，為攻清，明廷派總兵毛文龍率萬人守鴨綠江口的皮島，與朝鮮派出的軍隊互為犄角，清太宗命貝勒阿敏征朝鮮，直殺過大同江，逼近漢城。

國王李倧挈妻小遁江華島，遣族弟李覺請降，刑烏牛白馬誓告天地，和議始成。但這以後李倧仍始終不肯叛明，後來皇太極伐明，徵兵船於朝鮮，李倧仍回覆說：「明，吾父也，助人攻父之國，可乎？」

皇太極聞言大怒，又率師十萬御駕親征，攻破江華島，擄李倧及其妻小。

當時有人主張廢國王而闢朝鮮為內地，但皇太極沒有採納，他認為朝鮮國王固守臣節，始終不忘故主的忠心可嘉，故仍冊封扶持李氏王朝。

這以後，清朝廷兩百年來待朝鮮一如朱明，朝鮮有亂，派兵入朝自帶錢糧車馬，秋毫無犯；朝鮮有災，救災扶困以糧秣、衣被。朝鮮歷代國王歲修職貢，守臣子之禮甚恭，所以，閔詠駿重提往事，可矢天日。

然而，歷史畢竟是歷史，而現實卻異常嚴峻，閔詠駿此刻更擔心的是自己的前途和命運：國政大變，無力回天，他這個和袁世凱關係密切的大將軍不但前途渺茫，甚至連生命也受到威脅。尤其是隨著大隊日軍開進漢城後，謠言四起，說開化黨黨魁、金玉均的死黨朴詠孝已跟隨大鳥圭介回到漢城，將藉助日軍之力大肆清洗閔妃一族，為金玉均報仇。

想到自己為閔妃的親侄子，將來還不知落個什麼結局，所以說著說著，眼眶也濕潤了……

跟著閔詠駿同來的幕僚李元也幫著解釋說：「袁大人，上國如果最初能將葉軍門的大軍擺在仁川或王京，也不致有今天這局面了，眼下仁川門戶大開，登陸的倭寇已達兩萬之眾，王京四門為倭寇控制，我們的禁衛軍主力已開赴南邊剿匪，剩下一些老弱殘兵戍守王宮也很困難。昨天下午，大鳥公使闖宮，脅迫國王，說若再承認為大清屬國便要廢黜國王，國王殿下和王妃非常害怕，所以不得不如此，但又一再叮囑大將軍轉告：中朝兩國，世世相好，絕不會跟在倭人後面出兵攻打『父之國』，就是不認宗屬關係也只是權宜之計，若日本兵撤走馬上又認！」

想起大清開國之初，李氏王朝矢志不背叛朱明、不願發兵攻打「父之國」的往事，袁世凱的憤怒似乎又稍稍收斂了一些，他說：「這可是國王說的？」

閔詠駿又拍著胸脯要起誓。

一邊的唐紹儀較清醒，他冷笑說：「信不得，袁大人，丹書鐵券尚不足為憑，口舌之言又豈能全信？眼下比不得春秋戰國，朝秦暮楚的故事不好演！」

唐紹儀一句話提醒了袁世凱，壬午、甲申兩次政變後，自己所得到的情報立刻又浮現在眼前：

日本人不扶植一個親日的政府豈能輕易撤兵？到那時，國王、閔妃及閔氏家族自身不保，又豈有能力顧及到這宗屬關係和宗主國的舊恩？更急迫的是只要國王一旦公開宣布不認宗屬，自己這「總理通商及外交大臣」就立時變得不尷不尬甚至不合法了，日本人甚至可以來抓你或驅逐你出境，那可是不但丟人格且是丟國格的事。

想到這一層，袁世凱不由慌了神，口中附和著唐紹儀的話說：「是啊！」

閔詠駿只能默默垂淚，無言以答。

就在這時，只聽後面傳來一片腳步聲，不一會兒，見大姨太跟前的丫環春香從屏風後探出身子，焦急地說：「老爺，太太請您去。」

袁世凱不耐煩地吼了一句道：「什麼事，等一下不成嗎？」

春香嚇得把頭縮回去了。袁世凱怔了片刻，說了句：「告罪了！」起身來到後院。只見穿堂口上，大姨太為首，二三四五姨太緊跟，後面丫環、僕婦牽的牽、抱的抱，公子小姐十幾個齊聚一團，一齊瞪著驚恐的眼睛望著他。袁世凱不由焦躁，沒好氣地問道：「什麼事，讓你們軋齊門地出來啦？」

眾人面面相覷，一齊來望大姨太太，大姨太太手往五姨太一指說：「老五從娘家得知消息，你還不知道吧！」

五姨太即金氏，乃國王之妃金妃的妹妹。剛才金氏從娘家回，在那裡已聽到國王不認屬的消息，金家人認為國王不認屬，袁世凱勢必不能再待在漢城，金氏嫁雞隨雞，少不得隨袁世凱回中國，所以，特將金氏接回家，一家人見了最後一面。

金氏又怕袁世凱走得匆忙，扔下她不管了，又急急忙忙趕回署中來，回家把情形一說，眾人不由都慌了，大姨太忙讓春香將丈夫叫進來問個究竟。

袁世凱一聽為這事，不由火了，他瞪了金氏一眼說：「報凶報吉全是你，弄得一家人都不安；老子哪會這麼悄悄地走呢？老子是皇上欽命差遣的，我大清皇上德沛四夷，八方賓服，朝鮮國王屢受皇恩，我到仁川之日，國王恭恭敬敬迎進城，此番不奉詔不會回去，國王不禮送出境也不會離開，要堂堂正正來，堂堂正正走。日本人將大炮對著我怕什麼？我才不學花房和竹添呢！滾，你們統統與我滾回房去！」

有他這一吼，眾女人一個個全縮進了屋子。於是，袁世凱又轉身出來，到了公廳上，不想此時閔詠駿已告辭回去了。

袁世凱只好坐在太師椅上生悶氣。

就這麼一折騰，才三十五歲的他已覺不支了，虎著臉腆著個大肚子叉開雙腿喘氣，那黃豆大的汗珠一齊綻出來，身上白杭綢長衫幾乎全濕透了，好半天他像才突然記起似的，側過頭問唐紹儀，「少川，你說局勢如此，我們當何以向朝廷、向李中堂交代？」

唐紹儀不由也長長地歎了一口氣。

他是廣東香山人，與北洋素無淵源，同治末年隨容閎赴美國留學，回國後因在天津結識袁世凱，賴袁世凱的引薦才有今日，想當時囊橐空空，託足無門，無袁氏無有今日，這一份知遇之恩，尚未報得，他不能不為袁世凱打算。所以，沉吟半晌徐徐言道：「看來，和局已無望了。李中堂統籌全域，站得高、看得遠，尚不能洞燭倭人之奸，大人偏居一隅，又豈能完全準確料敵？所以，無以向李中堂交代這一層顧慮大可不必有。至於和局無望，勢必訴諸武力，大人無統兵之責，自可不必操心，倒是大人身分非同一般，萬一不測，大人受辱事小，國家體面事大。為大人計，也為國家體面計，還是走為上著！」

他接下來說出了自己的想法：趕緊向李中堂去電告變，並請朝廷趕在國王正式宣布不認屬前降旨，召袁世凱回國述職，這樣尚可稱得上冠冕堂皇地離開漢城。

聽唐紹儀如此安排，袁世凱不由連連點頭，此刻他雖很氣餒，但頭腦尚清醒。他說：「讓國王暫緩幾天宣布，諒國王還是會接受的。這樣，我還可向各國駐韓使節也包括大鳥圭介辭行，堂堂正正地走，不要讓他們笑我落荒而逃。」

告變的電文發出去後，袁世凱馬上進宮晉謁國王。國王淚眼汪汪，既惶恐又無可奈何。他拿住袁世凱的手欲哭無淚。袁世凱也明白國王此刻的心情，對方既被迫無奈，自己又怎麼忍心責備？所以，他也不多言，只請國王暫緩三天宣布。

兩百餘年唇齒相依，守望相助，豈能忍心拒絕這三日之緩？國王涕泗滂沱地答應了這一請求。

袁世凱回到署中，北洋的回電也到了——李中堂雖同意他回國，但認為全班人馬不能盡撤，撤使下旗為絕交之舉，只要未徹底決裂，則不能自己先關上這扇大門。

袁世凱看罷電文，將它交與唐紹儀，唐紹儀讀罷慨然道：「大人走吧，卑職願以領事署理總辦，留下來善後！」

袁世凱心中感激，一時竟熱淚盈眶……

大院君

清晨，大院君李罡應正做噩夢，夢見自己被綁在大柱上，諸閔持利刃要挖他的心肝，但國王卻於一邊和閔妃飲酒作樂，他氣得大罵國王這個不爭氣的兒子，就在這時，一陣急促的馬蹄聲把他驚醒，他聽出這馬蹄聲由遠而近，已直達他的住所雲峴宮的大門，只好匆匆起床，急忙穿衣，尚未來得及去洗漱，昨天派進城去探聽消息的家臣金玉奴已陪同幾個高冠黼黻的官員和身著和服的日本人直奔堂上來了。

大院君已七十歲了，精力雖仍很旺盛，但不問政務已十餘年，眼前這幾個官員雖著文官二三品服色，但年紀很輕，大院君一個也不認識，不過大院君畢竟精明，他已從來人身後幾個氣勢洶洶著日本裝、持倭刀的武士身上猜出了一些什麼。這時，不等他發問，家臣金玉奴忙趨前一步，指著為首的那個高個子官員為他介紹道：「太公，這位是前修信使朴詠孝朴大人！」

朴詠孝？大院君腦子一轉便立刻記起來了。

十年前，自己尚被李鴻章拘繫於保定時，便是此人和金玉均等掀起了又一次政變；今年年初，朝鮮與日本兩國之間大起糾紛，起因便是李逸植刺殺這個朴詠孝。眼下日本人登陸仁川，進駐漢城，他朴詠孝來這裡幹什麼？

大院君不由警惕起來。

近日壞消息不斷——日本兵自仁川登陸後，兩天之內，漢城四門就布滿了日本兵，大路上煙塵滾滾，裝載著日軍輜重、大炮的馬車、牛車仍源源而來，他們不但重兵圍困王宮，大街上也出現整隊荷槍實彈的日軍在巡邏，過往行人受到嚴密監視；郊外部分親日的官員更是帶領日軍拉民伕、修炮台、挖戰壕、架電線、運糧米，一片備戰的氣氛；而在朝鮮經商的日本僑民一下趾高氣揚起來，他們在大路上、居民區，甚至在大街上尋釁，找本地人和中國僑民發洩，中國商店無端遭到搶劫，稍有不順便被拳打腳踢，甚至被殺被焚。

大院君聞此訊，不由心慌意亂，並不時痛罵妖姬閔妃——這些年來，閔妃狐媚惑主，離間了他們父子之情，國王受她蠱惑，視生父為仇敵，將他軟禁在這破敗不堪的雲峴宮中。這裡雖名為國王離宮，其實只是一座破莊院，他雖恨極，卻又無時不惦念這個不爭氣的兒子。

二百餘年祖業，三千里地江山，眼下已被踐踏在倭寇的鐵蹄下，倭寇要幹什麼？如果真是只罷斥諸閔，改革弊政，這倒是好事，但蛇蠍似的東洋人未必有這麼個好心。

他左思右想，心中十分不安，乃令金玉奴連夜進城打聽消息。

今天，金玉奴回來了，可這個膽大妄為的奴才竟引進日本人和亂黨，他們要幹什麼？

想到此，大院君的目光嚴峻起來，他狠狠地盯住金玉奴，如兩把利劍。金玉奴在大院君嚴厲的逼視下，十分委屈地瞥了身邊的朴詠孝一眼，說：「太，太公，奴，奴才——」

一旁的朴詠孝早把這情形看在眼中，忙上來說：「太公，這位是我們在路上遇到的，他對卑職等一行人並不熟悉，還是由卑職來介紹一下吧！」

說著，朴詠孝便把同來的幾位介紹一遍。

朝鮮人裡面，全是開化黨黨徒，大院君早已耳熟他們的名字。不過，這些人是後起之秀，在大院君當政時，他們以末秩尚不夠資格登堂入室拜謁他；日本武士中，他僅記住了內由良平，這是個年輕人，一臉殺氣，聽其言，觀其勢，這班人是奔他來的，且不容他拒絕的樣子。

大院君只好請他們在大廳坐下，又示意金玉奴退下。

坐定之後，內田良平竟先開腔，他操一口流利的朝鮮話向大院君說：「太公，目前朝鮮的局勢，您大概是很清楚的了。」

大院君一聽，連連搖手道：「不清楚，不清楚，老朽自從二十二年前國王親政後即退歸林下靜養，所有軍國大事概不與聞，不料過去一些舊屬念及前情，仍來走動，至壬午事發，遭池魚之殃，被囚保定三年，歸國後更被遠徙荒郊，鮮見政要，息影田園，耳聾目瞶，與廢人無異，外間消息，一概不知！」

內田良平馬上用同情的口吻說：「國父如此遭遇，真是太不應該了。其實，所謂『壬午政變』乃是妖姬閔氏與袁世凱內外勾結，精心炮製的冤案，自這以後，閔氏更加橫行無忌，為所欲為，內則嚴刑峻法，殺戮無辜，外則苛捐雜稅，盤剝百姓，終於導致內亂，至於今日，國家已危在旦夕，可以說，朝鮮今日之局勢，是閔妃與袁世凱一手造成的！」

聽內田良平如此一說，大院君不由感慨殊深。十二年前的壬午政變，又一一浮現在眼前。

其實，大院君一向主張「事大」，即奉事大國中國，因而被人稱為「事大黨」，他從小在北京國子監讀書，受傳統的孔孟教育，孔孟主張「嚴夷夏之大防」，所以，他一向以中國為正統，輔佐國政時，重大決策無不以中國為楷模。

所謂壬午政變，是一部分不滿閔妃的軍官鬧起來的，他們因是大院君的舊屬，閔妃於是怪到了他的頭上，袁世凱聽信閔妃的一面之詞，認他為亂黨，捕去中國一關三年，直到兩年後又發生了甲申政變，大院君才被釋放，由袁世凱陪同回來。

不想一回到漢城竟遭到另一種形式的囚禁——親兒子在閔妃的挾制下，對父親採用了非常毒辣的手段，就在他進入漢城的當天，不但不派人迎接，且下令將三十餘名大院君的舊屬以「逆黨」罪名斬決，首級便懸掛在他即將經過的西門城樓上，年邁的大院君受此驚嚇，幾乎要昏厥了，接著，國王又下令逮捕大院君身邊人，遷大院君於雲峴宮，禁止朝臣去看望他。

這一晃便是七年，大院君幾乎與世隔絕了。按理，陪同大院君回國的袁世凱對此應該過問，但袁世凱在國王花言巧語籠絡下，竟對此採取了沉默的態度，袁世凱的有始無終，使大院君絕望了。今天，內田良平重提往事，他不覺氣往上湧，真想說內田良平的話是一針見血之語。

「太公，大日本天皇陛下對我國的安危十分關注！」就在大院君沉吟不語時，一旁的朴詠孝幫腔了。他說：「眼下東學黨人播亂全羅一帶，清國乘機出兵，其名是剿匪，其實是想乘機吞併朝鮮，幸虧大日本天皇陛下派大軍來幫助我們，我們要趁此良機，擺脫清國，使朝鮮成為一個完全自主的國家，國王不再稱王而一樣稱帝稱陛下。可眼下國王卻囿於成見、執迷不悟，竟要拒絕大日本皇軍的援助，這也是一貫受妖姬蠱惑的結果。他眼下雖勉強同意脫離中國，卻暗中仍與袁世凱的人勾結，仍夢想藉助清國力量打敗日本。為此，我們特來請您出山，暫攝國政，以待國王省悟！」

「什麼？請老朽我暫攝國政？」大院君總算明白了這夥人的意圖，不由驚恐地瞪大了雙眼。

大院君恨慈禧，可最恨的還是袁世凱；大院君也恨兒子，卻更恨閔妃。眼下的路已擺在了腳下——大清乃宗主之國，歷代託庇的上國，不能因有一個袁世凱而抹殺以往的一切，割斷中朝兩千年唇齒相依的歷史；另外，兒子畢竟是親生骨肉，他們之間的恩怨仇讎，總是君臣父子間的糾葛，怎麼能聽信讒言而損害骨肉？

眼下，日本人來了，第一是要脫離中國而投靠日本，這無異畀羔羊而投猛虎；第二要他「攝政」，他明白這「攝政」便是廢立的第一步，兒子做不成國王了，自己還稱什麼「大院君」呢？

「唉，我老朽了，手腳耳目全不聽使喚了。」大院君打定了主意，乃長歎一聲，避開內田良平那咄咄逼人的目光，望著窗外道，「古稀之人，夫復何求？你們就當我死了吧！」

「太公！」朴詠孝勸駕了，他亮出一副甘甜如蜜的嗓子，侃侃而談，從古至今，打比方、舉例子，說得天花亂墜。無奈大院君閉目而坐，只一個勁地搖頭，這一張門關得比國王的更死。

一旁的少壯派武士內田良平終於忍不住了，他咳嗽一聲，悶聲悶氣地說：「太公，我知道你在想什麼？」

太院君一驚，睜眼道：「想什麼？」

內田良平說：「在想支那人，想袁世凱捲土重來，儘管你被慈禧囚禁了三年，可你心中仍沒忘記宗主國！」

說到這裡，內田良平猛然站起，「嗖」地一聲，抽出佩刀，揚了揚，大聲道：「支那已由一個腐朽透頂的朝廷統治著，那裡的官員都是一班貪官污吏，他們的士兵，一個個餓得面黃肌瘦，東倒西歪，根本無力打仗，眼下大日本已制定了分步滅亡支那的計畫，到時要完全徹底將其滅亡，至於朝鮮，眼下已完全掌握在大日本皇軍掌中，袁世凱已倉皇出逃。如果近幾天內，你們李氏家族不推選一個人出來執政，大日本便要收併朝鮮版圖，派一個總督來管理朝鮮。太公熟讀經史，難道連有勢則從，無勢則去的道理也不懂？」

朴詠孝見局面僵住了，趕緊跪倒央求道：「太公，您快答應了吧！」

大院君搖搖頭，歎道：「從亦亡國，不從亦亡國，我何必自毀晚節！」

說著，他竟趁內田良平不備，猛地撲向他手中利刃……

一槌定音

李鴻章直到此時才發現自己失算了——袁世凱告變的電報到達的同時，日本拒絕和談的消息也由總理衙門轉達了，日本的照會，口氣強硬，類似最後通牒，李鴻章氣得大罵倭人無恥，然而，令他氣餒的事接踵而來——才過兩天，北京又有電諭到津，皇上口氣較上一回更加嚴厲，且令他「痛改前非，速籌戰守」。

閱完這道電諭，已覺黔驢技窮的他再難篤定起來……

其實，他還不知道，依皇帝的初衷，是要將他撤職查辦的，當英國公使歐格納宣布調停失敗後，皇帝立即召集軍機會議，同時宣布翁同龢、李鴻藻一同入值。

十年前翁、李二人和恭王一道被逐出軍機，不想十年河東復河西，甲申之後又甲午，政局翻新，僅恭王起復無望。

這天，李鴻藻興沖沖進宮與會，他坐八抬轎到西華門，因享有「紫禁城騎馬」的殊恩，馬雖不騎，乃換乘二人肩輿直入大內，剛到隆宗門，只見對面一人款款走來，仔細一看正是翁同龢，他馬上親熱地打招呼。

翁同龢復入軍機後，慈禧太后有懿旨，命撤師傅，但皇帝力請不撤，故他仍兼毓慶宮行走，名義上仍是為皇帝講解經書，其實是君臣一起議政。

李鴻藻和翁同龢並肩走進隆宗門洞，涼風颯颯，二人精神為之一振。翁同龢望了四周一眼，低聲說：「蘭蓀兄，今天的會議可不比一般，你我是一定要爭一爭的。」

李鴻藻一聽，立刻明白，翁同龢和皇帝之間一定有某種默契。要說「爭」，他便渾身來勁。當初恭王主政，他剛入值，尚只是「打簾子軍機」，但從不以末秩而畏縮，遇事要與恭王抗衡，爭不過便策動一班「清流」鬥士上書，弄得恭王日子很不好過。後來終於和恭王「同歸於盡」，但他不後悔，此番復出，眼前已是滿堂新貴，可以他的秉性，又怕誰來？

二人匆匆進入隆宗門。

南為保和殿，北為乾清門，而就在內右門外牆下，有屋九楹，黃瓦平房，甚是湫隘，這就是大清朝兩百餘年的政治中樞軍機處。屋內南北有土炕，壁上懸有雍正帝手書「一堂和氣」和咸豐帝手書「喜報紅旌」二匾，二人進到裡面，南邊匟上，慶王、徐用儀、汪鳴鑾早已在座，看樣子，他們正說得熱烈，一見他二人進入馬上住了腔，臉色也凝重起來。

勉強打過招呼後，李鴻藻見他們三人臉色較尷尬，便冷笑著拉翁同龢坐在北面。慶王奕劻先打破沉默，無話找話說：「蘭蓀、叔平到了，只差箓山了。」

箓山是孫毓汶的字。

孫毓汶和翁同龢都是咸豐六年丙辰科同榜進士，翁同龢為一甲一名狀元，孫毓汶為一甲二名榜眼，二人父輩為好友，但他們卻因政見不同而格格不入。眼下聽提到孫毓汶，翁同龢馬上說：「箓山忙得很，聽說李少荃送來一具電氣機，專為園中備慶典用，他大概要去督促安裝電氣機。」

李鴻藻附和道：「我看他八成是為萬壽節的事，和同春班那一班臺柱子們磋商劇碼去了。」

自從四年前頤和園裝上電燈後，晚間萬盞齊明，華光耀眼，很討慈禧太后的喜歡。可惜只有一台發電機，有時難保不停電，去年為籌備萬壽節，李鴻章奉旨從德國購進一台大功率發電機，最近已運到了頤和園，正在安裝調試中，不過，像這類事是毋須軍機大臣去督促的，就如頤和園演戲也不用孫毓汶操心一樣，只因孫毓汶往頤和園跑得勤一些，已有人看不慣了，翁、李二人故有此說。

徐用儀看出翁李二人桴鼓相應，無非是譏誚孫毓汶為媚上不惜與倡優隸卒為伍，他也看出因和局破裂，翁、李二人有意發難，為不惹事便裝作沒聽見；汪鳴鑾卻一本正經地為孫毓汶辯解道：「哪裡，萊山因要接待法國公使施阿蘭，只怕要稍遲一些。」說著又從腰間掏出懷錶看了看說，「馬上會到。」

李鴻藻說：「真不知緩急，都火燒眉毛了，還去和洋人談。這姓施的也不是好東西，說不定是受倭人之託來下說詞的，我們已中了倭人的緩兵之計了！」

施阿蘭不姓施，李鴻藻不懂洋務，遇事有些想當然，這類笑話出了不少，汪鳴鑾也不想糾正，默不作聲，坐一邊微笑，李鴻藻見對方不反駁，有些得意，又說：「兩個月前的四月十五，李少荃巡海歸來，奏陳校閱海軍經過，仍大事鋪張。說起坐火車從山海關回津，六百餘里半日便到，沿途橋樑如何堅固，炮台碼頭又如何威武可觀，好像洋務已是九轉丹成了，中國已世界無敵。為此，他博了個『督率有方、勳勞可嘉』的天語褒獎。可才一個多月，倭人還才出動到仁川，他的腰桿子便伸不直了！我真不明白，這些年辦海軍，銀子花了無數，怎麼到頭來面對小小的東洋島夷，也免不了一個和字！」

翁、李二人未到之先，慶王等三人議的正是此事。

慶王因自己沒才情，洋務上的事唯李鴻章之言是聽。李鴻章主張「以夷制夷」，他便讓總理衙門三大臣奔走列強使館，不想計謀落空，他料到復入軍機的翁、李會發難，於是便囑咐徐、汪，要心中有數，到時有問有答。

眼下徐用儀見李鴻藻言詞尖刻，夾槍帶棒派了李鴻章許多不是，自己這一派人被攪在中間，終於忍不住回了一句道：「若說李少荃那奏章，我還是記得一些，他說日本以蕞爾小邦，猶能歲添巨艦，中國自光緒十四年迄今未添一船，恐日後難以為繼。當時上諭以樽節為由未予准允，李少荃後來主和，主要就是認為北洋不敵倭人。」

翁同龢一聽，不由警惕：皇帝親政伊始，他們師生之間便有過計畫，這便是逐步裁抑督撫之權，恢復過去中央集權、各省三司制衡的體制，李鴻章以直督兼北洋大臣，地方行政及外交軍事一統包攬，乃新政的最大障礙，北洋水師勢力雄厚，若再添船換炮，將來真怕尾大不掉。於是他提議對此不予准允。此時此刻徐用儀舊事重提，顯然要把責任分攤，他當然要反駁。便說：「筱雲怎麼能這麼說呢？北洋水師籌辦這麼多年，近年雖未添船換炮，但比起小小島夷應還是不相上下，就依李少荃之說，論噸位我強於倭，論速力倭勝於我，另外比火力倭人也不過多了些快炮而已，退一萬步說，也不是不成對手吧？可自從袁世凱告急的電文到京，至今也一個多月了，朝旨屢次催督他速籌戰守，可他除了派葉志超的兩千人到牙山，便再無其他舉措了，前不久又說調四支大軍由陸路入朝，可只見說不見行動，一心一意醉心英、俄調停，自古至今，善謀國者能戰方能和，無備而望和，哪有不僨事的道理！」

翁同龢這話很明顯，既指斥了李鴻章，也間接把矛頭指向了奔走各國使館乞請調停的總理衙門三大臣。孫毓汶尚未趕到不說，徐用儀和汪鳴鑾哪肯認這個帳，馬上針鋒相對地和翁、李二人就在「一堂和氣」的匾下爭了起來。

一邊的慶王實在插不上嘴，要說，身為首席軍機大臣，他應負主要責任，所以，為掩飾窘態，他坐在匟上，身子半歪在靠枕上，左手握一個羊脂白玉鼻煙壺，右手小指那長長的指甲挖一小撮鼻煙往鼻孔裡塞，此時鼻孔受到刺激，癢兮兮的，嘴張得老大，一個噴嚏卻要打不打，好半天才排空而下，舉座皆驚。他掏出手絹揩了鼻子，顯出無比愜意。這才排解道：「你們不必爭了，和局固然無望，不過，聽說倭人還是做了保證，絕不先我開戰。這就是說，打還不至於吧！」

「唉呀，我的好王爺！」李鴻藻見慶王還在敲太平鼓，不由氣咻咻地說：「朝鮮為我屬國，為我滿洲屏藩，太祖高皇帝陵寢近在咫尺。眼下倭人佔領漢城，挾制國王不認我屬，這已經是先我開戰了，還能等到倭人打到我本土上來麼？」

李鴻藻這一席話如連珠炮似的，噎得慶王開口不得。就在這時，只見孫毓汶匆匆趕來了。黃天焦日，雖只短短的一段路，孫毓汶仍大汗淋漓。進屋後，翁、李二人只勉強點了點頭，就一齊別過臉不作聲，徐、汪二人忙起身讓坐，一名軍機章京挺會巴結，見孫毓汶一臉的汗，忙從旁邊一個屋子裡絞了個手巾把兒過來，孫毓汶接了一邊抹臉，一邊說起了會見法國公使的經過，因見屋子裡氣氛不和諧，他在路上也料定如此，心中有底，所以只說：「施阿蘭這約會我本可不必去的，以英、俄之強，倭人尚不買帳，區區法國又豈能勸阻它？不過，我必須聽一聽法國人有什麼說的，可有新意，幸好沒誤皇上召見！」

慶王緩過一口氣，說：「策山來了最好，人齊話圓，等下皇上召見，咱們得議一個說法才好。」

李鴻藻見自己攻勢凌厲，連慶王也莫能攖其鋒，越加得意了。馬上說：「說法？到了這個地步，李少荃身任方面，事前沒有絲毫覺察，事後又不能速籌戰守，時至今日，不處分他何以激勵士氣？」

慶王一聽要議處李鴻章，不由著了急，只好拿眼來望孫毓汶，不想孫毓汶卻像沒看見似的，只連聲冷笑說：「這倒也是，李少荃生於道光癸未，今年整整七十有三，古稀衰翁，能有何為？我大清四百兆臣民為圖自強，含羞忍垢三十年，此番是應該大張國威了，跨海征東，正賴少壯，若再用七十衰翁，不要說有悖太后、皇上體恤老臣之苦心，就連倭人也會恥笑我大清無人的！」

此話一出，翁、李二人自然無話可說。徐用儀立刻體會到孫毓汶的用意，忙附和說：「事已至此，自然少不了要與倭人兵戎相見，一決雌雄，為此，李少荃是不能再待在那個位置上了，仍讓他出面，不說無以激勵將士，他自己也無顏面，至於鄙人和策山，這以前絲毫未能察覺到倭人的陰謀，也附和李少荃的和戎之議，這回自然也少不了要自請處分！」

他二人以退為進，只有慶王有些不明白，他說：「依我看，先不要談這些，李少荃也有難處，這是大家看得到的，處分的事先緩一緩！」

尚未有定論，走廊上傳來一陣雜亂的靴子聲，大家明白，這是皇帝身邊的蘇拉來傳諭叫起了，不由一齊站了起來……

詔責

軍機會議就在養心殿西暖閣舉行。

年輕的皇帝剛從頤和園回來，去時紅光滿面、意氣發舒，回來時卻臉色發青，神情頹唐，大臣們誰也沒有留意，但翁同龢是有心人，他趁跪拜起身的機會瞍了皇帝一眼，皇帝雙手無力地低垂，頭也低著，臉色寡白，一副無可奈何的模樣，且也有意在迴避師傅的目光，他的心不由咯噔了一下，一開始就有的擔心，立刻湧上心頭。

這以前，皇帝和師傅有個周密的計畫，這是得知日本拒和之後就有的。

小小島夷日本，居然敢對泱泱大國的中華脅以兵威，其狂妄勝列強十倍，這是皇帝親政以來，所遇到的第一件大事。年輕而不乏英銳之氣的皇帝，覺得他的尊嚴受到了挑戰，皇威受到了蔑視，彷彿之間，看到列祖列宗在冥冥之中盯著他，這以前，愛新覺羅氏素以能征慣戰著稱，子孫應該不是孬種，眼下倭人如此猖獗，應該做出很好的回應！為此，他先將翁同龢召入宮中。

「列強蜂起，窺伺中華，我億兆臣民無不切齒，無不滿懷信心，期待我皇上振奮天威，對倭寇大張撻伐，以雪國恥而揚國威！」

這是當時翁同龢用悲憤的語調說出來的。

皇帝不由熱血沸騰，馬上傳旨預備鑾駕，他要趕赴頤和園向慈禧陳情。臨行時，翁同龢又造膝密陳，謂局勢至此，追論原始，皆因李鴻章因循失機所致，李鴻章身為國家重臣，如此辜恩溺職，若宣戰，不議處李鴻章無以激勵將士。

皇帝深然其說，但這等大事須稟明太后然後行。所以，他與翁同龢約定，待他回鑾之後，召見軍機時，由翁同龢先起個頭，在向日本宣戰的同時，便是議處李鴻章，只有將他撤職查辦，才能激勵這死氣沉沉的局面。

想不到面謁慈禧皇太后之後說起中日即將宣戰、並說起自己的打算時，本來笑容滿面的慈禧竟沉下臉來，連連冷笑著說：「你師傅跟你出的主意不錯嘛，要議處李鴻章。李鴻章今年七十三歲了，跟咱們家當奴才也當了好幾十年了，如今老了，是該一腳踹開，這是你師傅教你待臣下的好手段，他這麼居心險惡將受到報應的，我不想管這事，不過，可不知你那師傅眼下能不能接李鴻章的擔子，就是另舉一人替代也行，這人至少要有李鴻章的老成持重，既能威鎮一方，又能深孚眾望，讓北洋那一班驕兵悍將服他，這還不算，洋人也得聽他羈縻！」

皇帝一聽這口氣，不由急了，忙申辯道：「親爸爸聖明，兒子的意思是李鴻章年老衰邁，未免有些遲暮之氣，對倭人未能洞燭其奸，眼下倭人已包圍朝鮮王宮，脅迫國王不認我屬，若不宣戰，朝鮮就亡了，朝鮮一亡，馬上危及滿洲……」

誰知下面的話尚未說完，慈禧馬上堵他道：「得了，戰不戰是你的事，你也二十三歲了，江山也早交與你。不過一條，宣戰可，若借外債則不可！」

此言斬釘截鐵，半點也無商量的餘地，皇帝聽了，頭上冷汗涔涔，心中暗暗叫苦道：原來的打算大錯而特錯了。

執政三十餘年的太后深諳政務與國情，眼下國庫空虛、寅支卯糧，前幾天議及戰守時，李鴻章即有電報到京，請戶部速籌三百萬兩白銀以備隨時指撥，如不准借外債，這筆軍費從何而來皇帝不由默然……

回鑾的路上，所見更令人心煩——距十月初十太后六旬慶典還有三個多月，但從海淀回城的路上已有不少人在為之奔忙。起眼望去，民伕在修整道路，拆遷觀瞻不雅的舊屋破廬；神機營、步兵統領衙門的士兵在交叉路口設立柵欄和崗哨；還有不少工匠在修整城樓，重新塗上油漆和彩繪，幹得十分認真，一個心思全在手頭工作上，不敢有半點差錯……

皇帝把這些全瞧在眼中，來時並不覺得刺眼，此刻卻心情異常沉重起來。心裡說：好呵！大家都一心一意只想去討「老佛爺」的喜歡，誰去管大清藩籬朝鮮啊！

皇帝恨眾人苟且偷安，無一人關心國事，但才憤怒便又想起，這些全是自己下令布置的，應該說，追論原始，責任在自己身上，皇帝能怨誰呢？

直到此時，皇帝才發現自己這億兆臣民的元首、富有四海的天子是多麼渺小，自身是多麼矛盾！於是，去園子時是雄心勃勃，回鑾時竟心灰意懶。

此刻，軍機大臣們都到齊了，要議朝鮮時事，既然太后一槌定音，我們還有什麼議的呢？所以，在回鑾的路上，皇帝已修改了計畫。

落座之後，皇帝清楚師傅在望他，但自己覺得抬不起頭，挺不起腰，更不敢正視師傅那滿懷希冀的目光，停了半晌，他只好避開師傅灼灼逼人的目光，轉向慶王道：「二叔，和局已破裂的事，大家都知道了吧？」

慶王奕劻是宣宗道光帝的侄子，文宗咸豐帝的兄弟行，長皇帝一輩，因排行第二，皇帝因稱「二叔」，他原是郡王，因太后萬壽，叨恩晉親王爵，至禮親王病退，又兼領首席軍機大臣，此時他見皇帝發問，趕緊回奏道：「都知道了，大家認為倭人無理已甚，若不大張撻伐，遠人將無以懷威。」

皇帝點頭說：「嗯，這以前諭旨令李鴻章速籌戰守，不知他可有準備，天津為京畿門戶，朝鮮又屬北洋防區，想必他總有個通盤籌畫。」

一聽皇帝這語氣，翁同龢更進一步證實了皇帝去園子請安後的結果了。但他不甘心，睃了身邊的李鴻藻一眼，李鴻藻是個近視眼，平日戴深度眼鏡，此刻面聖，戴眼鏡乃是失儀，只好取掉了，所以等於是個瞎子，哪去留意翁同龢的眼神？但近視眼李鴻藻耳朵挺靈，一聽皇帝半點也沒有追究李鴻章的意思，也不顧前頭慶王尚未開口，馬上奏道：「臣李鴻藻有事稟奏？」

皇帝知道李鴻藻要說什麼。若依開先的打算，罷黜李鴻章，那麼此時正須樞臣首先發難，可眼下再說何益？徒令自己為難而已。正猶豫時，李鴻藻以為皇帝沒聽見，又大聲道：「臣，李鴻藻有事稟奏！」

皇帝只好說：「你說吧。」

李鴻藻乃慷慨激昂地奏道：「臣以為中日起釁已有半年，我皇上早已洞燭其奸，屢次諭旨促李鴻章速籌戰守，不意李鴻章觀望遷延，寸籌莫展，始則假俄人為箝制，繼則恃英人為調停，甘墮洋人術中而不知誤。眼下和局決裂，李鴻章無以為詞，又百般推諉，畏懼怯戰。臣以為李鴻章以三朝老臣，身任方面，卻恃寵而驕，辜恩溺職，罪不容逭，若宣戰，不嚴厲懲處李鴻章實在無以激勵將士，以儆效尤！」

李鴻藻說完，翁同龢馬上出列奏道：「臣翁同龢有事稟奏！」

皇帝無奈，只好點頭說：「說吧。」

翁同龢也用同樣激昂的語氣奏道：「眼下日韓事急，李鴻章久歷戎行，身任方面，責任攸關，應該明白和戰之道，所謂能戰始能和，主戰以自強為急，主和亦不可示弱以取侮，然而縱觀李鴻章近兩個月之所作所為，除了一味和戎、奔走乞憐外，全無戰守準備，豈是老成謀國之道？至此，外間議論紛紛，李鴻章私心暴露無遺，依臣之見，縱不將其撤職查辦，也應明白昭示其罪責，令其戴罪圖功，方顯朝廷策勵將士、保全三朝老臣之苦心！」

翁同龢這話已比皇帝去園子前稍稍降低了一些調子——之前是主張撤職議處，眼下是戴罪圖功，這是看到皇帝在頤和園碰了釘子後，退而求其次的打算，但就是如此，御座上的皇帝仍感為難，他左右逡巡，瞥見慶王的嘴動了一下，似是欲言又止的樣子，忙問道：「二叔可有不同之見？」

慶王平日拙於言詞，遲於應對，當李、翁二人氣勢洶洶地列舉李鴻章的失誤時，他還真為李鴻章擔心，眼下見皇帝口氣鬆動，且問起「不同之見」，忙目視一邊沉默不語的孫毓汶與徐用儀奏道：「孫毓汶、徐用儀二人所見不盡相同。」

這一來，孫、徐二人不能再沉默了。

中日糾紛，李鴻章拿主意，總理衙門三大臣為之奔走，如果議處李鴻章，孫毓汶等也難逃責任，所以，孫毓汶最著急。開先他附和翁、李，一是不想做無益之爭，二是料定慈禧會干預，眼下終於被證實了，所以，心中篤定得很，見慶王推自己發言，乃理直氣壯地奏道：「據臣所知，自同治末年西鄉從道犯臺以來，李鴻章便時時以防倭為念，籌辦海防，亦基於此，唯限於財力，拘於部議，總總難以暢行其志。眼下倭人以重兵脅韓，李鴻章一面議和，一面著手籌備戰守，據其前兩次奏報，北洋水師因久未添造新船，現存艦隻或式樣陳舊，航速太慢，或大炮射速不及倭人，勉強湊合能戰者不過七艦。而倭人除已有戰艦無論航速、射速皆優於我外，現又在英國訂造了兩艘巨艦，其堅利為東方海面所無。所以，李鴻章曾有陳奏，欲趁未開戰時，於泰西無論何國，訪得有能制服倭艦者，速購幾艘東來以壯聲威，另外，陸師一節，眼下他轄下盛軍、毅軍等，統共不過三萬餘人，且分布直隸、奉天、山東三處，防線太長，兵力分散，據悉倭人能調出參戰者可達五萬餘人，我軍若外援內防，力量相埒，至少也須速籌四十營步兵。所以他請速籌的款三百萬，實係通盤籌畫，總攬全域之計，非他人徒託空言、一味指責可比，所謂『一味和戎，私心暴露』，臣更不敢苟同，亦不知其所指！」

孫毓汶這一番話既為李鴻章著實地辯白了一番，又對翁同龢、李鴻藻二人的「徒託空言」進行了指責，尤其是說李鴻章辦海軍「限於財力、拘於部議」更是把責任推到了身為戶部尚書的翁同龢身上——閤敬銘任戶部尚書對宮中費用太后需索敢頂敢駁，翁同龢卻缺乏這樣的擔當，以致外間輿論認為翁同龢急於用世，有討好太后、固位邀寵之嫌，這自然與他那清名有損，所以，翁同龢最忌有人涉及這方面，不想孫毓汶卻專踩痛腳，他不由面紅耳赤地和孫毓汶爭了起來。

眼看這場爭論越來越激烈，李鴻藻一旁也要幫腔了，皇帝清楚，李鴻藻若參與進來，爭吵更會無休無止，正在為難之際，他見徐用儀在那裡微笑，大有不以為然之意，忙大聲說：「徐用儀，你怎麼不作聲？」

徐用儀也早窺見了皇帝有難言之隱。於是奏道：「臣以為孫毓汶所奏，見識深遠。應該說李鴻章防倭備倭之志，早已有之。同治八年，曾國藩上疏論海防，有『海防是第一件大事，兵是必要練的，哪怕一百年不開仗，也須練兵防備。兵雖練得好，卻不可先開釁，講和也要認真，二者不可偏廢，都要細心地辦。』此疏由曾國藩出奏，據說代筆的即李鴻章，蓋李鴻章確已見識到此也。光緒八年，張佩綸有整軍伐倭之議，慈聖曾就此下詔垂詢李鴻章，李又有疏言，謂『論理則我直彼曲；論勢則我大彼小。中國若果能精修武備，力圖自強，彼西方各國，方有所憚而不敢發，而況日本？夫未有謀人之具而先露謀人之形者，兵家所忌。』縱觀李鴻章在北洋廿餘年所作行為，確如他自己所說，是伏爪潛牙、修心煉膽，以待異日之一逞。可惜後來未能盡如人意，這中間陰錯陽差，其來有自，想必已早在聖明洞鑒之中。眼下之勢，倭強我弱，然而李鴻章非不欲戰，乃是權衡利害，認定北洋水師攻不足而守有餘，故取『猛虎在山』之勢以待倭人而已。李鴻章老成持重，唯望謀出萬全，望皇上能察其苦衷。眼下和局破裂，當責其速備戰守，若不勝，再治其罪不遲。」

這一番話，追始溯源，比孫毓汶更堂皇冠冕，最後又給皇帝一顆定心丸吃，翁同龢、李鴻藻才不再堅持議罪或罷免了，但仍堅持「嚴詔切責」——說幾句重話。這已不是什麼大處分了。

皇帝自然點頭，慶王放了心，也就退下來找章京擬旨。

第十章 血染黃海

護航

清晨，瀰漫海灣的濃霧剛剛散盡，一輪紅日從海岸線上的山岔裡冉冉升起，血紅一片的霞光在萬頃碧波的海面上灑下一片火焰似的金光，把軍艦灰白色的甲板映成了橙黃色——這就是大戰前夕的北朝鮮海灣。

勞累了一個通宵的「濟遠號」管帶方伯謙不敢稍有懈怠，站在望臺上，手舉望遠鏡朝北邊漢江口方向瞭望了一陣，只見遼闊無垠的江華灣異常地平靜，海面上除了水鳥在盤旋，一切都靜謐如常，他這才輕鬆地吁了一口氣。

方伯謙這是第二次率艦護航來此。

兩天前，因朝廷嚴詔催督李鴻章速籌戰守，李鴻章採納了袁世凱的建議，速敕集結在奉東鴨綠江邊的「四大軍」迅速開赴朝鮮。具體路線是按歷代用兵朝鮮的方略，以漢城為目標，從北往南壓過去；另外，又派兩千步兵乘「愛仁」、「飛鯨」兩艘商船增援牙山，只等會合牙山守軍後，由葉志超率領由南往北攻，南北呼應，只要收復漢城，救出身不由己的國王，這一盤棋就活了。

為防倭軍偷襲，方伯謙受丁汝昌派遣，率「威遠」、「廣乙」、「濟遠」三艦護航。

這兩艘商船上裝載有七百餘名士兵，為第一撥援兵。據丁汝昌交代，第二撥人馬約一千二百名，將乘英商怡和公司的商輪「高升號」於第二天啟碇，與「高升號」一同到達的還有裝載軍械的「操江號」兵輪。

方伯謙清楚當前的形勢，所以，此番兵發牙山是在極祕密的情況下進行的。丁汝昌交代，軍令下達後，士兵於子夜上船，碼頭周圍已被封鎖，連軍官也不許再上岸和家人告別。又再三叮囑方伯謙，如途中遇倭艦挑釁，應盡量避免衝突，萬一交火，要首先保護好商船。臨行前丁汝昌還交代，在第二撥人馬開船後，他將親率水師主力艦隊前來接應。

方伯謙領命，謹慎其行，督率的三艘戰船護航先行到達牙山後，便令「廣乙」和「威遠」與「濟遠」拉開一段距離，在附近海面巡弋，未發現異常情況。不久，「愛仁」、「飛鯨」兩輪先後到達。牙山港無深水碼頭，商輪無法靠岸，乃下碇於距岸約三里許的海中，方伯謙派出小火輪照料裝運、拖帶駁船，將兵丁、馬匹、被服、食品等物資運駁上岸。

因袁世凱有一封電報給留守漢城的唐紹儀，漢城至京津電報線已被切斷，須在仁川拍發，方伯謙遂乘機派出「威遠號」送信往仁川。

中日尚未正式宣戰，早兩天袁世凱仍堂哉皇哉地乘軍艦離開仁川，日本人雖在仁川的幾條主航道上敷設水雷，但並未完全封港，所以，此行雖有危險，但「威遠」管帶李世英仍欣然受命，駕「威遠」去仁川。

方伯謙打發「威遠」北駛，自己眼巴巴地等著消息。中午時，「威遠號」駛回牙山，終於帶來了很不利的消息——原來就在昨天，已佔領王宮的日本兵脅迫國王，和大鳥公使簽訂了《日韓條約》，宣布朝鮮完全獨立，李熙不再稱國王而稱「大皇帝」。接著，日本兵炮擊中國駐朝鮮總理交涉通商事務署，旋即發動進攻。臨時代辦唐紹儀倉皇無計，已逃到英國公使館，求得了英國公使的保護。

李世英得知這些消息，只得將電報發往英國使館請轉達。

在仁川港，李世英還見到了英國的「爵士號」巡洋艦艦長羅哲士。李世英留學英國皇家海軍學院時與羅哲士為同學，二人很親密，所以羅哲士向他講述了漢城的變故後又向他透露，明天將有大隊日本軍艦開到仁川，因為羅哲士一個在佐世保的朋友也將搭乘日艦來仁川，這個朋友在電報中告訴了他。

李世英得此消息，不敢再停留，趕緊啟碇駛回牙山，向方伯謙報告。

聽到這個消息，方伯謙不得不做應變的準備。他下令艦上所有人員除酌留部分軍官守艦外，其餘官佐、水手一齊上商船幫助陸軍起運物資。

他又想起「威遠號」是一艘該報廢的木殼船，若遇日艦交火勢必吃虧，且速度太慢不便撤退，乃令「威遠號」先行駛出牙山口外，北上赴大同江口取齊。

忙了一個下午又一個通宵，好容易才將物資起運上岸，已是東方發白的時候了，方伯謙發令與「廣乙號」，兩艦首尾相接，魚貫出口。

艦船終於駛出了狹窄的牙山灣，來到了寬闊的洋面。

折騰了一整天又一整晚，四十二歲的方伯謙有些精力不支了，加之眼下情況正常，所以，他緊張的情緒一鬆弛下來，瞌睡也上來了，在望台上一連打了幾個呵欠，又伸了一個懶腰，這情形為一旁的大副沈壽昌瞧見，乃勸道：「益堂兄，你去後面躺一會吧，倘有敵情，我會叫醒你。」

方伯謙經不住沈壽昌苦苦相勸，果然來到望台後面的小間裡，往一張窄鋪上一躺，扯直身子想好好地睡一覺，可身子雖沾著了鋪板，眼皮也十分沉重，卻總是難以入睡——三天前發生的那件事，一直縈繞在他腦際，怎麼也輕鬆不起來……

歡喜冤家

這些日子，因為備戰，方伯謙忙得不亦樂乎，人整天待在艦上，烈日下的甲板如一口熱鍋，烤得人渾身臭汗淋漓。

那天，他好容易上了岸，在木棚屋裡洗個澡，洗畢正穿衣服，先套上褲叉，再從髒衣堆中翻出一根紅色絲條褲帶繫上。不料就在這時，「定遠」管帶劉步蟾一頭闖了進來。

劉步蟾是來找他有急事的，因聽護兵說方大人在沐浴，他們是好友，平日連眷屬也不迴避的，加之又清楚方伯謙的小妾已回天津，所以毫無顧忌地闖了進來。

方伯謙聽到劉步蟾走進門的喊聲，一邊答應一邊拿內襯衣穿上，未留神仍讓那根紅絲條子露在外面，劉步蟾眼尖，一眼睃見，一下呆住了：「你——？」

方伯謙見他死死盯在自己腰間，知道壞事了，一邊下意識地扯衣襟去遮擋，一邊結結巴巴地說：「子香，你——」

劉步蟾是和小妾翠喜生氣特過這邊來道苦衷的，不料卻在這裡找到了小翠喜常和他賭氣的根子，一股無名怒火霎時凝聚眉間，雙手把拳頭攥得緊緊的，「哼」了一聲，衝了出來。

待羞慚滿面的方伯謙急匆匆收拾停當來到外面時，聽到僅隔一道院牆的劉步蟾家中，傳出了女人尖厲的嚎叫聲和劉步蟾的咆哮。

「壞了，小翠喜遭罪了！」方伯謙心裡嘀咕著，無限悔恨和惶恐一齊湧上心頭。

北洋水師數百名軍官中，劉步蟾與方伯謙關係最密切，二人同鄉同井又同年，自小滾草堆、掏鳥巢，耳鬢廝摩，一同長大，後來又一同入私塾讀書，同治七年，二人十六歲，恰逢福建船政大臣沈葆楨創辦水師學堂，招良家子弟入學，沈葆楨以本省人做本省官，很得閩人信賴，他二人相約一道入水師學堂。

劉步蟾比方伯謙勤奮，學習成績一直名列前茅，所以，在進入英國格林尼茨海軍學院學習時，劉步蟾是領隊。三年學程完畢又一同回國，一同受聘北洋。

有此三同——同鄉、同庚、同窗，他二人在門戶派別之見極深的北洋水師中，同舟共濟，相互照應，漸漸地成為閩幫的核心。

劉步蟾技藝超群，海軍的事無論艦上、岸上事事拿得起放得下，且精通英、法、德三國文字，算得上水師通才，所以升遷較快，眼下已是正二品右翼總兵，管帶北洋水師主力艦「定遠號」鐵甲艦。而方伯謙卻只是一正三品參將，先是管帶「威遠號」練船，後來才升任「濟遠號」管帶。

地位雖有了差距，交情卻依然如舊。

劉公島原本是個荒島，只幾十戶漁民。被選做北洋水師的總埠後，除在島上建有水師提督衙門、軍械庫、修械所外，李鴻章又下令在島上建有培訓水手的水師學堂。一時官兵雲集，商館、酒樓、妓院也就跟蹤而至。

房屋太少，顯得擁擠不堪，丁汝昌夫人魏氏看準了這點，慫恿丈夫挪用公家的器材沿漁村邊建起了大批木板棚屋租與商人開設酒樓妓院。

開始時，水師功令甚嚴，官兵非節假日不准登岸，至後來紀律鬆弛，七品把總以上官員都帶眷屬從軍，這些人在島上無私房，便也租賃丁汝昌的棚屋居住。

方伯謙嫌買賣街喧鬧，也不肯買丁汝昌的帳，便邀劉步蟾也在半山腰上自己建起了木棚屋，闢為居室，好些閩籍官佐紛紛效尤。於是，山上和山下成了兩個集聚點，山下為皖籍官員居住點，山上則多為閩人，丁汝昌雖對方伯謙不滿，可也一時奈何不了他。

方伯謙和林永升都佩服劉步蟾的才能，認定只有劉步蟾才能帶這麼一支艦隊，一直想聯名上條陳，可惜沒有機會。

年初李鴻章檢閱北洋水師，他們得知消息，認為機會難得，於是鼓動學生上書，不想觸犯了李鴻章的大忌，劉步蟾並因此受到撤職留任的處分。雖然事後劉步蟾明白真相後並不責怪他，但這一來方伯謙心中更加不安，總覺自己害了劉步蟾，正想如何補救，不想在這關鍵時刻，出現了一個女人，徹底將他們兄弟般的情誼斷送了。

「小翠喜呀小翠喜，是你害了我！」此刻，方伯謙躺在行軍床上，想起往事，心中後悔不迭——他和小翠喜算是一對冤家。

一個月前的一天，方伯謙去劉步蟾家中閒坐，見劉步蟾家中桌椅東倒西歪，有幾隻碗盞被打在地上成了碎片，裡面房間且傳來小翠喜嚶嚶的哭泣聲。

方伯謙一看這形勢，便明白劉步蟾又和小翠喜吵嘴並幹仗了，忙低聲勸諫劉步蟾，在女人面前要忍耐些，劉步蟾卻數說這女人胡攪蠻纏。不料就在這時，丁汝昌派人來送信，要劉步蟾乘快艇去天津公幹，劉步蟾只得趕緊動身，又囑咐方伯謙代他勸勸小翠喜。

其實此舉甚是荒唐。

他們儘管親如兄弟，但一男一女，就是嫡親叔嫂也得避嫌啊！劉步蟾是個武人，哪有文人的細膩。他匆匆下山去天津，小翠喜仍在裡面嚶嚶抽泣，方伯謙在堂中隔著門勸了幾句不見動靜，自覺沒趣，便欲告辭出來，不料就在這時，忽聽不知幾時已收了淚的小翠喜在裡邊喊道：「益堂，你別走，我有話和你說。」

方伯謙不知小翠喜有什麼話要說，只好停下來，「嗯嗯」地答應著，呆立在門邊。小翠喜又說：「你進來吧！」

方伯謙猶豫了一下，慢慢地轉身踅進屋。不料小翠喜已三下五下洗淨殘痕，重施了脂粉，待方伯謙進房時，她正倚在床前，用一雙熱辣辣的眼睛緊緊地盯著他。方伯謙一見這形勢，一下呆住了，僵直著身子，囁嚅了半天才吐出幾個字道：「子香走了，我也該走了……」

「哼，他走，他是去天津，你也要去天津？」小翠喜杏眼圓睜地瞪著他，氣呼呼地說，「你知他去天津幹什麼？」

方伯謙說：「他是公差，順道或可探視老母！」

「哼，老母！」小翠喜冷笑著說：「說得好聽，他是去看紅孩兒，紅孩兒是他老母？」

方伯謙心想，他出公差是實情，順道看一看老母和夫人也未嘗不可，小翠喜此刻心裡有氣，有些說不清，訕訕地便想退出來。小翠喜一把跳過來，死死地堵住門，大聲嚷道：「你去哪裡？心虛嗎？你與我說清楚，當初我是怎麼來的，你又是怎麼騙我進門的！」

方伯謙不意小翠喜此時和他算舊帳，忙喃喃地說：「你，你，還提這些做什麼？」

小翠喜冷笑道：「提這些做什麼？不是當初，何來今日，我是被你哄上樓的，你還要抽梯子麼？說，他對我無情無義，你如何發付我？」

方伯謙這下可難住了。

當初怎麼的，他可有難言之隱——武人好色，比文人直露，且不受禮法約束。出航巡海，動輒數十天，誰不憋得慌？所以，水師將領一上岸就花酒茶園、秦樓楚館，且無不盡興。

李鴻章看準這點，為寵絡劉步蟾，特在天津租界為劉步蟾買了一幢公館，又將夫人房中丫環紅孩兒送與劉步蟾。

劉步蟾明白李鴻章的用意，他不願被牢籠，對中堂的恩寵取敷衍態度，就是對紅孩兒也是虛與委蛇，骨子裡並不喜歡。可紅孩兒自恃來頭大，且劉步蟾正室早歿，她便以繼室自居，呼奴喚婢，儼然是誥命夫人，又和劉步蟾約法三章，不許他在外面拈花惹草，久而久之，劉步蟾竟然有些畏她，可後來在威海，整日孤身一人，打熬不住，就又看上了另一南國嬌娃，也討來做填房，這就是現住劉公島上木棚屋的小翠喜。

小翠喜是蘇州姑娘，被人賣到煙台怡春院。煙台自第二次鴉片戰爭後被劃做通商口岸，三十年來由一小小的漁村變成了一個很熱鬧的口岸，比威海衛要整齊得多。所以，北洋水師的官兵假日常往煙台跑，小翠喜得以結識水師的官長，不過她最初是和方伯謙相好，兩人卿卿我我，快要論到婚嫁了。有一回是假日，方伯謙偕劉步蟾遊煙台，來到怡春院，不想劉步蟾一聽小翠喜那一口吳儂軟語，一聽那一首首蘇班小曲便酥軟了。

方伯謙講交情，重義氣，死死記住了劉玄德的那一句話——兄弟是手足，妻子是衣裳，既然妻子都可像衣裳那樣扔了一件又一件，哪在乎一個粉頭呢？所以，馬上把以前和小翠喜的佳期密約當兒戲，竟把小翠喜讓與了劉步蟾。

劉步蟾樂不可支，而小翠喜恨方伯謙太不重情，懷著一種報復心理和劉步蟾議起了婚嫁。劉步蟾早想在劉公島上也安個家，這樣，無論去天津和回威海都不會寂寞，馬上一下談妥了。

不想嫁娶之日，不知怎麼讓紅孩兒聞到了風聲。

天津至威海旱路兩千，水程八百，隔山隔河也隔海，往返一次於小民百姓家十分難得，唯北洋水師官佐、眷屬卻方便得很，幾乎每星期都有好幾趟快艇送公文、給養或器械。所以，紅孩兒以劉鎮台夫人的資格喊來便來了。

這裡劉步蟾在劉公島上外籍雇員俱樂部租了一間房子做新房，布置停當後，用一艘小炮艇把小翠喜從煙台接到劉公島，正好一艘從天津開來的「康濟號」練船也同時到達，在兩名僕婦的攙扶下，紅孩兒突然步出官艙。

「夫人，你，你怎麼來了？」

劉步蟾一眼瞥見紅孩兒穿著只有正室夫人才能穿的紅門裙子，嫋嫋婷婷地上了岸，不由一下驚呆了。紅孩兒卻大大方方地走上前，冷笑道：「聽說劉鎮台喜結紅鸞，特來討一杯喜酒喝！」

劉步蟾是個有色心無色膽的人，此時一見紅孩兒這陣勢早三魂丟了兩魂，忙否認道：「這是哪個嚼舌根子的造的謠呢，真是胡說八道，害人不淺。」

紅孩兒冷笑著說：「沒這事算了，就算我來看你吧。」

說著，忙咯咯地笑起來，竟逼著劉步蟾陪著她去了半山腰上的木棚屋，不許他離開半步，一連住了半個月才回天津。

可憐小翠喜被扔在炮艇官艙裡，還等著劉步蟾來陪她去洞房呢。方伯謙為劉步蟾的婚事忙了好幾天，不料半途殺出個程咬金，一下把個新郎官擄走了，萬般無奈，他只好央了幾名女眷上船，將小翠喜接到新房裡去。

小翠喜終於明白了內幕，覓死覓活地鬧著要回煙台去，又是方伯謙和眾人費了九牛二虎之力才把她安撫住，劉步蟾直到送走紅孩兒才敢和小翠喜圓房。

小翠喜受了這麼大的委屈，所以一直在劉步蟾跟前沒好臉色，半年來經常吵吵鬧鬧。眼下她堵住方伯謙，氣鼓鼓地問起前情，方伯謙著了慌，左右望了望，輕言細語地說：「嫂子，你別這麼大聲嚷嚷，叫外人聽見，多不好意思？怎麼說呢，俗話說，女人是菜籽命，扔在哪裡，便在哪裡開花結籽。再說，我子香大哥也是個英雄……」

話未說完，小翠喜杏眼圓睜，狠狠地啐了方伯謙一口說：「菜籽命，扔在哪裡便生根。你把我扔在水裡，火裡也能開花不？劉子香算什麼英雄？有色心無色膽，還不如一煙花女子！我問你，當初你對我是怎麼說的？」

方伯謙亂了陣腳，結結巴巴地說：「當初，當初是當初，現在是現在，打你跨進了這條門檻，你便是我的嫂嫂！」

誰知小翠喜冷笑道：「哼，你方益堂也是採花的華雲龍，貪色的西門慶，居然也學了武二郎的腔調呢！要知道，你本是我的孤老，當初與我開臉，打整銀子要為我贖身的。你為討好劉子香，才將我當作個小玩意兒送了！」

小翠喜又成心要報復劉步蟾，眼下她挺著高聳的胸脯，向方伯謙湊了過來，方伯謙想溜，無奈小腿肚有些酥軟，只一邊慢慢地退一邊說：「嫂嫂，看你這麼作賤兄弟，也作賤自己，我和劉子香是盟兄弟，誓共生死患難的，再怎麼也做不出對他不起的事。」

不料這時小翠喜一雙玉臂已纏了上來，方伯謙馨香入懷，不由亂了方寸……

枕上清醒過來，他很是後悔，小翠喜卻從腰間解下自己親手織就的紅絲百蝶腰帶繫在方伯謙的腰間，方伯謙自此被小翠喜緊緊地捆住了身子……

眼下隱情終於敗露了，方伯謙自覺百口莫辯。他很後悔，怨自己不該一時失足，對不起兄弟，他很想向劉步蟾懺悔、表白、請罪，卻又拿不開面子，且委屈了小翠喜。

他一連矛盾了兩天，想起來，和劉步蟾數十年的生死之交便斷送在自己的一念之差上了。

他開始考慮起個人去就起來，為了避開小翠喜，他想離開北洋水師。

眼下在天津水師學堂任總辦的嚴復是他的留英同學，曾邀他一同辦學。但轉念一想，天津水師學堂仍屬北洋範圍，自己既一心脫離北洋，天津便也不是理想的寄身之所。

他想起有一個表親眼下在兩江總督劉坤一手下辦文案，劉坤一是唯一可與李鴻章分庭抗禮的人物，眼下正籌備擴充南洋水師，有心與北洋水師一比高下，去南洋水師正是大展宏圖的去處。

所以，在出發的前一天，他曾向這個親戚寫了一信，明白無誤地表示了自己想脫離北洋的想法，他決心改換門庭，脫離丁汝昌、脫離劉步蟾，也藉此擺脫小翠喜……

不料就在他想入非非之際，二副劉東山氣急敗壞地闖了進來，道：「方大人，倭艦突然出現了！」

不宣而戰

方伯謙一聽「倭人」二字，一躍而起，睡意全消。三步併作兩步趕到前邊，接過沈壽昌遞來的望遠鏡，順他手勢望去——原來此時艦船已來到了豐島西北的洋面。江華灣方圓數百里，灣內小島星羅棋布，豐島在東南角，仍屬牙山縣。眼下左側港汊裡，樹木掩映中，分明駛出三艘軍艦，打頭的一艘有兩個高煙筒，就像出柩時的靈幢，冒出一股股黑煙，因黑煙與島上高低起伏的山巒樹木混為一體，不仔細分辨很難分出哪是林木哪是煙塵。

豐島沒有碼頭，沒有城市，僅有幾十戶漁民，因此不會有商船停泊；這兩天風平浪靜，也不會有遇險船隻駛入港灣避風。

那麼，這是什麼船呢？

方伯謙仔細看了一陣，來艦漸行漸近，前面一艘分明是日本人一年前從英國沙木大造船廠訂造的新型快速艦「吉野號」，而跟在後面那艘船體略長的，也是雙煙筒，像是它的姊妹艦「浪速號」，最後一艘船體略短，是單煙筒，因距離太遠，且未駛出港灣，方伯謙一時尚無從認定。

三艘日艦，從側面成戰鬥隊形，橫海包抄而來，很不友善。方伯謙心中暗暗吃驚，此刻「威遠號」已遠行，跟在後面的只有一艘「廣乙」，敵三我二，起碼在數量上已居劣勢，他心中嘀咕道：「來了，終於來了，好事全讓老子給撞上了！」

這時，負責觀測的學生守備黃承勳向他報告道：「倭艦距我左側一萬三千碼，航速二十節！」

方伯謙明白日艦是事先埋伏在此，分明是有目的，有預謀的。他的心緊張過一陣後，馬上平復下來，有道是：是禍躲不過，躲過不是禍，既然是這樣，要拼就拼吧。時間緊迫，不容猶豫。他立即令管旗頭目劉昆傳旗，號令「廣乙號」做好戰鬥準備。

沈壽昌一旁看了半晌，猶豫著說：「益堂兄，據兄弟看該不至於打吧，中倭目下尚未正式宣戰哩。」

二副劉東山也說：「是的，倭人無故出兵朝鮮，已理輸一著，眼下若不宣而戰，這是違反萬國公法的。它難道不怕受到各國的譴責？」

方伯謙沉吟著說：「道理雖是這樣，但不可不防，再說，等下『高升號』就要來了，咱們護航責任重大呢！這樣吧，丁軍門已交代過了，今天咱們水師大隊將步『高升』輪後塵前來增援，一旦開火，咱們宜順著勢往西北方向退。一來可使『高升號』乘間進入牙山灣，避開戰火，二來可拖住倭艦，待大隊趕到再聚而殲之！」

沈壽昌和劉東山聽後都點頭表示贊同。主意已定，馬上令劉昆用旗語將上述方案傳示與「廣乙號」。

「廣乙」當下回答：「明白」。

日艦看看駛近，且由魚貫隊形一變為橫陣，「吉野」居中，「浪速」在左，後面一艘也看清了是「秋津洲」，它從右邊尾隨上來。三艦鼓浪急駛，艦上高高聳立的桅杆上飄揚的太陽旗已是清晰可辨了。

「吉野」為鋼甲巡洋艦，排水量四千二百六十七噸，時速可達二十二海浬半，是日本、也是亞洲獨一無二的快艦，上面裝備有大口徑巨炮兩門，快速炮十二門；「浪速」和「秋津洲」也是鋼甲巡洋艦，各為三千七百噸和三千一百噸，時速均達十九海浬，火力也與「吉野」相差無幾。

這三艦原屬日本的西海艦隊，眼下為適應戰爭需要，西海艦隊已奉令與常備艦隊合併，組成了聯合艦隊，由海軍中將伊東祐亨為聯合艦隊司令。

目下，日方已獲悉清國將增兵牙山的情報，於是，坪井航三奉伊東中將之令，由「吉野」與「浪速」、「秋津洲」等三艘組成一個分隊，稱「游擊隊」，以坪井航三任司令，特來豐島伏擊中國兵輪。

方伯謙卻對這些情況並不了解，心中思忖，我方兩艦中，「濟遠」自然是主力，但「濟遠」不過二千三百噸，時速也不過十八海浬，「廣乙」更小，才一千二百噸，航速只十五海浬，火力更是懸殊。

方伯謙把這些都看在眼中，不由有些著急，尤其是想起出發時，劉步蟾一反常態，向他陰沉著臉，明知他要遠航卻愛理不理的，想起劉步蟾在水師中的地位，心情更是十二分的沉重。

「看，看，倭船在降帥旗！」二副劉東山放下望遠鏡，手拍著大副沈壽昌的肩膀突然叫起來，就像突然發現了海市。

方伯謙一望，果然發現打頭的日艦「吉野」已將高高飄揚的帥旗降了下來，不過，只降到半途便又升了上去——在國際慣例中，這是友好的表示，是致敬。

這時，沈壽昌也看見了，他吁了一口氣說：「沒事了，這是友好的表示，賊娘的坪井航三還是循規蹈距的。」

方伯謙也跟著吁了一口氣，隨即下令以同樣方式回禮，但對「吉野」以如此隊形前進仍存疑惑，所以眼睛仍死死地盯住「吉野」。

「濟遠」和「廣乙」仍按預定航線前進，日艦卻在左側向這邊猛插過來，相持約十分鐘，距離更近了。

方伯謙圓睜雙眼，一眨不眨。就在這時，只見「吉野」正對著這邊高高揚起的前主炮突然冒出一股黑煙，隨即火光一閃，一聲沉悶的響聲傳了過來──「轟」！方伯謙只覺艦頭一抖，左側立即升起了一股升天水柱，不由大罵道：「坪井這賊通的，真不要臉！」

方伯謙和坪井航三少將是留英的同學，相互之間熟悉得很，所以他才有此一罵。沈壽昌也跟著罵道：「這傢伙像沒有學過國際法似的，不宣而戰！」

這一炮雖未打中「濟遠」，卻使全艦的人一下驚醒過來。方伯謙立即下達了還擊命令。

沈壽昌將艦船的方向調整了一下，讓它稍稍轉過頭來偏向日艦，與此同時，艦上前後主炮及左側的哈乞開司炮一齊向成人字形的三艘日艦開火。

才接上火，黃承勳突然向他報告：「左前方一萬八千碼左右發現有艦船駛來。」

方伯謙一聽，不由心慌，忙舉起望遠鏡向左前方向瞭望，只見果然有兩艘船冒著黑煙向這邊開過來，看外形，似乎是商船「高升號」和駁船「操江號」。

方伯謙心想，「高升」和「操江」是兩艘毫無防衛能力的運輸船，「高升號」上且有一千多名步兵，是去增援牙山的。此番出航時，丁汝昌千叮嚀萬囑咐便是要保護「高升號」安全抵達目的地。

想到此，他馬上下令向來船升旗示警，讓他們迅速返航，但轉念一想，這邊已經開火，來船應遠遠的便看到，應有相應的準備。不過，以「吉野」的速度，又完全可以追上去擊沉「高升」，唯一的辦法是纏住敵艦，或者將它引開以待大隊來援，所以，他下令加緊實施攻擊。

日艦自第一排炮打出去後，雖未命中目標，卻更加氣勢洶洶地撲過來。

「吉野號」艦長坪井航三少將已不用望遠鏡也能清楚地看見「濟遠」的帥旗了，看見「濟遠」正緩緩側轉身子迎戰，接著又從濃煙中衝出來，看情形似欲改變航向向正北方前進，因而認定「濟遠」想逃，不由高興，忙下令加速衝上去，又令「浪速號」和「秋津洲」號也同時行動，迅速接敵猛轟。

因為距離拉近了，日艦又調整了火力，他們的第二排炮彈即對我方造成了損失。方伯謙站在艦橋上，只聽一聲呼嘯，隨即「轟」地一聲，一顆炮彈就落在望台下的甲板上。此處為十分堅固的鋼甲，所以，並未洞穿，但彈片橫飛，全艦震動，其中一塊彈片向望台飛來，一下將大副沈壽昌左耳及半邊頭蓋骨削掉。可憐沈壽昌剛才還生龍活虎般地和方伯謙說話，僅眨眼之間腦漿迸裂，往方伯謙身邊倒了下來，血漿濺了方伯謙一身。

方伯謙悲憤交集，顧不得沈壽昌了，只將他遺體輕輕地往邊上一推，對著傳聲筒大喊道：「弟兄們，沉住氣頂住，丁軍門的大隊馬上會趕來增援的，打沉『吉野』的機會來了！」

喊了一陣，不見像以往那樣有山鳴谷應的回聲，仔細一看，這才發現傳聲筒已被炸斷，根本無法傳遞他的聲音了，他只好狠狠地在上面拍了一巴掌，抬起頭繼續指揮戰鬥。

混戰中，「濟遠」又一連被擊中好幾處，前甲板中彈最多，守備柯建章中炮貫胸，死相慘烈；學生守備黃建勳被彈片削斷右臂；六品軍功王錫山、管旗頭目劉昆均中彈陣亡，望台及前主炮台陣亡十三人，傷四十餘人，前主炮台為旋轉升降炮台，此時因死屍堆積，不能轉動了。

回。

方伯謙沉著指揮應戰，他讓二副劉東山掌舵，自己下到甲板上，一邊下令將陣亡將士遺體拖開，組織人員填補前主炮的空白崗位，繼續發揚前主炮的威力，一邊下令發旗語與「廣乙號」聯繫，令它向「濟遠」靠攏，一齊往大同江口方向撤，吸引日艦追擊，讓「高升」和「操江」乘間撤回。

不料命令下達後，旗語兵向他報告，怎麼也尋不到「廣乙」的影子……

此時此刻，日軍的坪井航三少將心情異常激動。開戰不久，華艦的「廣乙號」即不戰而逃，眼下，「濟遠號」已受到自己指揮的三艦圍攻，眼看就只有招架之功而無還手之力了，他清楚，「濟遠」在北洋水師的所謂「七大遠」中，噸位雖不算最大，但速度卻是最快，若一舉擊沉了「濟遠」，可一開始便挫敗北洋水師的銳氣，使他們不敢應戰而拱手出讓制海權。

看來，圍殲中國海軍的頭功將為自己奪得了，高興之餘，也有幾分困惑，這就是方伯謙那頑強的拼搏精神。「廣乙」已逃，它以一對三，居然仍拼命反擊，在已起火冒煙的情況下，仍發射出一排排炮彈，使自己的軍艦受到了不小的損失。

他透過煙霧仔細觀測了一會，決定採用包圍之勢，從左右兩側逼近猛攻。正要下令讓「浪速」和「秋津洲」同時行動，不料就在這時，觀測兵報告說：「發現了支那運輸船！」

坪井航三在豐島設伏，主要目的本來就是打中國的運兵船。行前他接到海軍軍令部長樺山資紀中將命令，軍部已從情報中獲悉，李鴻章將從天津調兵增援牙山，參謀總長棲川親王已下達了對華作戰命令，絕不能再放華軍一兵一卒過來。

所以，此刻坪井航三一聽，忙舉起望遠鏡朝西方瞭望，只見左側的東南角上果然來了兩艘船，一前一後，眼下似有掉頭往回逃的打算。

於是，坪井航三果斷地下令，改三面圍攻「濟遠」的打法為左右圍攻，命「浪速」去攔截華軍的兵船。

「吉野」和「秋津洲」左右向「濟遠」逼近，看看距離僅三千碼左右，「吉野」和「秋津洲」同時開火，一排炮彈過去，只見「濟遠」四周騰起了沖天水柱，後甲板上的火尚未熄滅，前甲板上又起火了，整個艦船被煙霧籠罩住，再也不見它有還擊的炮聲。

「濟遠沒炮彈了，方伯謙這狗雜種服輸了！」坪井航三身邊的大副小野池太郎高興地叫起來。

「是嗎，沒炮彈？」坪井航三有些不信，又打了幾炮，仍不見還擊，便下令迅速靠了上去。

此時「濟遠」雖沒有還擊，但艦首已完全擺過去，朝正北方的大同江口加快速度撤退，坪井航三大喜，下令道：「追上去，追上去，逼方伯謙投降！」

於是，「吉野」在左，「秋津洲」在右，緊緊追了上來，「吉野」因航速快，一下便衝到了前頭，距「濟遠」不過一千五百碼，「濟遠」往左它也往左，「濟遠」往右它也往右。

坪井航三斷定「濟遠」後主炮沒有炮彈了，但怕前主炮和左右哈乞開司炮還有炮彈，咬這麼緊便可避開炮彈。

看看不到一千碼了，「吉野」一邊繼續加速，一邊示威性地往「濟遠」前面打炮，想逼「濟遠」投降。因仍不見對方的反擊，「吉野」的許多軍官、水手都擁到前甲板上來，等著看方伯謙投降的笑話，數十雙眼睛一齊望著前邊，高喊道：「投降吧，方伯謙，投降吧！」

「濟遠」仍拼命往前衝。

此時方伯謙已來到了後甲板上，見日艦不打炮了，要逼他投降，不由冷笑一聲，忙指揮官兵利用這一空隙將大火撲滅，又將後炮台上陣亡將士的遺體搬開，然後問道：「王國成還在嗎？」

王國成是後炮台的一炮手，山東人，個子不高，力氣也不大，但打炮的準頭十足，他見方伯謙在點名叫他，忙上來大聲應道：「在！」

方伯謙指著前面的「吉野」說：「王國成，吉野太狂了，好好地教訓它！」

王國成說：「大人，這麼近的距離，標下我無須測杪也能打中它！」

這時，裝填手搬來炮彈，推彈入膛，王國成瞅準「吉野」的望台猛地一拉火繩，只聽得「轟」地一聲，正中「吉野」望台左角，只見碎片橫飛，慘叫聲連連，煙霧過後，「吉野」的望台只剩下一邊，前甲板上倒下一大片死屍。

方伯謙連連叫好，又親自從裝填手中接過一彈，迅速推入彈腔，這一炮直奔「吉野」右邊機艙，「轟隆」一聲，只見中艙烈焰騰空，本來高昂著頭的「吉野」艦首馬上低了下來，速度也明顯地減慢了。

方伯謙和甲板上的官兵一齊歡呼起來。

方伯謙又連連下令速裝炮彈，一舉擊沉「吉野」，不料管槍炮的千總黃靖山報告說，後炮台的炮彈也完了。

原來經此苦戰，「濟遠」大受挫傷，前炮台因連續放炮，底座鋼圈已熔化，炮栓也故障了，而左右哈乞開司炮則炮彈告罄，僅剩下後炮台尚完好，方伯謙才使出誘敵尾追、以後炮台近距離猛揍「吉野」的戰術。

眼下後炮台沒炮彈了，前炮炮彈口徑不合，徒喚奈何！眾人面面相覷，黃靖山連連頓足說：

「完了，咱們只能眼睜睜地望著倭艦打沉『高升』了！」

方伯謙遙望威海歎氣說：「大隊怎麼還不來呢？」

高升輪

因大戰在即，漢納根向丁汝昌獻議說，眼下江華灣一帶情況不明，他很想去那一帶偵察，丁汝昌認為此議可採納，於是，他在「高升號」經過威海時，化裝成一個商人上了船。

因此，就在方伯謙翹首企望大隊援兵趕到之際，北洋水師的「副提督」卻確實混在一千二百多名步兵中間趕到了戰場。

「高升號」一到達豐島海面時，眾人被炮火連天的場面驚呆了。後面的「操江號」是北洋水師的運輸船，見勢不妙掉轉頭便溜，「高升號」船長高惠梯卻毫不猶豫，自己是堂堂大英帝國的公民，他的船上高高飄揚的是大英帝國的國旗，在中日糾紛中英國已宣布保持中立，難道日本人敢向中立國船隻開炮？

想到此，高惠梯下令放慢速度，緩緩前進，盡量避開戰場迂迴過去。

此時「吉野」等正猛攻「濟遠」，高惠梯在望台遠遠望去，「濟遠」猶如一隻鬥敗了的公雞正落荒而逃，朝正北方向敗走。

高惠梯有些猶豫了，就在這時，已受命對付「高升」的「浪速」艦艦長東鄉平八郎少將已指揮著四千噸級的巡洋艦全速迎了上來。

「日本人來了！」此時，高惠梯船長身邊的人已慌了神，為安慰眾人，穩定情緒，船長輕描淡寫地說道：「他們好像真的幹上了。」

可此時在甲板上，在統艙裡，中日海軍不宣而戰的消息早傳開了，全船頓時亂成了一鍋粥。

船上的一千二百名大兵，是駐防蘆台和山海關的兩營防兵。兩名營官一為葉長庚一為何傳善，都掛從三品遊擊銜。二人在京畿一帶駐防已四年，平日見的外國人也不少，但直接與外國人打交道卻是從來沒有過的事，眼下見日本人不宣而戰，且已有一艘日艦向他們這艘毫無防衛能力的商船開來，一下慌了手腳，就連身邊幾個平日自稱「智多星」的師爺，也一個個抓耳撓腮，不知何以應付。

葉長庚於絕望中，忽然記起了漢納根，漢納根上船時，丁汝昌特地交代葉長庚，請他關照漢納根，並悄悄地告訴他這個洋人的不同尋常的身分，眼下雖然陸海軍無統屬關係，漢納根且是一名「客卿」，但事急從權，何況畢竟都是在李中堂的麾下呢，所以，他視漢納根比高惠梯這個只知掙錢的英國佬不知要親近多少倍，他和何傳善商量後，決定問計於漢納根。

他讓何傳善安撫住吵吵嚷嚷、驚慌失措的弟兄們，自己則帶了一個護兵來尋漢納根。

在「高升號」第二層的大餐間，葉長庚見著了漢納根，他正和一名英國高級船員及兩名外籍客商在玩橋牌，後者是乘便船去仁川的。

「漢，漢大人，出事了！」葉長庚在大餐間門口對著漢納根又作手勢又喊叫。

漢納根玩興正濃，因本船上的輪機聲，蓋過了從遠處傳來的炮聲，他們尚不知外面已發生了戰事，但葉長庚焦急的呼叫終於引起了漢納根的注意，他來中國十多年，能操漢語，但因長期生活在皖人中，他的漢語是有濃重的安徽方言尾音的官話。

「葉大人，什麼事？」

葉長庚把漢納根拉近舷窗邊，指著正向這邊駛來，漸漸輪廓分明的「浪速號」日艦說：「不好啦，倭人已不宣而戰啦！看，他們的戰艦已向我們駛來呢。」

漢納根開始還有些不信，他隨葉長庚來到前甲板上。這時，「浪速」已向這邊發出了信號旗——桅杆上升起了一串紅、黃、藍三色相間的小旗。葉長庚是陸軍軍官，只知道這中間有名堂，但說不清楚這是什麼名堂，漢納根卻認得，說：「日本人命令我們停駛、下錨！」

葉長庚說：「停駛？這怎麼行呢？」

漢納根略一思索，卻又輕鬆了，他安慰葉長庚說：「別急，看起來，只怕是在我們的船開航之後對方便宣戰了，不過，我們不知情，按國際法，應該允許我們原船返回原出發港！」

說著，他和葉長庚匆匆登上了駕駛台，就在這時，二人已能明顯地感覺到船的輪機聲放緩了，船速已大大地放慢，而對面的日艦卻正加速駛來，距此不過五百碼的光景了。

「船長大人，怎麼停車啦？你就打算服從日本人，俯首貼耳由他們指揮嗎？」漢納根尚未開口，葉長庚先厲聲質問了，他忘了對方是英國人，幸虧船長身邊的大副麥戈文懂華語，馬上充當了翻譯。

「不是服從，是聽從，先看一看，要知道，對方是一艘武裝到牙齒的巡洋艦，可我們卻是毫無抵抗力的商輪！」高惠梯面對這個氣勢洶洶的中國軍官的發問顯得很輕鬆，一邊說，一邊微笑著聳了聳肩。

葉長庚面色凝重，口氣嚴厲地說：「如果倭人要俘虜我們，我們是寧死不從的，請你們堅持送我們去牙山，要不便回大沽，我們照樣付錢給你！」

不待麥戈文譯完葉長庚的話，漢納根也用英語說：「應該說，他這一要求是符合國際慣例的。船長先生，這在咱們歐洲的戰爭中不乏先例，再說，作為一個船長，你必須對全體乘客負責，並滿足他們的正當要求。」

高惠梯船長並不喜歡這個突然冒出來的日耳曼人。他不耐煩地擺了擺手，說：「萬國公約我懂得不比閣下少，但面對一艘巡洋艦，還是暫時看看的好，不然，它只須一炮便可使我們全體葬身海底，到時，再和閣下討論國際慣例豈不晚了嗎？你瞧，他們又發信號了——看，那是『拋錨，不然，請接受後果』！」

受到船長的奚落，漢納根很是難堪，葉長庚也更加緊張了，他們交換了一下眼神，正欲再交涉，這時，「浪速號」在發出警告信號後，又朝「高升」的上方打了兩炮，炮彈呼嘯著落在「高升」的左前方，激起了沖天水柱，船員們一片驚呼。

「高升號」終於在漢納根、葉長庚和高惠梯船長的爭吵聲中完全停車，但高惠梯船長仍沒下拋錨的命令，任「高升」靜靜地躺在水面上，由海浪推著，緩緩地向江華灣方面漂流。

「浪速」艦在距「高升」不到五百米的地方停下來，接著，他們放下了一隻小艇，艇上坐兩名軍官和一名士兵，加速馬力向這邊駛來。

見此情形，「高升號」駕駛臺上馬上停止了爭吵，高惠梯船長在葉長庚、漢納根的尾隨下，由大副麥戈文陪同下到了前甲板的左舷梯子旁。

只一瞬間，日方的快艇靠近「高升號」。

兩名神氣十足的日本軍官立在艇上，先駕著快艇圍著「高升號」繞了一圈，那邊「浪速號」上十幾門大炮皆露出黑洞洞的炮口對著這邊，這邊「高升號」上一千二百多支來福槍的槍口也對著「浪速」和面前的快艇，但快艇上的三個日本人對密似蜂巢的槍口視而不見似的，它繞到船頭，只見那名高個子軍官手持白鐵皮話筒用英語喊道：「船上的人請注意，誰是船長，請到船頭來說話！」

船長高惠梯早候在那裡，於是探出身子回答道：「本人是船長。這船是大英帝國怡和公司的商船，請認準船上的大英帝國的國旗和標識，請不要誤會！」

快艇上的這個日本軍官自報姓名道：「本人是大日本帝國海軍大尉人見三郎，奉海軍少將東鄉艦長之令前來檢查，船上裝載的是什麼東西？」

高惠梯船長只好如實答道：「船上是清國一千二百名士兵，奉令前往牙山，協助朝鮮王國平息南部匪亂，是受朝鮮國王邀請的客人！」

人見大尉說：「本人奉大日本帝國海軍少將東鄉艦長之令，特來向你們傳達如下命令：此處已是大朝鮮帝國海域，大日本帝國海軍受大朝鮮帝國皇帝陛下之委託，保護他們的領海，武裝的清國兵來此被視為侵略行為，大日本帝國海軍準備將他們帶往仁川，聽候處理，希望你們協助，謝謝合作！」

高惠梯和人見大尉的問答，早被「高升號」上懂英文的中國水手翻譯給船上的士兵們聽了，所以，人見大尉的話剛說完，高惠梯船長尚未回答，葉長庚和漢納根也未開口，這一千二百名士兵卻如烈火著油，一下炸了起來，紛紛嚷道：「小倭奴欺人太甚了！」

「我們死也不跟他們走！」

「先打死這三個狗日的！」

這聲音如雷吼一般，蓋過了這邊的談話，也蓋過了遠處隆隆的炮聲，何傳善及手下好幾名哨官、隊長及幕僚們好容易才制止了士兵們的怒吼，待全船的人安靜下來，高惠梯船長回答說：「本人認為，中日尚未宣戰，朝鮮王國也未把接受日本保護的立場照會各國，所以，清國士兵應前約增援牙山不能視作侵略。再說，縱是現在已經宣布開戰，根據國際慣例，未得知宣戰消息的清國士兵要求回到出發地港口是合理要求，請閣下回去轉告將軍閣下。」

人見大尉回答說：「既然如此，你們先在原地待命！」

說著，手一揮，快艇掉過頭，飛速駛回了「浪速」艦。

這邊的人一齊眼睜睜地望著「浪速」艦，只一會兒，「浪速」艦上又升起了信號，漢納根一見，認得是「請船長過來交涉」。他馬上低聲向葉長庚講解了信號，又說：「不能讓船長離開，怕日本人下毒手！」

葉長庚馬上明白了漢納根的意思，他對高恩梯船長說：「船長閣下，這可不能不委屈您啦！」說著手一招，立即上來了好幾個士兵，用槍逼住了高惠梯。高惠梯無法，只好說：「他們讓我去是為了談判，我不去怎麼成呢？日本人會惱羞成怒的！」

漢納根一邊勸解道：「船長閣下，我建議你下令迅速將船掉頭，強行開回去。因為我斷定，日本人是絕不敢對一個中立國家、尤其是像大英帝國這樣的中立國家開火的！」

高惠梯被漢納根這麼一激，英國紳士的勇氣又恢復了，他向英國水手示意，讓升旗告訴日本人：船長不能離開本船，我們要求駛回原地。

不料「浪速」馬上回答了，這一回是：「命令船長離船，不然接受後果！」

高惠梯船長一見日本人態度越來越強硬，不由又著了慌，那英國紳士的勇氣和傲慢再也穩不住了，乃轉身對漢納根和葉長庚吼道：「日本人發出最後通牒了，接下來就要開火了。雖然他們將來要為這輕率的行為付出高昂的代價，但眼下我們就要完了！人死了還有什麼道理？你們就去仁川又如何？大不了當俘虜。根據國際慣例，只要放下武器便不會有性命之虞，回國後仍可像英雄一樣受到歡迎！」

麥戈文待要把船長的話翻譯給葉長庚聽，漢納根馬上於一邊反駁道：「閣下，東方人對戰敗被俘者的看法是與西方截然不同的，他們視投降為奇恥大辱，寧死也不願當俘虜。」

高惠梯狠狠地瞪了這個饒舌的日耳曼人一眼，二話不說，示意手下英國水手快放下救生艇。

這裡葉長庚如何肯讓高惠梯走——他已明白，有船長在，日本人尚有顧忌，不敢開炮，船長一走，這一千二百多名弟兄就會統統化做波臣，於是，他示意手下護兵持槍攔住高惠梯，不讓他登上小艇。

這裡還在吵吵嚷嚷，爭論不休，「浪速」艦長東鄉平八郎卻不耐煩了。此時，身邊的大副高橋中佐告訴他，後面的「操江號」運船已越逃越遠，快要追不上了，一隻手難捉兩條魚，應迅速解決這裝有一千二百名武裝士兵的「高升」輪。

東鄉平八郎採納了這個意見，下令水手升起了一面紅旗——這是本艦將執行攻擊的信號。

在此節骨眼上，高惠梯船長的精神完全崩潰了，他趁監視他的兩名士兵不注意，順手搶了一件救生衣往身上一套，「撲通」一聲跳到了海中。監視他的兩名士兵一怔，因沒有命令，不敢開槍，只好眼睜睜地望著船長跳了海。

幾乎與此同時，只見一個魚雷從「浪速」艦左的魚雷發射器中跳出來撲入水中，接著，十幾門大炮一齊開火，隨著火光閃起，近在咫尺的「高升號」立刻被擊中，接著，又一聲巨響，那枚魚雷擊中了「高升號」的煤艙，引起了鍋爐大爆炸，霎時之間，眾人只覺眼前一黑，空氣中滿布煤屑和水氣，既刺眼刺鼻又灼人。

眾人不辨東西南北，感覺中，只是大炮在繼續轟鳴，腳下的船體在傾斜，到處是哭聲和喊聲。大家知道大限到了，隨著一陣撲騰聲被掀進了水裡，他們掙扎著浮起來，只見身邊的「高升號」船頭高高翹起，尾部已在慢慢下沉，船頭上、桅杆上竟攀滿了人。

這邊日本軍艦「浪速號」的大炮不再轟鳴了，但艦舷邊、甲板上竟擺下了四挺連珠快槍（機關槍），這玩意兒對這班中國兵還挺陌生，只有部分軍官見過，只見艦首的日本軍官手一揮，這四挺快槍一齊「噠噠」地吼起來，子彈如暴雨般掃向在水中掙扎的中國士兵，霎時之間，廣闊的海面上立即泛起了殷紅的血花，大片大片，把橙黃的海水染得血紅……

廣乙號

「濟遠」帶著一身重創搖搖晃晃進了港。

此時，「威遠號」已熄火躺在錨位上，各艦全泊在那裡，既未升火也未脫炮衣，根本沒出海的樣子。

方伯謙帶著一肚子疑團，也帶著一肚子怨氣看著水手們抬下了沈壽昌等十三名陣亡將士遺體，又抬下四十餘名輕重傷患，這才邁著沉重的步履下了船。

盛夏的陽光照著熱氣蒸騰的沙灘，照著岸上焦灼的人群，方伯謙在碼頭上看到了丁汝昌及一班管帶，唯不見劉步蟾。「丁軍門，你們大隊怎麼不出動哇！」方伯謙見了丁汝昌，開口帶氣。

丁汝昌歎了一口氣說：「益堂別問我吧，我問你，『廣乙號』呢？」

林泰曾也連連追問道：「『高升』、『操江』呢？」

大隊不能及時增援，失去了痛殲日艦的好機會，可丁汝昌偏偏丟開這頭問那頭，方伯謙不由火了，他沒好氣地說：「『廣乙』嗎，才接上火便不見蹤影了，『吉野』、『浪速』、『秋津洲』三快艦圍攻『濟遠』，我自顧不暇哪能顧及『高升』、『操江』呢？我問你們，為什麼大隊不出動增援啊？」

丁汝昌一聽這話，臉色不由一沉，口氣很嚴厲地說：「方益堂，大隊未能及時出動的事你先別問吧，快告訴我『高升號』的消息，須知那船上有我們陸軍一千二百名弟兄啊！」

林泰曾也連連頓足道：「完了，『高升號』完了，一千二百名步兵全完了！」

方伯謙不理解丁汝昌何以始終對失約的事不作解釋，只反覆追問「高升號」，似乎有推卸責任之意，他不由心一橫，反唇相譏道：「那一千二百多步兵就是全死了也不能怨我，我的艦和我的人已盡了力、盡了責，要怨只能怨那些畏懼怯戰、見死不救的人！」

其實，丁汝昌也為大隊未能出動的事窩了一肚子火，但又不是一句話能說得清的，此刻，他見方伯謙當眾頂他，不啻火上澆油。幸虧一邊的林泰曾見方伯謙渾身血污，滿臉怒氣，「濟遠」艦上又抬下這麼多的死傷官兵，知他確實是死裡逃生，加之此刻碼頭上眾目睽睽，尤其是還有好幾個洋員在一邊看熱鬧，覺得有失體統，於是在一邊排解說：「算了，益堂兄，先別說了，回去休息吧！」

說著，林泰曾示意自己的護兵拼死拼活把方伯謙拖走，自己又將丁汝昌勸開。

方伯謙離開了丁汝昌，但一肚子的火氣和疑惑卻並未解開，他拖著懶懶的腳步想回家。在天津，他也置了一房小妾，是唱大鼓的，藝名叫「孟麗君」，前不久還來過威海，因耐不住劉公島上的寂寞而回天津了，眼下山上那個家冷冷清清，尤其是想起和小翠喜那一段公案未了，他對那個「家」更是心灰意懶，所以，在兩個護兵陪同下，在買賣街走了一段後，就又踟躇不前了。

去哪裡呢？轉念一想，還不如仍復回艦上去住。當他折回碼頭時，不想此時艦上已非常熱鬧，因軍情緊急，丁汝昌已下令從軍械修理所調來了大批人員搶修「濟遠」，此時洋匠、技師及中國工人近百人已一齊上艦勘查、估算，並準備立即動手搶修，一時之間，燈光雪亮，人員來往，錘子敲擊聲，議論聲響成一片。

他根本無法在艦上休息，萬般無奈，只好又拖著沉重的腳步往回走，來至買賣街的西頭，望見左手邊有一家小酒店，百無聊賴的方伯謙只好不顧滿身血跡踅了進來。自己佔一個上首座位，兩個護兵打橫相陪，叫了幾個菜，一大壺酒，便三個腦袋湊一起喝起悶頭酒來。

方伯謙一邊喝酒，一邊想心事，丁汝昌此番的失約有些反常，就像剛才劈頭蓋腦、毫無道理的指責一樣，叫人不明不白，這不像丁汝昌一貫的作風。

方伯謙明白，丁汝昌雖不喜歡他們這一幫福建籍軍官，但尚能顧全大局，尤其是有關艦船上的事，能尊重他們這一班喝過洋墨水的人，眼前是什麼時候什麼形勢，他還不致做出為排除異己、借刀殺人或見死不救的事。

那麼，又是為什麼呢？

猛然之間，他想起了劉步蟾。那天領命出航時，劉步蟾在側，他一反平日親密無間的態度，鐵青著臉，不拿正眼瞧他，眼下在這劉公島上，指揮調度艦船出海的事差不多由劉步蟾一人說了算，莫非是他阻止大隊出海增援？莫非是他記恨小翠喜的事，借日本人的手收拾我？

有此一想，方伯謙不由熱血賁張。心想，小翠喜算什麼？說到底不過一粉頭罷了，是我玩過了才給你的，她為了出氣又找我續前情，在你算不得正兒八經的妻室，在我不過逢場作戲而已，犯得上這麼認真、拿天大的事來報復嗎？

方伯謙越想越氣，這悶酒也越喝越多，直到滿滿的一大壺「燒刀子」告罄，他才在兩名護兵苦苦相勸之下丟了手，待出門時，他走路已搖搖晃晃的要人扶了。

出門才往前走了幾步，忽見前面傳來一陣撕心裂肺的哭聲和淒淒慘慘的鼓樂聲。他醉眼朦朧地一看，似乎是已到了水師學堂的前面，大操坪裡，一排擺了十多具靈柩，黑鴉鴉一片，全是「濟遠」艦上他的部下，全是昔日朝夕相處的袍澤。

方伯謙此時雖已醺醺欲倒，見此情景也不由駐足了——一個年約三十餘歲的少婦帶一個才四五歲的小男孩吸引住了他，少婦一身縞素，在一具棺材前哭得死去活來。

方伯謙認出這是大副沈壽昌的髮妻，這才記起沈壽昌的家眷是三天前從天津來威海探望丈夫的。沈壽昌駕艦出海時，家眷尚在途中，他在駕駛台上眼望大沽口方向還念叨過，說半年沒見兒子面了，在他們這一班軍官中，沈壽昌是唯一沒有討小的人。他的髮妻是他的表妹，二人青梅竹馬，感情最真，雖住在天津，但不是沈壽昌去看她，便是她來威海探夫，不想此番趕來和丈夫團聚，看到的卻是丈夫血肉模糊的屍體，想想她如何不傷心？

方伯謙跌跌撞撞地走攏去，「撲騰」一下跪在靈前大哭道：「長庚兄弟，你，你死得好冤啊！」

方伯謙這一哭，靈前的「未亡人」哭得更厲害了。眾水師弟兄及女眷們上來勸的勸，拉的拉，不想就在這時，只見劉步蟾帶了兩名護兵從外國雇員俱樂部那邊走了過來。

沈壽昌算是劉步蟾的老部下，還在劉步蟾任「鎮東」號炮艇管帶時，沈壽昌即在船上任水手長，二十年袍澤之情難捨難丟，他是來主持辦理後事的，不料此時方伯謙酒勁上來了，一見劉步蟾，眼睛更紅了，忽地從地上爬起來，衝上前猛地一把揪住劉步蟾的前胸道：「劉子香，你好安逸啊，你跟我去長庚靈前說清楚，為什麼不增援？」

劉步蟾心中仍惱著方伯謙，但沒料到會有這一著，慌亂中他一邊退一邊對罵道：「方益堂，你這不顧廉恥的狗雜種，還有臉來找我嗎？老子就是要看著你死！」

雙方對扯對罵，四個護兵不知這一對親如兄弟的官長怎麼成了一對紅眼牯牛，費了好大的勁才把他們扯開。

方伯謙此時疲乏已極，由兩名護兵挾著，到了外籍雇員俱樂部，酒湧上來，人更不支，竟在彈子房桌子上睡了一晚。

第二天一早，方伯謙被人吵醒，雖頭痛欲裂，人卻很清醒，跑到外面一問，才知「廣乙號」上的人終於回來了。

「廣甲」、「廣乙」、「廣丙」三艘炮艦都是隸屬於粵海水師的艦船。

今年四月，李鴻章奉旨大閱海軍，隸屬於南洋水師的「南琛」、「南瑞」等六艦及粵海水師的三艦一齊來北洋會操，這時，朝鮮南部的叛亂已十分熾烈了，李鴻章考慮到北洋勢單，曾去函商之於兩江總督劉坤一、兩廣總督李瀚章，要求將此九艦暫留北洋以壯聲威，待事件平息，形勢緩和後仍復歸還建制。

李鴻章想私下達成協議，待劉坤一和李瀚章同意了再奏報上去，求得公私兩便，不然，就是請動了諭旨，這二人找個藉口拒不奉調，事情不成還要得罪人。

不料劉坤一及李瀚章和他一樣，視水師艦船為命根子，死活不答應。李鴻章好說歹說，文電往返無數次，李瀚章礙於兄弟情份，勉強答應留下「廣乙」和「廣丙」，「廣甲」因噸位較大，算是一艘巡洋艦，李瀚章要留著看家，無論如何也不肯答應，至於劉坤一則始終一口回絕，並以軍令下達南洋六艦，火速返航，不得延宕耽誤。

這樣，李鴻章費了九牛二虎之力，總算留下了廣東兩艦。

不久前，返防後的「廣甲」又解廣東歲貢鮮荔枝入京，此時，日軍已源源開赴仁川，形勢已十分緊張，於是李鴻章也不顧長兄的面子，乾脆奏明朝廷，詔令「廣甲」留北洋助戰。

至此，粵海三艦全留在北洋了。

三艦雖暫留北洋，但各管帶都奉有主管長官、廣東水師提督的密札——暫留北洋壯聲威，但盡量避免出戰，保人保船為主，對李中堂和丁提督則採取陽奉陰違、各行其是的態度。

這三艦官兵多廣東人，眷屬也多在廣州，他們內心多不願意服役北洋，有了自己頂頭上司這一吩咐，更是有恃無恐。此番護航，丁汝昌、劉步蟾在點將時派了「濟遠」和「威遠」，為讓廣東水師官兵熟悉航線，便也派了「廣乙號」。

「廣乙」管帶林國祥畢業於福建水師學堂，跟在劉步蟾身邊當過學習艦副，礙於面子不好拒絕，再說，尚未宣戰，應無危險，加之貪圖出海遠航的雙俸雙餉補貼，所以欣然成行，不料船到豐島，發現中伏，日本人不宣而戰，「吉野」、「浪速」、「秋津洲」成扇面包圍上來，有一舉聚殲他們兩艦之勢，林國祥一下慌了神。

開始，日艦以「濟遠」為主攻目標，所有大炮集中攻擊「濟遠」，「廣乙」距離尚遠，且一艘小小炮艦，日本人並未將它放在眼中，看看距離拉近了，林國祥更加慌了神，他想發射魚雷，不想管魚雷的軍官比他更膽小，結果魚雷因裝氣不足而未能發射出艙。

這時，「浪速」艦已騰出手來收拾他們了，左舷一排快炮打過來，一下將「廣乙」的桅杆打塌了，前甲板上也傷了好幾個人，林國祥亂了方寸，口中叨念道：「這是怎麼搞的，尚未宣戰便打炮，早知道便不來了！」

二管輪黎元洪說：「大人不要慌，趕快派人檢修魚雷發射機，這裡先組織火力反擊，打它狗日的！」

林國祥瞪他一眼說：「胡來，倭船那麼大，火力那麼猛，你若反擊，豈不是引火焚身嗎？我們可犯不著在人家的防區為人家的防務去送死！」

說著，不管黎元洪的苦諫，下令加速向東北方向逃，為避免挨打，他又下令掛起了降旗——上面一白旗，下面加掛日本旗。

這一來，日艦果然不打炮了。

「吉野」、「秋津洲」仍圍攻「濟遠」，「浪速」改變方向迎擊趕來的「高升」和「操江」。

林國祥也不管這些，一心想擺脫日艦，離開危險之地。不想只去注意後面日艦，沒有留神前面。豐島海面，島嶼星羅棋布，島與島之間暗礁、淺灘不少。「廣乙」大副蔡思成對這一帶水路又不太熟悉，加之心慌，竟一下撞到了淺灘上，猛然間，只覺艦底一聲悶響，就像勺子在鍋底鏟到了沙子，接著，艦身一下向左傾斜，蔡思成趕緊下令倒車，黎元洪在火艙忙得大汗淋漓，無奈當初航速太快，整個艦身已衝上淺灘，任你如何加速、擺動，艦尾的推進器攪得泥漿直往上翻，「廣乙」艦就像一頭陷身泥淖的老牛，怎麼也抽不出蹄子來。

見此情景，蔡思成說：「人家在拼命，我們卻逃命，這也是天意！」

不料此話大大地觸怒了林國祥，他勃然大怒，罵道：「都是你這狗日的喪門星，老子斃了你！」

說著，竟拔出手槍，一槍將蔡思成打死在駕駛台上。

這時，海戰正在激烈地進行。遙望前方，黑煙一片，煙霧中，日艦如穿梭一般圍著「濟遠」轉，炮子就像飛蝗一般亂竄，看得林國祥心驚肉跳。

他想，這裡尚未脫離戰場，仍在倭艦的射程之內，他們收拾完「濟遠」不就會來收拾我嗎？看來船是保不住了，這艦上的官佐可是廣東水師中的精英，上頭要我盡量保人保船，保人尚擺在前頭，看來二者不可得兼了。

想到這裡，他下令放下救生艇，棄艦上岸，待眾官兵上了小艇後，他又下令放火焚船。

二管輪黎元洪見林國祥為掩蓋臨陣脫逃的罪名，竟開槍打死大副，心中已十分不滿，此刻見他又要焚船，乃諫道：「艦船縱是不保，可彈艙裡還存那麼多炮彈，這都是國家用白花花的銀子買來的，何不搬到艇上，也少受一些損失？」

林國祥雙眼一瞪，喝道：「放你媽的屁，命且不保還保炮彈嗎？再說，你把炮彈運回去，人家問起來，這不是明顯地未放一炮嗎？」

黎元洪還要爭，林國祥卻又把手槍抽出來了。

眾人見他殺自己人殺紅了眼，忙上來勸黎元洪。黎元洪不由揮淚道：「朝廷養兵千日，用在一時，不料今日我們竟如此報國，我黎元洪也愧為男子了！」

說著，趁眾人不備，竟囫圇跳到了海裡——後黎元洪自殺未果，昏迷中被朝鮮漁民救起，送往煙台，他無顏回威海，也怕林國祥不放過他，遂往武昌投奔張之洞。

這裡眾人攔阻不住林國祥，只好往艦上放了一把火，待救生艇攏岸，艦上的火終於燒到了彈藥艙，只聽「轟隆」一聲巨響，「廣乙」被自己的彈藥炸成了塊塊碎片，有的竟飛到了岸上，幾乎追上來砸了自己人。

一行人上岸後，發現這是一個漁島，路上荊棘叢生，好容易才尋到一個村子，裡面住了幾十戶朝鮮漁民，因常來往山東，都會說中國話，林國祥派人與他們聯繫，說明來歷，又拿出銀子給漁民，漁民歡喜，招待他們吃了一頓飯。

望著茫茫大海，林國祥犯了愁，這時師爺為他出了個主意——再花一點錢從漁民手中買了幾十套破衣裳讓眾人換了，又花錢雇了一艘大漁船渡海回來，林國祥皆一一依從。

不想此時日艦已封鎖了各出海口，他們這條漁船一出海立即被發現，日軍一條小炮艇俘獲了他們，且查出了他們的身分。

林國祥嚇得半死，在日軍的槍口下，他不但供出自己的職務，並反覆向日軍解釋說未打貴軍一槍，未放一炮，待他們交出各人所帶槍支及貴重物品，又在日軍準備好的一份承認侵略了大朝鮮帝國領海、回去後保證不再參與不利於日、朝兩國的軍事行動的悔過書上簽了字，打了手模，又讓日軍照了相，這才得以僥倖逃生開船回到威海。

考慮到此番出海，從畏縮怯戰到臨陣脫逃到投降媚敵、殺人滅口幾乎全有了，林國祥心中不無後怕，所以，人尚在船上他便和師爺商量，並一再告誡部下，回去後不准吐露實情，不然，誰也回不了廣東。

眾人迫於他的淫威，一個個發誓守口如瓶。但林國祥仍不放心，上岸後，他即交代師爺洪國端，讓帶了一大筆銀子火速去上海活動，又馬上自作主張，開發路費遣散眾人回廣東，自己留下與丁汝昌、劉步蟾周旋。

眾人見艦也沒了，留下無益，於是一個個都走了——官怕成團兵怕散，眾人一走，林國祥再也無後顧之憂，好安排後，一大早就吵上了北洋水師提督衙門，方伯謙便是被林國祥大吵大嚷聲鬧醒的。

「丁軍門，你放著這麼多的艦船不派，單派小小的『廣乙』出海護航，倭艦來了三隻，『濟遠』又見死不救，眼睜睜地讓倭艦將『廣乙』擊沉，叫兄弟回去如何交代啊！」

狀。

林國祥官階不過是一從三品遊擊，但作為客軍，不隸屬丁汝昌，故說話大咧咧的，且惡人先告

丁汝昌聽他這麼一說，立刻勾起對方伯謙的不滿，尤其是昨晚的餘怒未息，他沒好氣地說：

「『濟遠』見死不救麼？可人家反說開仗不久你們就逃了呢！你去問方益堂去吧。」

這時，「廣丙」管帶程璧光、「廣甲」管帶吳敬榮因不明真相，一齊跑來找丁汝昌，紛紛要求北洋賠船。

方伯謙睡的俱樂部就在提督衙門旁邊，聽到這邊吵鬧馬上跑了過來。

林國祥一見方伯謙火氣更大，他吼道：「方管帶，你真是個好人啊！人家被倭艦圍著打，你倒早早地回來睡老婆，真不知羞恥啊！」

方伯謙被他這一頓「快炮」轟得矇頭轉向，他只記得開始時，當三艦圍攻「濟遠」時，不久便不見了「廣乙」，後來發現「浪速」轉移，莫非是專攻「廣乙」去了？於是，面對林國祥連珠般的質問，不善言詞的方伯謙只好恨恨地說：「我哪是見死不救呢？你看我艦上弟兄死了多少，你看我這一身血？你怨我，我怨誰去？」

可林國祥一口咬定方伯謙臨陣脫逃，「濟遠」艦見死不救。

丁汝昌聽出方伯謙仍在怪他不增援，不由先用好言好語撫慰住林國祥，答應一定將事情調查清楚，對臨陣脫逃、見死不救者一定要繩之以法，又用眼角瞟方伯謙，冷笑著說：「方益堂，你也不要問我失期未援的事，我不赴援，乃奉中堂鈞旨，不然，你問李中堂去！」

（續下集）

晚清風雲. 第三卷, 甲午祭壇：李鴻章屈膝春帆樓
/ 果遲著. -- 一版.-- 臺北市：大地, 2015.08
面：　公分. --（History：81-82）

ISBN 978-986-402-090-4（上冊：平裝）.--
ISBN 978-986-402-091-1（下冊：平裝）

857.7　　104012713

晚清風雲 第三卷 甲午祭壇（上）

HISTORY 081

作　　者	果遲
發 行 人	吳錫清
主　　編	陳玟玟
出 版 者	大地出版社
社　　址	114台北市內湖區瑞光路358巷38弄36號4樓之2
劃撥帳號	50031946（戶名　大地出版社有限公司）
電　　話	02-26277749
傳　　眞	02-26270895
E - mail	vastplai@ms45.hinet.net
網　　址	www.vastplain.com.tw
美術設計	普林特斯資訊股份有限公司
印 刷 者	普林特斯資訊股份有限公司
一版一刷	2015年8月

大地

定　　價：280元